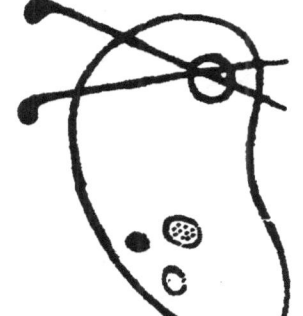

Début d'une série de documents en couleur

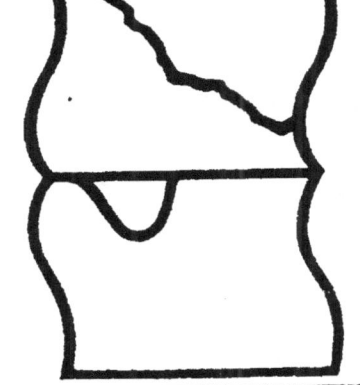

Couvertures supérieure et inférieure détériorées

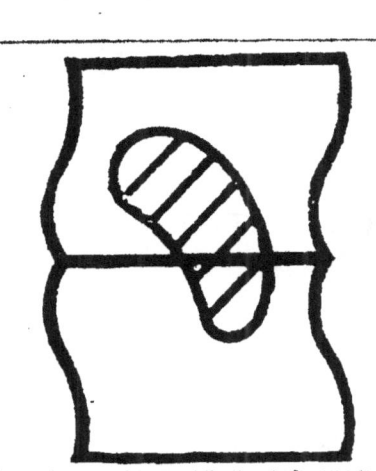

Illisibilité partielle

VALABLE POUR TOUT OU PARTIE
DU DOCUMENT REPRODUIT

LES ROMANS D'AVENTURES

LE FILON DE GÉRARD

LES CHERCHEURS D'OR DE L'AFRIQUE AUSTRALE

PAR

ANDRÉ LAURIE

ILLUSTRATIONS PAR L. BENETT

BIBLIOTHÈQUE
D'ÉDUCATION ET DE RÉCRÉATION
J. HETZEL ET Cⁱᵉ, 18, RUE JACOB
PARIS

BIBLIOTHÈQUE D'ÉDUCATION ET DE RÉCRÉATION

VOLUMES IN-18 AVEC GRAVURES

Chaque volume : Broché, 3 fr. — Cartonné tranches dorées, 4 fr.

Aldrich. Écolier américain. — Aston (G.), Ami Fritz. — Badin, Jean Casteyras. — Bénédict. Madone de Guido Reni. — Benlzon, Geneviève Belmas. — Yette. — Pierre Casse-Cou. — Contes de tous pays. — Bertrand (Ales.), Révolutions du globe. — Bertrand (J.), Fondateurs de l'Astronomie. — Biart (L.), Jeune Naturaliste. — Entre Frères et Sœurs. — Aventures de deux Enfants dans un Parc. — Blandy (S.). Fils de Veuve. — Oncle Philibert. — Boissonnas (B.). Une Famille pendant la Guerre 1870-71. — Bréhat (de), Petit Parisien. — Aventures de Charlot. — Landes. Aventures d'un Grillon. — La Gileppe. — Péripétie. — Clément (Ch.), Michel-Ange, Raphaël, etc. — Desnoyers (L.), J.-P. Choppart. — Dubois (P.), La Vie au Continent noir. — Dupin de St-André. Ce qu'on dit à la maison. — Erckmann-Chatrian, L'Invasion. — Madame Thérèse. — Histoire d'un Paysan, 4 vol. — Font-Réaulx (de), Les Canaux. — Genevray. Un Château où l'on s'amuse. — Petite Louisette. — Marchand d'allumettes. — Gouzy. Voyage d'une Fillette au Pays des Étoiles. — Grimard. Histoire d'une goutte de Sève. — Girls (Mlle). Méthode de coupe et de confection. — Nos Enfants. — Laprade (de), Le Livre d'un Père. — Laurie (A.), Vie de Collège en Angleterre. — Mémoires d'un Collégien. — Année de Collège à Paris. — Histoire d'un Écolier Hanovrien. — Tito le Florentin. — Autour d'un Lycée japonais. — Bachelier de Séville. — Mémoires d'un Collégien Russe. — Axel Ebersen. — L'Écolier d'Athènes. — De New-York à Brest. — Héritier de Robinson. — Capitaine Trafalgar. — Exilés de la Terre, 2 vol. — Le Secret du Mage. — Atlantis. — Levaillée. Frontières de la France. — Nos Filles et nos Fils. — Art de la Lecture. — Lecture en action. — Une Élève de 16 ans. — Épis et Bluets. — Lermont. Jeunes Filles de Quinnebasset. — Macé (J.). Bouchée de Pain. — Serviteurs de l'estomac. — Contes du Petit Château. — Arithmétique du grand papa. — Mayne-Reid. William le Mousse. — Petit Loup de Mer. — Jeunes Esclaves. — Chasseurs de girafes. — Naufragés du Bornéo. — Planteurs de la Jamaïque. — Deux Filles du équateur. — Robinsons de terre ferme. — Chasseurs de Chevelures. — Les Jeunes Boërs. — Muller (E.), La

Jeunesse des Hommes Célèbres. — Morale en action par l'Histoire. — Nonhomme (Ed.), La Dompteurs de la Mer. — Nodier (Ch.), Contes choisis, 2 vol. — Rambaud (Alfred), L'Anneau de César, 2 vol. — Ratisbonne (L.), Comédie Enfantine. — Reclus (E.). Histoire d'un Ruisseau. — Histoire d'une Montagne. — Renard, Le Fond de la Mer. — Sandeau. Roche aux mouettes. — Siebecker, Histoire de l'Alsace. — Simonin. Histoire de la Terre. — Stahl (P.-J.), Morale Familière. — Histoire d'un âne et d'un jeunes Filles. — Patins d'argent. — Premier voyage en mer. — Maroussia. — Les quatre Peurs de notre Général. — Les quatre Filles du Dr Marsch. — La petite Rose, ses six tantes et ses sept cousins. — Stahl et Muller. Nouveau Robinson suisse. — Stevenson, L'Île au Trésor. — Tolstoï. Enfance et Adolescence. — Nadler. Blanchette. — Théâtre à la Maison et à la Pension (10 fascicules à 80 c.). — Vallery-Radot (R.), Volontaire d'un an. — Van Bruysel. La Vie des Champs aux États-Unis. — Verne (J.), Capitaine Hatteras, 2 v. — Enfants du Capitaine Grant, 3 v. — Autour de la Lune. — 3 Russes et 3 Anglais. — 5 Semaines en ballon. — De la Terre à la Lune. — Pays des Fourrures, 2 v. — Tour du Monde en 80 jours. — 20.000 lieues sous les Mers, 2 v. — Voyage au centre de la Terre. — Ville flottante. — Docteur Ox. — Chancellor. — Île mystérieuse, 3 vol. — Michel Strogoff, 2 v. — Indes Noires. — Hector Servadac, 2 v. — Capitaine de 15 ans, 2 v. — 500 millions de la Bégum. — Maison à vapeur, 2 v. — La Jangada, 2 v. — École des Robinsons. — Rayon Vert. — Kéraban le Têtu, 2 v. — Étoile du Sud. — Archipel en Feu. — Mathias Sandorf, 3 v. — Robur le Conquérant. — Billet de Loterie. — Nord contre Sud, 2 v. — Chemin de France. — Deux ans de Vacances, 2 v. — Famille sans Nom, 2 v. — Sans dessus dessous. — César Cascabel, 2 v. — Mrs Branican. — Château des Carpathes. — Claudius Bombarnac, 2 v. — P'tit Bonhomme, 2 v. — Maître Antifer, 2 v. — L'Île à Hélice, 2 v. — Face au Drapeau, 1 v. — Clovis Dardentor, 1 v. — Le Sphinx des Glaces, 2 v. — Le Superbe Orénoque, 2 v. — Premiers Explorateurs, 1 v. — Grands Navigateurs, 2 v. — Voyageurs du XIX siècle, 2 v. — Le Testament d'un Excentrique, 2 v. — Verne et Laurie. Épave du Cynthia.

VOLUMES IN-18, SANS GRAVURES

Chaque volume : Broché, 3 fr. — Cartonné tranches dorées, 4 fr.

Brachet. Grammaire historique (couronné). — Duball. Cours classique de Géographie. — Egger. Histoire du Livre. — Franklin (J.) Vie des Animaux, 6 v. — Gramont (Cte de). Vers français et Prosodie. — Gratiolet (P.). Physionomie. — Hippeau (Mme). Économie domestique. — Or-

dinaire. Rhétorique nouvelle. — Suzanne. Histoire de la Cavalerie, 3 v. — Histoire de l'Artillerie. — Petit (A.). Grammaire de la Ponctuation. — Grammaire de la Lecture à haute voix. — Grammaire de l'art d'écrire.

VOLUMES IN-18 — PRIX DIVERS

Brachet. Dictionnaire étymologique, 8 fr. — Durand (Hip.) Grands Poètes, 2 fr. — Grands Prosateurs, 2 fr. — Grimard (E.). Botanique à la campagne, 4 fr. — Legouvé (E.) Petit Traité de Lecture, 1 fr. — Rey (L.-A.). Monde des Microbes, 4 fr.

29739. — Paris, Imp. Gauthier-Villars.

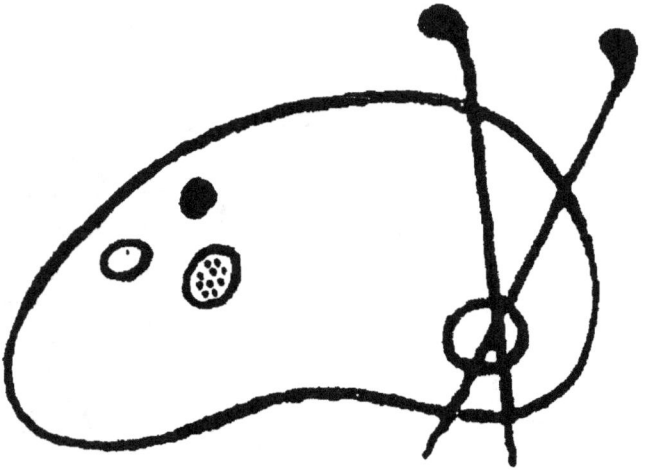

Fin d'une série de documents
en couleur

LES CHERCHEURS D'OR DE L'AFRIQUE AUSTRALE

LE FILON DE GÉRARD

COLLECTION J. HETZEL

LES ROMANS D'AVENTURES

LE FILON

Les
Chercheurs d'Or
de
L'Afrique Australe

DE

GÉRARD

PAR

ANDRÉ LAURIE

ILLUSTRATIONS PAR L. BENETT

NOUVELLE ÉDITION

BIBLIOTHÈQUE
D'ÉDUCATION ET DE RÉCRÉATION
J. HETZEL ET Cⁱᵉ, 18, RUE JACOB
PARIS

TABLE

LE FILON DE GÉRARD

I

PROJETS DORÉS

Nous sommes au Transvaal, près Kleindorp, dans la villa Massey, — une villa de bois, entourée d'un grand jardin ombreux. Toute la famille vient de s'asseoir sous un berceau de jasmin, pour le repas de midi.

Il serait difficile d'imaginer plus aimable tableau ; M. Massey, le chef de la famille, entouré de ses trois enfants, Henri, Colette et Gérard ; auprès de M⁰ᵉ Massey, toujours belle sous sa couronne de cheveux blancs, se niche une fillette de quatorze ans, Lina Weber, aux grands yeux bleus myopes, aux lourdes nattes blondes. Le père de Lina, M. Weber, est assis à la droite de la maîtresse de la maison, et, conformément à son incurable habitude, absorbé dans quelque rêve scientifique, il oublie la côtelette qui se fige devant lui. Le docteur Lhomond l'interpelle gaiement :

« Hé !... Weber !... Toujours dans les nuages! Songez donc à la bête, de grâce!... Vous savez bien que, si quelqu'un tombe malade dans la colonie, c'est moi qui suis responsable !...

— Quoi !... Ah! oui, pardon !... fait l'excellent Weber avec un vague sourire sur sa bonne figure de rêveur ingénu ; et, comme désireux de rattraper le temps perdu, il se met précipitamment à l'œuvre.

— Prenez votre temps, cher monsieur, dit avec bonté M⁰ᵉ Massey, qui s'occupe de lui presque autant qu'elle fait de Lina, car il est comme un grand enfant, et son instinct, à elle, est de secourir et de protéger tout ce qui est faible.

— Mais ne vous rendormez pas, Weber ! ajoute M. Massey. Rappelez-vous que c'est jour d'importante délibération, et que nous avons besoin de votre voix au conseil.

— Au conseil ? dit Weber, un peu ahuri.

— Oui, poursuivit le chef de la famille d'une voix ferme ; il s'agit de prendre une décision

capitale, et tout le monde ici a voix délibérative ;
même Colette, même Lina, même Le Guen et
Martine (avec un regard d'affectueuse confiance
au couple fidèle qui s'empresse autour de la table).
Il s'agit de décider si nous devons demeurer plus
longtemps dans ce paisible pied-à-terre où nous
trouvons depuis six mois le repos qui nous était à
tous bien nécessaire après nos rudes traverses, ou
si nous aurons le courage d'abandonner une situation tranquille et médiocre pour aller saisir la
fortune qui s'offre à nous. En deux mots, voici
l'affaire : notre Gérard, vous le savez tous, a eu
l'heureuse fortune, au cours de son terrible voyage
avec Colette [1], de découvrir un gisement d'or qui
paraît d'une grande richesse. Il a vu le filon, au
flanc d'une colline déserte du pays des Batokas,
non loin du Zambèze. En moins d'un quart
d'heure, il a recueilli, dans la rivière qui coule
au pied de la colline, ces pépites, qui ne sont pas
une chimère, mais de belles et bonnes pépites d'or
natif, sonnantes et trébuchantes... »

Ici, M. Massey, soulignant ses paroles d'un
geste éloquent, tira de sa poche et plaça devant
lui, sur la table, une poignée de petits lingots
jaunes, de la grosseur d'une noisette.

« ... Eh bien, reprit-il, la question est de savoir
si nous devons abandonner à la merci des éléments et des hommes ce trésor naturel que le
hasard a mis sur le chemin de notre exil... ou s'il
ne convient pas, au contraire, d'aller le recon-

1. Voir *Gérard et Colette*, première partie des *Chercheur
d'or de l'Afrique australe*, par André Laurie, J. Hetzel et C⁰.

naître et le recueillir... Certes, je ne crois pas avoir à me défendre de l'imputation d'avarice. Nous nous connaissons et nous savons qu'il n'y a ici que des braves gens. Je n'hésite donc pas à déclarer, sans crainte d'être mal compris, que je trouve très légitime d'aspirer à la richesse : bien plus, que j'estime criminel de laisser dormir en soi les énergies, les capacités qui peuvent permettre d'y atteindre, ou de laisser passer négligemment l'occasion de la réaliser. Ceci posé, vous voyez d'avance quel sera mon vote. Je dis : en avant ! La « poche d'or » trouvée par Gérard est bien à nous ; il faut l'exploiter. Nous n'avons que de faibles ressources pour entreprendre les travaux ? peu importe ! Commençons la chose en famille, modestement ; nous aurons du moins cet avantage de ne pas partager avec d'innombrables actionnaires ; ou bien, si quelque catastrophe survenait, d'éviter de lourdes responsabilités...

— Ah ! gémit à demi-voix Mᵐᵉ Massey, une catastrophe !... voilà ce qu'il faut craindre, et ce qui me ferait pencher, quant à moi, pour garder l'abri où l'on se trouve si bien après tant de dangers...

— Non, non ! chère amie, protesta vivement M. Massey, il ne faut pas se laisser gouverner ainsi par la crainte de l'insuccès. Que ferait-on dans le monde si on ne s'engageait qu'à coup sûr ? On n'avancerait jamais d'un pas !

— Remarquez, d'ailleurs, madame, dit le docteur, que si M. Massey parlait de ces périls, ce n'était que pour nous rappeler que nous les éviterons dans une association tout intime et familiale. Quelle catastrophe, quel « krach » avons-nous à craindre ? Le pis qui puisse nous arriver, c'est de trouver que la « poche d'or » de Gérard contient moins d'or que nous n'avions imaginé. Pour ce qui est des dangers ou des difficultés de la vie au pays des Batokas, ils doivent être sensiblement pareils à ce que l'on voit près de Kleindorp ; et quant au changement de milieu, il ne sera pas grand, puisque le chalet est mobile et que nous emportons, comme le colimaçon, notre demeure avec nous. Enfin, nous formerons à nous seuls une petite compagnie unie et compacte, assurée contre les ennuis de l'isolement, et contenant tous les éléments désirables pour l'utilité comme pour la défense, sans même oublier le côté décoratif. Massey est la main qui dirige, la tête qui commande, le courage qui ne faiblit jamais ; Henri est l'ingénieur accompli, le métallurgiste, la fleur de nos écoles spéciales, qu'on achèterait à chers deniers dans tout le Sud-Africain, pour une exploitation comme celle qu'il s'agit de tenter ; Weber est le savant, l'inventeur inépuisable, dont le génie bienfaisant suffira à remplacer au désert toute une civilisation absente ; Gérard est l'éclaireur agile, qui marche en avant, signale le danger, le franc-tireur diligent qui évolue au flanc de la troupe, toujours prêt à soutenir les esprits par sa bonne humeur, à disperser l'ennemi s'il se montre...

— En un mot, la mouche du coche ! dit Gérard en riant.

— Ah ! je proteste ! s'écria Colette. Dis, Lina

lorsqu'il nous dirigeait à travers notre dur voyage, lui, si bon, si secourable, si vaillant, est-ce qu'il ressemblait à la mouche du coche ?

— Je ne sais pas, dit Lina, à qui on avait oublié d'enseigner les fables de La Fontaine; mais, s'il lui ressemblait, ce devait être une bonne et gentille mouche.

— Et nous, docteur, reprit Colette, quel office nous donnez-vous dans la république, à maman, Lina et moi ? Vous ne nous reléguez pas, j'espère, au rôle de comparses ?

— M'en préserve le ciel ! Si je ne vous assigne pas de fonction particulière, c'est que je n'en vois pas qui soit digne de vous; ou plutôt, c'est que vous excellez partout également. Votre chère maman réunit tous les mérites et toutes les grâces; vous, mademoiselle Colette, vous avez manifesté, dans les passes les plus difficiles, une présence d'esprit, une hauteur de courage que je ne veux ni décrire, ni qualifier, de peur de blesser votre modestie; Lina s'est montrée votre digne élève; rendues aux arts de la paix, vous faites voir au salon, à l'office, à la ferme, des talents non inférieurs à ceux que toutes vous avez déployés dans l'infortune. Vous êtes la joie de l'association, c'est-à-dire son appoint le plus précieux. Pour moi, je le déclare, je me mets en grève, et je refuse de bouger d'ici pour me transporter dans la terre des Batokas tant que vous trois, mesdames, vous n'aurez pas donné votre vote au plan d'émigration, — avec promesse formelle de l'embellir de votre présence.

—Je dis comme Lhomond, fit Henri. Sans elles, moi je n'en suis pas non plus.

— Et moi donc ! s'écria Gérard. M'en aller sans maman ? Ah bien, non ! Et sans Colette et Lina, nous qui avons reçu ensemble le baptême du feu — ou tout comme ! Ah non ! par exemple !

— Croyez-vous que nous consentirions plus que vous à partir sans elles? dit M. Massey, se tournant vers l'excellent Weber comme pour le prendre à témoin. Bon ! le voilà envolé au pays des rêves ! N'importe ! Il est de mon avis, du vôtre : nous partons tous ensemble ou nous ne partons pas du tout. Ce n'est pas après avoir traversé des épreuves comme les nôtres qu'on irait de gaieté de cœur au-devant de nouvelles séparations !...

— Combien de temps à peu près dureraient ces fouilles ? demanda Mᵐᵉ Massey, s'adressant à son fils aîné.

— Je ne sais. Plusieurs années peut-être...

— Plusieurs années !... Seuls dans ce pays perdu... je l'avoue, cela m'épouvante !

— Oh ! maman, que pouvez-vous craindre ? dit Henri vivement. Bien armés, bien outillés, bien gardés par nos braves noirs, qui, sous la conduite de Le Guen, deviendront d'excellents soldats, et par-dessus tout, *ensemble*, qu'avons-nous à redouter? Allez! nous vivrons heureux et tranquilles là-bas. Pensez à cette végétation superbe, au ciel pur, au grand espace libre qui nous entourera. Comparez la vie large et patriarcale qui nous attend, l'abondance dont nous jouirons presque sans effort, à l'existence étroite, mesquine, suffocante que mènent dans le vieux monde les gens de mince fortune. Que pourrions-nous espérer à Paris, Gérard et moi ? Un emploi du gouvernement : deux mille francs d'appointements, trois mille peut-être, que nous gagnerions en passant notre jeunesse à aligner des chiffres au fond d'un bureau poudreux. Et pour Colette, quel avenir ? Végéter, car on ne peut appeler cela vivre, dans un petit appartement quelconque, cultivant tant bien que mal quelque talent « d'agrément », allant au bal une fois par hiver, à l'Opéra-Comique, une autre fois, — jusqu'au jour où un petit bourgeois, au crâne aussi étroit que ses revenus, daignera lui offrir de partager son nom, et la fera passer du petit appartement paternel dans un autre non moins étriqué, — pourvu que la petite dot que vous aurez réussi à lui constituer à force de sacrifices paraisse à ce jeune oison une compensation suffisante pour le sacrifice de sa liberté !... Colette est-elle vouée à une telle destinée, je vous le demande ?... Pour elle, comme pour nous, ne vaut-il pas mieux, cent fois mieux, *vivre* ici, en êtres libres, en citoyens du monde qui ne demandent rien qu'à leurs bras et à leur courage ?...

— Mon cher enfant, répondit doucement Mme Massey, j'ai vécu fort heureuse, moi, dans ce vieux monde qui te paraît trop étroit pour l'essor de tes jeunes ailes. Tout n'est pas si mauvais là-bas ! La fortune après laquelle nous courons ne nous donnera pas le bonheur inestimable que nous possédons sans elle : être, comme tu le disais si bien, ensemble, sains de corps et d'esprit, unis de la plus tendre affection. Déjà la poursuite de cette fortune, peut-être chimérique, nous a fait endurer de si cruelles peines que tu dois me pardonner si je ressens quelques inquiétudes... Puissent-elles n'être jamais justifiées !...

— Chère maman, dit Henri, je ne vous reconnais plus ! Vous si vaillante ! Vous qui avez voulu suivre mon père jusqu'ici ; qui si souvent releviez mon courage dans les terribles moments de suspens et d'angoisse ; qu'est-ce qui vous effraye ? Quelles raisons de douter avez-vous aujourd'hui.

— Eh ! le sais-je moi-même ? fit Mᵐᵉ Massey, souriante et les yeux humides. Cette recherche de l'or, de la richesse à tout prix m'effraye, me repousse au lieu de m'attirer ; il me semble que le bonheur n'est pas là ! J'aimerais mieux vous voir employer votre énergie, votre savoir, votre temps, à la culture raisonnée, scientifique de cette terre généreuse qui ne demande qu'à donner ses fruits. Là, selon moi, serait la vraie mine d'or, la seule qui ne trompe pas, celle qui payera au centuple tous nos efforts... Je suis prête à y travailler jusqu'à la plus extrême mesure de mes forces, et Colette pense comme moi, j'en suis sûre...

— C'est vrai ! dit Colette. Bien souvent, depuis que nous sommes ici, nous avons été choquées, maman et moi, de l'avidité, je dirais presque de la férocité que cette recherche acharnée de l'or développe chez tous ces gens venus de si loin pour le trouver... Il y a dans cette frénésie de s'enrichir quelque chose de répugnant. J'aimerais bien mieux, comme dit maman, les travaux d'une ferme...

— Ta, ta, ta!... fit Henri, de bonne humeur. Avec cela que tu ne seras pas la plus contente, quand nous aurons réalisé notre rêve; que tu pourras te payer toutes les belles choses que tu aimes tant, soulager tous les malheureux qui imploreront ta pitié; fonder, si cela te plaît, des hôpitaux, des écoles, répandre à pleines mains les secours, la joie, le bien-être!... *La fortune ne fait pas le bonheur*, c'est entendu; mais convenez, mesdames, qu'elle y contribue fièrement. Voyons, Colette, avoue que tu serais bien aise de voir maman dans le cadre qui lui siérait!

— Certes! mais je me contente du cadre que voici, pourvu que nous y soyons ensemble!

— Aussi, reprit M. Massey, est-ce justement le but auquel nous tendons : demeurer ensemble; établir notre sécurité de telle sorte que les circonstances adverses ne puissent ni nous entamer, ni nous disperser. Vous regardez ces choses un peu trop à la lueur du sentiment, pas assez à celle de la raison. Un mot vous fait peur. Vous avez l'air de croire que la fortune, c'est un gros lingot d'or qui peu à peu devient une idole, prend la place du cœur : point! Pour moi, fortune est simplement synonyme d'*indépendance :* indépendance des servitudes, des obstacles, des entraves qui immobilisent souvent nos plus belles facultés, aussi bien qu'affranchissement des inquiétudes et des difficultés de l'existence matérielle. Reconnaissez, mes très chères, que c'est là une ambition légitime et qui n'a rien d'inavouable ou de bas...

— Ah! qui en douterait! s'écria Mme Massey. Je n'aurais rien dit si Henri ne m'avait questionnée. Dans tous les cas, heureux ou malheureux, nous restons réunis, et, après ce que nous avons enduré, il n'y a que la séparation pour sembler redoutable!

— Soyez tranquille, rien ne nous séparera désormais, affirma Henri avec un beau sourire optimiste. La recherche de l'or n'amortira en nous aucun bon sentiment : vous serez là qui y veillerez, chère maman! Et nous rentrerons au vieux pays pour y vivre en paix, riches et heureux. Vous verrez! Comptez sur nous, petite mère!...

— Moi, je refuse de rentrer avant d'avoir mon million dans chaque main, dit Gérard. Autant pour papa et maman; autant, bien entendu, pour Henri, Colette, le docteur, Lina, M. Weber! Cela nous fait, voyons... deux, quatre, six, huit, dix, douze, quatorze, seize... seize millions! Diable!... Et Le Guen? Il lui en faut bien un pour lui et Martine. Cela fait dix-sept. Disons vingt pour avoir un compte rond, et tout le monde sera content!

— Grand enfant! dit Mme Massey avec un regard de tendresse à son dernier-né. Puisses-tu n'être pas trop cruellement désappointé! Crois-le bien, vingt millions ne te donneront jamais un bonheur plus grand que celui que tu as trouvé, en venant au monde, dans ton berceau!... Mais d'ailleurs, reprit-elle, je reconnais que c'est la raison qui parle par votre bouche : oui, ce serait en quelque sorte faillir à notre devoir que de négliger l'occasion d'assurer pour tous cette indépendance si nécessaire à la dignité de la vie. Comme le dit fort bien le cher docteur, nous emportons notre coquille; nous emportons, chose plus précieuse, le vrai foyer, les vrais pénates : la famille, les amis. Il y aurait lâcheté à hésiter. Pardonnez-moi une minute de désarroi... Je donne mon vote au projet.

— La question est résolue, alors; nous partons! Hurrah! cria Gérard, enchanté. En somme, pour des voyageurs comme nous, qu'est-ce que ce déplacement? une simple excursion. Nous l'avons déjà traversé le Zambèze; il nous connaît, hé, Lina?

— Reste à savoir si Martine et Le Guen consentiront à nous suivre? dit Mᵐᵉ Massey avec un reste de souci.

— Martine! fit Gérard d'un ton de superbe confiance, j'en réponds! D'abord, elle, sans son *pitchoun*, elle serait comme un corps sans âme; et quant à Le Guen, il dira comme Martine : je n'ai pas à vous apprendre, n'est-ce pas, que dans le ménage c'est elle qui gouverne? »

Il y avait plus de deux ans maintenant que M. Massey, avec tous les siens, avait pris passage sur le paquebot la *Durance*, chargé par un groupe de financiers parisiens de faire une enquête positive sur la situation des mines d'or de l'Afrique australe, notamment celles du Transvaal. Après quinze jours d'heureuse traversée, on était parvenu dans l'océan Indien, à la hauteur du 18ᵉ parallèle à peu près, lorsque le navire s'était trouvé

environné d'un de ces brouillards si denses que
même en plein jour on peut à peine y voir clair à
un demi-mètre devant soi ; la nuit était venue
s'ajouter au brouillard, et dans les ténèbres
épaisses, le paquebot, heurté violemment par un
navire beaucoup plus pesant, fut broyé, traversé
de part et part ; les passagers, entassés précipitamment dans de frêles embarcations, errèrent au
hasard sur la mer ; quelques-uns furent recueillis ;
un grand nombre périrent. Henri Massey, ingénieur d'avenir, jeune homme de grand courage,
avait assisté le commandant jusqu'à la dernière
minute dans l'œuvre périlleuse du sauvetage, et
lorsque le navire sombrait, il n'avait eu que le
temps de s'accrocher à une bouée, s'était vu poussé, ballotté au loin sans aucune possibilité de résistance ; il errait ainsi, loin de tout vestige des
autres naufragés, ayant à peu près dit adieu à tout
espoir, lorsque le yacht le *Lily* (commandant Lord
Fairfield), qui évoluait aux environs de la pointe
d'Aden, l'avait signalé et recueilli. Des jours interminables avaient passé sans nouvelles d'aucun
des siens ; puis était venu l'heureux moment où
lui et sa mère s'étaient réunis et établis à Kleindorp ; le jeune ingénieur s'y était procuré de l'emploi : après de longues épreuves, toute la famille
était enfin au complet.

Elle se composait, au départ, de cinq personnes, M. et Mᵐᵉ Massey et leurs trois enfants, avec
leur servante dévouée, une Toulousaine du nom
de Martine, mais se trouvait augmentée aujourd'hui
de trois unités, à savoir : M. Weber, sa fille Lina

et le docteur Lhomond. Les dangers, les fatigues, les services réciproques, les joies et les douleurs partagées, avaient créé entre ces personnes naguère étrangères un véritable lien de fraternité, aussi fort et indissoluble que les liens du sang.

M. Weber, homme de science, inventeur par vocation, nature d'artiste et de rêveur et peu fait pour les âpres luttes de la vie, s'était embarqué lui aussi sur la *Durance* avec son unique enfant, tenté par l'espoir de constituer une fortune à l'orpheline qu'il chérissait sans savoir l'élever ni la soigner. Dans le désastre général, le hasard avait placé Lina sur le canot où étaient jetés Gérard et Colette Massey, et, sous la protection de ces héroïques enfants, elle avait, en dépit des plus horribles périls, connu pour la première fois la joie, la santé, la confiance, la libre expansion de tout son petit être : pour elle, le naufrage avait été le salut.

Absolument dénué d'esprit pratique, prodigieusement distrait, toujours plongé dans quelque rêve, tout le contraire, en un mot, d'un homme « débrouillard », Weber semblait presque aussi peu fait que l'enfant malingre et délicate pour se tirer d'affaire en si difficile occurrence. Mais il avait eu la chance, en s'échouant sur la terre d'Afrique, de trouver pour camarades d'infortune deux hommes d'action par excellence : M. Massey, caractère décidé, vaillant, optimiste, beau type du Français brave, intelligent et généreux ; et le docteur Lhomond, médecin du bord, dont les connaissances sérieuses, l'intrépidité à toute épreuve, la

bonne humeur inaltérable, les inépuisables ressources, faisaient dire de lui à M. Massey qu'il
valait à lui seul toute une armée. Le savant avait
accepté, sans trop s'étonner, le secours de ses
compagnons, les surprises et les cahots de leur
épopée, et finalement, le fait prodigieux de retrouver sa petite Lina grandie, embellie, saine et
sauve, après les horreurs d'un voyage de quinze
mois à travers les noires populations du continent
africain. Suivant toujours son idée, rêvant, com-
binant, « inventant » au milieu des conditions les
plus défavorables, le bon Weber était loin cependant de s'être montré un appoint inutile à la petite colonie. Son génie inventif pouvait à l'occasion devenir un allié précieux ; il avait parfois
rendu de vrais services, alors qu'on s'y attendait
le moins : notamment lorsque, captifs chez les
Matabélés, il découvrit le moyen de faire fonc-
tionner certaines carabines hors de service, si bien
que les *Grosses Têtes*, aidées de cette artillerie,
portèrent la terreur et la défaite chez la tribu ri-
vale des *Rhinocéros*, et le prestige des « Faces
Blanches », déjà considérable, s'était singulièrement accru de ce fait.

Weber avait accepté pour lui et sa fille l'hospitalité qui lui était offerte lorsque les Massey re-
constituèrent leur « home » à Kleindorp, ne son-
geant point à s'étonner d'une générosité qu'il eût
imitée sans effort le cas échéant. Quant au docteur Lhomond, le consolateur, le guérisseur, le
soutien moral par excellence, au cours de ces
rudes épreuves, chacun dans la famille le respec-

tait et le chérissait comme un frère. Gérard, en particulier, nourrissait pour lui une affection si enthousiaste que, le moment venu de reprendre les habitudes normales de la vie civilisée, de rentrer chacun sous sa tente et de renoncer à la vie de bohème des naufragés, tous avaient reconnu d'un commun accord que la chose n'était plus possible, que le malheur leur avait formé des titres d'alliance et que désormais ils formaient une seule et même famille. Et ce n'était pas tout! Martine, l'honnête servante, le brave gabier Le Guen, qui avaient protégé, servi les pauvres enfants dans leurs terribles difficultés, tous deux en montrant, sans y prétendre, le plus véritable héroïsme, Martine et Le Guen, aujourd'hui mariés, étaient considérés par tous comme membres inséparables de la petite communauté, non comme de simples domestiques. Leur modestie et leur bon sens naturel les défendaient de se prévaloir de ces bontés pour afficher une familiarité malséante, de vouloir jamais franchir les limites imposées par l'éducation et les convenances; mais ils sentaient avec une juste fierté qu'ils faisaient partie de la famille, étaient toujours armés pour ses intérêts. Le bataillon noir des petites servantes indigènes, qui aidaient au chalet et à la ferme, avait appris à se convaincre qu'aucun mensonge, aucune désobéissance, aucune rapine n'échappaient à ces gardiens vigilants; que l'excellente « mâme Le Gué », si tendre aux petits, si secourable aux souffrants, devenait comme une lionne si on faisait mine de toucher au bien de la maison Massey. Dans ce coin perdu du continent noir, on pouvait donc admirer un exemple de ce que devraient toujours être les relations entre maîtres et serviteurs : un pacte d'alliance librement consenti pour le plus grand avantage de tous; un échange de services où l'inégalité des contractants est constamment aplanie et compensée par le bon vouloir de chacun.

L'adhésion de l'honnête couple ne faisait donc pas question; une fois le départ résolu, on se mit à l'œuvre pour faire les provisions nécessaires et opérer le déménagement. De son travail d'ingénieur à Kleindorp, Henri gardait cinq mille francs nets d'économies, après avoir vécu largement pendant ces six mois. M. Weber et le D\u1d63 Lhomond apportaient chacun le même appoint. A l'aide de ce petit capital, on ajouta au matériel du ménage et de la ferme, déjà considérable, tout ce qu'on jugea nécessaire pour s'engager plus avant dans les terres; Henri et M. Weber y adjoignirent l'appareil spécial, broyeurs, fourneaux, cornues, outils divers employés pour l'extraction et l'épuration de l'or. En moins d'un mois tout était prêt; les longs chars à bœufs attendaient chargés, et le chalet, déjà allégé de son mobilier, ayant été démonté prestement et empilé pièce à pièce dans le dernier wagon, les voyageurs se mirent en route, non sans jeter un regard de regret affectueux au site paisible où ils avaient trouvé le repos après de si rudes tempêtes.

L'immense caravane se déroulait avec lenteur, chariot après chariot roulant pesamment, attelé

de dix, de douze, de quinze paires de bœufs, ren-
forcés encore de plusieurs paires de mulets.

Bientôt un pli de terrain vint cacher la petite
ville de Kleindorp; devant les voyageurs, plus
rien que l'espace, le grand ciel floconneux, la
libre immensité du *Weld'*, véritable océan d'herbes
fraîches, moutonnant à perte de vue jusqu'aux
collines bleuâtres limitant l'horizon; à peine un
bouquet d'arbres espacé çà et là pour rompre la
monotonie.

Sur les flancs de la colonne, comme un capitaine conduisant ses hommes, l'éléphant Goliath
marchait seul, d'un pas lourd, et semblait se
croire responsable du bon ordre du transport,
conviction que les noirs au service de M. Massey
n'étaient pas éloignés de partager, car les éléphants sont inconnus dans l'Afrique du sud, et
tous considéraient Goliath comme un être surna-
turel, une sorte de *manitou* protégeant Colette.
Bien que la place de la jeune fille fût marquée dans
le chariot qui portait ses parents, souvent, comme
jadis, elle montait sur le dos du bon Goliath, dans
la haute selle pomponnée qu'Henri lui avait fait
construire; et l'éléphant ravi, alors, agitait sa
petite queue, levait sa trompe d'un air triomphant.
comme s'il était fier de son léger fardeau.

CHAPITRE II

EN ROUTE

Le voyage se poursuivit sans accidents pendant une huitaine de jours, au bout desquels on arriva en vue du village des *Grosses-Têtes*, qu'on avait laissé dans un état de prospérité relative en quittant le pays pour venir s'installer à Kleindorp. Sous l'impulsion des Français, une sorte de bien-être avait pénétré dans le misérable hameau; les indigènes avaient appris à se construire des maisonnettes rudimentaires, mais éclairées par des fenêtres et munies de portes permettant d'y entrer dans la posture naturelle au roi de la création, au lieu de s'y glisser en rampant sur les mains et les genoux, ainsi que cela se pratiquait avant l'arrivée des blancs. Les femmes avaient commencé, à l'exemple de Colette et de Martine, à soigner l'humble intérieur, à balayer, à lessiver les draperies de cotonnade qui les vêtaient, à peigner la tignasse crépue de leurs marmots, à nettoyer leurs grossiers ustensiles de ménage... Le recul de dégoût de Mlle Massey, la première fois qu'on lui avait offert du lait dans une poterie non lavée depuis plusieurs mois, avait été une de ces « leçons de choses » qu'on n'oublie pas, et les pauvres négresses avaient enfin compris l'utilité du beau ruisseau d'eau claire coulant à travers leur village. Ces peuplades sont dociles. Elles ont même une faculté d'imitation toute simiesque, et le peu de temps que M. Massey, le docteur Lhomond et M. Weber avaient passé chez les Matabélés avait suffi pour donner au pays une physionomie toute française.

Quand la caravane en approcha, ce jour-là, les oreilles des voyageurs furent frappées par une mélopée lugubre, s'échappant de plusieurs centaines de bouches avec un accent tout particulier.

« Tiens !... que se passe-t-il donc chez nos bons amis?... s'écria Gérard; on dirait qu'ils ont perdu père et mère...

— Ou qu'ils portent le diable en terre, ajouta Le Guen. Ma fi, c'est à pleurer, c'te musique-là !...

— Eux qui étaient si gais!... dit Colette. J'espère qu'il ne leur est rien arrivé de fâcheux! »

Henri s'était levé sur le chariot et regardait du côté du village, la main posée en auvent sur les yeux.

« Voyez : on dirait une procession », fit-il en désignant un long ruban noir serpentant sur le terrain poudreux et qui semblait se diriger vers l'ex-*palais* du roi Massey Ier.

La caravane fit halte à quelque distance du village, et, sautant à bas des « wagons », Henri,

Gérard et le docteur Lhomond se portèrent en avant et atteignirent en un instant la tête de la procession.

La première personne qu'ils aperçurent furent M'Bololo. Mais combien changé!... Sa joviale et pleine figure semblait démesurément allongée ; les yeux ronds levés vers le ciel d'un air de componction, le corps enveloppé d'une longue redingote noire, un lamentable chapeau haut de forme planté à l'arrière de son chef laineux, il tenait entre les mains un énorme volume (à l'envers) et, les coins de la bouche tombant, l'expression lugubre, braillait à tue-tête un hymne méthodiste anglais — prononcé à la *grosse-tête*.

Derrière lui, toute la population marquait le pas jusqu'aux plus petits négrillons qui, trébuchant sur leurs courtes jambes, essayaient de psalmodier, eux aussi, le chant anglais.

Les yeux de lynx de Gérard découvrirent du premier coup une bouteille noire sortant à demi de la poche de M'Bololo... une bouteille de *gin*, cela se voyait à sa forme seule; et la démarche légèrement chancelante du néophyte semblait prouver qu'il avait puisé des forces dans ses flancs rebondis...

Courant à lui, Gérard le saisit par le bras et le força à ramener à terre des yeux pieusement levés.

« Eh bien, M'Bololo?... tu ne reconnais donc pas tes amis?... » demanda-t-il.

Le jeune noir eut un soubresaut.

« Massa Gérard!...

— Eh oui!... Et voici là-bas mon père, ma mère, ma sœur, tout le monde... Ne vois-tu pas le docteur Lhomond, qui est un si grand sorcier et que tu aidais à faire des tours?... Aurais-tu perdu la mémoire?...

— Massa Gérard!...

— Eh bien?... Ma parole, tu n'as pas l'air content de me voir!...

— Moi content... bien content... mais moi devenu un autre homme... plus faire de tours... ne plus penser qu'aux choses sérieuses... »

Et derechef il leva des yeux blancs vers les nuages.

« Ouais?... Et cette bouteille qui sort de ta poche, est-ce là une des choses sérieuses dont tu t'occupes?... »

Un sourire irrésistible entr'ouvrit les lèvres du noir.

« Bouteille bien bonne quand M'Bololo mal... mal à l'estomac... pauvre M'Bololo jeûner... alors besoin de quelque chose...

— Jeûner!... Mal à l'estomac?... Bon apôtre, va!... Mais où est donc ta femme, la gentille Mia-Mia? Je ne l'aperçois pas... Ma sœur sera contente de la revoir.

— Mia-Mia là, par derrière.

— Pas possible!... Qu'a-t-elle fait de toutes ses petites tresses?... On lui a rasé la tête?...

— Massa Pigott... bon massa Pigott... faire raser toutes les têtes des jeunes filles...

— Et qui cela peut-il bien être, massa Pigott?

— Bon marabout englis...

— Aïe!... Un méthodiste, bien sûr!... C'est lui sans doute qui t'a affublé de cette redingote?

— Li donné belle redingote... et aussi beau faux-col, ajouta M'Bololo en tirant d'un air de légitime orgueil les deux pointes gigantesques du col de papier qui l'étranglait.

— Est-ce aussi massa Pigott qui t'a fait cadeau de la bonne bouteille? » demanda le docteur Lhomond.

De nouveau les yeux du noir brillèrent d'une expression de ruse.

« Bouteille pas donnée!... prononça-t-il avec onction en croisant les mains sur sa poitrine et en élevant la voix sur un ton nasillard. Rien donné sur la terre!... prêté seulement... tous les biens périssables (il trébucha sur ce grand mot), rien en comparaison... compa... son... des biens éternels... tous biens éternels pour bons massas englis!...

— Amen!... chantèrent en chœur tous les autres.

— Oui-da!... Et les massas français, qu'est-ce qui restera pour eux? demanda impétueusement Gérard.

— Massa englis d'abord... Eux premiers...

— C'est ce qu'il faudrait prouver! s'écria le jeune garçon rouge de colère.

— C'est massa Pigott qui t'enseigne cela, M'Bololo? demanda le docteur Lhomond sans s'émouvoir.

— Massa Pigott enseigne *tout* à M'Bololo.

— A-t-il enseigné aussi à Mia-Mia, à Ché-Ché, à vous tous, à boire du gin? Tu étais un brave garçon autrefois, mon pauvre ami, je suis sûr que tu vas me dire la vérité : êtes-vous plus sages ou plus heureux depuis que tous, hommes, femmes et enfants, vous buvez l'eau de feu anglaise?... Les leçons que nous vous donnions n'étaient-elles pas meilleures?... Réponds, M'Bololo, et souviens-toi que, comme jadis, je sais lire dans les cœurs!... »

Le noir, embarrassé, baissa la tête sans un mot.

« ... Cette bouteille que vous donne le marabout *englis*, persista le docteur, trouves-tu qu'elle vous soit salutaire?... L'eau de feu est-elle bonne pour toi, pour Mia-Mia, pour les enfants?....

— Mauvaise, mauvaise, répondit comme malgré lui M'Bololo. Mauvaise pour les enfants et pour Mia-Mia, ajouta-t-il précipitamment, regrettant cette confession.

— Veux-tu que je te décrive ses effets? continua le docteur Lhomond ; tu sais que je suis sorcier. Quand tu as bu du gin, tu es content d'abord, tu es gai, tu chantes et tu gambades ; mais, la bouteille une fois vide, est-ce que tu ne commences pas à battre Mia-Mia?... »

L'infortuné M'Bololo se mit à rouler des yeux éperdus.

« ... Si Mia-Mia a bu, ne commence-t-elle pas à battre ses petits frères, ses petites sœurs, le pauvre vieux Ché-Ché lui-même?... N'entend-on point dans le village, au lieu de chants de fête et de musique de danse, des cris de rage et des hurlements de douleur?... Nous vous avions laissés heureux, plus instruits, plus travailleurs,

« RÉPONDS, M'BOLOLO… » P. 24.

plus doux envers vos femmes, vos enfants et vos vieillards... Penses-tu vraiment que les enseignements des marabouts englis vaillent mieux que les nôtres?...

— Non! non! s'écria impétueusement Mia-Mia, qui avait caché sa tête rasée dans un pan de son *lamba* de toile bleue et qui pleurait à chaudes larmes. Moi aimer mieux mazé'Collé!... aimer mieux mame Le Gué!... Elles bonnes, elles pas faire raser cheveux... mazé' Collé' tresser guirlandes de fleurs pour Mia-Mia... Mia-Mia bien honteuse si mazé' Collé' savoir qu'elle a bu gin... »

L'émotion de sa moitié se communiqua tout à coup au misérable M'Bololo.

« M'Bololo dire la vérité, lui aussi! cria-t-il d'une voix lamentable. M'Bololo pas content!... pas aimer massa Pigott!... Massa pas permettre qu'on danse, ni qu'on rie, ni qu'on chante... Excepté les hymnes!... et toujours parler contre massas français... dire que la reine englis a mangé les Français... que les *Englis* seuls sont forts et vaillants... que petits noirs doivent obéir aux *Englis*... Si massa Pigott avoir pas donné bouteille, M'Bololo lui tordre le cou!... ajouta le nègre, dont la figure prit une expression féroce.

— Ne tordons le cou à personne, répliqua le docteur Lhomond. Écoute, M'Bololo, nous étions venus ici pour proposer aux Grosses-Têtes de nous accompagner à l'intérieur : nous avions l'intention de lever au milieu de vous une petite troupe dont tu aurais été le capitaine, sous les ordres de votre ancien roi M. Massey, un Français auquel aucun Anglais ne fera la barbe, c'est moi qui te le dis !... Mais nous ne voulons avec nous ni hypocrites, ni buveurs de gin ; puisque vous êtes devenus tels, nous abandonnerons notre projet, et nous irons lever notre armée dans la tribu des Rhinocéros, les ennemis héréditaires que nous vous avons appris à vaincre !... »

A cette menace, les cheveux de M'Bololo se dressèrent sur sa tête, son visage grimaça de douleur. Jetant loin de lui son livre d'hymnes, sa bouteille, sa longue redingote et son chapeau noir, il tomba aux pieds du docteur Lhomond et embrassa convulsivement ses genoux.

« Pas chasser M'Bololo !... pas chasser M'Bololo !... criait-il. Prendre armée chez les Grosses-Têtes !... Grosses-Têtes fidèles... se rappeler tout, tout !... plus jamais boire gin englis... redevenir bons Français !... suivre partout bons massas français !... »

Tous les noirs entouraient le petit groupe des Européens, et, avec la mobilité d'impressions propre à leur race, imitant M'Bololo qui était manifestement un personnage influent, ils avaient jeté loin d'eux livres d'hymnes et airs dolents, et s'étaient mis à danser la farandole en criant à tue-tête : « Grosses-Têtes bons Français !... Grosses-Têtes bons Français !... » Les vieilles femmes, sortant en hâte de leurs huttes, avaient saisi leurs *tam-tam* et accompagnaient d'un bourdonnement monotone ces ébats, qui leur rappelaient le bon temps où les méthodistes n'étaient pas encore venus défendre toute joie innocente et toute manifestation extérieure de gaieté — en ne permettant comme plaisirs que le cabaret installé par leurs soins et la triste et grossière ivresse du gin...

Gérard contemplait non sans dégoût ce revirement subit. Intransigeant comme tous les êtres jeunes, il était incapable de dissimuler une impression défavorable et regardait ses anciens amis d'un œil peu satisfait. Le docteur Lhomond lui prit le bras :

« Eh bien, mon cher enfant ?...

— Ah ! docteur !... quelles girouettes !... Tout à l'heure ils ne juraient que par les Anglais !... et maintenant, sur un signe de vous, ils les massacreraient, je crois !... Vilains singes !... Quand on pense que papa a été si bon pour eux, et qu'ils l'avaient parfaitement oublié !... Comment donc !... sur un mot de leur M. Pigott, ils l'auraient écharpé, sans doute !...

— Il ne faut pas les juger comme nous jugerions des gens civilisés, mon cher Gérard. Ces peuples noirs sont composés de grands enfants prêts à écouter le premier qui saura acquérir de l'influence sur eux. Il est donc très important que les nations vraiment civilisées, celles qui ont l'esprit large, généreux, ouvert, se chargent de les guider. La nation anglaise a des qualités réelles que je suis loin de nier ; mais, pour assurer leur prépondérance, les nationaux n'hésitent pas à appeler à leur aide un allié terrible, l'alcool. Partout où ils passent ils installent un cabaret, ils vendent à vil prix une boisson effroyable qui

a bientôt raison de la population la plus vigou-
reuse. Ce sont là des procédés déplorables, Gérard,
et je suis heureux de voir l'indignation que vous
causent leurs résultats. Oui, ces pauvres gens
sont faibles et lâches comme des enfants : ils
haïssent aujourd'hui ce qu'ils adoraient hier ; ils
paraissent incapables de fidélité, de loyauté ; mais
ils savent reconnaître la justice et la douceur des
procédés. Tâchons de leur prouver une fois de
plus que notre gouvernement est le plus parfait !... Convenez avec moi que ce sera une bonne
vengeance pour l'infidélité temporaire qu'ils nous
ont faite !... »

Gérard allait répondre lorsqu'un incident imprévu se produisit. Sur la route poudreuse, à
l'autre bout du village, un point venait de paraître,
qui grandit, se rapprocha avec rapidité et permit aux voyageurs étonnés de reconnaître l'enco-
lure puissante et le visage basané du sieur Brandevin, d'athlétique mémoire... En effet, lorsque
les Massey avaient quitté le pays Matabélé,
quelques mois auparavant, M. Brandevin avait
déclaré son intention de demeurer au milieu des
noirs. Pressé de questions sur les motifs de cette
résolution, il avait fini par avouer le dessein par
lui conçu de former une alliance avec la jeune
Bou-Bou, la noire mais avenante fille d'un des
gros bonnets de la tribu... En vain ses compagnons avaient essayé de le détourner d'une si
étrange lubie, le Marseillais s'était *ostiné*, et l'on
avait fini par l'abandonner à ses inspirations,
puisque, après tout, il était maître de ses actes,

et d'âge à savoir se conduire. Mais il paraît que
la vie de famille au milieu des nègres avait
manqué de charmes, car, en retrouvant ses compatriotes, il pleurait de joie, et dans la première
effusion les serra à les étouffer sur sa vaste poitrine; il les couvrit même de baisers, fortement
parfumés à l'ail et à la pipe, manifestation qui
ne laissa pas d'indisposer fort Henri.

Un peu calmé, il s'informa du but du voyage;
M. Massey, qui était venu rejoindre ses fils, ne
fit aucune difficulté de le mettre au courant de
tout. Aussitôt, sous son front étroit, ses yeux
s'allumèrent :

« Une mine d'or!... Ah! *boun Dis!*... quelle
chance!... quelle aubaine!... Et dites-moi, monsieur Massey!... mon bon monsieur Massey!...
vous ne refuserez pas de me prendre *avé* vous,
n'est-ce pas ? »

Sa large face exprimait une anxiété réelle.

« Venir avec nous ?... Comment ?... quitter votre
famille ?... votre beau-père, vos beaux-frères et
vos belles-sœurs, sans parler de votre belle-
mère ?... Car j'imagine que vous ne laisseriez pas
Mme Bou-Bou, nouvelle Ariane, pleurer votre
départ ?...

— Oh! elle!... té, passe encore! Mais ces
nègres de malheur!... surtout depuis que les
Anglais sont là, la vie n'est plus tenable... Il y
a longtemps que j'aurais pris la clé des champs
si j'avais pu m'aventurer seul dans ces diables de
solitudes... le *veldt*, ils appellent ça... un joli mot,
et une jolie chose, oui! Ah! *pécaïre*, Brandevin, où

avais-tu la tête quand tu voulus rester ici?...
Enfin, l'occasion est trop bonne pour la laisser
échapper... Je vous suivrais plutôt à la piste,
d'abord!... Et puis je sais me rendre utile... au
besoin je ne dédaignerai pas de reprendre mon
ancien métier et de faire sauter les casseroles!...
Monsieur Massey, au nom de la patrie, par le
souvenir de tous les dangers que nous courûmes
ensemble, je vous supplie de ne pas m'abandonner
ici, car, foi de Brandevin, je m'y consume!... »

Et de vraies larmes se mirent à couler sur ses
larges joues reluisantes, qui, certes, ne paraissaient rien moins que consumées...

« ... L'*ennui* me tue!... continua-t-il, accablé. Ne
jamais voir que ces moricauds autour de moi!...
ou ces mâtins d'Anglais qui ne savent pas seulement parler français!... Et moi, j'ai oublié leur
diablesse de langue, si jamais je l'ai sue... Tenez,
je sens que je n'y résisterais pas six mois de plus...
monsieur Massey, ne me refusez pas!... ou que
mon sang retombe sur votre tête!... ajouta-t-il en
proie à une sombre exaltation.

— Calmez-vous, cher monsieur Brandevin!
Certes, nous ne refuserons pas de vous emmener
avec nous; mais ne croyez pas que nous allions
vers un centre civilisé : bien au contraire, nous
allons nous fixer dans une solitude où vous ne
trouverez guère plus de distractions qu'ici, je vous
en préviens.

— Eh! qu'est-ce que ça me fait?... Je serai avec
vous autres, avec des gens de chez nous!... J'en-
tendrai parler français (même si c'est *pointu*

comme vous, les Parisiens, c'est toujours du français !...) et, allez, ça fait quelque chose d'entendre la vieille langue !... Dire que je n'ai entendu parler que nègre tout ce temps... Ah ! je me languissais !... jamais je n'oublierai ça, monsieur Massey... Et votre dame ?... Et votre demoiselle, qu'*elle* était si gentille ? Ah ! *boun Dis de boun Dis !* quel bonheur de vous revoir tous !... »

Sa joie était sincère, bien qu'exprimée de façon tant soit peu grotesque, et ce fut sans difficulté qu'on accepta ce renfort inattendu à l'expédition. Du reste, la caravane était déjà si nombreuse que l'adjonction d'une personne ou deux de plus ne tirait pas à conséquence et Bou-Bou témoigna une joie exubérante lorsque son seigneur et maître l'informa de sa décision.

Déployant une activité fébrile, Brandevin entassa ses possessions et celles de sa femme dans un des chariots et y prit place, le visage rayonnant d'une joie sans mélange.

On eut vite choisi une centaine de volontaires, qui, placés sous les ordres immédiats de M'Bololo, tout à fait revenu à ses bons sentiments, allaient former l'escorte de la famille Massey. En dépit de l'opposition de « massa Pigott », — personnage assez louche, mi-marchand, mi-fanatique, — M. Massey n'eut pas de peine à faire prévaloir sa volonté, car, alléché par l'appât d'une excellente paye, tout le village aurait voulu partir.

Le voyage suivit son cours le jour même et se continua sans encombre au milieu de ce pays vierge, dont la beauté frappait d'admiration les

3

voyageurs. La petite armée se montrait disciplinée, dévouée à ses chefs. M'Bololo avait repris sa gaieté d'autrefois et, toujours sur les talons de Gérard, semblait avoir abjuré le fâcheux goût de boisson contracté sous l'influence néfaste de M. Pigott. Mia-Mia riait et chantait toute la journée, et Bou-Bou, ou plutôt *mame Ban'vin*, comme elle exigeait qu'on la nommât, ne lui cédait en rien pour la bonne humeur.

Au bout de quatorze jours de voyage, on atteignit le Zambèze; ce ne fut pas une petite affaire que de traverser ce large fleuve, trop profond pour que les bœufs pussent le franchir, tout attelés à leurs « wagons » ainsi qu'on l'avait fait pour les cours d'eau insignifiants rencontrés en route. Ici, il fallut commencer par construire un bateau plat, ou plutôt un immense bac pour passer toute la colonie, hommes et bêtes. Mais M. Weber ne s'embarrassait pas pour si peu : il avait ses plans tout prêts, et, sous sa direction, les noirs achevèrent en deux jours la construction du grand radeau.

Après une nuit de repos, on commença le passage.

La journée entière y fut employée; enfin, aux rayons du soleil couchant, tous les voyageurs se trouvèrent réunis sur la rive opposée.

Bientôt on traversa le pays Batoka, où coule la rivière du « Rhinocéros » et qui ne fait partie de la « sphère d'influence » d'aucune puissance européenne, ainsi qu'on peut le vérifier sur une carte du partage de l'Afrique. Cette région est infestée de tribus nomades qu'il ne fait pas toujours bon rencontrer ; mais les conditions présentes du voyage différaient totalement de celles où les jeunes Massey l'avaient accompli en sens inverse. Ils ne craignaient plus maintenant, bien armés, en nombre, munis de bétail et d'animaux de trait, aucune des tribus sauvages qu'ils avaient bravées jadis seuls et sans armes. Et si jamais ils en rencontraient, les noirs, terrifiés par l'apparat avec lequel voyageaient les faces pâles, fuyaient épouvantés, ou, venant se prosterner devant eux, leur rendaient hommage.

Gérard servait de guide, car il avait au plus haut point la mémoire des lieux, et, lui eût-elle manqué, que le brave Goliath aurait su tout seul retrouver le chemin ; en l'observant, on voyait qu'il avait l'air de se douter qu'on marchait vers un but déterminé et rien ne l'eût persuadé de s'en détourner. Colette affirmait en riant qu'il savait qu'on allait chercher la mine ; et, quand elle le prenait à témoin de ses dires, l'éléphant agitait les oreilles de l'air le plus sagace et le plus convaincu du monde. Enfin on atteignit les bords de la rivière où Gérard avait failli être tué par un rhinocéros. Les jeunes voyageurs déclaraient avec volubilité reconnaître le site même de l'aventure, lorsqu'une surprise inattendue cloua tout le monde sur place.

A un détour du sentier et abritant ses yeux de sa main pour les voir venir, un homme de race blanche, en costume de trappeur, venait de paraître et s'arrêtait court, appuyé sur son fusil.

CHAPITRE III

UNE FAMILLE DE PHILOSOPHES

C'était un grand et gros homme, presque obèse, mais agile cependant, car il franchit d'un bond aisé le ruisseau assez profond qui le séparait de la route rudimentaire où se traînaient lentement les wagons et, s'avançant d'instinct devant M. Massey comme devant le chef de la petite troupe, il ôta poliment son feutre. Un fusil, un coutelas passé à la ceinture, un carnier gonflé de gibier, de grosses bottes montant plus haut que le genou et partout maintes déchirures, force rapiéçages, avec un amas de poussière et de boue, tout indiquait le chasseur éprouvé, celui que rien n'arrête, qui passe à travers torrents et halliers, une fois lancé sur une piste, et ne désarme que lorsqu'il a saisi sa proie. Une paire d'yeux gris superbes, au regard aigu, surmontant deux vastes et rubicondes joues, faisaient de cette physionomie un assemblage bizarre et paradoxal, où vers le bas semblait triompher la matière, tandis que le front haut, le regard assuré, intelligent et profond témoignaient d'éléments plus nobles.

Au moment où l'étranger s'était présenté devant la caravane, la voix de Gérard, claire et bien timbrée, venait de résonner sous les grands arbres :

« Les bœufs sont fatigués, disait-il; une halte au bord de ce ruisseau me paraît indiquée.

— Salut! prononça aussitôt le chasseur avec un fort accent étranger, salut et bienvenue à des Français..., à des amis!...

— Je vous salue et je vous remercie, s'empressa de répondre M. Massey; c'est une chance inespérée de rencontrer des amis dans cette solitude!...

— Plus qu'amis... compatriotes!

— Vous êtes Français?... continua M. Massey, dissimulant sa surprise, car rien ne rappelait moins la patrie que l'accent et l'aspect général de son interlocuteur.

— Je suis Français!... si l'on peut dire tel celui dont les ancêtres ont vécu depuis deux siècles sur un sol étranger. Aujourd'hui, on nous appelle *Boers*. Nous avons oublié les arts, les élégances, les usages et presque la langue du pays d'origine; mais nous nous rappelons toujours qui nous sommes; mon père et, avant lui, mon grand-père m'ont appris à considérer comme un grand honneur le fait de porter un nom français; j'enseigne la même chose à mes fils, et quand un rare hasard nous fait rencontrer un compatriote, nous lui ouvrons notre cœur et notre porte comme à un frère... »

Tout ceci avait été dit lentement, dans un parler hybride, mélange de hollandais et de vieux français, mais, en somme, très compréhensible pour des gens qu'un séjour de six mois au Transvaal avait déjà familiarisés jusqu'à un certain point avec la langue du pays.

« Voilà une noble tradition, s'écria M. Massey offrant la main au Boer et serrant chaleureusement la sienne. Permettez-moi, monsieur, de me présenter à vous (se nommant ainsi que ses compagnons) et laissez-nous, en retour, connaître ce nom que vous portez si pieusement !

— Agrippa Mauvilain, à votre service... La vieille Bible que l'exilé de 1685 apporta au Cap dit même Agrippa de Mauvilain, — et c'est là tout ce que nous possédons en fait de parchemins; — mais une particule serait peu d'accord avec ces vêtements barbares, n'est-ce pas?... avec une vie qui ne l'est pas moins, avec une langue qui l'est encore davantage, dit l'homme en souriant non sans finesse. Depuis longtemps nous l'avons laissée tomber... Puis-je vous adresser une question, monsieur Massey? Êtes-vous pressé d'arriver au but de votre voyage? Une halte? Une halte en chemin serait-elle pour vous un dérangement?

— Pas précisément : nous sommes, selon toute prévision, à une dizaine de kilomètres du terme de notre route; et je crois bien, comme le disait tout à l'heure mon fils Gérard, qu'un temps de repos sous ces ombrages est tout indiqué pour nos gens et nos bêtes.

— Alors, monsieur, reprit Mauvilain, solennellement, laissez-moi vous prier d'honorer notre demeure de votre visite. Elle n'est guère éloignée d'ici de plus d'un à deux kilomètres ; tout Français qui passe devant notre porte est admis à devenir notre hôte, si cela lui plaît ainsi, et nous sommes heureux de lui offrir le meilleur de ce que nous avons, — peu de chose, à vrai dire !... Dame Gudule, ma femme, sera fière de vous accueillir. Voulez-vous, mesdames, messieurs, nous faire l'honneur de partager avec nous le pain et le sel ?...

— Y songez-vous ?... s'écria M. Massey ; ce n'est pas possible ! Voyez donc combien nous sommes ! Je vous remercie, monsieur Mauvilain, nous vous remercions de tout cœur, mais nous ne saurions accepter ; à nous seuls, la famille, nous formons presque une petite armée... »

Le front du Boer s'était assombri, Mme Massey vint à la rescousse :

» Mon mari a raison, monsieur, dit-elle ; nous ne pouvons songer à accepter en masse votre invitation. Mais ce serait un vrai crève-cœur pour nous tous de passer sans la connaître devant une maison qui nous est si largement ouverte, et si M. Massey n'y voit pas d'empêchement, je propose, tandis que le gros de la troupe fera halte au bord de l'eau, que ceux qu'il désignera vous accompagnent jusqu'à votre demeure. »

La motion fut immédiatement adoptée, et, après un court débat, un petit détachement, composé de M. Massey, du docteur Lhomond, de Colette et de Gérard, se mit en marche à travers bois à la suite du Boer, pendant que le reste de la caravane se disposait à camper près du ruisseau limpide, où tout le bétail s'ébroua à grand bruit.

Deux kilomètres à peine séparaient l'habitation de cet endroit, et bientôt on vit se dessiner les palissades d'un enclos, le toit de la maison, le petit auvent qui protégeait la porte, et la cheminée d'où sortait un panache de fumée ; dès l'abord, on reconnaissait que l'ordre et le travail régnaient en ce lieu ; la palissade, haute et solide, présentait un obstacle sérieux aux agresseurs possibles, malandrins à deux jambes ou rôdeurs à quatre pattes ; l'entrée était propre et bien ratissée, mais on ne paraissait pas y avoir sacrifié beaucoup à l'ornement. Le jardin ou plutôt le potager présentait cet échiquier régulier, — carrés de choux, de laitues, de radis et autres légumes, encadrés de petites rigoles où coule l'eau vive, — qui a bien sa valeur aux yeux de la ménagère, mais qui laisse généralement insensible le regard de l'artiste.

« Nous sommes ici depuis dix mois à peine, dit Mauvilain, ouvrant la barrière à claire-voie qui entourait le jardin ; ma famille est nombreuse, et il a fallu d'abord penser à l'utile... Agrippa ! Cadet ! appela-t-il à haute voix, venez saluer des visiteurs ! des Français ! »

Deux jeunes gens de dix-huit à vingt ans, courbés à quelque distance parmi les hautes herbes, relevèrent leur front baigné de sueur, et montrant une physionomie toute pareille à celle du père, le même développement athlétique et les signes d'une même corpulence future, déposèrent leur bêche et s'avancèrent sans embarras.

« Bienvenus! » dirent-ils tous deux d'un ton grave et non sans dignité.

C'était là, évidemment, un rite habituel.

« Cadet, ordonna le Boer, va chercher tes frères et tes sœurs; toi, Agrippa, va dire à la mère que sa demeure est honorée de la visite de compatriotes.

— Alors, monsieur Mauvilain, dit le docteur Lhomond, tandis qu'on franchissait la porte, vous avez encore d'autres enfants que ces deux beaux garçons-là?

— J'en ai douze, annonça le père avec fierté. Agrippa est l'aîné; il a dix-neuf ans. Le dernier a dix-huit mois à peine.

— Douze! répéta M. Massey involontairement. Quelle somme de tracas, de soucis représente un tel chiffre! Je n'en ai que trois, moi, et souvent, je vous assure, j'ai trouvé que j'avais les mains pleines...

— Au désert, dit l'homme avec simplicité, la vie est moins compliquée, et une nombreuse famille ne comporte pas les mêmes difficultés qu'à la ville : bien au contraire! A peine un enfant est-il hors de page qu'il devient un aide, un allié précieux dans la petite colonie... N'empêche, ajouta-t-il, un pli soucieux au front, que notre dernier-né nous donne de l'inquiétude; depuis quelques jours surtout, l'enfant languit; et nous sommes si loin ici de tout secours médical...

— Voici le docteur Lhomond, interrompit vivement M. Massey, médecin de savoir et d'expérience autant qu'homme de cœur ; et je ne doute pas qu'il puisse vous tirer de souci.

— Tout ce que je puis faire est à votre service, s'empressa d'ajouter l'aimable savant.

— Ah ! s'écria le père, vous êtes alors deux fois bienvenus ! »

On venait d'entrer dans une salle d'aspect assez morose, ornée simplement d'une table carrée, flanquée d'une multitude de chaises symétriquement disposées alentour. Au mur divers textes bibliques s'étalaient dans des cadres sévères.

« C'est le parloir ! dit le Boer, non sans orgueil. D'habitude, nous nous tenons dans la cuisine, mais sans doute cette jolie demoiselle n'aimerait pas...

— Oh ! monsieur ! pria Colette, faites-nous donc l'amitié de nous recevoir à la cuisine ; nous en serons tous contents, je vous assure ! »

Comme elle parlait, la dame du logis parut sur le pas de la porte. C'était une grande femme aux beaux traits un peu alourdis, le front ceint de l'antique coiffure hollandaise aux plaques d'orfèvrerie, héritage plusieurs fois séculaire de ses aïeules. Elle tenait dans ses bras un petit enfant ; deux autres, âgés de trois et cinq ans, se pressaient contre elle, regardant les visiteurs de leurs grands yeux d'anges curieux.

« Dame Gudule, dit Mauvilain, après avoir procédé aux présentations, voici pour nous un bonheur inattendu. Monsieur est médecin et il veut bien se charger d'examiner notre petit malade.

« — Ah ! monsieur ! c'est le ciel qui vous envoie ! fit dame Gudule avec ferveur. Mais d'abord, il faut songer à vous reposer et vous rafraîchir. Ma fille Nicole !... (présentant une jolie fillette d'une quinzaine d'années qui venait d'entrer). Nicole, hâte-toi de préparer du café et d'en donner une tasse à M. le Docteur.

— Non! prononça nettement M. Lhomond, qui se doutait de l'impatience où devait être la mère d'avoir son avis : avec votre permission, nous nous occuperons d'abord de mon petit client.

— Mais, pourtant, mes hôtes...

— Mademoiselle votre fille se chargera de vous remplacer pour quelques moments.

— Et, si elle le permet, je l'aiderai volontiers à faire le café, dit Colette.

— Voilà qui est entendu, trancha M. Massey. Nous vous laissons ici en consultation. Quant à nous, Mlle Nicole voudra bien, j'espère, nous faire connaître tous ceux de ses frères et de ses sœurs que nous n'avons pas encore vus. »

De tous les côtés se montraient des têtes blondes ou brunes; des fillettes et des garçonnets d'âges variant entre quatorze et six ans; ils paraissaient innombrables; ils étaient tous gros, gras, assez beaux et bien faits; tous avaient un peu de la gravité paternelle et montraient une excellente tenue. On venait de passer dans la cuisine, pièce infiniment plus gaie, plus hospitalière que le « parloir », avec sa batterie de vieux cuivres étincelants, ses grès, ses faïences aux vives couleurs, ses antiques bahuts aux sculptures polies par le temps, sa vaste cheminée, ses grappes de fruits, de légumes, et même de saucisses et de jambons, suspendues aux poutres du plafond.

Nicole, aidée de Colette, s'était mise à préparer un goûter plantureux et appétissant, et toutes deux faisaient connaissance; les petits secondaient ces préparatifs avec zèle; mettant proprement la table, courant au potager ramasser des légumes, au jardin cueillir des fruits; au cellier, à la laiterie, puis au ruisseau, où ils mettaient rafraîchir les bouteilles, suivant les indications de la grande sœur, qui les nommait tour à tour à la visiteuse.

« Celle-ci est Lucinde; elle a treize ans; elle vient après moi. Voilà Madelon, qui en a douze. Puis Baptiste, Thibaut, Dorine, Gauthier, Jacqueline et René, que nous appelons Gros-René, je n'ai pas besoin d'expliquer pourquoi! acheva Nicole, embrassant le petit angelot joufflu.

— On dirait des noms de Molière! s'écria Colette : et Mauvilain aussi, je ne sais pourquoi, me fait penser à lui...

— Ce nom vous rappelle sans doute vaguement une anecdote que vous avez entendue, dit Nicole. Mauvilain était ce médecin de qui Molière disait à Louis XIV : « Il m'ordonne des remèdes; je ne les fais pas; et je guéris. »

— Seriez-vous descendants de ce médecin?

— Descendants, non, mais probablement de même souche.

— Et celui qu'on appelle Cadet, quel est son vrai nom?

— Hugues. Il s'appelle aussi Agrippa.

— Comme votre frère aîné ? Comme votre père ?

— Oui ; et comme tous mes frères. C'est un nom qu'on donne invariablement aux garçons dans notre famille. Et, si l'aîné vient à mourir, celui qui prend sa place l'adopte à son tour. Et vous, mademoiselle, comment vous appelez-vous ? demanda Nicole.

— Colette.

— Mais cela aussi est un nom de Molière, on dirait.

— Croyez-vous ? C'était celui de ma grand'mère et de mon arrière-grand'mère, me dit-on.

— C'est comme moi. Il y a toujours eu chez nous, à ce qu'il paraît, une Nicole. »

Tandis que les jeunes filles causaient ainsi, M. Massey et Gérard s'entretenaient avec les deux aînés et apprenaient, non sans surprise, que, pendant leur séjour forcé parmi les *Grosses-Têtes*, ils avaient eu pour proches voisins les gens qui les hébergeaient aujourd'hui.

Les Mauvilain descendaient d'un de ces huguenots, inébranlables dans leur foi, que la révocation de l'Édit de Nantes força d'aller porter à l'étranger, en Angleterre, en Allemagne, en Amérique, au désert, une bonne part de ce que le pays possédait de plus noble et de plus sain. Combien d'ouvriers habiles, d'artistes, de futurs littérateurs ou poètes, ou simplement combien d'hommes forts et honnêtes, destinés à être le plus ferme soutien de la patrie, nous furent enlevés par cette sauvage mesure, et allèrent enrichir l'étranger de leurs arts, de leur industrie, de leur génie et de leur

âme héroïque ! Pendant deux siècles, ils avaient
vécu tranquilles dans le Sud-Africain, cultivant
la terre, jouissant d'une large aisance de gentilshommes campagnards, et entretenant fidèlement,
autant que faire se pouvait en dépit de la distance,
du frottement étranger et de l'usure du temps,
l'amour fidèle de la mère patrie. Ils ne songeaient
cependant pas à y rentrer. Un dégoût invincible
de toute lutte politique, et la résolution inébranlable de ne se mêler jamais à aucun conflit reli-
gieux, à aucune guerre fratricide, tel était l'héritage moral que le vieux huguenot de 1685 avait
légué à ses descendants et qu'ils gardaient intact.
Gagner honnêtement sa vie, voir grandir en paix
sa famille, se contenter de peu, mais défendre
résolument le privilège de penser à sa guise, un
pareil idéal ne semblait guère ambitieux ; et, en
effet, de génération en génération, il s'était réalisé
sans accroc. Les Mauvilain avaient vécu, prospéré
modestement, cultivant le sol, se livrant à l'élevage des bestiaux, ne s'éloignant guère du Zambèze, mais changeant de séjour avec la plus grande
facilité, pour peu que le voisinage devînt déplai-
sant ou incommode, ou si une terre plus neuve
et plus fertile les conviait à déménager.

Depuis une vingtaine d'années à peu près ils
avaient planté leur tente au revers de la colline
qui borne le village des Matabélés. Ils y étaient
heureux ; la culture marchait bien ; les bestiaux
se multipliaient, et la famille n'avait encore connu
aucun jour d'orage, lorsque les Anglais firent
invasion chez les *Grosses-Têtes* à la suite de leurs

ennemis héréditaires, les *Rhinocéros*. Cet événement qui, pour les Massey, fut le signal de la délivrance, avait été moins heureux pour les Mauvilain. A partir de ce moment, la physionomie du pays avait changé; les indigènes, jusque-!à paisibles et doux, étaient devenus rétifs, querelleurs, intraitables; le spectacle désolant de l'ivrognerie affligeait les yeux constamment; des touristes occasionnels, épaves des colonies voisines, avaient apporté de vagues reflets de civilisation, et ces notions nouvelles, mal comprises, confusément mêlées au fétichisme enraciné dans ces pauvres têtes, et malheureusement soutenues de force verres de gin et de whisky, avaient produit de tels résultats, que Mauvilain, dégoûté de ce voisinage, indigné aussi de l'insolence que les envahisseurs ne se faisaient pas faute de manifester en toute occasion, avait résolu de quitter à tout jamais ce lieu et de se transporter au delà du Zambèze. Comme le chalet des Massey, leur maison de bois se démontait et pouvait être transportée avec facilité; aussi ces migrations étaient chose habituelle parmi eux; et, sans protester ou s'étonner, la mère et les enfants avaient accepté d'emblée la volonté du chef de famille. Tout s'était fait le plus tranquillement du monde; on avait traversé le Zambèze sans encombre, édifié sa maison, parqué ses bestiaux, planté son jardin, remis toutes choses en place, et, depuis dix mois à peu près, on vivait en paix dans le nouveau séjour qu'on s'était choisi. Une ombre seulement restait de cet exode : le petit frère, à peine âgé d'un an,

celui que tous chérissaient d'une tendresse particulière, avait moins bien que les autres supporté
les fatigues du voyage. Les nuits en plein air
l'avaient affecté sans doute et il conservait une
sorte de paralysie partielle qui coûtait des larmes
à sa pauvre mère...

Mais elle rentrait dans la salle, le visage illuminé d'une joie profonde : le docteur lui avait
indiqué un traitement très simple, un massage
que ses doigts maternels avaient promptement
appris à appliquer, et grâce auquel, lui assurait-
il, elle allait voir revivre le petit être...

On le plaça dans son berceau et on se réunit
amicalement autour de la grande table. Pressés de
questions, les voyageurs donnèrent un aperçu
de leurs aventures. Les Boers les écoutaient bouche
bée, et la belle humeur de Gérard arracha, à plusieurs reprises, un pesant éclat de rire au fermier
et à ses fils aînés. Mais leur hôte parut moins
séduit lorsqu'on lui révéla enfin la découverte du
gisement aurifère, et qu'il comprit le but du voyage.
Exploiter une mine!... Longuement il secoua la
tête, et son front se couvrit d'un épais nuage.

« Ah! les mines d'or! prononça-t-il enfin. En
vérité je n'ai pour elles nulle tendresse!... Me
préserve le ciel de faire le prophète de malheur;
mais je ne puis m'empêcher de mal augurer de
tout ce qui touche à une pareille entreprise. Impossible de la poursuivre en paix; l'équité, la
modération, la justice, rien ne sert dans la poursuite du métal maudit!... Vous verrez! vous
verrez!... Que le bruit de votre découverte se

répande, que l'image fatale du veau d'or vienne à luire devant les imaginations, et la cupidité se déchaîne, les aventuriers se précipitent, toute la tourbe des affamés, des déclassés, des envieux, des avides viendra s'abattre sur le pays... les braves gens seront forcés d'aller plus loin, pour fuir rapines, violences et désordres !... Vous frémirez en voyant l'absence de sens moral, la cruauté l'inénarrable méchanceté de ceux qui fondront sur cette terre, et...

— Mon ami, interrompit doucement dame Gudule, désireuse d'arrêter cette philippique, peut-être ces craintes seront-elles vaines ; sans doute on s'arrangera pour garder le secret le plus longtemps possible, et ces sombres pronostics risquent d'attrister des hôtes qui nous ont apporté la consolation...

— Raison de plus pour les avertir quand il en est temps encore ! » s'écria le Boer. Et, repartant de plus belle, il prononça une longue homélie sur le même texte : dangers d'une exploitation comme celle que projetaient ses hôtes, nécessité de s'arrêter dans cette voie dangereuse. On l'accepta avec résignation, et, lorsqu'il eut versé le trop-plein de son cœur, M. Massey, le remerciant sincèrement de ses bons avis, s'appliqua à le rassurer en lui expliquant que ceci était une simple petite exploitation de famillle qui ne pourrait jamais prendre, à moins d'événements imprévus, le développement et le caractère qu'il appréhendait.

Le Boer hocha la tête, assez peu convaincu ; déjà lui ou les siens avaient émigré trois fois devant les chercheurs d'or, il savait ce qu'il adviendrait de tout ceci!... mais enfin il avait dit ce que sa conscience exigeait, il ne pouvait faire plus. Et, une fois ce devoir accompli, il entra avec intérêt dans le détail de l'entreprise des Massey, montrant une compétence sur toutes choses touchant leur installation future, qui le déclarait tout d'abord un voisin précieux. Il savait, par une longue tradition, comment planter rapidement sa tente, semer le jardin, se retrancher et se défendre contre les agressions du dehors. Il connaissait à fond l'élevage des bestiaux, qu'il regardait avec l'agriculture comme les seules industries dignes d'un homme libre et honnête; et il s'offrit à aider les nouveaux venus de son expérience, soit personnellement, soit en déléguant un de ses fils, déjà fermiers accomplis, pour les seconder dans les premiers pas toujours difficiles du métier de colon. L'offre était faite avec une évidente sincérité, et le Boer, aussi bien que toute la famille, paraissait si heureux de l'acquisition inattendue de ces sympathiques voisins, qu'on ne fit pas difficulté d'accepter sa proposition. Mais M. Massey ne voulut à aucun prix entendre parler de priver la famille de son-chef, fût-ce pour quelques jours seulement; et il fut entendu que le jeune « Cadet » le représenterait en cette occasion, qu'il s'en reviendrait avec ses hôtes et ne quitterait les arrivants que lorsqu'ils seraient installés dans leur nouveau séjour.

CHAPITRE IV

L'INSTALLATION DE MASSEY-DORP

Suivant les indications de son père et dès qu'on l'eut présenté au reste de la famille, Cadet Mauvilain guida ses nouveaux amis vers une colline en pente douce, couverte d'un épais gazon, plantée d'arbres magnifiques, qui surplombait la rivière. Les voyageurs tombèrent d'accord que le site était admirablement choisi, les pâturages faits à souhait pour les bestiaux, le sol d'une fertilité incomparable, et décidèrent de s'y fixer.

Le reste de la journée fut employé à s'installer sommairement, planter les tentes, parquer les animaux, préparer le repas du soir; la nuit tomba avant qu'on eût le temps de penser au filon; mais dès l'aube, le lendemain, Henri était debout et prêt à s'y rendre. Pas plus tôt que Colette cependant, car lorsqu'il parut sur le seuil de sa tente, les yeux éblouis par les rayons du soleil levant, il aperçut la taille svelte et les cheveux d'or de sa sœur, occupée auprès d'un brasier en plein air.

« Comment, mignonne, déjà debout !... s'écria-t-il surpris.

— Je savais que tu avais l'intention de sortir de bonne heure, répondit Colette en lui tendant son front à baiser.

— Et alors ?...

— Tu penses bien que je ne veux pas te laisser aller à la rivière à jeun ! M. Mauvilain disait encore hier que rien n'est plus malsain.

— Et tu t'es levée pour me préparer à déjeuner !... s'écria Henri en prenant de ses mains une grande tasse d'excellent café à la crème, accompagnée de substantielles tartines beurrées. Oh ! petite sœur, pourquoi t'être donné tant de peine ?... Je me serais servi tout seul — ou bien j'aurais appelé quelque négrillon à la rescousse...

— Et il t'aurait fait endêver une bonne heure sans arriver à rien !... Oui, ce sont de très braves gens, mais peu pratiques... Nicole Mauvilain me le disait encore hier : « Ici, comme à Kleindorp, si vous voulez une chose faite, faites-la vous-même... »

— Certes, je ne suis pas anachorète au point de regretter d'avoir ce nectar à boire, dit Henri en tendant sa tasse vide pour que Colette la remplît de nouveau ; mais j'aurais eu la ressource de m'adresser à Martine.

— Pauvre Martine !... Elle a assez à faire de conduire ces malheureuses négresses toute la journée. Laissons-la reposer !... Tu vas seul au filon ?

— Oui ; Gérard dormait de si bon cœur que je n'ai pas eu le courage de l'éveiller...

— Il paraît que tu me prends pour une marmotte?... s'écria Gérard, qui arrivait frais et dispos derrière les deux interlocuteurs. Jugement téméraire, monsieur Henri!... « Mazé Collé », un peu de café pour bon nègre?

— Voilà, petit nègre!... Et aussi bonne crème et bonne tartine...

— Bon!... bon!... fit Gérard en se frottant l'estomac et en roulant les yeux à la manière des noirs. *Cabo!... cabo!...* Henri, toi tu ne parles pas nègre comme nous! Sache que lorsque tu trouves quelque chose à ton goût, bon ou joli, tu n'as qu'à dire *cabo!...* Tu exprimeras avec ce mot unique les éloges les plus pompeux... Et on peut le dire de ton café, ma Colette, il est *cabo*, il n'y a pas à le nier!...

— Tant mieux, dit Colette, tout empressée à servir ses deux frères. Une seconde tasse, Henri?... Gérard, encore une tartine?... Voulez-vous ces fruits pour finir?... Voyez quelle fraîcheur, quel parfum!... »

Elle leur offrait dans une grande feuille verte de beaux fruits rouges ressemblant aux fraises, mais beaucoup plus gros, et d'un parfum exotique.

« C'est Cadet Mauvilain qui me les a cueillis hier soir en disant qu'on les mangerait à déjeuner », expliqua-t-elle

Les jeunes gens leur firent honneur et, après avoir embrassé leur gentille Hébé, ils partirent allégrement pour aller reconnaître le filon.

Vers midi les deux explorateurs reparaissaient. Rien qu'à leur mine on put juger que le résultat de l'expédition était satisfaisant; Gérard surtout rayonnait et se livrait à diverses gambades pour témoigner son contentement.

« Victoire! victoire! criait-il en jetant son chapeau en l'air. Enfoncés les Rothschild!... Enfoncés les Vanderbilt!... Enfoncés tous les vieux richards du vieux monde!... C'est nous qui *sont* les bons!...

— Voyons, grand fou, explique-toi, dit Mme Massey en souriant. Qu'avez-vous trouvé qui justifie cette joie exubérante?

— Elle est peut-être un peu prématurée, dit Henri en se jetant tout de son long sur l'herbe. Mais, enfin, l'affaire paraît excellente.

— Vraiment!... Voyons!... Contez-nous cela!... s'écrièrent-ils tous en se rapprochant, vivement intéressés.

— Eh bien, autant que j'ai pu en juger par un examen forcément hâtif, les bons yeux de Gérard ne l'ont pas trompé : nous avons affaire à un quartz superbe, à un filon d'une richesse et d'une beauté admirables, du moins dans ses parties visibles. Je ne serais pas surpris qu'il s'étendît à une immense profondeur; en tout cas, des travaux même superficiels suffiront à en extraire, sinon une fortune colossale, du moins l'aisance assurée pour tous... »

Cette bonne nouvelle fut fort bien accueillie; chacun voulait des détails, et Henri fut obligé de recommencer cent fois ses explications techniques; il s'y prêtait, du reste, de la meilleure grâce du monde. Mme Massey, à vrai dire, ne pouvait s'empêcher de ressentir quelques doutes, mais, ne voulant pas gâter la joie générale, elle n'eut garde de les exprimer et dissimula soigneusement les prévisions quelque peu pessimistes qui l'assaillaient malgré elle.

On résolut de procéder sans tarder à l'installation définitive. Le site était véritablement admirable : à perte de vue s'étendait le *veldt* frais et verdoyant, moutonnant en collines douces peu élevées, semées de magnifiques bouquets d'arbres; la rivière étincelante, aux eaux fraîches et pures comme le cristal, coulait au pied du coteau avec un murmure harmonieux. On fixa sur la crête de la colline la maison de bois portative se démontant de toutes pièces, ainsi qu'un casse-tête chinois; chaque partie, dûment numérotée, retrouva sa place, et bientôt elle fut terminée; on eût dit que le coup de baguette d'une fée avait transporté si loin le petit foyer reconstruit à Kleindorp par la famille Massey après tant d'épreuves. Cadet Mauvilain se montra d'un secours précieux dans tous ces travaux préliminaires.

On avait eu soin de choisir un emplacement bien boisé, de sorte que, lorsque l'on eut enclos le terrain d'un mur de cailloutis, l'habitation se trouva placée au milieu d'un parc aux frais ombrages, aux pelouses naturelles, qu'un coup de tondeuse transformerait en véritable velours pour le tennis ou le croquet. Selon le conseil de Mauvilain, on planta autour de ce mur une profusion de plantes épineuses qui, dans ce climat, devaient former en un temps très court une barrière infranchissable pour bêtes et gens.

Deux petites ailes supplémentaires ajoutées au grand pavillon central formaient, l'une, la demeure du docteur Lhomond, l'autre, celle de M. Weber et de Lina, car, quoique habitant sous le même toit, chacun tenait à garder autant que possible son autonomie. M. Brandevin et Bou-Bou eurent, un peu à l'écart, une jolie petite maisonnette construite sur le modèle indigène.

Dans une seconde enceinte, et dissimulés par un réseau d'arbres, se trouvaient les communs, buanderie, boulangerie, hangars pour les bestiaux, huttes des noirs, construites par M. Weber selon toutes les règles de l'hygiène, et sur lesquelles Le Guen exerçait le droit de haute et basse justice. Quant à Martine, elle régnait sur la cuisine, à la tête du peuple de noires servantes jugées indispensables là-bas.

Que de douleurs lui causaient-elles, et combien de fois l'excellente femme regretta-t-elle les accortes soubrettes de son pays natal, devant ces êtres en savates, une courte pipe à la bouche, la tête laineuse chargée de verroteries grossières !... Parfois, écoutant ses lamentations, Mme Massey s'inquiétait du tourment que ces « aides » infligeaient à Martine ; mais, au fond, celle-ci était née chef de troupe, et, après s'être bien désolée, trouvait une sorte d'âpre satisfaction à mener ces recrues indociles au bon combat — contre la poussière, la malpropreté, le désordre sous toutes ses formes.

Bien plus que les virulents reproches de « mame Le Gué », un mot dit avec douceur par Colette avait parfois un effet magique sur les pauvres moricaudes ; la jeune fille avait su gagner dès le début l'affection de toute la maisonnée ; les plus paresseux, les plus indisciplinés des noirs se précipitaient pour la servir, se découvraient du zèle et de l'obéissance pour lui plaire... ce que Martine remarquait quelquefois en toute philosophie :

« Je n'en fais pas la moitié autant, avec tout mon tapage, que « Mazé' Collé' », comme ils disent, avec un mot !... Mais quoi ! c'est elle !...n'en a-t-il pas toujours été ainsi?... Te rappelles-tu, monsieur Le Guen, dans ce maudit voyage!... jusqu'aux chiens, — de vraies bêtes fauves, — qui lui obéissaient au doigt et à l'œil... Ah!... c'est qu'il n'y en a pas beaucoup comme elle !...

— Il n'y en a pas deux! affirmait Le Guen avec énergie. Foi de Le Guen, on ne trouvera jamais sa pareille!... sans vouloir manquer en rien aux personnes présentes, bien entendu...

— Eh!... crois-tu que je veuille me mettre sur les rangs pour lutter de perfection avec ma petite Colette, moi qui l'ai vue naître et qui la connais bien?... Non, non; je sais qui elle est et qui je suis, sois tranquille, monsieur Le Guen!... »

Et secouant énergiquement sa tête, coiffée d'un madras majestueux, Martine s'élançait, son tricot en main, vers quelque délinquant mâle ou femelle, car son œil de lynx ne laissait pas échapper la plus minime infraction aux règles établies.

Quant à Le Guen, après avoir suivi sa meilleure moitié d'un regard approbateur, il crachait dans ses mains, assurait son pantalon de matelot dans sa ceinture et reprenait sa pioche pour arrondir une plate-bande, tout en murmurant à lui-même un feu roulant de louanges sur « mame Le Gué!... »

« Cré nom de bon sort!... criait-il (car son langage était parfois orné de fleurs de rhétorique par trop colorées), — c'est-y donc possible que je me *soye* déniché une femme pareille dans les pays sauvages!... Ah! Le Guen, ma vieille!... gn'a pas à dire!... t'as tiré le bon numéro... et tu peux en rire!... gn'en a pas une autre comme elle, — mêmement qu'un coquin de nègre voulait la prendre pour lui... Ah! mais!... Ah! mais!... Et il était roi encore, c't olibrius-là!... Cré nom de nom d'une pipe!... »

Tout en devisant ainsi avec lui-même, quand il n'avait pas d'autre interlocuteur sous la main, Le Guen plantait, ensemençait, piochait, et, grâce au concours de Cadet Mauvilain, jardinier-né, il eut en peu de temps fait pousser autour de l'habitation un jardin édénique. Sous ce ciel clément, arbustes et fleurs croissent avec une rapidité incroyable; au bout de quelques semaines, de grandes corbeilles de plantes vertes, des plates-bandes émaillées de fleurs embaumées réjouissaient les yeux de toutes parts; une profusion de plantes grimpantes couvrait les murs et retombait en grappes fleuries autour des fenêtres. Le jardin était d'une beauté ravissante et faisait l'admiration des jeunes Mauvilain, qui venaient souvent passer la journée chez leurs nouveaux amis.

M. Mauvilain et ses fils donnaient de précieux avis pour l'élevage des troupeaux, le défrichement des terres, les différentes semences à confier aux terrains divers, et le docteur Lhomond, ainsi que son inséparable Gérard, se passionnaient pour le métier d'agriculteur, le premier et le plus beau peut-être que l'homme ait jamais exercé. De son côté,

M. Weber inventait tantôt une nouvelle charrue,
tantôt une batteuse perfectionnée, et le temps passait
rapidement dans ces attachantes occupations.

La question de la nourriture pour une colonie
aussi nombreuse aurait risqué d'être difficile, —
bien qu'on abattît chaque jour un bœuf et un ou
deux moutons, — si par bonheur le gibier n'eût été
d'une abondance extraordinaire dans ce pays
qu'on a pu nommer avec raison le paradis du chasseur. C'est en variétés infinies qu'il vient se présenter au fusil. Sauf l'éléphant, le buffle et le
rhinocéros, la plupart des sauvages habitants de
l'Afrique sont représentés dans le *Veldt*; on y rencontre toutes les espèces d'antilopes, la charmante
gazelle, la girafe, l'hippopotame, l'élan, l'autruche,
le cerf, le daim, le quagga et une innombrable
diversité de petit gibier à poil et à plume, d'oiseaux
de plumage varié et charmant.

Chaque matin les chasseurs se dispersaient, revêtus de leur costume solide et non sans élégance :
culotte de peau de daim tannée, hautes guêtres
de cuir, fortes chaussures lacées, blouse de chasse
et grand feutre retroussé, semblable à celui que
portent les miliciens du Transvaal, et qui protège
aussi bien contre les rayons du soleil que contre
la pluie ou la grêle : chacun était armé d'un excellent fusil à deux coups pour la grosse bête, et des
noirs suivaient portant des fusils de rechange pour
le gibier à plume.

Henri et le docteur Lhomond étaient déjà excellents tireurs et Gérard promettait de marcher sur
leurs traces. Les jeunes gens eussent volontiers

emmené leur sœur à la chasse, et Colette, à qui
M. Massey avait fait don d'une petite carabine, les
eût accompagnés avec plaisir, s'il ne s'était agi
de massacrer les animaux qu'elle eût tant voulu
pouvoir apprivoiser. L'idée de tuer de sang-froid
un de ces innocents habitants de la solitude, qui
fixait sur elle un regard si pensif et si doux et
s'ébattait si gracieusement dans la prairie natale,
lui causait une invincible horreur, et rien au
monde ne l'aurait décidée à commettre ce qu'elle
ne pouvait s'empêcher de considérer comme un
meurtre. Des larmes involontaires mouillèrent ses
yeux la première fois qu'elle vit tomber, percée au
flanc, une antilope abattue par Henri. L'animal
appartenait à l'espèce *Koudou*, de la taille d'un fort
mulet, à la robe gris cendré, à la figure marquée
de blanc, à la fine tête ornée d'une magnifique
paire de cornes en spirale. Le noble quadrupède se
mouvait avec une grâce et une majesté sans égales
à la tête de sa famille lorsque la balle d'Henri vint
l'étendre ensanglanté sur le gazon... Colette crut
voir les yeux de la charmante bête fixer sur son
meurtrier un regard de reproche et ne put retenir
une exclamation de douleur... Mais sachant que
son affection pour toutes les créatures« inférieures»
risquerait d'être taxée de sensiblerie par les chasseurs, elle ne protesta qu'en son cœur contre la
cruauté humaine. A partir de ce jour, cependant,
elle cessa de manger viande ou gibier d'aucune
sorte; car, douée de logique, elle ne pouvait manquer de trouver plus révoltant encore que la
chasse le froid massacre accompli par le boucher

au fond de l'abattoir, ou le meurtre de l'inoffensif volatile de basse-cour par la ménagère qui l'a élevé... Sans en rien dire à personne, Colette devint donc tout tranquillement *végétarienne*, et Mme Massey, qui s'en aperçut, n'eut pas le courage de lui imposer un régime qui lui faisait horreur. La variété des légumes et des fruits qu'on récoltait était telle d'ailleurs, et les troupeaux donnaient un laitage si abondant, que la santé de Colette ne pouvait en souffrir; les deux jeunes filles se fortifiaient chaque jour, devenaient fraîches et belles comme des plantes bien soignées, dans ce grand air pur, au sein de cette nature généreuse et abondante.

Quoique Colette ne pût se résoudre à tuer de sa main le moindre de ses amis les animaux, — ses frères et ses sœurs les bêtes, selon l'expression charmante de François d'Assise, — elle consentit cependant, sur les conseils de son père et sous la direction d'Henri, à tirer tous les jours à la cible, et devint promptement de très bonne force à la carabine et à l'arc. M. Massey y tenait, non sans raison, car dans ces pays lointains on avait à défendre sa vie et celle des siens contre des dangers de tous genres, depuis l'attaque de la bête fauve jusqu'à celle du sauvage plus cruel peut-être, et il est bon pour tout le monde de savoir se servir d'une arme.

Bientôt les occupations de chacun furent réglées méthodiquement, et au bout de quelques semaines de séjour, on se trouvait tout à fait chez soi à *Massey-Dorp*, ainsi qu'on nomma le nouveau *settlement*. La renommée de la colonie naissante se répandit dans la contrée, et souvent on voyait de pittoresques bandes de noirs arriver aux limites du camp, apportant des grains, de la farine de maïs, des fruits, qu'on leur payait de quelques mètres de cotonnades aux vives couleurs, ou mieux avec des perles de verroterie, pour lesquelles hommes, femmes et enfants manifestaient une insatiable passion. Ces pauves gens ne se lassaient pas d'admirer l'installation des Européens, qui leur semblait royale; tout les étonnait : ils suivaient chaque mouvement de ces êtres étranges avec un intérêt palpitant, et les moindres recherches de confort leur paraissaient prodigieuses ; quand les femmes étaient admises à contempler Martine pétrissant le pain, elles se bousculaient pour mieux voir, se poussaient le coude et jacassaient de joie comme des perruches; car ces peuplades ignorent l'art du boulanger et se contentent de manger la farine crue après avoir écrasé le grain entre deux pierres. Le pain, cet aliment si simple et qui nous paraît de première nécessité, était une friandise pour elles et quand Martine leur en distribuait une corbeille, c'étaient de véritables cris de joie.

« Eux pas savoir... eux *sauvages*... » prononçait alors Bou-Bou ou Mia-Mia d'un air de supériorité risible, oubliant parfaitement que jamais l'une ou l'autre n'avait pu apprendre à cuire son pain à point, malgré les préceptes et l'exemple cent fois répétés de Martine et de Brandevin.

CHAPITRE V

LE BOUT DU MONDE

Gérard menait à Massey-Dorp une existence selon son cœur, et que tout garçon de son âge lui eût enviée ; tantôt à la mine, tantôt aidant en amateur sa mère et sa sœur à parfaire l'éducation de Lina, forcément négligée au cours de la période précédente, taquinant Martine, philosophant avec Le Guen, se perfectionnant dans le tir ou l'équitation, enseignant mille tours à Goliath (le plus docile et le plus intelligent des élèves), et poursuivant de ses insatiables questions sur toutes choses l'inépuisable complaisance du docteur Lhomond. Il poussait comme un jeune arbre, vigoureux de corps aussi bien que d'esprit, en ce milieu éminemment favorable. M. Massey avait fait avec lui une convention à laquelle Gérard ne manqua jamais: pourvu qu'il accomplît chaque jour une certaine tâche, quand et où bon lui semblerait, il était libre : et le système avait sa valeur, car, sans pâlir le moins du

monde sur les livres, Gérard ornait son esprit de
toutes les connaissances indispensables à un
homme civilisé, tout en ajoutant à son stock une
foule de notions pratiques dont beaucoup de ba-
cheliers sont lamentablement dépourvus.

Passionné pour les explorations, Gérard étendait le cercle de ses promenades jusqu'à des
limites qui inquiétaient parfois Mme Massey; mais
son mari approuvant la hardiesse et l'endurance
dont Gérard faisait preuve, — et qu'il avait certes
apprises à une assez dure école, — la pauvre
mère ne s'opposait jamais à ces courses indépen-
dantes, se contentant de regarder sans cesse vers
la fenêtre quand son Benjamin se retardait, et
de pousser un silencieux soupir de soulagement
lorsque enfin elle entendait retentir sa voix
joyeuse ou qu'elle le voyait arriver de son pas
leste, grand, souple, robuste, hâlé par le soleil,
jeune homme déjà par la stature, enfant par la
naïveté de l'expression et la candeur du regard
bleu. Souvent Colette l'accompagnait, car de leur
long et périlleux voyage le frère et la sœur
avaient conservé une affection touchante, plus
vive encore que celle qu'on observe d'habitude
entre membres d'une même famille, et ils ne
pouvaient passer dix minutes séparés sans qu'on
entendît simultanément une question sortir de
leurs lèvres : « Où est donc Gérard ?... — Qu'est
devenue Colette ?... » Sachant bien que, responsable de sa sœur, Gérard serait plus prudent,
Mme Massey la laissait parfois partir avec lui, à
condition que Goliath serait de la partie; dans

l'éventualité d'un danger quelconque, on pouvait compter sur le sagace animal : il ferait l'impossible pour en tirer ses jeunes maîtres. Lina se joignait volontiers à eux, et, presque chaque jour, ces trois amis s'en allaient, joyeux, sur le dos du majestueux pachyderme, qui semblait prendre un aussi grand plaisir qu'eux-mêmes à ces excursions.

Un beau matin, les quatre amis (Goliath ne pouvait recevoir un autre nom) partirent de bonne heure, munis par les soins de Martine d'un grand panier de gâteaux et de fruits, pour rester dehors une longue journée. Il s'agissait d'explorer une colline plus élevée que toutes les autres, qui profilait à l'horizon des lignes bleuies par la distance, et sur laquelle Colette et Lina avaient bâti tout un roman : elles l'avaient nommée « le bout du monde », et prétendaient que de l'autre côté *il se passait quelque chose*. Comme cette colline bornait la vue à l'ouest, elles se plaisaient à imaginer qu'on ne devait rien trouver au delà, si ce n'est la mer, et persistaient, contre toute vraisemblance, dans cette hypothèse qu'en arrivant au sommet on découvrirait la mouvante étendue de cet océan, qu'elles avaient appris à connaître dans ses modes les plus terribles ainsi que les plus séduisants.

Gérard, gagné lui aussi par la curiosité, proposa un voyage de découverte à dos de Goliath, et, par une admirable matinée de septembre, ils se mirent en route. Le temps était doux et frais, le soleil brillant; une brise suave se jouait dans les cheveux des explorateurs et dans les pompons du harnais de l'éléphant ; l'animal marchait allégrement, allongeant de-ci de-là sa trompe pour flairer tous les objets, et ne dédaignait pas de cueillir à l'occasion un fruit sauvage particulièrement savoureux, car le cher Goliath était tant soit peu friand. Les trois enfants riaient, bavardaient et chantaient à qui mieux mieux, et pensaient n'avoir jamais fait une promenade plus délicieuse.

La route s'accomplit sans incident jusqu'au pied de la colline ; on était déjà en chemin depuis deux heures, quand on fit halte au bord d'un charmant ruisseau, aux rives foisonnantes de fines capillaires, qui descendait en bondissant au flanc de la petite montagne. On fit honneur aux bonnes choses dont Martine avait rempli le panier, et Goliath prit sa part du repas avec la convenance la plus parfaite. Comme toujours, ses manières auraient pu servir d'exemple à plus d'un enfant malappris : jamais Goliath ne mettait la main, — ou plutôt la trompe, — au plat ; jamais il ne mangeait gloutonnement, ne buvait la bouche pleine, ou ne se barbouillait de crème et de confitures. Il attendait patiemment son tour, et, lorsqu'on avait fini, il allongeait discrètement sa trompe vers la jolie main de Colette, qui, sentant son souffle, comprenait ce qu'il demandait, et lui choisissait un beau fruit ou un gâteau, que l'excellent Goliath expédiait le plus gaillardement du monde ; quand le goûter fut terminé, comme on se désaltérait au clair ruisseau, Colette fit observer que Goliath avait soin de descendre un peu plus bas, afin de ne pas troubler la limpidité de l'eau en y buvant. En un mot, il se montra comme toujours le plus agréable, le mieux élevé des convives.

Lestés et reposés, les jeunes explorateurs reprirent leur voyage.

Au bout d'une demi-heure d'ascension, ils atteignirent le sommet de la colline. A peine y étaient-ils arrivés qu'ils poussaient tous ensemble un cri de surprise.

Il se passait réellement « quelque chose » sur ce versant opposé.

Ce n'était pas la mer, mais un spectacle plus surprenant encore dans cette solitude.

Une tour en ruine, gigantesque, aux murailles épaisses, profondes et formidables, s'élevait à cent pas devant eux. Cette tour n'offrait aucun trait commun avec les huttes de sauvages qu'ils connaissaient trop bien et dont ils avaient rencontré des spécimens si nombreux dans leur longue odyssée à travers l'Afrique. D'un aspect sombre et mystérieux, ce monument paraissait remonter à la plus haute antiquité et présentait un caractère de civilisation qu'on n'aurait jamais cru rencontrer dans ce désert sud-africain. Sans avoir jamais rien vu qui y ressemblât, les trois amis sentirent d'instinct qu'ils étaient en face de quelque chose de grand, d'une œuvre sortie des mains d'hommes instruits et raffinés, possédant de puissantes forces motrices : jamais des noirs n'avaient édifié cette tour.

L'approche de l'antique forteresse était défendue, de leur côté, par un massif d'énormes quartiers de roches et par des murs d'une prodigieuse épaisseur ; son front était protégé par un précipice à pic sur lequel elle était suspendue comme un nid d'aigle. Le mur devant lequel se trouvaient les jeunes gens avait plus de trois mètres de largeur au sommet, et s'élevait de trente mètres au moins au-dessus du sol. Au milieu de l'enceinte se dressait une tour ronde, d'aspect formidable, au sommet orné de hauts monolithes alternant avec des tourelles ; ils en comptèrent une dizaine encore à peu près complètes ; d'autres, à demi écroulées, montraient clairement leur forme primitive.

Muets de surprise, les trois enfants contemplaient le majestueux monument dont les vieux murs effrités, lézardés et comme calcinés par plusieurs incendies, avaient résisté aux assauts des siècles. Depuis des mois, des années presque, ils n'avaient vu que des huttes de sauvages ou des demeures rudimentaires, produits d'une civilisation hâtive et formées de quelques planches grossièrement assemblées ; le contraste faisait paraître plus grands, plus austères, et plus solennels ces restes colossaux d'une civilisation disparue. Depuis combien de siècles le cerveau qui en avait conçu le plan, les mains qui l'avaient exécuté, étaient-ils tombés en poussière ?... Les jeunes explorateurs se taisaient, oppressés d'une terreur vague par le sentiment de mystère planant sur la ruine antique. Jamais ils n'avaien/ eu une sensation aussi nette du passage éphémère de l'homme sur la terre que dans l'ombre projetée par ces murs sourcilleux qui avaient dû voir naître et mourir des centaines de générations humaines, qui seraient debout encore, sans doute, quand depuis plusieurs siècles eux-mêmes auraient disparu... Lina fut la première à rompre le silence :

« Oh! Colette! Allons-nous-en!... J'ai peur, s'écria-t-elle toute pâle.

— Peur?... répéta Gérard en secouant sa rêverie. Tiens! c'est vrai... on dirait que nous avons peur!... Je ne veux pas me faire plus brave que je ne suis : tout d'abord, j'ai été interloqué... Mais, après tout, que pouvons-nous craindre?... et bien que cette vieille ruine ait l'air assez rébarbatif, quel mal peut-elle nous faire?...

— Oh! je ne sais pas!... Mais je voudrais bien m'en aller...

— Le fait est qu'il serait peut-être prudent de retourner conter notre découverte à papa et à ces messieurs avant de nous risquer là dedans, dit Colette.

— Comment!... nous en revenir ignominieusement sans avoir vu ce qui se passe derrière ce mur!... Ah! non, par exemple!... s'écria Gérard. Voyons, Colette, que veux-tu qu'il nous arrive ?...

— Mais je ne sais, vraiment... un pan de mur pourrait s'écrouler... ou bien... il y a peut-être des bêtes... des serpents... des scorpions, fit la jeune fille toujours hésitante.

— Ah bah! nous sommes avec Goliath et il les mettra à la raison d'une bonne foulée!...

— Oh! Gérard, entrer là?... s'écria Lina effrayée. D'abord comment ferons-nous?... Il n'y a pas de porte!

— Il faut bien qu'il y en ait une, et je ne pense pas que cette tour ait été bâtie par les oiseaux... Eh bien! cherchons-la!... »

Poussant Goliath en avant, ils commencèrent le tour des murailles; ils ne tardèrent pas à trouver une brèche à demi obstruée par des blocs de pierre tombés et qui avait dû jadis être une poterne des fortifications. Résolument, Gérard fit franchir les décombres à l'éléphant, et ils pénétrèrent dans l'enceinte des murs. De près, la tour centrale leur parut plus formidable; placée au milieu d'une cour envahie par les ronces d'une végétation séculaire, son approche était défendue en outre par d'étranges passages voûtés, en zigzag, reliés au mur extérieur. Des marches en ruine conduisaient au sommet des murs, où des restes de guérites de pierre se distinguaient encore.

« Peste!... ces gens-là savaient se défendre! fit Gérard en promenant son regard autour de lui. Voyez-vous ces niches, là-haut?... on y mettait évidemment des archers... Je serais curieux de savoir qui étaient les architectes de ce joli brin de forteresse! Qu'en penses-tu, Colette?

— En vérité, je n'en ai pas la moindre idée!... Ce monument me paraît plus antique qu'aucun des fragments assyriens ou persans exposés au musée du Louvre... Voyez, ajouta Colette en désignant une colonne effondrée dont le chapiteau représentait une tête de vautour, comme ce morceau de sculpture a un caractère primitif !... il est étonnant... quelle intensité singulière, et en même temps quelle gaucherie naïve dans le dessin de cette tête d'oiseau... on dirait qu'elle a été sculptée des milliers de siècles avant nous...

— Se peut-il que des nègres aient fabriqué cela ! s'écria Gérard. Ils auraient dégringolé dans l'échelle des êtres, au lieu d'y monter, comme le veulent ceux qui prétendent que nous descendons du singe ?...

— Oh !... s'écria Lina, choquée dans sa dignité.

— Oui, ma pauvre Lina, il paraît que tu descends d'une belle petite guenon... Pas flatteur, hein ? Mais convenez que les ancêtres de nos Cafres, chimpanzés ou non, s'ils ont édifié cette forteresse, n'étaient pas précisément manchots !...

— Impossible ! s'écria Colette. Tout ce que nous avons vu des noirs, jusqu'ici, contredit une pareille supposition... Non !... ce doit être l'œuvre de voyageurs comme nous... des hommes civilisés... des blancs... peut-être aussi des chercheurs d'or... qui sait ?...

— Des chercheurs d'or, selon toute probabilité », interrompit tout à coup derrière eux une voix grave et bien timbrée qui les fit tressaillir de surprise.

Se retournant, effarés, les trois explorateurs aperçurent un jeune homme, évidemment un Européen, mais brun comme un Arabe, auquel sa haute taille svelte et l'expression sérieuse et énergique de son visage le faisaient encore plus ressembler. Vêtu de blanc de pied en cap, l'étranger avait la tête couverte d'un casque en liège également blanc, et il était accompagné d'un chien superbe, qui se tenait immobile et silencieux à ses côtés.

« Je ne m'attendais guère à recevoir des visites aujourd'hui, reprit-il en souriant, ce qui éclaira sa physionomie, car, depuis dix-huit mois que j'habite cette ruine, pareille bonne fortune ne m'est jamais arrivée... Permettez-moi de me présenter moi-même : je me nomme Martial Hardouin et je suis Français.

— Comme nous! s'écria Gérard, revenant de sa surprise. Je vous supplie de nous excuser, monsieur, d'avoir ainsi envahi votre domaine!...

— Domaine que je me suis adjugé de par mon autorité privée et auquel vous avez autant de droits que moi, répliqua M. Hardouin.

— Vous êtes bien bon de le prendre ainsi. Permettez à mon tour que je nous présente : Nos parents se sont récemment fixés à peu de distance d'ici, sur les bords de la rivière; je me nomme Gérard Massey; voici ma sœur Colette et mon autre sœur Lina Weber, — c'est-à-dire, non, elle n'est pas ma sœur, mais c'est tout comme... son père habite avec le nôtre... il serait trop long de vous raconter par quel concours de circonstances nous sommes venus nous fixer ici, et cela manquerait probablement d'intérêt...

— Au contraire, dit l'étranger en souriant; mais, si ce doit être long, laissez-moi vous inviter à descendre de votre superbe monture et à venir visiter ma tour, — ou plutôt la tour, car, je le répète, je n'ai aucun droit à sa possession. »

Gérard aurait eu bonne envie d'obtempérer à cette invitation, mais Colette sentit qu'ils ne pouvaient accepter l'hospitalité d'un inconnu en l'absence de leurs parents.

« Merci, monsieur, dit-elle ; mais il est déjà tard et nous ferons plus sagement de rentrer, je crois...

— Peut-être, en ce cas, monsieur acceptera-t-il de venir avec nous jusqu'à Massey-Dorp ! proposa Gérard, désappointé de renoncer à visiter la tour, et bien décidé à ne pas perdre de vue sa nouvelle connaissance, qui lui revenait tout à fait.

— C'est un plaisir que je me donnerai certainement à bref délai, répondit M. Hardouin. Pour aujourd'hui, si vous devez rentrer, je me contenterai de vous reconduire un bout de chemin en vous expliquant les origines probables de la tour, puisque cette question paraît vous intéresser... Comme le pensait mademoiselle, elle remonte à une antiquité des plus reculées, et les nègres, pauvres êtres, n'ont jamais mis la main, — j'allais dire la patte, — à sa construction !... Selon toutes les lois de l'analogie, elle a été bâtie par les Phéniciens il y a quelque cinq mille ans...

— Cinq mille ans !... répéta Colette en regardant avec respect les vénérables murailles.

— Peut-être davantage. Ces marchands ont eu des établissements en ce pays dès l'époque la plus lointaine, et notre tour présente de frappantes analogies avec les monuments phéniciens dont les ruines subsistent en Sardaigne et dans le Pérou sous le nom de *nurraghs*.

— Ils avaient donc le diable au corps! s'écria Gérard. Que pouvaient-ils venir chercher ici, si loin de tout?

— Comme le suggérait encore mademoiselle quand j'ai eu l'indiscrétion de vous écouter tout à l'heure, c'est très probablement de l'or qu'ils venaient chercher si loin...

— Voyez-vous ça!... Auraient-ils par hasard découvert *mon* filon avant moi?... fit Gérard tout surpris.

— C'est bien possible, et le mot de filon que vous venez de prononcer confirme la supposition que j'avais déjà faite, que cette formidable forteresse n'était en réalité qu'un vaste creuset à fondre l'or... Vous dites qu'il en existe dans les environs?

— Selon toutes les apparences, oui, monsieur... Et à ne vous rien cacher, c'est là ce qui nous a amenés nous-mêmes ici... N'en avez-vous jamais vu de traces en vous promenant?... »

Un nouveau sourire passa sur le grave visage de M. Hardouin :

« Non... fit-il, j'avoue que je n'ai jamais tourné mes investigations de ce côté... Je suis ici en archéologue, et vous pouvez me croire si je vous affirme que j'aurais infiniment plus de plaisir à déchiffrer le sens d'une vieille inscription bilingue ou trilingue qu'à découvrir une pépite plus grosse que ma tête...

— Ne dites pas de mal des pépites, monsieur, je vous assure qu'elles ont du bon! fit Gérard en riant. Mais pardonnez ma curiosité : est-ce que vous habitez seul dans la tour?

— A peu près : je n'ai pour compagnons que mon chien Phanor et un petit Arabe d'une douzaine d'années qui me sert de factotum et qui compose toute ma maison; sa société n'est certes pas gênante : le pauvre enfant a le malheur d'être muet.

— Oh! le pauvre petit!... murmura Colette avec compassion.

— Comme vous devez vous ennuyer!... continua Gérard en ouvrant de grands yeux. Alors vous ne parlez jamais à personne?...

— Je ne parle jamais à personne et cependant je ne m'ennuie pas, répondit M. Hardouin en riant franchement. J'ai mes paperasses, mes palimpsestes, mes pierres gravées à déchiffrer... la solitude n'a rien qui m'effraie, et quand vous aurez vécu aussi longtemps que moi, mon cher monsieur Gérard, vous reconnaîtrez qu'elle est souvent préférable à la compagnie de certaines gens...

— Mais alors, nous allons vous gêner!... s'écria Gérard. Une distance comme celle de Massey-Dorp à la tour n'est rien dans ce pays-ci... Vous allez maudire notre invasion dans vos domaines!...

— Pas le moins du monde, si j'en juge par les apparences, dit M. Hardouin en enveloppant d'un regard amical le groupe charmant des trois jeunes explorateurs campés sur le dos puissant de Goliath. Je me ferai un plaisir de me présenter un de ces jours à vos parents, et j'espère leur persuader de venir visiter la tour. Elle est réelle-

ment très curieuse et je serai charmé de vous
en faire les honneurs. En ce moment je m'occupe
à reconstituer son plan primitif qui est inouï de
complications, et quand vous voudrez la visiter
en détail, vous ferez sagement de m'accepter pour
guide... Mais je vais vous quitter ici; je vois la
direction qu'il faut prendre pour arriver à Massey-
Dorp : toujours vers le sud, n'est-ce pas?

— Oui, monsieur; et si vous aviez le temps de
pousser avec nous jusqu'au sommet de cette colline, vous distingueriez la ligne générale des
camps au bord de la rivière...

— Ce sera pour une autre fois; comptez sur
ma visite et soyez assurés que je suis très heureux de retrouver si loin des compatriotes. »

Saluant ses nouveaux amis, M. Hardouin
s'arrêta et les regarda s'éloigner au pas pesant de
leur monture.

Les trois explorateurs contèrent en rentrant au
logis leurs découvertes de la journée : un archéologue et un monument phénicien, voilà certes
des choses qui ne se rencontrent pas tous les
jours en se promenant! Et le récit des trois enfants fut accueilli par toute la colonie avec
autant de surprise que d'intérêt.

Rassemblant ses souvenirs, le docteur Lhomond se rappela avoir lu qu'il se trouvait des
ruines phéniciennes dans certaines parties du sud
de l'Afrique; et il se promit un vrai plaisir à les
étudier en compagnie d'un érudit, doublé d'un compatriote et, selon Gérard, un « type très chic ».

Au surplus, M. Hardouin ne tarda pas à ra-

cheter sa promesse en venant se présenter à
Massey-Dorp, où il gagna tout de suite les bonnes
grâces de chacun. Non seulement en effet il portait, selon le mot des Anglais, sa recommanda-
tion sur sa figure, mais ses manières, sa conversation, ses allures, tout en lui indiquait un
homme de bonne compagnie, instruit, cultivé, —
une véritable acquisition dans ce désert. De son
côté, il parut charmé de trouver dans les chercheurs d'or une famille comme celle de M. Massey, un compagnon comme le docteur Lhomond,
un esprit curieux et original comme M. Weber.
Après une longue journée passée à Massey-Dorp,
chacun se sentit en sympathie avec lui et désireux de pousser plus avant les relations; et cela
malgré une réserve très grande, mais non sans
charme. A partir de ce jour il revint souvent et
ne tarda pas à être traité en ami par petits et
grands.

Mme Massey avait senti sa sympathie s'éveiller
tout de suite pour ce jeune homme qui semblait
avoir embrassé une existence presque cénobitique,
alors que ses heureux dons n'eussent pas manqué
de le faire réussir dans le monde; et, malgré
elle, dès que la glace des premières entrevues
fut rompue, l'aimable femme ne put se tenir de
faire allusion à cet état de choses.

« Mes enfants me disent, monsieur, que vous
vivez tout seul dans votre vieille tour? dit-elle un
jour que M. Hardouin, sur la demande des jeunes
gens, était venu, accompagné de son petit domestique arabe et de son chien.

— Absolument seul, madame; sauf pour mon petit Achmed et mon colley...

— Avec lequel mes enfants ont déjà fraternisé, dit Mᵐᵉ Massey, désignant en souriant Gérard et Lina qui jouaient à qui mieux mieux sur la pelouse avec le beau Phanor, tandis que Colette, retenue par la dignité de ses dix-huit ans, avait grand'peine à ne pas se joindre à eux.

— C'est un compagnon qui en vaut bien un autre, dit M. Hardouin.

— Mais... cette vie... pardon de mon indiscrétion... cette solitude n'est-elle pas affreusement triste pour un homme de votre âge?

— Triste?... Mais non, pas précisément. J'ai mes études, qui m'intéressent plus que tout au monde, et d'ailleurs je serais seul partout, sauf pour des relations banales, puisque je n'ai aucune famille, répliqua le jeune archéologue. Je n'ai jamais connu mes parents qui sont morts dans ma première enfance, et j'ai eu pour tuteur un vieux cousin célibataire, aussi isolé que moi dans le monde... A sa mort, je me suis trouvé orphelin; et, je l'avoue, la réelle solitude de ce désert ne me semble pas plus lugubre que celle que j'ai expérimentée au milieu d'une grande ville...

— Quoi!... pas un parent!... pas un être de votre sang!... Ah! monsieur, permettez-moi de vous plaindre!... s'écria Mᵐᵉ Massey avec émotion. Mon mari vous a conté nos aventures et vous savez que j'ai connu, moi aussi, quelque chose de l'isolement dont vous parlez... Ah! les affreuses sensations!... il est vrai que j'étais dévorée d'inquiétudes trop justifiées... mais je ne saurais oublier le sentiment de désolation que j'éprouvais à me trouver ainsi seule au monde...

— Pour moi le cas est bien différent, puisque vous aviez perdu une nombreuse famille et que l'isolement a été mon lot dès l'enfance. Mon vieux parent ne pouvait souffrir aucun bruit, pas l'ombre du mouvement autour de lui, et j'ai vécu dans sa maison, je puis le dire, à peu près la vie que je mène aujourd'hui dans ma tour en ruine... Mes parents étaient, l'un et l'autre, fils et fille unique, de sorte que je n'ai jamais eu de cousins de mon âge... oui, je suis singulièrement seul, et je le remarque davantage depuis que vous avez bien voulu m'admettre dans votre intimité... Mais, à mon tour, permettez-moi une remarque, madame : toutes les familles nombreuses ne doivent assurément pas ressembler à la vôtre !

— Pourquoi cela, mon cher monsieur Martial?...

— Parce que ce ne serait pas juste !... Comment!... le seul fait d'avoir des frères et des sœurs vous donnerait des amis !... J'observe souvent vos enfants ensemble, et, je l'avoue, j'envie leur parfaite intelligence, l'air d'amitié, de bonne humeur qui les lie, l'enthousiasme des plus jeunes pour l'aîné, l'affectueuse protection dont celui-ci les couvre, le tendre respect de Gérard pour sa sœur, l'air de petite mère, mélangé d'une confiance si touchante, de Mlle Colette avec lui, l'adoration de la petite Lina pour eux tous, l'entente parfaite entre parents et enfants, — et je me dis : Je suis donc déshérité et le paradis est dans la vie de famille ?...

— Je l'ai toujours trouvé, pour ma part, dit Mᵐᵉ Massey.

— Et, au fait, ajouta le docteur Lhomond, qui, en compagnie de Martial Hardouin, était resté assis sous la véranda auprès de Mᵐᵉ Massey, tandis que les autres se dispersaient après le déjeuner, rien de tel que la vie de famille pour former les caractères. Étant moi-même fils unique, je puis parler sans craindre de paraître me donner des coups d'encensoir. Eh bien, croyez-en mon expérience déjà longue, dans les familles nombreuses seulement se trouvent l'oubli naturel du « moi haïssable », le manque de susceptibilité, d'égoïsme, de sotte vanité; se pratique la générosité qui s'ignore et ne croit pas accomplir un sacrifice en s'oubliant pour les autres... les enfants sont des critiques sans merci mais pleins de justice : un défaut radical du cœur ou de l'esprit ne peut subsister impunément auprès d'eux sans être puni d'une sorte d'ostracisme inconscient. Vous me direz que l'école se charge, en général, de former les caractères, d'accord; mais la discipline familiale, aussi sévère au fond, bien que tempérée par l'affection, me paraît devoir obtenir des résultats beaucoup plus heureux; — et les enfants, en y apprenant à pratiquer la bonté dont les droits sont trop souvent méconnus dans les grandes agglomérations, y apprennent aussi sans effort le secret du bonheur:

— Alors, comment devons-nous faire, nous autres pauvres abandonnés?... dit M. Hardouin pensif. Sommes-nous fatalement voués à l'égoïsme et à la sécheresse du cœur, selon vous?

— Les dieux nous en préservent!... s'écria le docteur Lhomond en souriant. Mais ne craignez rien : je connais un peu le langage des sourds-muets que vous avez enseigné à votre petit Achmed... et, dans un entretien que nous avons eu ensemble tout à l'heure, j'ai appris comment il était entré à votre service!

— Oh! il ne faut pas écouter Achmed sur le chapitre de mes hauts faits!... dit M. Hardouin, dont le visage se colora d'une rougeur légère.

— Que s'est-il donc passé? s'écria vivement Mⁿᵉ Massey, je vous en prie, racontez-moi cela!

— Achmed avait pour maître un sacripant, des griffes duquel j'ai pu le tirer, voilà tout... et il m'en a gardé une reconnaissance exagérée, répondit M. Hardouin.

— C'est-à-dire que le malheureux enfant était emmené *à la chaîne* dans un troupeau d'autres misérables êtres volés à leur famille pour se voir vendre comme vil bétail par un infâme marchand d'hommes! interrompit le docteur avec émotion. Colette et Gérard nous ont dit quelque chose des souffrances qu'endurent ces infortunés, — souffrances horribles et imméritées contre lesquelles tous les peuples civilisés se devraient à eux-mêmes d'entreprendre une croisade!... Vous avez arraché cet enfant à son tyran au péril de vos jours, vous l'avez recueilli, soigné comme un

6

frère, et vous vous étonnez qu'il vous en ait gardé de la reconnaissance !...

— Tout autre en eût fait autant à ma place, répondit simplement Martial Hardouin. Je montais un bon cheval et j'ai pu prendre Achmed en croupe... Si vous saviez ce que j'ai éprouvé en me voyant forcé d'abandonner les autres..., — le troupeau en larmes que l'immonde marchand d'esclaves poussait devant lui à coups de fouet, — qui me tendaient des mains suppliantes, vous ne me féliciteriez pas du bonheur que j'ai eu à en sauver un seul !...

— Hardouin ne vous dit pas, madame, que, blessé d'un coup de feu au bras droit, il ne dut son salut et celui de son protégé qu'à la vitesse de son cheval... Les marchands, fous de rage, tiraient sur lui comme sur une cible, et c'est miracle qu'il ait échappé à leurs coups...

— Rien de bon ne m'étonne de sa part !... s'écria Mme Massey en s'essuyant les yeux. Monsieur Martial, je sens que vous êtes brave et généreux... et votre mère serait bien fière de vous voir tel que vous êtes, laissez-moi vous l'affirmer en son nom !...

— Et moi, madame, laissez-moi vous dire combien j'eusse été heureux qu'elle vous ressemblât... » murmura Martial, ému, en effleurant de ses lèvres la main que lui tendait son hôtesse.

Commencées sur ce pied, les relations ne pouvaient manquer de devenir très cordiales, et bientôt le jeune archéologue se sentit tout à fait chez lui à Massey-Dorp.

CHAPITRE VI

EN BULLOCK'S WAGGON

Tandis que sa famille s'installait confortablement à Massey-Dorp ou explorait les environs, Henri avait poussé ses travaux sur le filon de Gérard. D'abord il l'avait fait entamer en plusieurs points au pic et à la mine, pour en extraire des échantillons qu'il soumettait au broyage et traitait ensuite par les réactifs appropriés. Il put ainsi s'assurer que la teneur d'or de la roche était considérable, supérieure à sept cents ou huit cents grammes par tonne, et qu'elle était sensiblement uniforme sur toute la longueur du filon apparent.

Ce filon de quartz hyalin, large d'environ quatre-vingts centimètres, s'élevait comme un mur presque vertical affleurant au ras du sol sur le flanc de la colline, et se perdait sous les terres en arrivant au sommet. Henri aurait bien voulu le suivre dans ces profondeurs, mais il n'y avait pas à songer pour le présent à des forages compliqués. Il se contenta provisoirement d'établir au périmètre du filon une forte palissade de pieux et d'installer au bord de la rivière, en collaboration avec M. Weber, les hangars et les baraquements nécessaires à son outillage d'exploitation rudimentaire.

Entre temps, il s'amusait, soit en compagnie de Gérard, soit tout seul, à *laver* les sables de la rivière dans un *sluish* de planches où passait un fort courant d'eau; des lamelles de fer-blanc, disposées au fond du petit chenal artificiel, retenaient les parcelles d'or et les pépites que ce sable contenait en abondance. Au bout de quinze jours, il avait ainsi recueilli six kilogrammes et demi du précieux métal.

Cette opulence soudaine autorisait tous les espoirs et permettait tous les luxes, — à la condition qu'on pût se les procurer. Mais rien de moins aisé au pays des Batokas; à la maison, bien des choses manquaient : ces choses dont les peuples civilisés se font une nécessité, les mille et un petits ustensiles que l'on va à toute heure acheter ou renouveler, qui facilitent le travail du jour, mais qui, en somme, n'y sont pas indispensables. Car, pour le gros outillage, le matériel fondamental, inutile de dire qu'on s'en était amplement pourvu; d'autre part, la prodigieuse fertilité du sol, les ressources inépuisables qu'on tirait du potager, de la basse-cour, de la chasse et du riche verger que la nature avait pris soin de planter autour de l'habitation, auraient rendu tout à fait superflue la série des fournisseurs qu'on voit surgir dans tout quartier du monde qui commence à se peupler. N'empêche que, plus d'une fois déjà, on avait regretté hautement certain « bazar » de Kleindorp, capharnaüm hétéroclite, boutique enfumée, tenue par un Levantin plus enfumé encore ; ce bazar avait fait rire d'abord nos Parisiens, mais ils n'avaient guère tardé à le fréquenter, attendu qu'il recélait dans ses profondeurs poudreuses plus d'un article de ménage, d'épicerie, de mercerie, de toilette, d'ameublement, etc., qu'on eût été embarrassé de trouver autre part.

Martine surtout se montrait visiteuse assidue de Naour, et souvent même l'adroit mercanti lui faisait acheter des objets sans utilité pratique. Lorsqu'elle se plaignait maintenant, ce qui n'était pas rare, de n'avoir à sa portée aucune boutique pour y aller chercher les cent choses dont elle avait besoin à toute heure, Gérard lui rappelait avec malice ces achats injustifiés dont elle n'avait jamais trouvé le placement, et qui n'étaient pas sans lui causer une certaine confusion.

« Félicite-toi, lui disait-il philosophiquement, d'avoir quitté le voisinage dangereux du bazar, bien loin de le regretter ! Ne vois-tu pas que tu aurais fini par laisser jusqu'à ton dernier sou dans les griffes de cet aigrefin enturbanné ?

— Moi ! Si l'on peut dire ! ah ! ah ! Il n'est pas né encore, celui qui me fera prendre des vessies pour des lanternes ! Je connais le prix des choses, mon *drolle*, et ce n'est pas à moi qu'on en fait accroire. Foi d'honnête femme, je n'ai pas sur la conscience d'avoir jamais donné, de quoi que ce soit, un centime de plus qu'il ne fallait !

— Oui, mais tu as acheté ce qu'il ne fallait pas. Quel besoin avais-tu, dis-moi, de cette petite boîte en coquillages dont tu as donné quinze sous ?

— Partout ailleurs, je l'aurais payée deux francs !

— Et cette chéchia ornée d'un petit miroir et d'un beau gland multicolore, qui prétends-tu en coiffer ? Pas Le Guen, sûrement. Ce fantaisiste couvre-chef est bon tout au plus pour la tête d'un enfant de cinq ans.

— Je l'ai pris pour le petit du *Bijarre*, un cousin de chez nous, dit Martine un peu penaude. Aussitôt que j'aurai une « occasion », je veux l'envoyer au pays pour leur montrer qu'on n'oublie pas les parents.

— Hum ! L'occasion n'est peut-être pas si proche, et le Bijarre a le temps de s'impatienter, si, comme son surnom pittoresque l'indique, ton parent est d'humeur difficile. Ma pauvre Martine, reconnais tout bonnement que tu as cédé à l'éloquence diabolique de Naour, et qu'au fond, tu ne sais que faire des bibelots qu'il t'a fait prendre.

— C'est vrai tout de même, disait la servante songeuse. Ce *diaplass* de marchand vous ferait acheter toute sa boutique si on avait l'argent. Ah ! si jamais j'y reviens, je lui montrerai que j'ai l'œil ouvert !

— Bah ! il ne faudrait pas s'y fier. Est-ce que tu ne partirais pas à l'heure même pour aller te ruiner chez lui avec enthousiasme s'il était à ta portée? Je t'entends continuellement te plaindre qu'il te manque des brocs, des cafetières, des casseroles...

— Eh! *pardi!* Vous voudriez qu'on fît la cuisine sans casseroles, peut-être? Quand on n'a que la peine de s'asseoir à table, on croit volontiers que le dîner est venu tout seul. Mais il en va tout autrement, je puis vous le dire. Comment mettrez-vous le pot-au-feu, je vous prie, si votre *oule* est cassée? C'est justement où j'en suis; et comment la remplacer? Je vous dis que tout manque dans ce païen de pays? Mon filtre à café est démantibulé; aussi le moulin; mes bouillottes fuient; ma boîte à ordures a l'anse détraquée; je suis au bout de mes allumettes... Encore si M. Weber voulait s'occuper de nous! Il a de l'idée, cet homme-là; il vaut toute une boutique de quincaillier; mais le voilà désormais occupé tout le jour à cette bienheureuse mine...

— Ne t'en plains pas! C'est pour en tirer de bon et bel or qui fera de toi un personnage quand tu reviendras au pays.

— Je ne dis pas! Mais, en attendant, il y a des moments qui ne sont pas commodes!

— Eh bien, si tu te trouves si mal ici, que ne t'en retournes-tu chez toi? Dans quelques jours, nous allons à la côte, Henri et moi, pour des affaires, entre autres pour tâcher de nous procurer ce qui manque à Massey-Dorp. Dis un mot, et je t'emmène... Nous tomberons bien sur un paquebot qui voudra te prendre...

— Moi? Partir toute seule et vous laisser ici? Vous *badinez*, monsieur Gérard? faisait Martine offensée.

— Puisque tu trouves tout à redire en ce païen de pays !

— Et ne faut-il pas *répouléguer* un peu? Mais quant à vous quitter, il faudrait que vous me missiez à la porte pour cela ! Monsieur, madame, Mlle Colette, M. Henri, c'est comme ma famille ; et vous aussi, méchant enfant, vous le savez bien ! Et vous ne devriez jamais parler, même pour la taquiner, de vous séparer de votre vieille Martine !...

— Ça, c'est vrai! disait Gérard repentant. Mais c'est ta faute si je me conduis mal. Pourquoi m'as-tu gâté comme tu l'as fait?

— Enfin ! Vous allez, dites-vous, à la ville ? Ce n'est pas malheureux. J'en ai long à vous demander, je vous assure, et le ménage manque de mille objets indispensables. Mais aurez-vous au moins la place pour tout rapporter?

— Fais ta liste aussi longue que tu voudras. Nous prenons un grand wagon à bœufs, car il s'agit de transporter ici un supplément de matériel et d'outils assez encombrants. Toute ta batterie de cuisine et tes épices y tiendront à l'aise. »

En effet, il avait été reconnu après mûre délibération que le moyen le plus pratique de continuer avec avantage les travaux si heureusement commencés serait de consacrer à un outillage perfectionné et à l'achat de ce qui pouvait manquer à l'installation une bonne partie du pré-

cieux métal déjà recueilli; les deux frères avaient
été choisis comme délégués pour aller vendre l'or
brut dans le plus prochain port de mer et en
rapporter tout ce qu'il serait possible de se procurer; et deux jours plus tard ils se mettaient en
route sur une forte charrette traînée par trois
paires de bœufs, que conduisait le fidèle M'Bololo,
flanqué de deux autres indigènes. Tout autre
moyen de transport était hors de question pour
plus d'une cause. Il y avait d'abord la nécessité
d'emporter avec soi tout ce qui est nécessaire à
la vie dans ces solitudes où l'on peut marcher des
jours, des semaines, des mois, sans rencontrer un
être humain, bien moins encore une auberge ou
une habitation quelconque; on avait besoin,
comme l'avait dit Gérard, de beaucoup de place
pour mettre le gros outillage; mais surtout la
nature des chemins, dont nul autre véhicule ne
fût sorti entier, exigeait l'emploi du lourd et
solide *bullock's waggon*.

Levés de grand matin, les deux frères partirent
pour leur expédition accompagnés des vœux et
des recommandations de toute la petite colonie.
Chacun avait sa liste d'emplettes à faire par pro-
curation, ni plus ni moins que Martine, et tous
éprouvaient au fond du cœur une certaine anxiété,
car il y a loin d'un voyage en pays civilisé à ceux
qu'on entreprend en terre barbare. Chez nous on
voit ses proches, sans trop d'inquiétude, se mettre
en route pour Vienne, Saint-Pétersbourg, même
pour d'autres continents. Tant que la route est
tracée, que les rails sont posés, que la seule diffi-

culté possible est celle de la différence des langues, il n'y a pas lieu, en effet, de se tourmenter
beaucoup sur l'issue de l'entreprise. Mais ici
quelle différence! Il faut d'abord commencer par
s'orienter, trouver soi-même son chemin, et une
fois la direction prise, affronter bravement la
lutte, s'attendre à toutes les secousses, à tous les
cahots, à tous les obstacles, chutes ou accidents :
talus où l'on culbute, cloaques où l'on s'em-
bourbe, fondrières où l'on s'enlize, sables où l'on
se perd, troncs d'arbres renversés qui vous
barrent le chemin, torrents à traverser... Il faut
être armé de plomb et de poudre aussi bien que
de courage; si l'on n'a chance, en effet, de rencontrer aucun aubergiste sur la route, on peut
fort bien se trouver à l'improviste nez à nez avec
un fauve en quête de son dîner, un buffle de
mauvaise humeur, une autruche gigantesque,
voyageurs discourtois qui ne se feraient nul scrupule de se jeter sur vous sans provocation, si
vous n'aviez la prévoyance de prendre les devants
de l'attaque. Enfin, il est indispensable de savoir
choisir ses heures, de distribuer sagement ses
étapes, d'éviter les moments du jour où le soleil
tombant sur les têtes envoie des rayons d'une
chaleur insoutenable; où l'apoplexie soudaine
menace bêtes et gens.

Selon les calculs de M'Bololo, le géographe de
l'expédition, ce voyage devait occuper à peu près
huit jours distribués comme il suit : partis de
grand matin, on faisait la plus longue étape, celle
qui suivait le plus long repos ; aussitôt que la cha-

leur devenait intense, on faisait halte, on dételait, ayant soin, dans la mesure du possible, que ce fût à l'ombre et près de quelque ruisseau, et pendant que les bêtes prenaient la provende, le bain, le sommeil réparateur, les hommes faisaient de même, se relayant afin d'être prêts à toute alerte.

Zumbo, un des aides de M'Bololo, élève distingué de Martine et de Brandevin, avait été choisi pour son habileté à préparer les aliments, aussi bien que pour son caractère inoffensif et doux, comme digne d'escorter la petite caravane. Tandis que son camarade Tiriki s'occupait spécialement du bétail, c'était lui qui apprêtait le repas, composé du gibier abattu en route, du poisson qu'il savait saisir à la main dans le torrent avec une habileté surprenante, ou enfin des divers végétaux qu'il récoltait çà et là, qu'il flairait comme un caniche en quête d'herbe purgative, et qu'il savait accommoder de la manière la plus appétissante. Dans le cas où la chasse, la pêche, les légumes ou les fruits avaient manqué, on se rabattait sur les conserves et les biscuits. De même, si aucun ombrage ne s'offrait, on faisait la sieste sous la bâche du wagon, forte et rude tente capable de résister à tous les autans et aussi, jusqu'à un certain point, de défendre nos touristes contre les ardeurs du soleil. Dès la première journée on en fut réduit à ce parti, car il était déjà onze heures, le soleil tapait dru, et l'attelage haletant donnait des signes de lassitude non équivoques, sans que le moindre bosquet propice se dessinât à l'horizon ; en revanche, on avait rencontré un chemin relativement uni, et nul obstacle trop difficile ne s'était offert. On résolut de faire halte sans tarder davantage ; la boussole, fidèle compagne et guide de Gérard au cours de son terrible voyage, témoignait qu'on suivait la ligne droite vers l'Est, dans la direction de la côte ; c'était là l'important. On se reposa donc selon l'ordre arrêté, et quand vint la brise du soir, on attela de nouveau pour une marche de deux heures suivie d'une pause de même durée. Enfin, après un dernier trajet d'une heure environ, arrivait la halte de nuit, et aussitôt que l'aube se montrait on se remettait en route. Ainsi des autres jours.

Gérard s'amusait de tout son cœur. Son seul regret était de ne pas avoir près de lui Colette, pour jouir avec elle des surprises, des nouveautés et même des difficultés du voyage. Nature heureuse entre toutes, plein de courage, de bonne humeur, curieux de toutes choses et de toutes gens, il trouvait partout à observer, savait découvrir de l'originalité et de l'intérêt dans les sujets les plus ingrats, et à défaut de la conversation des gens civilisés, tirait le meilleur parti possible de celle des sauvages.

Tandis que Henri s'était pourvu de quelques livres contre la monotonie possible du trajet et passait des heures absorbé dans la communion de ses auteurs préférés, Gérard avait découvert en la personne de Zumbo un livre autrement amusant à son gré que tous les volumes écrits :

il prenait plaisir à faire sortir de sa tête laineuse les idées rudimentaires, s'initiait aux secrets d'ailleurs peu compliqués de sa langue et de son âme fruste. Zumbo était un jeune homme de dix-huit ans à peu près, grand et fort pour son âge, et travaillé d'ambitions diverses, notamment celle de se marier, ainsi qu'il ne tarda pas à le confier à son jeune maître. Car il voulait être riche, il ne songeait pas à le dissimuler : Zumbo avait fréquenté les blancs, il avait bu à la coupe de la civilisation, goûté aux douceurs de la cuisine, connu les beautés du costume; il ne voulait plus retomber à la barbarie, c'était une affaire résolue!

« Eh quoi, Zumbo! Tu veux te marier pour de l'argent? Un garçon de cœur comme toi? Cela m'étonne de ta part. Mais, d'ailleurs, où trouveras-tu une dot? Elles courent donc les bois par ici?

— Non, non! Massa n'y est pas du tout! Zumbo ne trouvera pas de dot. Bien plus, il sera obligé de payer un bon prix au père de sa fiancée : un bouc, trois chèvres, deux couvertures de laine; le vieux Ngaï-Aï n'exige pas moins pour sa fille Ba-Ba. Tout cela ne se déniche pas dans le sabot d'un bullock, et Zumbo aura de la peine avant d'avoir réuni la contribution exigée, allez!...

— A la bonne heure! Mais je ne vois guère comment tu comptes faire fortune, si tu commences par te détrousser en entrant en ménage.

— Massa ne voit pas. C'est pourtant bien simple. Si Ba-Ba et Zumbo ont de la chance, s'il leur naît beaucoup de filles, que Massa pense au beau troupeau de chèvres et au tas de couvertures qu'ils amasseront pour leurs vieux jours! Massa ne se rappelle pas Ngaï-Aï au village des *Grosses-Têtes*? Il a eu quinze filles, Ba-Ba est la dernière ; pas un garçon! Aussi il est riche... Il y a des gens que le Manitou préfère!

— Comment? Les garçons, chez les *Grosses-Têtes*, sont si peu prisés que cela?

— Mauvaise marchandise! Mauvais Manitou envoie garçons; garçons rien rapporter aux parents... mauvaise marchandise.

— Mais, imbécile! s'écria Gérard, révolté de ces vues mercantiles, s'il ne vous naissait que des filles, comment pourriez-vous former une armée? Comment vous défendriez-vous contre les « Rhinocéros »?

— Sais pas! répondait Zumbo insoucieux de ce problème d'économie politique. D'autres en auraient... Toujours assez de ceux-là... Si Ba-Ba a des garçons, Ba-Ba pleurer, s'arracher les cheveux... Et Zumbo crier la grande prière de reproche au Manitou!

— Tout à fait comme chez les Chinois, dit Henri, interrompant sa lecture pour écouter ce dialogue. Seulement, dans le Céleste-Empire, c'est à la venue des filles que les cheveux sont arrachés à poignée, les larmes versées à torrents, et que tonnent les objurgations de la famille déçue. En vérité, le Manitou doit avoir de la peine à s'y reconnaître!... »

Ainsi causant, campant, chassant, alternant avec mesure la marche et le repos, on avait fait la

plus grande partie de la route. La saison était propice, les pluies diluviennes ayant cessé depuis
plus de trois semaines ; et les torrents ayant eu le
temps de se vider un peu, les terres de se tasser
en partie, le trajet n'avait pas, en somme, offert
trop de difficultés.

Aux deux frères, portés qu'ils étaient par la
jeunesse, la santé, une excellente humeur, et l'incroyable diversité des trophées de chasse récoltés
en chemin, le voyage avait semblé court. Depuis
le plus gros gibier, un cerf grand comme un cheval, dont le bois admirable, fixé à l'arrière du
wagon, témoignait de la réalité de leur exploit,
jusqu'aux minuscules prises, alouettes chanteuses,
ortolans grassouillets, oiseaux-mouches diaprés,
ils avaient abattu tout un monde d'habitants de
la montagne, de la forêt ou de la plaine. Cependant Gérard se plaignait de n'avoir encore rencontré que des animaux inoffensifs, quoique, en réalité, la défaite et la capture du cerf n'eussent pas
été accomplies sans peine et sans danger. Mais ses
premiers pas à travers le sombre continent avaient
été marqués de luttes si tragiques, il avait appris
à mesurer son courage contre des ennemis si redou-
tables, — l'énorme boa, le sauvage rhinocéros. le
buffle furieux, — qu'il trouvait maintenant un
goût fade à des rencontres qui eussent ému plus
d'un chasseur européen. Il réclamait en particulier le lion qui ne s'était jamais jusque-là trouvé
sur sa route. Zumbo et M'Bololo affirmaient qu'il
y avait dans ce voisinage un « camp de lions »,
mais on n'en avait pas vu trace, et Gérard, devenu

sceptique, commençait à croire qu'on ne rencontre le *roi des animaux* que chez Bidel ou chez Pezon, lorsque, vers le sixième jour du voyage, il eut le spectacle désiré et, comme il arrive d'habitude, au moment où il s'y attendait le moins.

On venait de traverser à grand'peine un talus assez raide, de nature sablonneuse et mouvante, où les roues du wagon s'enfonçaient à tout instant, et ayant atteint le bord d'un torrent à l'eau claire comme du cristal, on se préparait à camper pour la nuit. La lune, sortant des nuages, jetait sur les ombrages touffus des grands ébéniers qui surplombaient le courant une lumière blanche et argentée; on prenait tranquillement le repas du soir, lorsque Zumbo, qui soignait ses bœufs à quelque distance, accourut soudain avec une exclamation étouffée, un cri de terreur, et saisissant Gérard par la manche, pointant de l'autre main vers la crête voisine au delà du torrent, murmura d'une voix étranglée :

« *Le père de la crinière!* Là!... Massa pas croire Zumbo!... »

Abandonnant la fourchette qu'il portait à sa bouche, le jeune garçon sauta debout et Henri le suivit. Sur la hauteur, parfaitement éclairé, un animal de la grosseur à peu près d'un jeune bœuf, dont le pelage fauve apparaissait sous les rayons de la lune, se mouvait d'un pas délibéré et gracieux, bondissant légèrement, s'il rencontrait un obstacle, s'arrêtant de temps à autre pour se gratter l'oreille comme un simple chat : c'était un lion.

Le premier moment de surprise passé, Gérard

SANS UN MOT, HENRI L'ARRÊTA . P. 99 .

courait à sa carabine, la ramassait et l'armait ;
sans un mot, Henri l'arrêta, pointant comme
avait fait Zumbo vers une direction un peu éloignée. En avant du fauve, à quelques centaines
de pas plus haut, d'autres formes se mouvaient
sous la lune, et c'étaient encore des lions, trottant
et bondissant comme de grands chiens, tranquilles
selon toute apparence, repus et ne cherchant pas
autre chose, cela se voyait, qu'un bon tapis de
gazon moelleux pour y dormir, mais qu'il eût
été insensé de vouloir attaquer massés en force si
imposante. C'était là, évidemment, le « camp »
dont parlaient les jeunes noirs, camp volant qui
n'a pas de demeure fixe, mais qui hante une région donnée, comme les peuples nomades, tant
qu'il y trouve sa subsistance. Ce voisinage était
trop formidable ; et, comme Henri le représenta
à son frère, le premier devoir de tout homme
chargé d'une mission étant de l'accomplir, il n'y
avait d'autre parti à prendre que de résolument
tourner le dos au sport attrayant qui pourrait les
en détourner en amenant des complications. Il
serait toujours temps d'y revenir plus tard. En
attendant, il fallait remettre les bullocks au wagon et repartir promptement. Oui, battre en
retraite sans gloire ! On prendrait sa revanche
une autre fois...

Si bien que, à l'infini regret de Gérard, on dit
adieu à la majestueuse tribu des lions, et les laissant errer sous la lumière fantastique du soir,
l'attelage s'éloigna au pas tranquille des bœufs.

On touchait au but, car déjà des chemins tracés

par la main de l'homme commençaient à se dessiner; des routes qui feraient se dresser d'horreur
les cheveux de nos ruraux les plus déshérités,
mais qui paraissent admirables en un pays où nul
sentier ne se présente au voyageur, où la hache,
la pioche, la pelle en main, il doit être prêt à tout
instant à se frayer de vive force une voie à travers
la forêt, le torrent, les sables ou la prairie. Des
traces de roues, des ornières, des empreintes de
fer à cheval annonçaient le passage plus ou moins
fréquent de véhicules divers. Enfin des signes
d'habitation, de vie humaine parurent. On appro-
chait de la côte de Mozambique, du pauvre petit
port portugais de Bazakouto, ville mesquine et
sans importance, mais qui prenait de la valeur
aux yeux de gens sortant de la solitude absolue
du désert.

CHAPITRE VII

Le premier coup d'œil jeté sur le petit havre portugais n'était guère réjouissant : des rues étroites, malpropres, mal pavées, des maisons assez hautes, mais vieilles et délabrées, mal tenues à les juger par l'apparence, un air général de langueur et d'apathie sur les visages basanés des rares promeneurs ou piétons. Évidemment le port de Bazakouto n'est pas une cité riche ou florissante. Il a eu cependant son heure de splendeur, au temps où les Portugais tenaient la tête de la civilisation ; où, les premiers, ils doublaient le cap des Tempêtes, allaient implanter leur commerce, leur religion, leur langue sur toutes les côtes, y faisaient respecter le nom de la mère patrie, puis revenaient l'enrichir des dépouilles conquises sur les tribus barbares subjuguées au loin.

Aujourd'hui, le pouvoir colonial a glissé en d'autres mains.

De la vie et du mouvement qui remplissaient autrefois le petit port, il ne reste que le souvenir.

Dès l'entrée des faubourgs, Henri et Gérard cherchèrent des yeux une auberge ; comme ils arrivaient dans une rue au bout de laquelle on apercevait la mer avec quelques silhouettes de bateaux, une enseigne balancée par le vent, *Au grand Camoëns*, frappa leur regard, et la bonne figure de l'hôte, planté sur sa porte, les deux pouces aux entournures de son gilet, leur ayant agréé, ils jugèrent inutile de pousser plus loin leurs recherches. Arrêtant leur long attelage, ils mirent pied à terre, et le senor Abrantès s'étant déclaré en mesure d'héberger les *caballeros* aussi bien que leurs hommes, leurs bêtes et leur wagon, on procéda sans tarder à l'installation pour l'après-midi et la nuit suivante. Après quoi les deux frères, ayant fait un bout de toilette et munis des instructions de l'aubergiste, se mirent en mesure d'exécuter les divers achats dont ils étaient chargés. Ici d'ailleurs, comme à Kleindorp, comme dans toute petite ville de ce type, il n'y avait pas à chercher longtemps pour trouver les boutiques. Bazakouto s'enorgueillissait naturellement d'une *Grand'rue*, celle même où était située l'auberge du « Grand Camoëns »; dans cette Grand'rue se concentrait à peu près toute l'activité commerciale de l'endroit; et, enfin, l'inévitable bazar, le palais d'Aladin, frère jumeau du bazar aimé de Martine, présentait à lui seul un raccourci de tout ce qu'il était possible de se procurer dans le pays ; le seigneur Abrantès ne craignait pas d'affirmer d'avance que ces messieurs y trouveraient ample satisfaction ; par exemple, il fallait garder l'œil ouvert ! Cette vieille canaille de Chapiraz était capable de tout ! et, si l'on n'y prenait garde, vous ferait accepter pour authentiques, et payer à chers deniers, des horreurs qui ne valent pas deux sous. Mais, à part ce petit travers, Chapiraz était un homme précieux, plein de ressources, qui vous comprenait à demi-mot, et ne laissait jamais partir un client faute de s'être mis en quatre pour le satisfaire...

En effet, à peine les deux frères eurent-ils mis le pied sur le seuil du palais d'Aladin, qu'ils crurent voir le bazar de Kleindorp.

Tout d'abord, et avant d'entrer en marché au sujet de la longue liste d'achats qu'il se proposait de faire, Henri s'enquit si Chapiraz voudrait lui prendre son or natif et ses pépites, ou lui dire où il pourrait les vendre, car il n'apportait pas d'autres valeurs.

Les yeux du Levantin étincelèrent. Manier l'or, le soupeser, l'estimer, en entendre le tintement, en garder quelque chose aux doigts, c'était la vraie vocation de l'honorable mercanti.

L'illustre client pouvait être tranquille ; Chapiraz était son homme ; nulle part il ne trouverait acheteur si probe, ni si expert, ni peut-être (avec un clignement d'œil) acheteur capable de payer tout ce bel or. Car Chapiraz était, avant tout, honnête homme et sincère, et dût-il passer pour un imbécile, il n'hésitait pas à dire que c'était là de l'or superbe, — et à en proposer un prix dérisoire, après force applications de pierre de touche, lentilles, trébuchets, balances, et autres menus outils qui sortirent comme par enchantement de sous le comptoir. Mais Henri savait exactement ce que valait sa marchandise, il n'était pas pour rien minéralogiste de premier ordre; il estimait que ses lingots contenaient au moins onze mille francs d'or pur, et, faisant la part du feu, il avait décidé de ne s'en défaire que pour la somme de dix mille francs. Il se tint ferme à cette résolution, en dépit des cris et des gambades du sieur Chapiraz qui se démena pendant une bonne demi-heure comme un enragé. Alors ayant réfléchi qu'en plus de la prime superbe qu'il gagnait à cet échange, il allait sans doute garder une bonne partie de l'argent si chèrement disputé, le Levantin désarma tout à coup et l'on put passer à un examen raisonné des diverses emplettes à réaliser.

En vérité l'hôtelier n'avait rien exagéré en disant que Chapiraz était homme de ressources. Il eût été difficile de trouver une nomenclature d'objets plus variés et plus hétérogènes que la liste produite par l'effort combiné des habitants de Massey-Dorp. Pour M. Weber et ceux qui étaient directement employés aux travaux d'extraction, on voyait figurer les outils spéciaux qui se rattachent à cette industrie. Le Guen demandait plusieurs charrues, des bêches, des râteaux, etc., tout l'attirail du jardinier et du laboureur, car déjà, sous ses ordres, la noire milice des *Grosses-Têtes* faisait des progrès notables dans l'art de cultiver la terre, et côte à côte, avec l'exploita-

tion de la « poche d'or », une florissante colonie
agricole commençait à se dessiner ; plus, toutes
les semences, graines et boutures de plantes pota-
gères qu'on pourrait se procurer, — ceci destiné
spécialement à « mame » Le Guen. Mme Le Guen
elle-même réclamait toute une armée de casseroles, marmites, bouillottes, cruches, bouteilles,
brocs, etc. Un monde de balais, de plumeaux,
de vaisselle... M. Brandevin, qui s'exerçait à ses
moments perdus aux branches les plus délicates
de l'art culinaire autrefois déployé pour satisfaire
des altesses, y ajoutait toute une kyrielle d'épices
rares et de condiments précieux, indispensables,
disait-il, s'il ne voulait pas se rouiller la main
tout à fait. Mme Massey demandait un fort supplément d'étoffes, de vêtements, de tentures et de
meubles divers, et les jeunes filles une ample provision de mercerie, de parfumerie, voire quelques
articles de mode, tels que rubans, dentelles et
menues fanfreluches dont le besoin n'était pas
sans se faire sentir. Le docteur Lhomond, enfin,
pressé de mettre, lui aussi, sa note dans ce concert d'exigences diverses, avait tracé, moitié sérieux, moitié badin, le nom de certains ouvrages
médicaux et planches d'anatomie, que Gérard
s'était juré de chercher en conscience, dût-il fouiller pour cela toute la capitainerie de Mozambique,
mais qu'au fond du cœur il n'espérait guère trouver. Or à peine Chapiraz eut-il jeté un coup d'œil
sur la liste que, mettant un doigt malpropre
sur le nom des volumes indiqués, il disait avec
calme :

« Je vais d'abord descendre les planches et les bouquins, puis nous verrons le reste. »

Et grimpant comme un chat au haut d'une échelle, sans une hésitation, en homme évidemment familier avec les livres, il rapportait l'ouvrage demandé, à la stupéfaction de Gérard, qui sentait naître en lui un certain respect pour le vilain petit Levantin. Ainsi du reste. Le palais d'Aladin n'était pas indigne de son nom et Chapiraz semblait en quelque mesure possesseur de la lampe merveilleuse. On pouvait, en tout cas, exprimer chez lui les souhaits les plus variés et les voir aussitôt exaucés; et, comme dans le conte, c'était invariablement de quelque coin poudreux, de quelque enveloppe sans valeur, que sortait l'objet demandé, — procédé d'ailleurs identique à ceux de nos contes de fées, — témoin le carrosse que, d'un coup de baguette, la marraine de Cendrillon fit sortir d'une vulgaire citrouille. Les rubans, les mousselines, et autres bagatelles demandées par les jeunes filles, furent exhumés d'un coffre vermoulu, où jamais on n'aurait cru devoir trouver autre chose que de vieux habits oubliés et sordides.

Il fallut traverser, pour atteindre aux objets d'ameublement, certains couloirs tortueux et encombrés d'où l'on émergeait revêtu des pieds à la tête de toiles d'araignées; mais une fois arrivé à bon port, au département des tapis et tentures, quelle surprise et quelle fête pour les yeux! Chapiraz était connaisseur en presque toute matière susceptible de se troquer ou se vendre. Son œil furtif, son long nez fureteur, sa main souple, savaient interroger, soupeser les étoffes, les tableaux, les pierreries, les livres rares, y découvrir du premier coup la fraude ou l'imitation, estimer leur valeur à un centime près : le goût, accompagnement inséparable de ces facultés, ne lui faisait pas défaut; il y avait chez lui, en particulier, une collection de tapis d'Orient qui était bien la chose la plus exquise qui se pût voir; et les deux frères pensant, avec l'aimable poète, que :

A thing of beauty is a joy for ever,

et que l'usage quotidien d'un tapis de bon style, avec des bleus bien compris, doit être compté sans hésitation parmi les joies réelles de la vie, résolurent d'en faire aussi ample provision que le permettrait leur budget. Enfin, après quatre bonnes heures passées en tête à tête avec le turban de Chapiraz et laissant dans ses griffes le plus clair de leur capital, ils sortirent du palais d'Aladin, satisfaits à bon droit de leur journée, car pas un des articles attendus à Massey-Dorp ne manquait à l'appel : tous y étaient, de goût ou de qualité solide et aucun n'avait été payé, en somme, plus cher qu'il ne convenait, étant donné la valeur que peuvent acquérir les objets de première nécessité, même les plus communs, lorsqu'on s'éloigne des centres de la civilisation.

Ayant veillé à ce que toutes ces choses fussent soigneusement empaquetées et placées dans le wagon, Henri et Gérard, las d'avoir respiré tant

de poussière et passé en revue tant de bric-à-
brac, s'en allèrent humer un peu l'air du port,
non sans avoir commis à la garde de leurs achats
le fidèle M'Bololo, qui jura, en s'accroupissant
sur une des plus grosses caisses et en roulant des
yeux blancs, de se faire tuer plutôt que de laisser
quiconque approcher du trésor.

Dans la petite anse tranquille et formée par la
nature comme pour servir d'abri aux navires
contre les plus rudes assauts de la mer, avec ses
deux promontoires recourbés qui se rejoignent
presque, dessinant un cercle interrompu seulement par une étroite ouverture, on voyait se
balancer divers bateaux de pêche ou chalands
de transport, dont le dessin grossier, la lourde
armature disaient assez qu'ils étaient tous d'utilité
pure, aucun de luxe ou de simple agrément.

Aussi le yacht élégant, qui était ancré tout près
du débarcadère, ressortait-il plus fin, plus gracieux sous ses agrès aériens, ses cuivres étincelants, ses lignes impeccables. Dès le premier coup
d'œil, Henri crut reconnaître ce bâtiment; ou,
pour mieux dire, sans le reconnaître, car le nom
du yacht n'était pas encore visible pour lui, il
eut l'impression qu'il l'avait déjà vu quelque
part. Comme il cherchait vaguement à préciser
cette impression, il entendit Gérard qui disait :

« Tiens! lord Fairfield! »

Il se retourna vivement et, portant ses yeux dans
la direction où regardait son frère, il aperçut deux
gentlemen et une dame qui sortaient de la
Grand'rue et paraissaient se diriger vers le port.

« Mais oui ! c'est lord Fairfield en personne, répliqua Henri, et ce yacht est évidemment le *Lily ;* il me semblait bien aussi que ce n'était pas la première fois... Puis s'interrompant, très surpris : comment les as-tu reconnus puisque tu ne les a jamais vus !

— Je ne sais pas, dit Gérard en riant. Sans doute parce que tu les avais très bien décrits. Mais les voilà qui te reconnaissent à leur tour sans hésiter... Et ce n'est pas étonnant pour des gens qui t'ont repêché !... »

En effet, les trois touristes venaient d'aviser nos jeunes gens et se dirigeaient vers eux. Lord Fairfield était un homme d'une trentaine d'années, de belle mine, ayant pour signe distinctif la passion des choses nautiques, cachée sous des allures un peu endormies. Chez sa sœur, la belle lady Theodora Higgins, cette nonchalance devenait une expression chronique de lassitude et d'ennui ; quant à M. Algernon Higgins, petit, roux et replet, s'il ne brillait pas par le côté décoratif, comme sa femme et son beau-frère, il paraissait, en revanche, être en possession de la meilleure humeur du monde et de la faculté de voir tout en beau, vertus dont la pratique lui était peut-être rendue facile par l'appoint d'une santé imperturbable et d'une *balance* de cinquante millions chez son banquier.

M. Higgins manifesta une joie aussi flatteuse que bruyante à la vue de Henri Massey, et les éclats de sa satisfaction couvrirent d'abord l'échange de civilités cordiales, mais plus modé-

rées, qui se faisait auprès de lui, et les explications réciproques que se donnaient les deux
groupes de leur présence à Bazakouto :

« Hein !... quelle coïncidence !... Voilà ce que
j'appelle une heureuse rencontre !... Ici seulement
pour dix-huit heures !... C'est une chance que nous
ne nous soyons pas manqués !... Ravi de vous
revoir, monsieur Massey !... Et c'est là votre frère?
Présentez-moi, de grâce !... Ah ! jeune homme,
nous l'avons vu revenir de loin, votre frère !...

— Je le sais, monsieur, et nous n'oublions
pas, je vous assure, que s'il est encore parmi
nous, c'est au *Lily* que nous en sommes redevables

— Et vous-même, dans quelle impasse n'étiez-
vous pas au même moment! On nous a dit quel-
ques-unes de vos aventures... Ma parole, on croit
rêver à entendre de pareils récits! Il vous faudra
conter un peu cela à ma femme, elle qui se plaint
toujours que la vie est plate et banale.

— Il le faut à tout prix, dit lady Theodora, qui
paraissait avoir soudain secoué sa nonchalance et
emprunté quelque chose de la vivacité de son
mari; il faut que vous révéliez votre secret pour
faire naître sur vos pas les rencontres émouvantes et les épisodes mouvementés. Quant à
nous, voici plus de trois mois que nous écumons
la côte et que nous battons le pays, et nous
n'avons encore rien vu qui ne se voie partout!...

— Ah! chère amie! chère amie... n'est-ce pas un
peu exagéré? protesta M. Higgins. N'avons-nous
pas eu des chasses dans le voisinage de Prétoria?

— Vous voulez parler peut-être de ce malheureux petit fauve qu'il vous a plu d'appeler un
tigre? Bête qui paraissait dressée comme un animal de cirque, qui s'est prêtée au carnage avec
la résignation d'un agneau... gros tout au plus
comme un lièvre et qui ne pourra pas même faire
une descente de lit présentable!... Vous voulez
faire rire ces messieurs, qui se sont mesurés avec
les buffles et les rhinocéros, avec les éléphants
et les lions...

— Les lions, pas encore, répliqua Gérard; nous
n'en avons jamais vu jusqu'à la nuit d'avant-hier,
et je commençais, quant à moi, à les regarder
comme des mythes, des animaux légendaires,
lorsque nous sommes tombés sur la plus belle
tribu léonine!... Ah! c'était un joli spectacle au
clair de la lune!

— Qu'est-ce que je disais! s'écria lady Theodora. Vous les faites sortir de terre littéralement.
Oh! il faut que vous me contiez cela en détail.
Voilà des mois que je désire entendre le récit de
tant d'aventures singulières. Pour aujourd'hui,
du moins, vous ne nous échapperez pas... Fairfield, vous êtes-vous informé si M. Massey veut
bien dîner à bord avec nous?

— Il vient justement de me le promettre »,
répondit son frère, qui de son côté trouvait chez
Henri Massey un interlocuteur capable entre tous
de l'intéresser. C'était lui qui avait institué les
premières recherches sur les causes obscures du
naufrage de la *Durance*, dont il venait de recueillir une épave en la personne de Henri; c'était lui

qui le premier avait signalé le coupable, le
sinistre capitaine du *Hamburger*, Lupus, ce ban-
dit qui, après avoir heurté le navire, lui avoir
porté le coup mortel, fuyait honteusement dans
les ténèbres, sans même essayer de tendre la
main à tant de malheureux qui sombraient! Il
savait par correspondance quel avait été le
dénouement de cette affaire : comment Lupus,
après avoir longtemps éludé sous divers dégui-
sements la poursuite acharnée du brave capitaine
Francœur, avait enfin trouvé le châtiment de ses
crimes; mais il y a loin d'un rapport épistolaire
et nécessairement écourté à un récit complet, fait
de vive voix, sur un objet qui nous passionne, et
pour le maître du *Lily* le moindre détail avait
du prix en cette affaire, où il avait eu une part
directe. Aussi étaient-ils plongés au bout de deux
minutes, lui et Henri, dans une conversation
animée, tandis que Gérard fraternisait avec lady
Theodora sur le sujet des bêtes féroces. Quant à
M. Higgins, les fauves avaient pour lui peu
d'attrait. Son *hobby*[1] était l'archéologie. Les
admirables antiquités phéniciennes qu'il avait
pu déjà étudier dans ce pays étaient bien plus
précieuses à ses yeux que tous les carnassiers de
l'Afrique, et s'il affectait de s'y intéresser, c'était
uniquement par égard pour sa femme, et au fond
il n'avait qu'une envie modérée de les voir de
près.

Lady Theodora, enfant gâtée de la fortune, que

1. Dada.

ses monotones triomphes mondains lassaient
depuis assez longtemps déjà, et qui cherchait à
son ennui, dans de longues croisières, dans des
voyages incessants, un dérivatif qu'elle ne rencontrait guère, vivement frappée par le peu
qu'elle avait appris des aventures de Gérard et de
Colette, avait fort désiré voir de près ces jeunes
héros : même une sourde ambition d'imiter leurs
exploits s'était éveillée en elle, et ce n'était pas
sans un secret espoir d'affronter de vrais dangers,
— qui sait? peut-être de se trouver prisonnière
d'un nouvel Hassan, qu'elle seconda un projet
d'excursion à l'intérieur du Sud africain. Mais
jusqu'ici elle n'avait eu que des déceptions ; son
frère et son mari, peu ambitieux de se voir charger de fers et emmener en captivité, avaient absolument refusé de s'engager sans escorte suffisante
dans les passages réputés dangereux, ou même
de briguer les lauriers de Livingstone en poussant une pointe dans quelque solitude inexplorée.
L'un ne s'intéressait guère au pays qu'au point
de vue politique, l'autre ne rêvait qu'archéologie :
partout où on passait, la route était connue, la
voie aplanie, on n'avait pas fait l'ombre d'une
mauvaise rencontre, en vérité, c'était à vous
décourager des voyages.

Ainsi se plaignait la belle ennuyée, moitié
sérieuse, moitié badine ; elle accablait Gérard de
questions et laissait paraître une envie non jouée
en entendant des lambeaux de leur étonnante
épopée. Ce qui surtout la piquait d'émulation,
c'était de penser que Colette, une simple jeune

fille délicate et jolie (elle l'avait entrevue lorsque la *Durance* et le *Lily* s'étaient salués sur l'océan Indien et avait gardé un souvenir précis de sa charmante personne), que Colette avait traversé tant de périls, surmonté tant de difficultés, montré tant d'héroïsme, tandis qu'elle-même, que dévorait la soif des aventures, n'en avait jamais connu de plus émouvantes qu'une chasse à courre ou un voyage en yacht.

« Combien j'aimerais à l'entendre elle-même conter les incidents de cette étrange période, disait-elle. Je gagerais que sa vie présente lui paraît un peu fade en comparaison.

— Je vous assure, madame, qu'il n'en est rien. Elle vous dirait elle-même que si elle a tenu le rôle d'héroïne, c'est bien à contre-cœur...

— Pas possible! Ce n'est pas sérieux. Mais on payerait pour avoir été à sa place! Songez donc : au lieu de l'odieuse routine de chaque jour, passer par des expériences si variées, voir des spectacles si grandioses, jouer un rôle actif dans des situations si peu banales! Vous ne me direz pas au moins que le souvenir ne lui en est pas agréable, aujourd'hui qu'elle se trouve saine et sauve au milieu des siens?...

— Je n'en jurerais pas! Avec son grand courage, sa présence d'esprit, toutes les qualités de soldat d'élite qu'elle a montrées pendant ces traverses, notre chère Colette est essentiellement faite pour la paix; à peine si les batailles courtoises de la vie mondaine la tenteraient. Tout ce qu'elle aime, c'est la maison dont elle est la joie;

notre jardin qui devient peu à peu sous sa direction une petite merveille, et surtout, surtout, le
voisinage de notre pauvre mère si éprouvée, et
qu'elle semble ne pouvoir quitter une demi-heure
depuis que nous nous sommes si miraculeuse-
ment retrouvés.

— Cela, je le comprends, fit lady Theodora
avec sérieux; mais néanmoins... Et vous, monsieur Gérard, êtes-vous aussi indifférent que votre
sœur à l'extraordinaire bonne fortune qui vous a
permis de pénétrer au cœur de ces noires peuplades, qu'on ne connaît que par les livres? de
vous asseoir sous la hutte du sauvage...

— Hé! ma chère, interrompit M. Higgins, ne
pensez-vous pas que la perspective de figurer,
sous forme de rôti, à la table desdits sauvages,
est faite pour refroidir la joie d'être admis à les
étudier de près?

— Quelquefois, en effet, dit Gérard en riant,
ce côté de la question ne laisse pas de devenir
inquiétant; mais je dois dire qu'on calomnie
beaucoup ces pauvres sauvages. Si l'occasion
s'offre de mettre la dent sur l'un de leurs semblables, ils ne la refusent pas, cela va de soi...

— Fi, l'horreur! s'écria involontairement lady
Theodora.

— Oh! ils laissent beaucoup à désirer sous le
rapport des manières; et je vous assure qu'il y
a loin des sauvages qu'on voit dans les livres,
tels que le Chactas, de Chateaubriand, ou les
Peaux-Rouges, de Fenimore Cooper, si imposants
et de si belle tenue, avec les méchants diables

qu'on rencontre sur le continent noir. Mais enfin, ainsi que je vous le disais, on les surfait quand on les représente comme ayant coutume de s'entre-manger, ou bien comme incapables de faire un prisonnier de guerre sans concevoir aussitôt le projet de le mettre à la broche... Pour moi, du moins, je n'ai jamais assisté à aucun festin de cannibales. Mon sentiment, c'est qu'ils doivent être l'exception.

— Moi, dit lady Theodora après un temps, je n'aurai de repos que lorsque j'aurai entendu, de la bouche de Mlle Colette elle-même, le récit de ces étonnantes choses. Y a-t-il bien loin de Massey-Dorp ici? Pourquoi ne viendrait-elle pas faire une excursion en mer avec nous? Sûrement une petite croisière ne serait pas pour effrayer une voyageuse comme elle?... »

Cette idée souriait assez à Gérard, et, tout en causant ainsi, on avait repris, après une heure de promenade, le chemin du petit port et passé à bord du *Lily*.

CHAPITRE VIII

LE CAPRICE DE LADY THEODORA

Les passagers du yacht étaient pour le moment réduits à leur plus simple expression, ne comptant, en dehors de l'équipage, que les trois touristes et leurs serviteurs respectifs.

« Ma mère a dû rester en Angleterre cette année, pour « présenter » ses petites-filles, Amy et Millicent Mowbray, que vous avez rencontrées à notre bord, monsieur Massey, dit lady Theodora comme on se mettait à table, et répondant à l'enquête polie de Henri au sujet de l'imposante douairière.

— Quant à nos amis, aucun ne s'est senti l'envie de venir se promener aussi loin, ajouta lord Fairfield ; et le fait est qu'il y a une bonne trotte d'ici à la maison...

— Formidable !... je ne m'étonne pas qu'elle ait fait reculer ces dames.

— Elles ? Jamais. Elles nous ont suivis depuis plus de deux ans dans toutes nos croisières, et elles étaient toutes prêtes à recommencer. Mais on ne pouvait plus retarder la cérémonie. Elles doivent être en train de faire la révérence à leur souveraine, dit lady Theodora tournant les yeux vers une *Saint James's Gazette* vieille de quelques semaines. Grand bien leur fasse ! J'aime mieux être à Bazakouto, et elles penseraient de même, j'en suis sûre !... Ah ! ce sont elles que les aventures de Mlle Colette ont fait rêver !... Je disais tout à l'heure à votre frère que je donnerais beaucoup pour les entendre de sa bouche, et, à ce propos, vous ne m'avez pas répondu, monsieur Gérard. Pourquoi ne viendrait-elle pas naviguer quelques jours avec nous ? Croyez-vous que ce serait impraticable ?

— Nous serions charmés de vous avoir à bord tous les trois, appuya lord Fairfield.

— Vous êtes mille fois aimable. Non, ce n'est guère possible, je crois... Nous ne devons, ni les uns ni les autres, quitter notre poste, dit Henri, au moins pour quelque temps. Mais il y aurait, ce me semble, un plan plus pratique. Pourquoi ne viendriez-vous pas vous-mêmes à Massey-Dorp ?

— A Massey-Dorp ? répéta M. Higgins un peu interloqué. Mais le voyage n'est-il pas horriblement difficile ?

— Un peu rude, certes, mais...

— Cela manque de Pullman-cars, dit Gérard : c'est un fait !

— Tant mieux ! s'écria lady Theodora, je les ai en horreur.

— La route est aussi un peu rudimentaire :

tantôt il faut suivre le lit d'un torrent desséché, tantôt il faut descendre de son char à bœufs et pousser à la roue pour escalader un talus escarpé; tantôt il faut abattre le chemin.

— Comme tout cela doit être plus amusant, plus varié que cette monotone étendue de rails, ces horribles voies ferrées qui semblent avoir été inventées pour vous guérir à tout jamais de la fantaisie de voyager!

— Enfin, il faut s'attendre, lorsqu'on bivouaque au clair de la lune, à voir quelque famille de lions prendre ses ébats...

— Monsieur Gérard, pas un mot de plus. Je vous suis à Massey-Dorp, si vraiment vous croyez que nous ne serons pas de trop...

— Tout doux! s'écria M. Higgins. Tout doux, ma chère, de grâce! Vous nous coupez la respiration. Certes, l'invitation de ces messieurs est très gracieuse, et je les en remercie fort, mais encore doit-on réfléchir un peu avant d'entreprendre un semblable pèlerinage! Qu'en dites-vous, Fairfield?

— J'avoue que je serais tenté de l'accepter pour ma part, dit son beau-frère. Tout ce que nous racontent ces messieurs me semble au plus haut degré intéressant; et si j'étais assuré que notre venue ne dût causer dans la colonie naissante aucun dérangement, je crois bien que je dirais oui sans hésiter.

— N'est-on pas horriblement cahoté dans ces *bullock's-waggons?* demanda M. Higgins qui était ami de ses aises.

— Mais non, pas plus qu'il ne faut, dit Gérard.
Vous savez que c'est le mode de locomotion dont
usaient les rois fainéants; et avec un lit de repos
pour lady Theodora...

— Que diriez-vous d'aller l'inspecter d'abord?
proposa Henri.

— Je suis sûre d'avance que ce mode de voyage
doit être délicieux! Mais je répudie la chaise
longue, monsieur Gérard, tout en vous remerciant
de votre aimable pensée. Je ne suis pas à ce
point esclave de la vie civilisée, je vous assure,
et j'espère ne pas me montrer voyageuse plus
encombrante que Mlle Colette; car, pour moi,
j'accepte en principe l'idée de la visite à Massey-
Dorp; je l'accepte avec enthousiasme! Rien ne
m'a autant tentée depuis longtemps que le projet
de cette expédition. »

En effet la belle dame, déjà charmée, par la
rencontre des deux frères, de l'écho d'aventures
merveilleuses qu'ils lui apportaient, était tout à
fait conquise par la perspective d'en voir enfin
tous les héros, de les entendre, de les questionner
à cœur joie; l'air de mécontentement et de hauteur
qui trop souvent gâtait ses beaux traits avait fait
place à la plus charmante animation, et si lord
Fairfield et M. Higgins n'eussent été séduits pour
leur propre compte par le projet de cette excursion, la joie que ce projet causait à leur compagne de voyage aurait sans doute suffi pour les
y décider.

Aussitôt après dîner, on se rendit à l'auberge
pour inspecter le wagon et pourvoir à l'aménage-

LADY THEODORA NE DÉDAIGNAIT PAS DE SE SERVIR
DE SA CARABINE (P. 124).

ment des trois nouveaux occupants. On trouva M'Bololo toujours accroupi sur sa caisse comme un gnome sur son trésor et n'ayant pas bougé d'une ligne, malgré les tiraillements de la faim qui se faisaient cruellement sentir, car il commençait à être tard. On envoya le pauvre garçon rejoindre ses camarades à la cuisine, puis on procéda aux détails de l'installation. Le wagon, long comme ces immenses camions qu'on voit parfois sur les routes porter leur charge de barriques, était divisé en trois parties. A l'arrière le compartiment du bagage, à l'avant celui des noirs, au centre la tente des maîtres. Pour Henri et Gérard, cette tente avait été meublée de la façon la plus sommaire; les deux jeunes gens savaient dormir sur la dure et il ne manquait guère de ruisseaux ou de torrents où ils avaient trouvé tous les jours moyen de faire une toilette complète au cours de leur voyage.

Leurs trois hôtes se déclarèrent prêts à faire comme eux et à s'accommoder des arrangements les plus spartiates. Les jeunes Massey ne l'entendaient pas ainsi. Pour les hommes, c'était fort bien; mais ils étaient parfaitement résolus à loger leur belle invitée du mieux qu'il leur serait possible.

Aussitôt qu'on se fut séparé pour la nuit, ils coururent chez Chapiraz, qui, en homme de ressources, comprit à l'instant ce qui était nécessaire, donna des avis judicieux, produisit sans une hésitation tous les accessoires voulus et procéda lestement à leur installation. Au bout d'une heure de travail, la longueur du chariot, coupée en son milieu par une tenture qu'on pouvait relever à volonté, présentait deux compartiments d'égale grandeur et d'inégale élégance. L'un, meublé de quelques bancs austèrement rembourrés de crin, était destiné à abriter le sommeil de ces messieurs; l'autre, revêtu des riches tapis d'Orient achetés la veille, pourvu d'un excellent fauteuil et d'un monceau de coussins de soie, était le réduit réservé à lady Theodora; au matin, quand la voyageuse arriva à l'auberge, enchantée de son équipée et prête à endurer toutes les privations, elle trouva sa cellule si jolie, son fauteuil si confortable, qu'il ne lui vint même pas en tête de protester contre cet arrangement.

On partit. Le retour ressembla de tout point à l'aller. Les chemins étaient accidentés, pittoresques, variés à l'infini; les haltes animées et joyeuses, le sport admirable : à chaque instant une variété inconnue, poil ou plume, s'offrait aux chasseurs et même à la chasseresse, car lady Theodora ne dédaignait pas de se servir à l'occasion de sa carabine, et elle en usait fort adroitement. Mais, hélas! pas le moindre lion ne se montra cette fois! Parvenus dans la partie du pays où ils avaient admiré l'imposante tribu, Henri et Gérard s'étaient arrangés pour faire halte à la même heure, au même clair de lune, espérant que les fauves viendraient encore célébrer leurs mystères et promener leur majesté aux yeux de leurs hôtes. Ce fut en vain. Inutilement lady Theodora demeura toute la nuit l'œil ouvert, espérant toujours voir apparaître la royale famille, et décidée à ne pas manquer ce spectacle. A l'aurore, il fallut se décider à repartir, à la secrète satisfaction de M'Bololo, qui, bien que fort brave, ne voyait pas du tout le sel de cet amusement, et trouvait à part soi qu'il faut vraiment être des *visages pâles* pour s'en aller désirer de rencontrer le « Père de la crinière » sur son chemin.

Pendant tout un jour, lady Theodora fut inconsolable, et Gérard l'était presque autant qu'elle; les autres partageaient à des degrés divers le sentiment de M'Bololo. Bientôt de nouveaux objets vinrent occuper leur attention et faire oublier cette déconvenue, car les surprises du chemin étaient inépuisables. Enfin la petite hauteur qui entourait Massey-Dorp d'une sorte de ceinture, et que les enfants avaient baptisée *le bout du monde*, s'était dessinée à l'horizon; on sut qu'on n'était pas loin du foyer. Gérard alors conçut le plan astucieux de prévenir sa mère et sa sœur du renfort qu'on leur amenait, et ayant tracé quelques lignes à cet effet, il chargea le jeune Zumbo, qui était un coureur de première force, de les apporter à Colette.

Très observateur, sans avoir l'air d'y toucher, le jeune garçon avait constaté plus d'une fois combien les maîtresses de maison détestent d'être prises à l'improviste; le bon M. Massey n'avait pas de plus grand plaisir, lorsqu'ils habitaient Passy, que d'amener chez lui un ami ou même plusieurs amis pour dîner « à la fortune du pot ». Or ces petites fêtes tombaient invariablement quand ladite fortune était au plus bas ; lorsque, par exemple, on avait formé le plan éco- nomique de dîner avec le gigot de la veille, ou bien quand la brave Martine, prise de quelque rhume ou torticolis, était obligée de garder le lit, ou enfin dans toute autre conjonction de planète aussi défavorable. En ces alertes, Mme Massey et Colette, son petit aide de camp, faisaient bonne figure à la fortune contraire ; elles se multipliaient, s'ingéniaient, sortaient à leur honneur de la diffi- culté ; et l'amphitryon enchanté de son festin recommençait à la première occasion, ne se dou- tant guère que son génie hospitalier pût occa- sionner le moindre trouble. Mais Gérard, qui était dans les coulisses, qui plus d'une fois avait couru chez le pâtissier voisin commander le plat libé- rateur, qui avait vu au premier moment le désarroi se peindre sur les visages, Gérard savait à quoi s'en tenir sur les délices de la fortune du pot ; et tandis que Henri, héritier des traditions paternelles, disait en toute bonhomie :

« Voici le *home* qui se dessine ; avant trois ou quatre heures d'ici, nous serons à Massey-Dorp. Ils ne s'attendent guère là-bas à l'aimable sur- prise que nous leur réservons !... »

Gérard décidait sagement à part soi de trans- former cette surprise, de l'arranger comme Mascarille, en *impromptu fait à loisir,* le seul impromptu de ce genre qui puisse plaire à la grande généralité des maîtresses de maison.

Si bien que trois bonnes heures avant l'arrivée possible du *bullock's-waggon,* le jeune Zumbo

tombait comme un nouveau Mercure au milieu
de la petite colonie, tout glorieux d'être porteur
d'un message pour « mazé Colé », ayant dévoré
l'espace littéralement pour obéir aux injonctions
de Gérard. Ravies d'apprendre que leurs chers
voyageurs arrivaient sains et saufs, très contentes
de la visite annoncée et enchantées du répit que
Gérard leur ménageait, les trois dames, aidées
de Martine, se mirent en devoir de préparer toutes
choses de façon à faire honneur à leurs hôtes et à
elles-mêmes. Dans les chambres, toutes simples
et modestes avec leur mobilier de bambou et
leurs tentures de cretonne, mais spacieuses et
fraîches à plaisir, et amplement pourvues de
l'appareil de toilette que réclame d'abord tout
voyageur soigneux de sa personne, l'eau chaude
et l'eau froide furent apportées en abondance;
sur les guéridons, Lina, qui marquait un goût
tout spécial pour disposer les fleurs, plaçait les plus
beaux produits du jardin, Colette demandait à son
père ou au docteur Lhomond des livres de leur
bibliothèque et choisissait dans la sienne ceux
qu'elle croyait les plus propres à distraire ou à
intéresser ses hôtes; Mᵐᵉ Massey s'assurait de ses
yeux de la netteté scrupuleuse de toutes choses,
sortait des armoires le linge abondant et parfumé d'iris, et Martine préparait certaines galettes
salées dont elle gardait le secret et qui, de l'aveu
unanime, étaient l'adjoint le plus parfait d'une
tasse de thé.

Rien de plus attrayant ne se pourrait imaginer
que le *home* des Massey avec les lignes aériennes

de sa charpente, ses balcons et ses galeries égayés de tentes aux vives couleurs, son ciel de saphir, sa pelouse d'émeraude plantée de somptueuses corbeilles de roses. A l'arrière, son rideau d'arbres géants, entrée d'un bois ombreux, sous lesquels on entendait jaser le ruisseau qui s'en allait en serpentant retrouver le Zambèze dont il était tributaire. Lorsque le char à bœufs déboucha au tournant du chemin, les trois visiteurs eurent une exclamation de surprise et de plaisir.

M. et Mᵐᵉ Massey saluèrent avec émotion celui en qui ils voyaient le sauveur de leur fils bienaimé, encore que lord Fairfield se défendît d'avoir aucun titre sérieux à leur gratitude, n'ayant fait, disait-il avec assez de raison, que son devoir le plus strict en recueillant Henri à son bord, lorsque les matelots du *Lily* l'avaient ramassé, à moitié mort, accroché à sa bouée de sauvetage. Mais un père et une mère ne pouvaient considérer leurs obligations sous un pareil jour, et tous avaient à cœur autant qu'eux de recevoir avec honneur ceux dont Henri leur avait tant de fois vanté l'accueil généreux. Aussitôt les premières paroles de bienvenue échangées, les voyageurs, pressés hospitalièrement de se rafraîchir et réconforter avant de faire plus ample connaissance, ayant accepté de grand cœur cette proposition, furent conduits dans leurs chambres où les attendait un thé fumant flanqué des exquises galettes déjà mentionnées. Et une heure plus tard lady Theodora, ayant noyé avec l'aide de la bonne Martine la poussière et le désordre du voyage, reparaissait éblouissante sous le sévère costume « tailleur » avec sa belle chevelure *auburn*, son teint de lis et de rose et son impeccable profil grec ; mais non pas plus jolie que Colette, ainsi que le remarqua Gérard, patriote déterminé, toujours prêt à hérisser sa crête comme un jeune coq à la plus lointaine atteinte aux supériorités nationales ; ni même plus belle que sa chère maman, malgré sa couronne blanche et les lignes pareilles à celles de la Niobé antique, tracées avant l'heure sur son doux visage par des angoisses sans pareilles.

En somme, tous ou à peu près tous, Anglais et Français, faisaient honneur à leur pays et pouvaient être considérés comme de beaux spécimens de leur race respective. Lord Fairfield avait la sveltesse et la blonde distinction qu'on attribue volontiers à l'aristocratie anglaise, et le docteur Lhomond n'était pas sans se rapprocher beaucoup de ce type ; le bon M. Weber présentait la physionomie distraite, mais non sans noblesse de l'homme continuellement en tête à tête avec les hautes abstractions scientifiques, et sa petite Lina accusait tous les jours davantage les traits caractéristiques d'une ·vraie beauté alsacienne. Chez les Massey, un sang généreux, des traits réguliers, des yeux limpides, de belles tailles et surtout la grâce et l'harmonie parfaites des mouvements étaient l'apanage de tous.

Le mari de la belle Theodora était bien un peu gros, un peu roux, un peu court ; mais, en revanche il possédait une excellente humeur, sou-

9

tenue par un puissant livret de chèques; ce n'était d'ailleurs ni un oisif ni un inutile; il était épris d'archéologie, avait publié quelques travaux qui n'étaient pas sans mérite, et, travaillé de son dada, il ne manquait guère, au bout d'un quart d'heure, de mettre la conversation sur le sujet des antiquités locales. M. Lhomond qui savait tout, à ce qu'affirmait Gérard, ayant laissé tomber une observation qui le révélait expert en la matière, M. Higgins, ravi de se trouver avec un initié, fit montre à l'instant de vues originales, concernant l'ancien empire de Monomotapa, et sur cet argument, tous les hommes ne tardèrent guère à se passionner et à s'entendre.

Pendant ce temps les dames faisaient connaissance et ne s'accordaient pas moins bien. Lady Theodora écoutait enfin la narration tant souhaitée. Interrogée par elle, Colette répétait les détails de leurs rudes traverses, évitant avec tact ce qui pouvait lui donner l'air de se poser en héroïne; mais les faits parlaient pour elle, et plus elle s'attachait à les narrer en toute simplicité, plus ils semblaient formidables par contraste avec la jeunesse et la douce figure de la jolie conteuse.

CHAPITRE IX

SORCELLERIE

Au côté droit du chalet se trouvait adossée une grande salle de verdure qu'on appelait « la salle à manger d'été », bien qu'on ne connût guère d'autre saison que l'été sous ce ciel privilégié; quelques piliers de bois d'ébène, aussi commun là-bas que chez nous le sapin, un réseau de lattes entre-croisées, formant toit et s'en allant rejoindre le mur de la maison, en faisaient tous les frais. Mais, sur cette charpente modeste, une flore éclatante avait mis des broderies et des couleurs dignes d'une demeure princière. Jardinier de son état, avant d'avoir été pris par la conscription maritime. Le Guen ne manquait jamais de planter une bouture, de semer une graine, de pratiquer une greffe, s'il en trouvait l'occasion. Fidèle à sa manie, à peine installé à Massey-Dorp, il s'était consacré à son premier métier et, avec une rapidité extraordinaire, inconnue à notre expérience d'Occidentaux, la maison, les hangars, les écuries et autres dépendances s'étaient trouvés envahis, escaladés, drapés de toutes parts sous un riche manteau de fleurs ; vignes de Virginie, glycines retombantes, chèvrefeuilles échevelés, jasmins embaumés, rosiers géants aux mille nuances, à l'infinie variété; toutes plantes vigoureuses, riches, inépuisables; constamment mises à contribution pour l'ornement de la table et des salles, et semblant foisonner toujours plus à mesure qu'on leur empruntait davantage.

Par trois grandes portes-fenêtres, on avait accès de plain-pied dans la véritable salle à manger, meublée simplement de nattes, de sièges de canne et de deux vastes dressoirs sur lesquels s'empilaient des pyramides de fruits qui faisaient penser aux produits fabuleux de la Terre Promise, ces grappes de raisin si lourdes, qu'il fallait, pour les transporter, les fortes épaules de deux hommes. C'était là qu'on se réfugiait lorsqu'une pluie, un ouragan soudain forçait la famille à chercher un abri plus résistant que le feuillage de la vigne vierge ou des pétales de roses. Aux murs, on voyait suspendus, non ces natures mortes en effigie, ornement classique de nos salles à manger, mais des trophées véritables, restes et témoignages de la chasse de chacun. Ici, c'était un bois de cerf majestueux; plus loin, une panthère, victime de Gérard, admirablement préparée par les soins de M. Weber et qui semblait prête à s'élancer de son support. Puis, c'étaient des papillons merveilleux aux ailes gigantesques; des insectes aux élytres chargés de rubis et d'émeraudes; des feuillages incon-

nus à nos yeux d'Européens, récoltés par Colette
et Lina dans leurs promenades, tous parés de
couleurs invraisemblables, de teintes de rêve,
riche palette qu'un soleil torride verse sans compter sur tout ce qui grouille et foisonne sur cette
terre fertile.

Ayant admiré au passage l'original petit musée,
on passa sous le berceau où la table était mise,
présentant un coup d'œil à la fois pastoral et
somptueux, avec ses délicieux laitages, ses légumes savoureux, ses fruits magnifiques, ses
fleurs éblouissantes, sans oublier les fraîches
truites tout à l'heure capturées dans le ruisseau
voisin, les élèves choisis de la basse-cour, et les
dépouilles les plus délicates de la chasse récente,
produits qui, chez nous, déshérités, font inévita-
blement penser à l'odieuse question d'argent, et
qu'on recueille là-bas sans avoir presque d'autre
peine à prendre que de tendre la main pour les
saisir.

Ici une surprise attendait nos voyageurs.

Debout à l'une des extrémités de la table, un
large sourire sur sa face rubiconde et saluant leur
entrée de force gratte-pieds, se tenait le sieur Brandevin, ci-devant cuisinier chez le feu lord Fairfield.
Brandevin était loin, certes, de présenter le type
accompli du parfait gentleman ; son extérieur
laissait à désirer sous le rapport de la distinction
et de l'élégance ; il manquait totalement de lettres,
et son humeur, enfin, était plutôt désagréable.
Mais les Massey honoraient en lui un compagnon
d'infortune qui avait révélé, dans les passes dif-

ficiles, des qualités précieuses; et, en considération de ces souvenirs, ils l'accueillaient libérale-
ment à leur foyer. Brandevin était sensible à ces
attentions, et, par-dessus toutes choses, il prisait
le privilège de figurer à table quand, par hasard,
un rare visiteur s'arrêtait au chalet. Sitôt que le
billet de Gérard était parvenu à Colette,
Mᵐᵉ Massey avait entrevu quelque difficulté, et
son mari, consulté par elle, était allé tout bonnement trouver l'ancien maître queux pour lui dire
quels hôtes on attendait et le prier à dîner, — si
toutefois il ne lui était pas désagréable de se rencontrer avec eux

« Désagréable! Bien au contraire! Rien ne pouvait lui agréer davantage. »

Le cuisinier, homme de gros bon sens, qui,
sous sa rude écorce, cachait même une certaine
finesse et savait à l'occasion se moquer des pré-
tentions d'autrui, avait, tout comme un autre, ses
petits travers de vanité. Il nourrissait, notamment,
la faiblesse commune à la plupart de ceux qui ont
servi : une sourde ambition de se trouver sur un
pied d'égalité avec leurs anciens maîtres. Comme
il s'en vantait très véridiquement, ses talents
remarquables en cuisine lui avaient valu une considération toute spéciale durant ses six années de
service chez le feu lord Fairfield, et lorsque, plus
tard, reconnaissant du pont de la *Durance* lady
Fairfield sur le pont du *Lily*, il s'était confondu
en courbettes empressées et joyeuses, le pauvre
homme avait été tout marri et consterné de se voir
ignoré par l'altière douairière qui, dès qu'il s'agis-

sait autrefois de lui extorquer de nouveaux chefs-d'œuvre culinaires, n'avait pour lui que prévenances et sourires, ainsi qu'il l'expliquait avec amertume à ses compagnons de traversée.

L'idée d'une impossible revanche avait quelquefois hanté l'esprit du cuisinier à travers les phases diverses où la fortune l'avait promené depuis ce jour ; et rien ne pouvait venir plus à propos pour satisfaire son orgueil endolori que l'occasion de s'asseoir à table avec les Mowbrays. Si bien qu'on avait dû accepter la nécessité de réunir ces disparates convives, Colette et Lina, un brin abattues à la pensée de l'effet qu'allait produire sur leurs invités la face bovine de Brandevin ; M. et Mᵐᵉ Massey, plus tranquilles et résignés en raison de leur science supérieure du monde : sachant bien que leurs hôtes accueilleraient cette rencontre inattendue avec calme et courtoisie, leur rang social les mettant bien au-dessus du dépit qu'aurait pu éprouver en pareil cas un parvenu vaniteux.

Ce fut exactement ce qui arriva. A peine si lord Fairfield et sa sœur eurent un mouvement de surprise, tandis que Mᵐᵉ Massey les nommait à voix douce les uns aux autres.

« Brandevin ! fit le jeune lord amicalement, charmé de vous retrouver à l'autre bout du monde !

— *How do you do*, M. Brandevin ! » dit lady Theodora gracieusement.

Seul, M. Algernon Higgins ne paraissait pas tout à fait content. Sur son visage habituellement jovial et bon enfant, une ride hautaine

s'était dessinée. Qu'est-ce que cela voulait dire ?
Se moquait-on d'eux ? Les faire manger avec un
cuisinier ; et le ci-devant cuisinier de son beau-
père, encore ! Était-ce une impertinence prémé-
ditée ? Quoi ?...

Cependant, rien n'était moins impertinent que
les allures de ceux qui les accueillaient, et, après
quelques secondes de désarroi, M. Higgins, qui
jamais ne boudait longtemps, ayant constaté de
longue date que la destinée ne l'avait pas traité
en marâtre, M. Higgins, remarquant que sa femme
et son noble beau-frère semblaient prendre l'incident avec la plus parfaite philosophie, résolut
de se modeler sur eux.

Quant à Brandevin lui-même, il rayonnait. Et
lorsque l'entretien, retombant sur les diverses
aventures des naufragés que lady Theodora ne
se lassait pas d'entendre, le bon docteur saisit
l'occasion de faire un éloge chaleureux des
grands services dont ils étaient redevables à l'ancien cuisinier ; du prix infini que les Matabélés
attachaient à ses talents, et du rôle prépondérant qu'avaient eu ses talents pour établir la bonne
entente entre les noirs et leurs prisonniers, la joie
de Brandevin ne connut plus de bornes. Ce fut,
ainsi qu'il le dit souvent par la suite, le plus beau
moment de son existence, le point culminant de sa
carrière, et le souvenir pénible de la rencontre du
Lily s'en trouva complètement effacé. Le triomphe
le rendit même généreux, et, reconnaissant à
l'aimable docteur de lui avoir taillé ce rôle brillant, il ne voulut pas demeurer en reste avec lui :

« Non, non ! fit-il, modeste, M. le docteur Lhomond exagère. Vous pouvez m'en croire, milady, ce ne sont ni mes talents, ni ceux de M. Weber, ni ceux même de M. Massey, dont personne, certes, ne fait de cas plus que moi, qui ont assuré notre empire auprès de ces vilains singes. Ils sont gourmands, j'en sais quelque chose ! Ils aiment la victoire, c'est trop naturel. Ils ne détestent pas d'être mieux armés que leurs adversaires, et M. Weber leur a fourni des fusils perfectionnés... Eh bien, moi qui vous parle, je puis vous affirmer qu'ils auraient volontiers envoyé promener cuisine, artillerie et lauriers pour un des tours de M. le docteur...

— Et ajoutons qu'ils se montraient en cela gens de goût, dit M. Massey.

— Ils auraient vendu femmes et enfants, père, mère, maison, armes et bétail, pour assister à une de ses séances, appuya Gérard.

— Vous ignoriez sans doute que nous avons parmi nous un grand sorcier ? dit Henri en riant.

— Mais non, mais non ! Nous ne l'ignorions pas, répondit vivement lady Theodora. Le capitaine Willis, qui a pris votre place au village matabélé, nous avait touché un mot de cela à Prétoria. Il ne comprenait goutte, disait-il, à ce que lui contaient ces moricauds, qui non seulement parlaient de vos cures merveilleuses, monsieur le docteur, mais prétendaient que vous saviez à volonté vous rendre invisible, lire la pensée des gens, leur confisquer la force de leur bras, la leur rendre, dire l'avenir, couper une tête et la remettre en place... que sais-je? même ressusciter les morts! Qu'y a-t-il de vrai dans tout cela? Peut-on le demander?

— Rien de ce qu'il a pu dire n'est exagéré! s'écria Gérard. Le docteur Lhomond sait tout! Il fait tout ce qu'il veut, littéralement!

— Gérard! De grâce, épargnez-moi! » protesta celui-ci, pressentant bien que son fanatique séide allait le forcer à reprendre le rôle de nécromant qu'il avait déposé avec bonheur depuis qu'on était rendu à la liberté.

Mais une fois lancé sur le thème des mérites de son héros, Gérard ne s'arrêtait plus; et comme, d'ailleurs, tout le reste de la famille faisait chorus avec lui pour vanter ses pouvoirs surprenants, les étrangers, vivement intéressés, ne tardèrent pas à émettre le vœu d'être favorisés, eux aussi, du spectacle d'un de ces tours d'adresse, d'hypnotisme ou de « suggestion » qui avaient subjugué les Matabélés. Personne plus que le modeste savant n'avait horreur de se mettre en scène, d'accaparer l'attention; mais nul n'était plus obligeant, plus aimable convive. Et pestant à part soi contre l'enthousiasme intempérant de son jeune ami, il consentit de bonne grâce à « lire » la pensée d'un des visiteurs, suppliant qu'une fois le tour accompli, on voulût bien le dispenser de *caboliner* davantage pour ce soir-là.

Ravie de ce nouveau jeu et trouvant que l'établissement des Massey offrait une mine inépuisable d'intérêt, lady Theodora se proposa comme

« sujet ». Le docteur demanda un moment pour rassembler ses facultés divinatoires.

Au milieu des mille questions, des mille récits échangés sur l'inépuisable sujet du naufrage, le dîner avait passé rapide et animé; on était au dessert; après quelques minutes de causerie à bâtons rompus, M. Lhomond pria la jeune Anglaise de mettre par écrit une idée, un vœu quelconque qui lui viendrait en tête. On se levait de table; les rayons du soleil couchant inondant la pelouse d'une lumière d'émeraude, invitaient irrésistiblement à une promenade vers le ruisseau qui étincelait et jasait là-bas sous les grands arbres.

« Voilà qui est fait ! dit la dame, après avoir tracé quelques mots au crayon sur un carnet de poche que lui passa son mari.

« Et maintenant ?...

— Veuillez empêcher soigneusement qu'aucun mien compère ne voie ce que vous venez d'écrire là et ne m'en avertisse. Ce document est ma pièce justificative, — ou bien il servira à m'accabler en cas d'insuccès.

— Où dois-je le mettre? demanda lady Theodora, qui, ayant vu plus d'un prestidigitateur dans sa vie, savait bien qu'entre l'énoncé du problème et la solution, il faut à ces devins un temps raisonnable, outre les mouvements nécessaires, pour obtenir un aperçu du dessous des cartes, tout leur art consistant à dissimuler plus ou moins ingénieusement cette phase critique de l'opération.

— Mais... nulle part. Veuillez le garder dans votre main, bien plié.

— Comment ! fit-elle surprise et incrédule ; vous seriez capable de découvrir ce que j'ai écrit là, ainsi, sans autre forme de procès?

— Cela paraît une entreprise impossible ! s'écria M. Higgrins.

— Mon Dieu !... Je ne puis qu'essayer... dit le docteur en souriant. Si je me trompe, je réclame votre indulgence... Veuillez tout d'abord excuser mon accent : je suis plus habitué à lire l'anglais qu'à le parler... Enfin voici, sauf erreur, le souhait que milady Theodora vient de tracer par écrit : *I wish to be introduced to Goliath.*

— Prodigieux! murmura la jeune femme stupéfaite, ouvrant de grands yeux, et déroulant le papier serré dans sa main, comme si le témoignage de son ouïe eût été insuffisant à la convaincre. Puis elle répéta : « Prodigieux! »

— Textuellement ce qui est écrit là ! C'est renversant, fit M. Higgins après avoir lu.

— Et le « truc » est absolument invisible. J'avoue que je n'ai jamais rien vu d'aussi bien fait! déclara lord Fairfield, prenant à son tour le papier qui passa de main en main.

— Oh! monsieur le docteur, s'écria lady Theodora, revenant de sa stupéfaction, comment faites-vous cela? Pouvez-vous réellement lire ce qui se passe sous le front de votre prochain? ou bien avez-vous une vue assez perçante pour traverser, comme les rayons X, les corps opaques? Comment savez-vous exécuter une chose aussi étonnante?

Vous n'êtes pas sorcier? Sûrement, il n'y a plus de sorciers! Il me semble rêver... Expliquez-nous, de grâce, votre secret!

— Mon secret est bien simple, madame, et je vous le livre volontiers, dit le docteur. Ce « truc », pour deviner la pensée des gens, consiste à la leur suggérer d'avance.

— Ah!... dit-elle un peu incrédule et désappointée.

— Je n'hésite pas à confesser que j'ai fait usage aussi de ce que j'avais retenu de votre conversation. Au moment où nous arrivions à table, Mlle Colette vous contait quelques-uns des exploits de son formidable ami, vous vous êtes écriée : « Ah! il me tarde de le connaître, ce Goliath! » Et comme Gérard ajoutait quelques détails sur sa manière originale d'accueillir les visiteurs qu'on amène : témoignant aux uns une politesse attentive, aux autres une froideur dédaigneuse, vous avez ri de bon cœur, et cette fois vous avez dit les paroles que vous deviez écrire plus tard. Quand vous m'avez invité, madame, à lire votre pensée, j'ai d'abord pris soin de me remémorer ce que j'avais pu vous entendre dire qui fût de nature à servir à cette expérience; et le vœu que vous aviez exprimé tout à l'heure avec l'accent d'un réel intérêt m'est revenu à l'esprit. Je me suis alors attaché par des voies détournées à ramener votre pensée vers l'aimable Goliath, et lorsque j'ai cru avoir atteint mon but, je vous ai priée de la mettre par écrit... Voilà, madame, les moyens insidieux dont usent les charlatans pour exploiter la crédulité publique!...

— Comme c'est simple, en effet! dit lady Theodora un peu déçue.

— Vous trouvez? fit son frère, avec un sourire. Pour moi, l'explication que vient de nous donner monsieur me fait encore trouver plus singulier son exploit. J'avoue que j'avais cru d'abord à quelque joli tour de passe-passe, qui aurait été déjà bien remarquable, exécuté ainsi sans le secours d'aucun trompe-l'œil ou matériel de prestidigitation; mais ne vous y méprenez pas, ma chère, cette façon de diriger la pensée des autres et de la noter avec précision est, comme vous le disiez fort bien, tout à fait prodigieuse...

— Pourtant, objecta M. Higgins, une fois qu'on est en possession de la théorie, pourquoi, avec de l'application et de la finesse, ne parviendrait-on pas à imiter le procédé? Certes, l'idée est ingénieuse; mais il ne doit pas être impossible, ce me semble, en suivant la méthode qui nous a a été obligeamment dévoilée, d'obtenir des résultats analogues.

— Essayez! s'écria l' « irrépressible » Gérard. Que l'un de nous essaye d'imiter M. Lhomond, et nous verrons les beaux chefs-d'œuvre!

— Je ne doute, en aucune façon, que ces résultats en fussent satisfaisants, affirma le docteur, désireux de couper court à ce divertissement. Et maintenant, je propose qu'on mette à exécution, sans tarder, la visite souhaitée par milady. Goliath vaut la peine d'être vu, je vous assure!

— Il doit être au bord du ruisseau, dit Colette;

tous les soirs nous y allons lui dire bonsoir avant qu'il rentre dans sa maison.

— Et il est bien capable de trouver que nous tardons, et de bouder! ajouta la petite Lina.

— Ah! c'est décidément un caractère! fit en riant lady Theodora. Croyez-vous qu'il nous fera bon accueil?

— Sans aucun doute, prononça Gérard avec assurance. Il a un faible marqué pour la belle société.

— Voilà qui est dur pour Brandevin et pour moi, dit le docteur, qui s'amusait quelquefois à taquiner son séide. Il me semble me rappeler que lorsque nous avons été mutuellement présentés, le *Père des Oreilles* s'est montré plutôt froid.

— Ce devait être de la timidité, pas de la froideur! protesta le jeune garçon avec énergie. Goliath est incapable de se tromper ainsi.

— Ne l'écoutez pas, Gérard! dit le bon Weber, qui parfois descendait des hauteurs de sa méditation et entendait fort bien ce qui se passait autour de lui. Le malin docteur vous en donne à garder. C'est à moi, non à lui, que Goliath a toujours montré de l'indifférence, sinon de l'éloignement. Je crois que ce sont mes lunettes qui ne lui reviennent pas, poursuivit le brave homme, car, pour moi, je ne lui veux que du bien, et il faut lui rendre cette justice qu'il sait, en général, reconnaître ses amis.

— Allons voir la merveille, dit M. Massey, et espérons que notre brave éléphant ne restera pas au-dessous de sa réputation. »

On partit en bande vers le ruisseau. On ne tarda pas à apercevoir sous les arbres la monstrueuse silhouette de Goliath se détachant nettement dans l'air limpide du soir.

« Tu avais raison, Lina, il est fâché, dit Colette ; voyez ! Il nous tourne le dos au lieu d'accourir comme il fait toujours !

— Vous le gâtez donc terriblement, mademoiselle ? observa lord Fairfield.

— Il aime les égards, confessa Colette, et on peut bien en avoir pour un ami tel que lui. D'ailleurs sa mauvaise humeur ne résiste jamais à une bonne parole. »

Pressant le pas, la jeune fille s'approcha de l'animal et, le flattant de la voix, lui offrit des galettes et des bananes. Pendant quelques secondes, pareil à un enfant qui boude, Goliath affecta de ne pas entendre ; mais bientôt, fatigué de cette dignité artificielle, il s'abandonna franchement à la joie de recevoir de sa jeune maîtresse les attentions accoutumées. On le vit se trémousser, agiter les oreilles, relever sa trompe d'un air conquérant, pousser de petits cris satisfaits, bref, témoigner en son langage qu'il était content et que la paix était faite ; après quoi, on procéda aux présentations. Goliath accepta avec des grâces éléphantines une galette de la main de lady Theodora, permit qu'elle s'assît sur une de ses défenses, tandis que Colette se plaçait sur l'autre, et, visiblement fier de son charmant fardeau, se promena tant qu'on voulut sous les arbres.

ON VIT GOLIATH SE TRÉMOUSSER... P. 144).

CHAPITRE X

GÉRARD-MASSEY-RAND

Dans la matinée du lendemain, Colette emmena lady Theodora en visite chez les Mauvilain, tandis que M. Massey et ses deux fils conduisaient leurs hôtes sur les travaux d'extraction de l'or.

Le filon de Gérard était maintenant entouré, à trente ou quarante mètres de distance de sa ligne bien nettement dessinée au flanc de la colline, d'une palissade de gros pieux en bois de fer. Par sa couleur d'un blanc laiteux coupé de veines jaunes, il se détachait de manière très apparente des terres voisines, dans les parties où il affleurait le sol. Quatre tranchées le coupaient en travers à vingt mètres l'une de l'autre; elles le montraient parfaitement homogène, large de quatre-vingt-dix centimètres environ, et descendant comme un mur dans l'épaisseur de la montagne, à une profondeur indéterminée, car aucun sondage vertical n'avait encore été pratiqué.

La roche attaquée au pic, désagrégée à coups

de mine par cinq ou six travailleurs noirs, était transportée par eux, à pleins paniers d'osier, sous un hangar élevé, au pied même du filon de quartz, près de la rivière. L'installation de l'usine provisoire était des plus rudimentaires : elle se réduisait à une série de cabanes en terre couvertes de chaume, pour les diverses opérations qui constituent le traitement du minerai. Un baraquement en planches servait de laboratoire à Henri, qui procédait en personne aux manipulations chimiques.

Tout d'abord, le minerai, grossièrement concassé à l'aide d'un *breaker* à mâchoires, mis en action par une roue à main, était jeté sur une grille de triage à secousses, qui ne laissait passer que les fragments de faible diamètre. Ces fragments, distribués aussitôt dans trois *mortiers*, à pilons actionnés par le courant de la rivière (l'œuvre propre de M. Weber), y étaient mouillés par un filet d'eau, broyés et transformés en une sorte de boue grisâtre ou *pulpe*. A la partie antérieure de chaque mortier, une toile métallique ferme la seule issue libre pour cette pulpe, qui ne peut la franchir, entraînée par le filet d'eau, qu'après avoir été réduite, par les pilons d'acier, en poudre impalpable.

A la sortie du mortier, la pulpe arrive sur les *plaques d'amalgamation*, grandes feuilles de cuivre argenté, superficiellement enduites d'une solution de cyanure de potassium, recouverte elle-même d'une couche de mercure, de manière à provoquer la séparation de la majeure partie des parcelles d'or natif par l'affinité du mercure pour le métal.

L'amalgame est recueilli en grattant les plaques avec un morceau de cuir, et décomposé dans un excès de mercure ; les matières impures qui surnagent sont écumées ; le mercure, filtré dans une presse à bras, laisse un résidu sec et mou, que l'on introduit, pour le distiller, dans des cornues en fonte, ou *retortes*. Les vapeurs du mercure se condensent dans le serpentin de l'appareil : il ne reste plus qu'à recueillir l'or resté au fond des cornues.

Telles étaient les opérations successives appliquées au minerai. Ainsi qu'il le fit remarquer aux visiteurs, Henri n'avait même pas songé encore, sinon à titre de curiosité personnelle, à s'occuper du traitement des résidus et « concentrés » qui retiennent une portion variable, mais toujours importante, de parcelles d'or. Il se proposait de donner des soins particuliers à cette branche essentielle de l'exploitation, devenue en quelque sorte sa spécialité depuis son séjour à Kleindorp ; mais, pour le présent, il s'était contenté de vérifier la teneur générale du filon, recoupé à quatre points différents, et cette teneur n'atteignait pas moins de *huit cents grammes* d'or par tonne. Le résultat était clair et tangible sous la forme de lingots noirâtres, entassés dans un coffre au sortir des retortes.

Lord Fairfield et M. Higgins en furent tout d'abord stupéfaits, pour ne pas dire éblouis.

« C'est merveilleux! vous avez là une fortune incalculable! disaient-ils à M. Massey, d'une voix entrecoupée par l'émotion. Huit cents grammes à la tonne, sans parler du rendement des résidus!... Savez-vous que c'est dix ou douze fois la teneur moyenne des gisements les plus riches du Transvaal! Trente fois la teneur nécessaire pour qu'un filon soit « payant », même à cette distance de tout moyen de transport régulier?... »

Et comme pris du besoin de douter :

« Ne vous trompez-vous point?... Est-ce bien huit cents grammes par tonne? reprit lord Fairfield.

— Plutôt un peu plus, répondit Henri. L'expérience porte actuellement sur trois cents tonnes de roche, prise au hasard des quatre tranchées; et toujours la teneur s'est trouvée à peu près la même. Au surplus, vous avez pu voir de vos yeux combien la roche est homogène. Le rendement ne varie pas de deux grammes par décimètre cube.

— Éblouissant!... Jamais je n'ai entendu parler de rien qui ressemble à cela! Et je ne crois pas que sur la surface du globe il y ait une mine d'or aussi riche!... Ni sans doute une mine d'or exploitée par des moyens aussi élémentaires, soit dit sans vous offenser, mon cher Henri, ajouta lord Fairfield.

— Élémentaires, à coup sûr! répliqua le jeune ingénieur en riant. Avant tout il fallait s'assurer des faits par les procédés très simples que nous pouvons installer ici. Mais n'ayez crainte; l'usine se développera d'elle-même à présent que nous sommes sûrs de notre affaire!

— Avez-vous reconnu la profondeur du filon? demanda Higgins, que l'émotion empêchait presque de parler, tant elle lui étreignait la gorge.

— Pas encore. Il faudrait pour cela des appareils de sondage, des travaux d'ensemble auxquels nous n'avons pas eu le temps de penser.

— Mais sur sa longueur, vous l'avez suivi?

— Nous l'avons suivi sur la crête de la colline jusqu'au point où il cesse d'affleurer; mais ici encore, il faudra, pour une étude plus complète, des puits et galeries que ne comporte pas, jusqu'à ce jour, notre exploitation.

— Vous croyez que le filon est isolé dans la région et ne se rattache pas à d'autres gisements aurifères?

— Ce serait sans exemple!... On n'a jamais vu un filon de quartz aurifère, surtout de cette richesse, isolé dans un district minier. Toujours il se rattache à une formation géologique de même nature, dont il est en quelque sorte le symptôme et l'enseigne. Je n'ai pas eu le temps de me livrer à une exploration méthodique du pays; mais j'en suis parfaitement convaincu, ou pour mieux dire certain, toute la région est aurifère, sur une immense étendue, à dix ou vingt lieues à la ronde, pour le moins.

— Vous avez déjà formé une compagnie? demanda M. Higgins très alléché.

— Une compagnie? A quoi bon?... La mine se chargera bien de nous fournir tous les capitaux nécessaires au développement de l'exploitation », dit Henri.

M. Higgins ne put réprimer une moue dédaigneuse.

« Ce sera long... Et peut-être imprudent, reprit-il. Un trésor comme celui-ci ne demeure pas longtemps ignoré, soyez-en certain. Au premier vent qui en arrivera à la côte, et cela ne saurait tarder, vous verrez accourir ici des nuées de *prospecteurs* qui se mettront à fouiller le sol en tous sens, et qui feront ce que vous aurez négligé de faire. Ils prendront possession du sol ; ils formeront des compagnies, creuseront des puits, perceront des galeries, vous enfermeront dans un réseau de travaux que vous n'aurez aucun moyen d'empêcher, sinon sur votre territoire propre d'occupation réelle.

— C'est en effet à craindre, et l'éventualité n'est pas sans nous préoccuper, dit M. Massey. Mais comment empêcher les choses de suivre leur cours naturel? On ne nous contestera toujours pas, j'imagine, la propriété du filon que nous avons découvert et que nous travaillons déjà à l'intérieur d'une palissade élevée de nos mains!

— Eh! monsieur, le filon n'est rien, votre fils vous l'a dit, sinon le symptôme et l'enseigne de tout un immense district aurifère, de richesse incalculable!... Et c'est pourquoi, l'ayant découvert, vous seriez bien imprudent et bien naïf de ne pas être le premier à l'exploiter, à le fouiller, ce district aurifère ; à vous en assurer la propriété sans réserve!...

— Mais par quel moyen?

— Il n'y en a qu'un : former une société puissante avec les capitaux nécessaires à l'exploration et à l'exploitation en grand.

— Ce sera difficile et long.

— Difficile et long? répéta M. Higgins. Si le cœur vous en dit, je ne vous demande que le temps d'envoyer une dépêche à Londres, et ce sera chose faite. »

Instinctivement, M. Massey et ses fils se tournèrent vers lord Fairfield qui était resté silencieux pendant ce colloque.

« Higgins a raison, prononça-t-il. A mon sens, il n'y a pas autre chose à faire que ce qu'il dit. Et en ces matières vous pouvez vous en rapporter à lui. Les sociétés, les compagnies sont, dans sa famille, la spécialité de deux ou trois générations.

— Je dois vous avouer, reprit M. Massey avec sa rondeur coutumière, qu'à former une compagnie, je voudrais avant tout qu'elle fût française.

— C'est un sentiment que je comprends, et à votre place je penserais comme vous, dit lord Fairfield.

— Moi aussi, concéda M. Higgins. Mais je connais un peu la place de Paris; et je me trompe fort, ou vous y rencontrerez, pour une telle entreprise, des difficultés considérables. On voudra *voir*, envoyer des experts, attendre des rapports d'ingénieurs; et, pendant ce temps, des gens pressés entreront en campagne. Quand votre société sera formée, si elle se forme, la place sera prise... D'autre part, il y a une raison décisive, en matière de mines d'or, pour établir votre compagnie à Londres plutôt qu'à Paris : c'est qu'en France la loi ne vous permet pas l'émission des actions de vingt-cinq francs.

— Peu importe le taux des actions! objecta M. Massey. L'essentiel est de trouver le capital nécessaire.

— Eh! précisément : on ne le trouve pas, ou on le trouve avec peine et lenteur, par actions de cinq cents ou mille francs; tandis qu'on l'obtient du jour au lendemain par actions d'une livre sterling. Songez qu'il s'agit ici, à vue de nez, de vingt ou trente millions de francs, sinon de cinquante.

— Pourquoi un chiffre aussi élevé?... on pourrait fort bien partir sur un capital dix ou douze fois moindre.

— Non, si vous voulez bien faire les choses! Rappelez-vous qu'il s'agit d'abord de vous assurer la propriété de tout le district par une occupation réelle, c'est-à-dire par des clôtures et des installations suffisantes, puis, de procéder à des études méthodiques sur un grand nombre de points d'élection; de percer des puits nombreux, d'ouvrir des galeries, d'établir des usines, — sans parler des moyens de transport, dont il faudra autant que possible s'assurer le monopole... Tout cela ne se fait pas avec quelques millions de francs.

— C'est vrai, confessa M. Massey. Et vous dites, monsieur, que cet énorme capital, en admettant qu'il soit indispensable, vous vous faites fort de l'obtenir tout de suite, par dépêche?

— Sans doute. Et j'ajoute qu'en y réfléchissant, deux millions sterling me semblent insuffisants. Il en faut au moins cinq.

— Cent vingt-cinq millions de francs?...

— Quoi de surprenant à cela? Plusieurs gisements du Transvaal ont donné lieu à des sociétés plus importantes. Et il n'y en a pas un seul, à ma connaissance, qui donne des rendements de métal précieux comparables à ceux-ci. »

M. Massey était à son tour ébloui, comme atterré. Jamais, dans ses rêves les plus hardis, une vision pareille ne s'était présentée à son imagination. Pour se donner le temps de respirer, de se ressaisir, il invoqua la nécessité d'entretenir de ces choses ses amis et associés, MM. Lhomond et Weber. Avec une discrétion parfaite, lord Fairfield et M. Higgins s'empressèrent de laisser tomber le sujet. On parla chasse, climat, cultures, en revenant à la maison.

Pendant que s'élaboraient ces importantes résolutions, les jeunes dames, escortées du docteur, prenaient la route de la ferme Mauvilain, où elles étaient accueillies avec un plaisir — visible surtout pour les initiés; car sous la couche de solennité que la double qualité de Boers et de Huguenots mettait à ces honnêtes visages, il était difficile pour un étranger de reconnaître à première vue une émotion agréable ou joyeuse.

Le père était aux champs avec son aîné; la mère s'occupait de sa lessive, ayant toujours dans les bras le Benjamin; un des jeunes garçons fut dépêché en hâte pour aller la chercher, tandis que le fort détachement de ceux qui restaient encore était appelé dans le parloir, et, défilant par rang d'âge, chacun faisait à son tour une belle révérence, baisant la main aux dames avec beaucoup de convenance; après quoi Nicole les nommait à l'étrangère, qui s'amusa infiniment de leur discipline, de la solennité risible des tout petits, et de l'extraordinaire ressemblance qu'ils avaient entre eux : mêmes yeux gris, intelligents, paisibles; mêmes vastes joues roses comme des pommes d'api ; mêmes traits lourds et réguliers à divers degrés de croissance; même sérieux imperturbable.

« Absolument *a shilling and a six pence!* s'écria-t-elle pendant que les deux derniers exécutaient leur salut et leur baisemain. Deux pièces à la même effigie et de différentes grandeurs! Ils sont à peindre! »

Et saisissant le plus petit à deux bras, elle l'enleva de terre et l'embrassa sur ses bonnes joues rebondies.

« Bravo! Voilà une révérence admirable! Tout à fait digne du grand siècle! Comment t'appelle-t-on, jeune courtisan? s'écria-t-elle en le remettant à terre.

— Gros-René, répondit l'enfant, reprenant pied sans paraître déconcerté le moins du monde par cette brusque envolée.

— Gros-René! Il faudrait plutôt dire le Révérend René. N'a-t-il pas l'air d'un pasteur anglican! d'un évêque?... Ce sérieux est impayable.

— Attendez de voir mon jeune client, dit le docteur; c'est un petit homme de dix-huit mois environ que je viens voir assez régulièrement; eh bien! ma parole, il m'intimide quelquefois, avec son air de juge, au fond de son berceau... »

Car le bon docteur ne s'était pas relâché de ses soins; nombreuses étaient les visites qu'il avait faites à la ferme des Boers depuis le jour où il leur apporta l'espoir et le réconfort, et la guérison du Benjamin était aujourd'hui chose accomplie. Aussi était-il considéré dans cette maison comme un demi-dieu, et chacun des Mauvilain était prêt à se mettre au feu pour lui.

Dame Gudule parut, le bébé dans ses bras, imposante toujours avec sa belle figure simple et honnête, pittoresquement encadrée dans les plaques d'or de sa coiffure. Son œil reconnaissant alla droit au docteur, et à peine avait-elle échangé avec les visiteuses saluts et présentations, que de son cœur maternel débordait l'éloge de celui à qui elle devait tant :

« Ah! madame, c'est lui qui m'a rendu mon enfant! Son pareil n'existe pas! Agrippa le dit tous les jours! C'est un homme unique! Un envoyé du ciel! Il fait des miracles!...

— Allons, bon! Nous voici au chapitre des miracles! murmura le pauvre docteur très ennuyé.

— C'est l'envers des grands talents, dit lady Theodora; vous n'y échapperez pas. Je commence à comprendre combien j'ai dû être importune hier au soir... Acceptez mes très humbles excuses...

— Si vous saviez, poursuivait dame Gudule, comme il me l'a ramené de loin. Autant vaut dire que le mignon était perdu!... Il me l'a ressuscité, positivement!...

— Dame Gudule, de grâce, n'exagérons rien !
Regardez toutes ces belles figures !... Allez, c'est la
constitution saine et robuste du petit qui a fait
les trois quarts de la cure.

— *Je le pansay, Dieu le guarit*, dit Colette ma-
licieuse.

— Ah ! mademoiselle Colette ! allez-vous aussi
vous joindre à mes tortionnaires ?

— Cessez de vous défendre, docteur, où vous
vous attirerez de nouveaux horions.

— Avez-vous jamais entendu parler, madame,
d'un traitement si merveilleux ? insistait dame
Gudule. Seulement des frictions, et sous ce toucher bienfaisant j'ai vu l'enfant renaître... *L'im-
position des mains !* comme dit Agrippa.

— Oui, j'ai entendu conter merveilles du massage suédois...

— Suédois ?... Possible. Mais le médecin français qui l'a appliqué ici a été notre consolateur,
notre bienfaiteur à tous !...

— Vous voyez, madame, que les médecins sont
tenus en honneur dans la famille Mauvilain. Que
diriez-vous d'apprendre qu'ils descendent de ce
même médecin dont Molière traitait si irrévéren-
cieusement les ordonnances ? dit M. Lhomond,
désireux de changer le discours.

— Allons donc ! Mais que cela est intéressant !
Je me rappelle fort bien cette histoire. Mlle Ger-
vais, notre institutrice, nous l'a contée plus d'une
fois à Fairfield et à moi, lorsqu'elle nous faisait
lire *le Malade imaginaire, le Médecin malgré lui*.

— Ah ! vous avez étudié le français dans Molière! Ceci explique la parfaite aisance avec laquelle vous usez de notre langue. »

Là-dessus dame Gudule, priée d'entrer dans plus de détails, conta méthodiquement l'anecdote qui faisait partie du stock de la famille, et que chacun redisait dans les mêmes termes, ainsi qu'on l'avait reçue des ascendants. Questionnée avec intérêt sur les épreuves, persécutions et pérégrinations des premiers huguenots émigrés en terre africaine, la bonne dame dit ce qu'elle savait, mais sur ce thème elle n'allait pas bien loin. L'histoire n'était pas son fort, la géographie pas davantage, et les polémiques religieuses encore moins.

« Dommage qu'Agrippa ne soit pas là! répétait-elle avec une confiance touchante. Il est savant, lui, il pourrait vous répondre. «

Mais si dame Gudule n'entendait rien à la politique, elle savait, en revanche, conduire admirablement son ménage. On pouvait explorer du haut en bas la maison. Ni poussière, ni toiles d'araignée n'en déshonoraient les coins, partout l'ordre et la propreté reluisaient : la grande tradition hollandaise vivait en elle, et c'était plaisir, vraiment, de voir la rustique demeure lavée et savonnée à grande eau, pareille à une toile sortant de la lessive.

La laiterie, en particulier, fit se récrier d'admiration la nouvelle venue; avec son mur revêtu de porcelaine, ses rangées appétissantes de fromages blancs, ses grandes vasques pleines de crème ou de lait, ses bouquets de feuillage qui entretenaient la fraîcheur, le ruisseau d'eau courante établi par Cadet en personne et qui serpentait tout autour de la salle.

Sur un conseil murmuré par Colette à l'oreille de la gentille Nicole, celle-ci avait dressé la table dans la laiterie même, et ce fut là qu'elle et sa mère offrirent une petite collation aux visiteurs, qui l'acceptèrent avec empressement.

« Quelle délicieuse fraîcheur règne ici! disait lady Theodora. C'est un véritable Éden. Que je préfère comme vous ce charmant réduit!... »

Un regard et un sourire de Colette lui firent comprendre à temps qu'elle s'embarquait sur un terrain dangereux, et elle s'arrêta de bonne grâce; mais, au sortir de l'hospitalière maison, elle ne put s'empêcher d'exprimer sa pensée.

« Comment, quand on a assez de goût pour organiser un lieu de délices comme cette laiterie, peut-on vivre dans ce parloir lugubre, avec ces textes désolants sertis dans des cadres mortuaires... cette grande table renfrognée, flanquée de ce bataillon de chaises, et qui a l'air d'être préparée pour les délibérations du traité d'Utrecht!...

— Mais ils n'y vivent pas!... s'écria Colette. On se tient toujours dans la cuisine que vous avez entrevue...

— A la bonne heure! Voilà une pièce où on ne risque pas d'attraper des idées noires...

— Si l'on vous a reçue dans le parloir, c'est uniquement pour vous faire honneur!...

— Je leur suis fort obligée!... C'est égal, je préfère la laiterie. Et vous, Colette?

« — Oh! moi!... Non seulement cette délicieuse laiterie, mais la vie de fermière me plairait plus que toutes les mines d'or du monde...

— Comment!... vous ne vous intéressez pas aux travaux de votre père et de ces messieurs?

— Je m'y intéresse. Mais à vous dire la vérité, nous n'aimons pas beaucoup ces entreprises, maman et moi, ajouta Colette avec un soupir.

— Ah bah! fit lady Theodora, qui, tout en semant l'argent à pleines mains, en connaissait le prix, comme toute bonne Anglaise, — à preuve, le fait d'avoir échangé l'antique nom de Mowbray pour celui de Higgins.

— C'est un fait! expliqua le docteur Lhomond. Lorsqu'il a été question de venir exploiter, — bien paisiblement, comme vous l'avez vu, — le filon découvert par Gérard, Mlle Colette et sa mère ont fait à ce projet une opposition douce, mais ferme. Bien franchement et sincèrement, la richesse ne les tente pas : elle les effraye plutôt... »

Le bon docteur ne se doutait guère de l'envergure qu'allait prendre sous peu l'entreprise dont il parlait. En effet, à peine M. Massey eut-il rejoint ses amis qu'il les prit à part, les mit au courant des ouvertures qui lui étaient faites, leur exposa les propositions si séduisantes et si plausibles de M. Higgins.

Le docteur Lhomond et M. Weber, eux aussi, auraient penché tout d'abord pour une compagnie française. Mais ils reconnaissaient toutes les difficultés et les lenteurs de l'entreprise, tandis que la solution immédiate pratique s'offrait à eux.

L'argument des actions d'une livre sterling leur parut décisif. On tint conseil; on arriva à la conclusion qu'il n'était pas possible d'écarter le plan grandiose qu'un coup du sort présentait sous des auspices si favorables. Lord Fairfield et M. Higgins, appelés à prendre part à la délibération, expliquaient les moyens d'action qu'ils pouvaient mettre en œuvre, les puissantes relations financières qui devaient se mobiliser au premier signe télégraphique. Et, dès lors, la cause fut entendue. .

Le principe une fois admis, la journée se passa à arrêter les bases d'un traité sommaire. M. Massey, en son nom propre et au nom de ses amis et associés, donnait à lord Fairfield et à M. Higgins pleins pouvoirs pour constituer une *Société mère*, au capital initial de deux millions sterling, divisé en actions de vingt-cinq francs, pour la prise de possession et la mise en valeur préliminaire de tout le district aurifère ressortissant au filon de Gérard. Un quart de ces actions était assigné aux inventeurs en considération de leur apport. Lord Fairfield et M. Higgins s'en réservaient le huitième à titre de rémunération de leurs bons offices. Un autre huitième devait être laissé aux banquiers chargés de l'émission des titres. La Société mère se réservait la faculté de former autant de *sociétés filiales* qu'il serait nécessaire pour l'exploitation et la mise en valeur de la propriété sociale. Enfin, un certain nombre de clauses relatives à l'administration de la compagnie et à la direction technique, qui était attribuée d'un commun accord à Henri Massey, complétèrent cet instrument diplomatique.

Il ne restait plus qu'à le communiquer aux dames. Lady Theodora se montrait fière du rôle prépondérant que son mari avait pris dans la conception soudaine et la conclusion de l'affaire. Elle fut la première à faire observer qu'un point important était celui du nom à donner au nouveau district aurifère. Lord Fairfield proposait le maintien de *Massey-Dorp,* mais elle ne lui trouvait pas une physionomie suffisamment sud-africaine : à son avis, il fallait aussi que le nom transmît aux générations futures le souvenir du jeune explorateur par qui le filon avait été révélé. Elle finit par s'arrêter à une appellation un peu compliquée, mais qui avait au moins le mérite de tout dire en un seul·mot : *Gérard-Massey-rand.* La compagnie à former allait donc s'appeler *Gérard-Massey-rand exploration and working Company, limited.* On la baptisa sur l'heure avec du vin de Champagne extrait du coffre qui accompagnait en tous lieux M. Higgins.

CHAPITRE XI

LA TOUR PHÉNICIENNE

Lady Theodora ne se lassait pas d'admirer les arrangements ingénieux, les mille perfectionnements, insignifiants en apparence, au moyen desquels Mme Massey et Colette avaient su introduire dans leur modeste demeure cet élément de beauté, — partant de joie, — que toute femme d'habitudes élégantes et soignées fait naître naturellement autour d'elle ; une propreté exquise, des mousselines neigeuses renouées de frais rubans, des cretonnes fleuries, des nattes finement tressées, des tapis d'Orient, repos et gaieté des yeux, donnaient à ces grandes pièces claires un air « civilisé » qu'on ne se serait pas attendu à trouver à des centaines de lieues de tout centre habité. Colette et Lina rivalisaient de soins pour les magnifiques plantes qui remplissaient les jardinières de jonc, les poteries cafres et zoulous à l'ornementation barbare, à la forme originale, qu'elles avaient collectionnées pendant leur voyage.

En outre, le docteur avait trouvé pour les jeunes
filles une occupation qui les ravissait et leur faisait
déclarer souvent les journées trop courtes : les pa-
piers avaient été bannis des parois de toutes les
pièces, à la villa, comme contraires aux règles
strictes de l'hygiène; mais, entendant un jour
Colette se lamenter de la nudité desdites parois, le
docteur Lhomond, qui possédait, à l'insu de tous,
un charmant talent de peintre amateur, lui promit
non seulement que ces boiseries seraient bientôt
décorées à son goût, mais encore qu'elle-même
contribuerait à cet enviable résultat!... M. Weber,
de son côté, s'était mis aussitôt en devoir d'extraire des plantes et minéraux environnants les
sept couleurs primitives; les moricauds, dont on
possédait un véritable régiment, furent chargés
de broyer les couleurs, de les mélanger à l'huile,
ni plus ni moins que les apprentis des grands
maîtres de la peinture au bon vieux temps;
d'autres fabriquèrent avec adresse brosses, pinceaux et palettes; pendant que ces préparatifs
étaient en train, et ils durèrent de longues
semaines, Colette, Lina et Gérard lui-même des-
sinèrent chaque jour d'après nature la plante et
la fleur sous la direction du docteur Lhomond. Ils
furent tout surpris de se trouver bientôt en état de
dessiner parfaitement une plante, de lui donner
son allure propre, de rendre la grâce d'une tige,
l'enroulement d'une liane ou l'enchevêtrement
d'un feuillage. Ils apprirent à tirer parti des *dessous*, comme le leur recommandait leur maître,
au lieu de dessiner bêtement feuille ou pétale

comme s'ils étaient plaqués contre leur papier, ainsi que font les malhabiles. Bref, quand leurs matériaux furent prêts, ils l'étaient aussi et purent, grâce à l'aide du docteur Lhomond, décorer, le plus joliment du monde, d'abord la grande salle du rez-de-chaussée, où l'on se réunissait pour les repas, pour les soirées en commun ; puis, saisis d'ambition et piqués de la tarentule de la peinture, peu à peu toutes les pièces de la maison.

Colette se révéla coloriste, Gérard peintre téméraire, Lina dessinateur probe et consciencieux ; dans la salle, qu'on divisa en longs panneaux étroits, les jeunes artistes peignirent de grandes plantes fleuries, hauts tournesols, passe-roses élancées, lis élégants, iris héraldiques, somptueux pavots, et toutes les superbes plantes qui croissaient en profusion autour d'eux, et dont, s'ils ignoraient parfois le nom, ils admiraient fort l'allure exotique et les couleurs merveilleuses ; sur le ton fauve des boiseries, cette décoration fleurie était d'un effet charmant. Lady Theodora aspira tout de suite à prendre sa part d'un passe-temps si esthétique, et, pendant le séjour trop court à son gré qu'elle fit à Massey-Dorp, elle peignit un panneau de tournesols d'une grande hardiesse, qu'elle ne manqua pas de signer en lettres d'un pied de haut, et que Colette admira sincèrement.

Cependant M. Hardouin pressait chaque jour ses amis de venir visiter la ruine ; des circonstances imprévues avaient toujours fait reculer l'expédition. Pendant le voyage des deux frères à Bazakouto, il n'en fut pas question, car on voulait attendre leur retour ; mais lorsqu'ils furent revenus en compagnie des Fairfield, on prit date ; d'autant que M. Higgins, archéologue passionné, avait poussé des cris de joie en apprenant qu'on allait le mettre en présence d'une ruine phénicienne authentique.

Au jour dit, une véritable caravane se mit en route : lady Theodora, Colette, Lina et Nicole, qui était venue passer la journée à Massey-Dorp avec son frère, ouvraient la marche, perchées sur le dos du bon Goliath ; elles étaient escortées à pied ou à cheval par M. Massey, lord Fairfield, M. Higgins, le docteur Lhomond, Henri, Gérard et Cadet Mauvilain. Quant à Mme Massey, elle s'était récusée, et, malgré ses protestations, M. Weber avait voulu rester pour lui tenir compagnie. La façon dont l'excellent homme procéda pour faire passer agréablement le temps à sa compagne fut au moins originale ; tombant par hasard sur un livre d'algèbre laissé ouvert par Gérard, il s'en saisit, s'y plongea, et, demeurant absorbé dans sa lecture, il n'en sortit, à l'heure du déjeuner, que pour demander d'un air surpris ce qu'étaient devenus les autres convives... Mais Mme Massey le connaissait et lui sut gré de ses intentions.

On avait pensé surprendre beaucoup Cadet en lui apprenant l'existence de l'antique forteresse ; toutefois, s'il éprouva de la surprise, il n'en témoigna rien ; sa large face bovine n'exprima, comme à l'ordinaire, qu'une absence complète d'émotion et resta impassible.

Lorsqu'on arriva en vue de la majestueuse con-

struction, ce fut un concert d'exclamations :
Magnifique!... splendide! étonnant!... colossale!
stupendous!... most!... curious!... unique!..., etc.,
etc., selon la nationalité et le tempérament des
spectateurs. Seuls, Cadet et Nicole gardèrent un
calme complet et contemplèrent la sombre tour
comme s'ils l'avaient vue tous les jours de leur
vie... Martial accourut au-devant de ses visiteurs,
accompagné de Phanor qui aboyait de joie, tandis qu'Achmed souriait sa bienvenue de toutes ses
dents, car, dans de fréquentes visites à Massey-
Dorp, le pauvre petit avait appris à apprécier la
bonté de la famille Massey.

On mit pied à terre, on entrava légèrement les
montures, en leur laissant la liberté de brouter
l'herbe de la montagne, et toute la compagnie
procéda à la visite de la vénérable ruine.

« Eh bien?... demanda Gérard en passant son
bras sous celui de Cadet, qu'en penses-tu?

— Ma foi, répondit posément le jeune Mauvilain dans son langage mi-boer, mi-français, m'est
avis que cette tour est bien vieille... plus vieille
même que feu mon aïeul qui mourut à l'âge de
cent dix-sept ans, alors que mon grand-père en
comptait quatre-vingt-deux.

— Juste un peu plus vieille, mon cher Cadet,
dit Martial en souriant, car elle remonte à trois
mille ou quatre mille ans.

— Et qui vous l'a dit, monsieur?

— Ces pierres elles-mêmes, par la manière dont
elles sont taillées et assemblées. Ce sont des
pierres phéniciennes, édifiées par un peuple de

navigateurs partis de la Syrie et qui, dès les temps bibliques, allaient partout à la surface du globe, — et peut-être jusqu'au Pérou, — chercher les métaux précieux.

— Et ces gens venaient déjà chercher de l'or ici ? demanda Cadet, après avoir ruminé un instant cette information.

— Ils venaient, en faisant le tour de l'Afrique, par le détroit de Gibraltar. Et cette tour même, construite par eux en matériaux presque indestructibles, — qui ont résisté en tout cas à des milliers d'années, — montre assez qu'ils ont dû faire ici un long séjour.

— Et ils savaient, comme ceux d'aujourd'hui, traiter le minerai d'or ?

— C'est certain.

— Alors, m'est avis qu'il ne doit pas en rester lourd où ils ont passé !... » prononça-t-il d'un air sagace.

Cette réflexion judicieuse fit rire tout le monde, sauf Henri, très chatouilleux sur le sujet de la mine. Lady Theodora créa une diversion :

« Hâtons-nous de visiter l'intérieur de la tour ! s'écria-t-elle gaiement. Monsieur Hardouin, est-ce qu'on peut monter jusqu'en haut ?

— Ce n'est pas chose facile, car il manque beaucoup de marches à l'escalier. Néanmoins, avec de la persévérance et de l'agilité, oui, madame, on y arrive.

— Alors j'y arriverai ! s'écria lady Theodora en brandissant son ombrelle à canne de Saxe. Qui m'aime me suive ! »

Et elle s'élançait vers la tour.

« Pas trop vite, dit Martial, si vous ne voulez risquer de vous perdre, mesdames. Sachez que ma tour n'est pas d'humeur à se laisser prendre d'assaut sans faire quelques façons et qu'un fil d'Ariane est indispensable... Si vous voulez bien le permettre, et si j'ose ainsi m'exprimer, je serai ce fil...

— Un labyrinthe!... oh! charmant!... s'écria lady Theodora. Mais je vous prie, comment faites-vous pour vous y retrouver vous-même, monsieur l'archéologue?

— Je m'y serais sans nul doute perdu cent fois, madame, si je n'avais mon bon Phanor, dont le flair n'est jamais en défaut et qui sait toujours me tirer d'affaire... N'est-ce pas, Phanor?... ajouta-t-il en caressant la tête du beau colley qui marchait silencieux et grave sur les pas de son maître, poussant parfois son nez frais dans sa main comme pour lui rappeler sa présence.

— Bon chien!...

— Je ne sais comment il s'arrange, mais nous avons beau tourner et retourner, il finit par me ramener dehors... et nous passons rarement deux fois par le même chemin... »

On avait pénétré dans la tour par un des étroits passages voûtés qui reliaient le corps de bâtiment aux murailles. Rien de plus compliqué, en effet, que le plan de la forteresse, composée de couloirs aboutissant à de petites pièces obscures, sans objet apparent, pourvues d'une seule issue; quelques-uns de ces couloirs, assez larges au début, s'affaissant et se rétrécissant soudain jusqu'à être bons tout au plus à servir de passage à une belette. Des portes secrètes, formées par des blocs colossaux pivotant sur eux-mêmes si on touchait le point voulu et venant se refermer hermétiquement avec un bruit sourd et prolongé, donnaient accès dans des passages tortueux, obliquant à droite, puis à gauche, puis de nouveau à droite, pour revenir après vingt détours au point initial. Tous les corridors, toutes les salles que Martial fit visiter à ses hôtes avaient été soigneusement numérotés par lui, et il leur montra le plan qu'il était en train de dresser et sur lequel il avait reproduit avec soin ses annotations ; mais, au premier coup d'œil, le tracé faisait l'effet d'un fouillis inextricable, d'un enchevêtrement sans but de lignes incohérentes.

M. Hardouin avait relevé un peu plus de la moitié du plan du rez-de-chaussée ; le reste, encombré par des blocs énormes tombés du faîte dans quelque cataclysme, restait jusqu'alors terre inconnue, et il n'avait pu réussir encore à trouver l'entrée des caves, qu'il supposait très curieuses. Les étages supérieurs, auxquels on accédait par de massifs escaliers tournants, étaient d'un plan beaucoup plus simple et montraient de vastes pièces d'un aspect majestueux et triste en leur nudité complète. Dans une partie de la tour, le mur extérieur s'était écroulé, et on plongeait à pic sur un précipice affreux.

M. Higgins, comme Martial, fut d'avis que tout le luxe de précautions déployé dans le bas avait

eu pour but de dépister les curieux et de mettre
en sûreté les lingots d'or qu'on fondait probablement dans les caves.

Le jeune archéologue avait élu domicile dans
une petite tour ronde encore très solide, à laquelle aboutissait un étroit escalier composé
d'énormes dalles en suspension les unes sur les
autres, sans trace d'aucun ciment ou d'aucune
maçonnerie. La tour entière, du reste, était bâtie
ainsi, et on demeurait confondu d'étonnement, à
la fois de la force qui avait été nécessaire pour les
hisser à la hauteur qu'ils atteignaient, et de la
hardiesse avec laquelle ces blocs colossaux avaient
été juxtaposés les uns aux autres. Hardiesse légitime, puisqu'ils restaient debout après tant de
siècles.

Tout n'était pas mort pourtant dans la vieille
tour : une folle végétation, semée par les oiseaux
ou apportée par les quatre vents du ciel, avait
germé de toutes parts, revêtant d'un frais manteau
de verdure les grises parois de granit. Un arbre
géant, âgé de plusieurs siècles sans doute, avait
poussé dans une crevasse des murailles, faisant
éclater leur corselet de pierre sous son irrésistible levier, et laissait ruisseler au dehors sa verte
chevelure, asile d'innombrables oiseaux jaseurs.
Ces oiseaux, on les retrouvait partout, — en effigie, sur les murs antiques; de tous côtés, longuement, patiemment creusés dans la pierre,
gardant encore des vestiges des couleurs qui les
avaient soulignés jadis, se voyaient des vols
d'oiseaux, vautours ou faucons, ibis ou grues sau-

vagues ; les pilastres en étaient presque tous ornés et leurs contours frustes, arrondis par l'usure des siècles, profilaient de tous côtés des images d'animaux symboliques, ou bien le cercle phénicien, dans lequel on veut reconnaître les astres adorant le soleil. Martial conduisit ses visiteurs dans une petite chambre circulaire, obscure, cachée au cœur même du monument, et entourée de murs d'une incroyable épaisseur ; au centre, sur une espèce d'autel de granit, était encastrée une pierre noire de forme irrégulière dans laquelle on reconnaissait facilement un aérolithe. Sans doute, ceux qui avaient construit la forteresse avaient adoré comme un fétiche cette pierre tombée des nuages, ainsi que cela s'est beaucoup pratiqué plus tard pour la pierre sacrée qu'on montre à la Mecque, et que des milliers de musulmans vénèrent encore. Depuis combien de siècles ce caillou reposait-il dans son obscurité hiératique au sein de cette profonde solitude ?... La vie de M. Hardouin se passait à chercher ces vestiges mystérieux d'un culte, d'une race disparus ; son labeur de chaque jour était de déblayer ces décombres, de chercher un nouveau couloir, une nouvelle issue aux parties déjà connues. Cette existence inspira une véritable envie dans le cœur de M. Higgins, mais ne laissa pas de paraître singulièrement triste et monotone aux autres visiteurs.

Tout ce qu'ils voyaient les intéressait fort cependant ; Cadet et Nicole eux-mêmes devenaient presque loquaces devant tant de choses singulières. On courait un peu au hasard d'une salle à l'autre, admirant l'ingéniosité surprenante qui avait présidé au plan.

« Hein! quelles parties de cache-cache on ferait ici! s'écriait Gérard les yeux brillants.

— Je ne te conseillerais pas ce passe-temps si tu n'as pas le flair de Phanor, dit M. Massey. Colette!... Lina!... attention!... ne nous perdons pas de vue, s'il vous plaît?...

— Tiens!... fit tout à coup M. Hardouin, encore une chambre que je ne connaissais pas! »

Il désignait une petite porte en forme d'alvéole, dissimulée dans un coin obscur; sur un signe de lui, Phanor s'élança, flaira l'ouverture et recula avec un grondement de colère.

« Ah!... il sent quelque chose!... Hardi, Phanor!... Hardi, mon chien!... vas-y!... »

Le colley revint à l'ouverture, la flaira de nouveau et se mit à donner de la voix.

Aussitôt un sifflement aigu lui répondit et un affreux reptile se dressa soudain dans l'orifice. Il était long de près de deux mètres et gros comme le poignet de Colette. On reconnut le *naja*, très commun dans toute l'Afrique et qui possède la repoussante particularité d'enfler démesurément les deux côtés de son col lorsqu'il est en colère, ce qui fait paraître plus aplatie encore son horrible petite tête... Les yeux flamboyants, la langue dardée, il était effrayant à voir, et personne ne fut étonné d'entendre Colette, Lina et la placide Nicole elle-même pousser des cris d'effroi. Mais Martial était armé d'une souple canne de jonc, et avant que le naja eût le temps de se retourner, d'un coup bien appliqué, il lui brisait l'épine dorsale. Phanor, se précipitant, acheva le reptile, dont le corps était agité encore de soubresauts convulsifs.

Colette était blanche comme sa robe, car elle avait des serpents une horreur insurmontable; mais les autres ne se démontaient pas pour si peu.

« Regarde s'il y en a d'autres, Phanor », dit tranquillement M. Hardouin à son chien.

Le colley, agitant la queue, flaira de nouveau l'ouverture béante, et, poussant un joyeux aboiement, la franchit sans autre forme de procès.

« La route est libre... Venez-vous, messieurs !... demanda Martial.

— Oh! prenez garde !... N'entrez pas là !... s'écria Colette toujours tremblante.

— Ah bah ?... pour un naja ?... fit le jeune boer tout surpris. Laissez donc !... nous pouvons entrer, le chien n'a rien vu d'inquiétant.

— Moi, par exemple, je reste ici !... dit Colette, qui, à la première alarme, avait bondi dans une sorte de niche creusée dans le mur, où elle se sentait plus en sûreté. D'ailleurs, cette porte est trop basse pour qu'on puisse y passer.

— Bon !... à quatre pattes !... répondit le jeune fermier; et, sans plus de cérémonies, il se laissa tomber sur ses genoux et rampa à travers l'étroite ouverture.

— Ma foi, j'y vais aussi !... s'écria Gérard. Et il s'engagea sur les talons du jeune boer.

Ils avaient à peine disparu dans la chambre mystérieuse qu'on les entendit pousser des exclamations de surprise. Ils ne tardèrent pas à reparaître, couverts de poussière et de toiles d'araignée accrochées en lambeaux à leurs cheveux et à leurs vêtements.

« Voyez, demoiselle !... » criait le jeune Mauvilain; et il offrait à Colette un bracelet de forme antique, modelé dans un seul morceau de métal et sur lequel couraient des caractères hiéroglyphiques profondément gravés; ses deux bouts, écartés l'un de l'autre, se terminaient en deux têtes de hiboux curieusement ciselées; à travers la patine qui recouvrait le bijou, on voyait briller la couleur jaune pâle du métal : c'était bien de l'or.

« Un bracelet phénicien, par tout ce qu'il y a de mystérieux! s'écria Martial; il n'y a pas de doutes, je reconnais des caractères... ce bijou a dû jadis orner le bras de quelque beauté morte depuis plus de quatre mille ans...

— Mettez-le au vôtre, demoiselle, dit Cadet.

— Oh! je n'oserais pas... il me fait presque peur... Et puis... le najà y a peut-être passé!

— Non, fit Gérard, le najà avait son nid dans un autre coin... un vrai nid de feuilles sèches, tu sais!... Il y avait même des œufs, mais Phanor en a fait justice...

— Oh! partons vite!... s'écria Colette épouvantée.

— Bah! reprit Cadet; que ce soit dehors ou dedans, ce ne sont point les serpents qui manquent par ici, vous devez en savoir quelque chose, demoiselle?

— Oui, mais j'en ai plus peur encore entre quatre murs, murmura Colette.

— Alors la tour ne vous tenterait pas comme demeure? demanda le docteur Lhomond en souriant.

— Pas trop, je l'avoue!...

— C'est comme la mère, chez nous, dit Nicolo. Elle a si grand'peur des reptiles et des hiboux qu'elle ne peut aucunement s'y habituer, bien qu'elle en voie tous les jours. »

On venait de s'engager dans un passage obscur pour sortir de la tour; et tout à coup les explorateurs se sentirent frôler au visage par de longues ailes veloutées et silencieuses : des chauves-souris !... dont Colette avait plus grand'peur, si c'est possible, que de tous les najàs du monde. Elle se mit à courir en poussant des cris d'effroi et aurait risqué de s'engager au hasard dans le labyrinthe, si, par bonheur, une brèche béante dans la muraille ne lui avait montré le soleil brillant au dehors. Elle s'y précipita et se retrouva au grand air avec une joie inexprimable.

Les autres la suivirent plus posément, et Gérard ne pouvait s'empêcher de rire de la terreur manifestée par sa sœur :

« Ma pauvre Colette, disait-il, si je n'étais pas là pour porter témoignage et dire de quel courage tu es capable à l'occasion, tu passerais pour une jolie poltronne!...

— Mademoiselle Colette a le vrai courage, qui est le courage moral, dit le docteur Lhomond avec bonté. Dans votre terrible voyage elle vous a tous soutenus et encouragés: elle n'a jamais voulu perdre l'espoir et a été, de l'aveu de tous, le vrai capitaine. La répulsion que lui inspirent ces vilaines bêtes est toute physique et n'a rien à voir avec la bravoure.

— Je sais bien que c'est absurde, mais j'avoue que je ne saurais me décider à en toucher une, dit Colette frémissante.

— Tu ne te rends pas justice à toi-même, dit M. Massey en passant un bras protecteur autour du cou de sa fille ; je sais bien, moi, que si tu voyais une chauve-souris, voire un naja ou une « vipère à cornes » plus laide encore, pris au piège, souffrant d'une manière quelconque, tu le toucherais pour le délivrer...

— J'espère bien n'être jamais mise à l'épreuve! s'écria la pauvre Colette.

— Pour moi, qui n'ai peur ni des vipères ni des chauves-souris, qui tire un coup de feu sans sourciller, j'envie beaucoup votre courage, chère enfant, ajouta lady Theodora.

— Mais ce bracelet?... dit Colette qui l'avait conservé machinalement à la main et qui voulut faire diversion, car sa modestie s'effarouchait de ces éloges, qu'allons-nous en faire?... Il appartient de droit à M. Hardouin, il me semble, puisque c'est lui qui est propriétaire de la tour.

— Ah! par exemple!... Je proteste absolument!... s'écria Martial. Mauvilain l'a trouvé et vous l'a offert, il est donc à vous, si vous voulez bien l'accepter.

— Je ne porte guère de bijoux, objecta Colette souriant. Si lady Theodora voulait le garder en souvenir de son voyage, je suis sûre qu'elle nous ferait plaisir à tous. N'est-il pas vrai, Cadet?...

— Comme vous voudrez, demoiselle. Ce que vous ferez sera bien fait.

— En ce cas, lady Theodora, portez-le et qu'on l'admire à votre prochain bal de Mayfair, dit Colette en faisant, non sans quelques difficultés, passer le joyau antique par-dessus le gant de sa nouvelle amie ; car, façonné d'une pièce et sans fermoir dans le pur métal, le bracelet semblait avoir été fait pour une main plus frêle et plus mignonne que celle de la jeune Anglaise, dont les yeux brillèrent de plaisir.

— J'accepte, car je n'ai jamais rien vu de plus *fascinating* que ce bracelet ! s'écria-t-elle en embrassant Colette. C'est une honte de vous en priver, mais il est trop original !... je n'ai pas le courage de refuser...

— Une vraie pièce de musée, prononça M. Higgins, examinant en connaisseur le cercle d'or.

— Chose étrange, c'est le premier bijou que j'aie vu ici, dit M. Hardouin, Cadet a eu la main heureuse.

— Il faudra donc venir me quérir quand vous en voudrez d'autres », répliqua le jeune boer avec un gros rire, tout heureux de son succès.

Après que les visiteurs eurent accepté une frugale collation, ils se séparèrent de leur hôte et reprirent le chemin de Massey-Dorp, enchantés de leur excursion, dont le seul tort avait été de leur paraître trop courte.

« Il faudrait une vie pour connaître cette tour !... C'est un monde !... » répétaient à l'envi M. Higgins et le docteur Lhomond.

Et leurs cœurs de savants battaient d'envie pour le sort du jeune archéologue, seul maître de toutes ces merveilles.

La visite des Anglais touchait à sa fin : deux jours plus tard, on se séparait avec des expressions sincères de regret et d'amitié, car ces quelques jours de vie commune avaient inspiré à tous une estime et une affection réciproques.

Lady Theodora ne pouvait se consoler de devoir renoncer si vite à cette existence de *settler* qui lui semblait la plus originale et la plus charmante du monde. Mais lord Fairfield et M. Higgins avaient hâte de se retrouver en Angleterre pour constituer la société d'exploitation de la mine, et ils déployèrent une fermeté inébranlable. Bon gré mal gré, il fallut partir en se promettant de se revoir sans trop tarder.

CHAPITRE XII

Six semaines environ après le départ de lord
Fairfield et des siens, Colette et Lina, accom-
pagnées de leur petit page noir Bobéau (négrillon d'une dizaine d'années, propre frère de Mia-
Mia), étaient parties un jour pour apporter leur
goûter à Henri et à Gérard. La distance n'était pas
grande de la villa aux travaux ; mais en s'arrêtant
à botaniser, comme elles en avaient l'habitude,
elles faisaient de cette course une véritable promenade « constitutionnelle » et satisfaisaient ainsi
Mᵐᵉ Massey, qui tenait essentiellement à leur voir
faire cet exercice paisible et régulier, considéré
par elle, avec raison, comme la base d'une hygiène
bien entendue. Elles venaient de prendre le sentier qu'un usage quotidien avait peu à peu dessiné
sur le gazon verdoyant, lorsqu'elles avisèrent soudain, assis au revers d'un talus, deux individus
de mine assez peu rassurante. Ces hommes n'ap-
partenaient pas à l'escouade des travailleurs de

la mine ; ils étaient blancs d'origine, autant qu'on en pouvait juger malgré le hâle qui brunissait leur visage et leurs mains ; leurs habits étaient pauvres, ou pour mieux dire sordides : de vieux chapeaux de paille tirés sur les yeux, des pantalons rapiécés, retenus à la ceinture par des ficelles, des chemises de flanelle en lambeaux composaient tout leur costume ; l'un était chaussé d'une paire de bottes éculées, les pieds de l'autre étaient simplement revêtus d'une épaisse couche de poussière et de boue ; ils portaient chacun en bandoulière, comme jadis les troubadours leur guitare, une vieille bassine en zinc émaillé. Celui qui possédait des bottes avait attaché au bout de son bâton un mince paquet enveloppé d'un mouchoir à carreaux ; l'autre n'exhibait même pas ce bagage élémentaire.

Très surprises, et même un peu effrayées de cette apparition inattendue, les deux jeunes filles hésitèrent un moment, tentées de retourner sur leurs pas plutôt que de passer devant les deux louches personnages. Mais elles se trouvaient en ce moment plus près de la mine que de la villa, et sentant que ces gens pourraient prendre de travers une crainte trop évidente, elles se décidèrent à franchir le Rubicon. Ils ne semblaient pas, au surplus, avoir de mauvaises intentions, car, lorsqu'elles arrivèrent auprès d'eux, le moins mal vêtu se mit debout et porta la main à son vieux chapeau. Colette répondit à ce salut par une inclination de tête, et, s'efforçant de ne pas montrer trop de hâte, elles poursuivirent leur chemin, le cœur battant, inquiètes de cette rencontre bien plus qu'elles ne l'eussent été à la vue d'un animal sauvage.

Que pouvaient venir faire si loin ces deux hommes de mine suspecte? Ces Européens? Quelles étaient leurs intentions? se demandaient-elles tout bas. Et lorsque Bobéau, regardant en arrière, leur eut annoncé que les étrangers s'étaient mis en marche et paraissaient vouloir suivre le même chemin qu'elles-mêmes, il leur devint impossible de garder l'allure calme de la promenade, elles pressèrent le pas, et ce fut presque en courant qu'elles arrivèrent au chantier.

« Eh bien, qu'y a-t-il donc? s'écria Henri, allant vivement à leur rencontre lorsqu'il les vit toutes pâles et haletantes.

— Oh! Henri! nous avons eu peur! Deux hommes... C'est si étrange d'en rencontrer par ici, commença Colette.

— Des assassins, bien sûr! interrompit Lina.

— L'air très méchant!...

— Le chapeau rabattu sur les yeux!...

— Pour se cacher!...

— Enfin, pas rassurants, vraiment...

— Deux hommes?... Quels hommes? D'où viennent-ils? Des gens de la ferme Mauvilain? interrogea Henri.

— Oh! non! certainement non! Je connais tout le monde à la ferme des Mauvilain. Ces gens-là ne viennent pas de chez nos boers, j'en suis sûre.

— Ah! mon Dieu!... Les voilà! » s'écria Lina, courant se réfugier derrière M. Massey, qui se trouvait à quelque distance, un carnet à la main.

En effet, les étrangers venaient de paraître en haut de la berge de la rivière, et sur le fond d'or du couchant, leurs deux silhouettes déguenillées se détachaient nettement. Certes, leur mine bizarre et même louche justifiait de reste les alarmes des deux jeunes filles.

Sans hésiter, Henri se porta au-devant d'eux, suivi de Gérard, qui était accouru, flairant un incident.

« Que demandez-vous, mes braves? dit Henri, dans la langue mixte employée dans tout le Transvaal. Ceci est une propriété privée où l'on n'entre point sans permission. Mais nous sommes prêts à vous donner secours s'il est besoin.

— Propriété privée, hé? répondit, avec un fort accent anglais, celui des deux qui avait l'avantage d'être chaussé. Et puis-je vous demander, monsieur, à qui appartient cette propriété privée?

— A M. Massey, mon père, qui a établi à un demi-mille d'ici la colonie de Massey-Dorp, que vous pourrez voir en dépassant ce rideau d'arbres, fit Henri, indiquant d'un geste la direction du village.

— Peut-on demander de plus, continua l'autre d'un ton lent et dogmatique, quel est l'objet des travaux considérables que je vois s'étendre à droite et à gauche de la rivière?

— Je ne vois aucun inconvénient à vous informer que c'est une mine, fit Henri, d'un ton bref.

— Une mine! Ah! vraiment? Et le filon est bon?

— Apparemment.

LEURS SILHOUETTES SE DÉGAGEAIENT NETTEMENT (P. 184).

— C'est pour... une compagnie sans doute?

— Je n'ai pas à entrer dans cette question.

— Le propriétaire de la mine est Anglais, je présume?

— Vous avez tort de le présumer. Il est Français.

— Et... peut-on demander...

— Pardon. Assez demandé comme cela. Répondez un peu, je vous prie. Que voulez-vous ici? Que cherchez-vous? De l'ouvrage?

— *Well*... Pas exactement.

— Qu'est-ce alors? Un secours? Des médicaments? Quelque chose à manger? » interrogea Henri avec une certaine impatience, car le ton de l'homme en guenilles était quelque peu arrogant et commençait à lui porter sur les nerfs.

— Nous ne demandons pas de secours...

— Mais si le gentleman pouvait nous faire donner un morceau, je ne serais pas fâché d'avoir quelque chose à me mettre sous la dent!... grommela le second en promenant un regard sombre autour de lui. Je n'ai pas mangé depuis vingt-quatre heures, moi! Vous pouvez vous contenter de paroles, vous, Dick Bray, qui êtes maigre comme un coup de fouet, et qui vous tenez pour satisfait si vous avez l'occasion d'aligner des phrases... Mais, foi de John Davis, je trouve cette viande-là trop creuse, et je commence à en avoir assez!...

— On va vous donner à manger, dit Henri. Quand vous serez rafraîchis, vous expliquerez ce que vous désirez, car nous ne pouvons permettre que des étrangers entrent ainsi chez nous.

— Et à boire aussi, mon jeune maître ?... demanda Davis avec un éclair d'avidité dans le regard. Une goutte de n'importe quoi ?...

— A boire aussi, bien entendu. »

Appelant Le Guen, Henri lui donna ses instructions et s'éloigna avec Gérard pour laisser à ces deux hôtes inattendus le loisir de se restaurer.

Le Guen eut vite fait de leur apporter une moitié de gigot froid, un talon de pain, un gros morceau de fromage et une bouteille de vin, — le copieux repas du soir dont Martine avait garni son sac le matin pour le cas où il s'attarderait à la mine.

Sans se faire prier, les deux compères exhibèrent chacun un couteau à manche de corne, et, se taillant de formidables tranches de viande froide, ils se mirent incontinent à y mordre, en y ajoutant de larges bouchées de pain. Dick Bray ayant, en sa qualité de chef, débouché la bouteille, lui donna une longue accolade ; pendant qu'il buvait, un observateur aurait pu remarquer sur le visage de Davis une inquiétude visible ; ses doigts frémissaient d'impatience, et Bray n'eut pas plutôt baissé le coude pour prendre haleine que Davis saisissait la bouteille et essayait de la vider d'un trait, — sans doute de crainte que l'autre ne lui en laissât pas sa juste part. Ayant bu, il jeta le flacon tari derrière lui et se remit à manger voracement.

Le gigot raclé jusqu'à l'os, le fromage disparut sans la moindre difficulté ; quand la dernière miette de pain fut dépêchée, Davis poussa un grognement de satisfaction.

« *Capital dinner*, grommela-t-il. Si seulement j'avais une pincée de tabac à mettre dans ma pipe, je serais content comme un lord!

— Qu'à cela ne tienne, dit Le Guen. Tenez, camarades! »

Et il leur offrait sa blague de matelot, pleine d'excellent tabac.

Les deux pèlerins ne se firent pas prier pour y puiser, et Le Guen s'étant assis auprès d'eux pour fumer le calumet de paix, entama la conversation :

« Alors, comme ça, on se promène?... » commença-t-il diplomatiquement.

Davis eut un haussement d'épaules irrité, mais Bray hocha la tête d'un air entendu.

« On se promène... oui, camarade... mais on se promène dans un but utile...

— Oui, parlons-en!... grogna Davis.

— Utile pour qui? s'informa Le Guen. Pardon, excuse, mais vous n'avez point encore la mine si requinquée que cela... Sans offense, n'est-ce pas?

— En voyage, on se soucie moins de son apparence, fit Bray avec dignité. Pourvu que l'essentiel se trouve, c'est tout ce qu'il faut.

— Oui-da!... qu'appelez-vous l'essentiel, si je peux le demander?

— La même chose que vous, si j'en crois les paroles du jeune gentleman : l'or, mon camarade.

— Ah! ah!... Alors c'est de l'or que vous cherchez?

— Parfaitement; et voici, ajouta Bray en tapant sur son poêlon, l'instrument qui nous sert à drainer les sables pour y chercher la précieuse drogue.

— Tiens! tiens! tiens!... Et vous venez de loin?

— Nous venons de Port-Natal.

— En avez-vous trouvé déjà beaucoup d'or, sur votre chemin?

— Le diable m'emporte si nous en avons trouvé gros comme une tête de puce!... s'écria Davis avec un juron.

— Nous n'en avons point rencontré jusqu'ici, prononça lentement Bray, mais si on juge par les apparences, même vous, John Davis, malgré le déplorable esprit de contradiction qui vous anime, ne pouvez nier que nous avons fini par retomber sur nos pieds et par atteindre un véritable eldorado...

— Ah! mais!... pardon!... interrompit Le Guen. Halte-là, mon camarade! cet eldorado appartient au premier occupant, M. Massey!

— Oh! nous ne vous gênerons pas beaucoup... un coin de terrain... à boire et à manger... nous n'en désirons pas davantage.

— Encore faut-il l'agrément du maître.

— On le réclamera.

— Je doute qu'on l'obtienne. Le personnel est suffisant.

— De mauvais ouvriers!... des naturels!... fit Bray d'un air d'incommensurable dédain. Tandis que nous (moi au moins), je puis le dire sans vanité, « prospecteur » anglais, homme instruit (j'ai été contremaître dans une mine de Newcastle, dans le temps), vous me trouveriez une recrue des plus utiles, j'ose m'en flatter!...

— Eh! dites donc, Bray, on dirait qu'il n'y en a que pour vous, fit Davis en fronçant le sourcil.

— Je ne vous empêche pas de plaider votre cause, répliqua froidement son compagnon.

— Moi, je ne suis point un homme instruit, ni un contremaître, commença rudement Davis, mais je ne boude pas devant l'ouvrage... et si on refuse de m'en donner!... je saurai bien en prendre!...

— Comment, en prendre?... interrogea Le Guen, sentant, comme il l'eût dit lui-même, « la moutarde lui monter au nez ».

— Oui. Cette rivière est à moi autant qu'à vous et j'ai le droit d'y travailler comme vous!

— Vous avez le droit de travailler sur la partie de la rivière que nous n'avons pas occupée. Mais sur notre territoire — nenni, mon vieux!...

— Vous n'allez pas refuser de laisser deux pauvres diables recueillir les bribes de vos richesses! interrompit Bray. Davis est un homme sans éducation : il ne faut pas s'offusquer de ce qu'il dit!

— Eh! vous!... le contremaître!...

— Taisez-vous, Davis! Vous ne savez pas parler comme il convient. Mon bon monsieur, j'espère que nous pourrons compter sur vous pour nous recommander au gentleman... nous demandons si peu de chose!... on n'aura pas le cœur de nous le refuser.

— Entendons-nous bien, fit Le Guen avec décision. Vous êtes « prospecteur », dites-vous. C'est-à-dire que vous cherchez les terrains aurifères. Pour le compte de qui? »

Bray ouvrit la bouche comme pour parler, mais se tut.

« Vous êtes Anglais, pas vrai ?... Eh bien, nous sommes en France, ici. J'en suis bien fâché, mais nous ne pouvons admettre des agents étrangers chez nous.

— Des agents, mon bon monsieur !... Des pauvres travailleurs sans le sou, voulez-vous dire...

— Êtes-vous « prospecteurs », oui ou non ? »

Bray allait répondre évasivement, mais Davis le devança.

« Oui, nous sommes prospecteurs ! cria-t-il en frappant son genou de son poing fermé. Et quand nous aurons trouvé de l'or, bien entendu que nous ferons venir des Anglais pour l'exploiter, *damn* tous les *mounseers* des autres pays !...

— Fallait donc y venir avant nous, satané *goddam* !... s'écria Le Guen tout à fait en colère. Allons, houste !... hors d'ici !... et plus vite que cela !...

— Hors d'ici ?... hurla Davis. Et qui me mettra dehors ?...

— Moi ! Viens donc voir un peu lequel aura le dessus, John Bull de malheur !... » cria Le Guen en retroussant ses manches.

Davis fonça sur lui, tête basse, et bientôt les deux combattants, étroitement enlacés, roulèrent à terre au milieu d'un tonnerre de jurons anglo-saxons. Les coups pleuvaient dru comme grêle, mais les deux lutteurs étaient de force sensiblement égale, et on ne sait comment le pugilat eût fini si M. Massey n'était accouru au bruit.

« Le Guen ! s'écria-t-il au comble de la surprise. Est-il possible !... vous vous battez avec un hôte ?... »

Le Guen se dégagea, assez honteux, tandis que, de son côté, Davis se relevait en esquissant un sourire niais.

« Pardon, m'sieur. Mais ce diable de « John Bull » m'a fait trop « bisquer » aussi... Allons, dehors, et un peu plus vite, hein !...

— Vous me laisserez bien expliquer à ce bienveillant gentleman... commençait Bray.

— Rien du tout !... je vais lui expliquer l'affaire en deux mots, moi. Ce sont des Anglais qui veulent fourrer leur nez dans notre filon, m'sieur. Alors, je les envoie promener, comme de juste.

— Nous ne pouvons, en effet, admettre des étrangers sur nos chantiers, dit M. Massey. Qu'on leur donne quelques provisions, des vêtements, et ils feront bien de reprendre leur chemin, ajouta-t-il en se détournant.

— Mon bon monsieur ! mon charitable monsieur !...

— Inutile d'insister, mon ami. Le Guen, exécutez mes instructions et assurez-vous qu'ils vident les lieux. »

M. Massey s'éloigna, et, malgré la résistance passive de Davis et la verbeuse argumentation de Bray, Le Guen les eut bientôt reconduits aux limites des travaux, chargés d'un paquet de vêtements (Henri et M. Massey avaient des habits de rechange) et de quelques provisions de bouche, auxquelles il ajouta magnanimement tout le contenu de sa blague à tabac.

« Tiens, John Bull, sans rancune!... fit-il en la vidant dans la poche de Davis.

— Sans adieu, *mounseer*, et merci!... répliqua celui-ci en grimaçant une sorte de sourire. Si le gentleman ne nous avait pas arrêtés, savoir qui aurait eu le dessus!...

— Quand tu voudras t'en assurer, je suis ton homme! » répondit Le Guen, en lui assénant sur l'épaule une tape à assommer un bœuf.

John Davis la reçut sans broncher et les deux intrus s'éloignèrent d'un pas traînant.

A peine se furent-ils écartés de quelque deux cents mètres, qu'ils firent halte sur le bord de la rivière. On les vit engager un dialogue animé, désignant tantôt l'horizon, tantôt les travaux d'où ils venaient d'être expulsés avec si peu de cérémonie. La nuit tombant, d'ailleurs, on les perdit de vue.

Le lendemain, la lumière de l'aube révéla la silhouette des deux chercheurs d'or, qui avaient évidemment couché sur leurs positions. On pensait les voir bientôt disparaître, mais peu à peu la conviction s'imposa qu'ils avaient le projet de s'établir à cet endroit. On les vit toute la journée occupés à couper des branches d'arbre, à les façonner en pieux, à les planter en jalons le long de la rivière, fort basse en ce moment. Ils s'occupèrent ensuite à ramasser un tas de branchages, et, avant le coucher du soleil, ils avaient à demi édifié une hutte. Sans doute, ils trouvaient la place bonne. L'indignation de Le Guen, devant ce qu'il considérait comme une intrusion, n'eut d'égale que celle de Gérard; s'excitant l'un l'autre, ils en arrivèrent à parler d'aller chasser les intrus par force. Rien de plus facile que de les déloger : on pourrait tomber sur eux à bras raccourcis et décider en combat singulier du droit d'occupation; Le Guen se chargeait de Davis, et Gérard était prêt à se mesurer avec Bray; la victoire était certaine. Ils eussent assurément mis à exécution leurs projets belliqueux si M. Massey, qui les entendit par hasard, n'était venu jeter le holà. Il eut toutes les peines du monde à faire comprendre à son fils, aussi bien qu'à l'entêté quartier-maître, qu'ils n'avaient aucun droit sur la partie de territoire que s'étaient adjugée les deux aventuriers et qu'aussi bien qu'eux-mêmes ceux-ci étaient fondés à délimiter un terrain inoccupé et à le déclarer leur propriété.

Selon Gérard et Le Guen, la priorité d'occupation leur donnait droit sur toute l'étendue de rivière qu'on pouvait voir en deçà et au delà du filon, sur tous ses bords, et cette intrusion dans leur domaine était un véritable *casus belli*.

Bien que fort irrité de voir s'implanter si près de lui ces oiseaux de mauvais augure, M. Massey ne voulut cependant adopter en aucune manière une jurisprudence aussi fantaisiste; il se contenta de donner une faible satisfaction à Le Guen en l'autorisant à défendre impitoyablement l'entrée des chantiers aux étrangers.

CHAPITRE XIII

EXPLOITS DE GOLIATH

Le Guen n'était pas seul à surveiller d'un œil jaloux l'association Bray-Davis; il trouva en Gérard un auxiliaire infatigable, et, grâce à celui-ci, M. Massey et Henri furent tenus au jour le jour au courant des faits et gestes des deux compères; sans cela ils les eussent oubliés, car ils évitaient instinctivement de regarder du côté de la hutte qui offusquait leur vue. Gérard partageait ce sentiment en une certaine mesure, mais « l'attrait de l'horrible », comme il le disait à Colette, le portait souvent à jeter les yeux vers l'endroit que les aventuriers enlaidissaient de leur présence, et il acquit bientôt la connaissance parfaite de leurs habitudes.

Il put se convaincre *de visu* que les deux acolytes menaient une existence fort paisible, travaillant de concert à laver le sable dans leurs poêlons et semblant vivre en assez bonne intelligence; parfois, cependant, les observateurs remarquèrent que Davis faisait des fugues subites, enfonçant d'un geste rageur son chapeau (héritage de M. Massey) sur son chef et partant droit devant lui de l'allure d'un taureau qui a vu un chiffon écarlate. Le Guen, riant sous cape, conjecturait alors que quelque longue phrase de Bray avait mis l'infortuné Davis hors des gonds, et qu'il cherchait le salut dans la fuite. Après une absence plus ou moins prolongée, il réintégrait le domicile commun, et la vie reprenait comme devant. Les absences de Bray étaient plus méthodiques : il ne quittait guère son *claim* que pour descendre « prospecter » un peu plus bas sur la rivière; on le voyait de loin se baissant, se relevant, prenant dans son poêlon une certaine quantité de sable, et, après l'avoir lavé à grande eau, examinant attentivement le résidu; puis il revenait à pas comptés vers la hutte où l'attendait son camarade, car, fait digne de remarque, jamais les deux hommes ne quittaient leur demeure en même temps

Autant qu'on en pouvait juger, Bray était le chef, la forte tête, l'intelligence de l'association. Rarement il daignait s'occuper des travaux du ménage, — très sommaires à vrai dire, — et de la préparation des repas. Davis était l'homme de ces soins, et, tandis qu'il y procédait, Bray, le chapeau planté à l'arrière de la tête et se croisant les bras, paraissait se borner à pérorer d'un air suffisant, rappelant sans doute les jours glorieux où il régnait en contremaître sur une grande usine... Secouant les oreilles. Davis semblait n'avoir cure de ces souvenirs et juger que le moindre grain de mil (dans le temps présent) ferait bien mieux son affaire.

Cet état de choses demeura quelque temps stationnaire ; mais un jour, — environ six semaines après l'installation des prospecteurs au bord de la rivière, — Gérard arriva à la villa dans un état de surexcitation extraordinaire. Rouge, essoufflé, les yeux étincelants, son béret planté sur l'oreille, il fit une violente irruption dans la salle à manger où ses parents et Henri se trouvaient en compagnie du docteur Lhomond et de M. Hardouin.

« Savez-vous ce qu'ils font, maintenant ? » commença-t-il sans prendre le temps de respirer.

Ils, tout le monde le comprit, c'étaient les deux « John Bull », le seul nom que Le Guen consentît à donner aux intrus.

« Voyons !... Quoi, encore ?... demanda M. Massey.

— Ils se séparent !...

— En quoi cela peut-il te gêner ?... qu'ils s'arrangent !

— Mais c'est qu'ils ne s'en vont pas !... Seulement ils sont descendus tous deux, hier, à cent mètres au delà de leur misérable claim (vous savez que jusqu'ici ils n'avaient jamais quitté leur hutte simultanément). Ils ont passé la journée à planter des jalons, et ce matin, que voyons-nous, Le Guen et moi, en arrivant de ce côté ?... Mes deux oiseaux en train d'édifier une autre cabane, s'il vous plaît !...

— Ah bah !... peut-être songent-ils à abandonner la première et à porter leurs pénates plus loin... Cela ne saurait nous désobliger, il me semble ?

— Mais, pas du tout !... Au contraire !... Ils ont l'air de procéder à un partage de leur maigre domaine. Il s'agit d'une installation définitive, je vous l'affirme !

— Mais pourquoi se séparer ?

— Gérard a peut-être raison de s'inquiéter, interrompit Henri. Ceci pourrait bien être la prise de possession d'un nouveau claim !

— Justement !... C'est ce que nous avons pensé tout de suite !... Ils n'ont qu'à bâtir des huttes et planter des jalons tout le long de *notre* rivière !... Qui est-ce qui pourrait les en empêcher ?...

— En effet, dit le docteur Lhomond. La possession, ici plus que partout ailleurs, est « *neuf points en loi sur dix* », comme disent les juristes anglais. Allez les déloger, une fois qu'ils auront pris date !... Bien fin qui y réussirait...

— A votre place, je ne perdrais pas de temps pour délimiter mon territoire, ajouta M. Hardouin.

— Mais il me semble que c'est déjà chose faite... commençait M. Massey, lorsque Henry l'interrompit.

— Pardon, mon cher père ! s'écria-t-il. Nous avons en effet délimité notre claim jusqu'à un certain point ; mais si nous ne voulons pas nous laisser envahir, il me paraît urgent de reculer ces limites beaucoup plus loin en aval et en amont, selon le conseil de notre ami Hardouin.

— Comment?... Étendre encore les travaux?...

— Cela ne me paraît pas absolument nécessaire, dit M. Hardouin. Il suffirait, si j'osais donner mon avis, de délimiter un claim suffisant pour chaque membre de la colonie et d'établir sur chaque lot, en manière de prise de possession, une hutte appartenant nominalement celle-ci à vous, cher monsieur, une autre à Mme Massey, les suivantes à Mlle Colette, à la petite Lina, à Henri, à Gérard, au docteur, à Le Guen... à moi, si vous le trouvez bon... Allez même jusqu'à en attribuer à vos serviteurs noirs!... Vous êtes assez nombreux pour prendre virtuellement possession de la rivière et de ses bords sur une étendue de deux à trois kilomètres. A ce compte vous en êtes les maîtres et n'avez à redouter aucune intrusion.

— Excellente idée, et que nous n'allons pas tarder à mettre à exécution, fiez-vous-en à moi, s'écria Henri.

— Est-ce qu'on va démolir les huttes des « John Bull » ? demanda Gérard, très allumé.

— Oh!... Gérard!... Gérard!... fit Mme Massey.

— Mais, maman...

— Voyons, dit M. Massey, comprends donc, mon cher enfant, que ces pauvres diables ont juste autant de droits au claim qu'ils se sont adjugé que nous à ceux que nous allons prendre!

— C'est possible! mais ce sera vexant de les avoir implantés chez nous!... A votre place je leur offrirais de porter leurs pénates plus loin moyennant une « considération », comme diraient les Yankees!

— Laisse donc. Après tout, ils ne nous gênent guère ! » fit M. Massey en haussant les épaules.

Gérard était loin de partager cette façon de voir, car la présence des deux intrus lui produisait à peu près l'effet d'une épine au pied ; mais, jugeant inutile d'insister, il se tut et se contenta de courir le plus vite possible au filon pour annoncer à Le Guen les événements qui se préparaient.

Le brave quartier-maître comprit du premier coup la beauté du plan stratégique élaboré par M. Hardouin, et ce fut en se frottant les mains à l'idée de « la tête » qu'allaient faire les « John Bull » qu'il se prépara à le mettre à exécution.

S'assurer un vaste territoire semblait le plus pressé. On suspendit donc provisoirement tous travaux sur le filon, et la troupe entière des travailleurs fut mise à couper du bois pour préparer des jalons ; à mesure qu'on en avait amassé une provision suffisante, une équipe se détachait pour aller les planter et marquer l'emplacement futur de la hutte destinée nominalement à chacun des habitants de Massey-Dorp.

On atteignit dès le premier jour le claim des « prospecteurs ». Les deux hommes regardaient d'un air narquois les noirs chargés de faisceaux de pieux et semblaient croire que leur présence allait être un obstacle invincible, — ou que le sort des armes allait décider la question, car Gérard et Le Guen virent fort bien du coin de l'œil Davis relever ses manches comme pour se préparer à quelque pugilat. Mais les ordres de M. Massey étaient formels, et on dut se contenter de longer le terrain des John Bull sans les provoquer autrement que du regard. Lesdits John Bull, du reste, parurent frappés de stupeur en voyant au bord même de leur claim une équipe de noirs descendre dans l'eau et poser de nouveaux jalons!... Le sourire narquois s'évanouit incontinent de leurs lèvres et on les vit donner des signes manifestes d'inquiétude. Sans s'arrêter aucunement à leur émoi, bien entendu, les travailleurs continuèrent leur tâche jusqu'à ce qu'ils eussent alloti en aval et en amont deux bandes de terrain larges de cinq cents mètres, longues de quatre mille, au milieu desquelles l'humble *claim* des Anglais se trouvait enclavé et comme emprisonné.

Alors commença le travail de construction des huttes. On éleva sur chaque terrain une petite case aux parois de rondins, au toit de joncs tressés. Celle de Colette devint bientôt le plus joli petit kiosque, et les jeunes gens, — Martial Hardouin non le moins assidu, — s'amusèrent à lui constituer un charmant mobilier. Profitant de l'adresse des noirs, hommes et femmes, à tresser le jonc, ils leur firent exécuter une variété de fauteuils, chaises longues, chaises basses, *rocking-chairs* et tabourets, en joncs teints de couleurs tendres. On y ajouta une table, et, pour garantir les occupants contre les rayons du soleil, des stores en longues franges sur le modèle japonais. Colette apporta dans ce réduit ses livres favoris, son chevalet, sa boîte à ouvrage, et on prit l'habitude de venir y goûter à peu près tous les jours.

Les autres cases, sans viser à l'élégance du
kiosque, ne tardèrent pas à s'élever, commodes
et spacieuses. Goliath lui-même eut son abri, sur
le *claim* le plus voisin de celui de Davis. L'éléphant comprit fort bien que cet enclos lui était
réservé, et on le voyait après son bain rentrer
tranquillement « chez lui » d'un air de propriétaire, disait Gérard. Il ne souffrait la présence
d'aucun noir sur son territoire, les éléphants ma-
nifestent en effet souvent une curieuse antipathie
pour la race nègre, et Goliath avait ses préjugés
comme un autre; au contraire, il accueillait avec
la plus grande affabilité les visites de ses amis.
Son râtelier était toujours garni d'herbe fraîche
et de fruits; Colette et Lina veillaient à ce que sa
provision fût renouvelée chaque jour; du reste,
Le Guen, plus spécialement préposé au soin du
pachyderme, n'eût pas souffert qu'il manquât
jamais de rien. Bientôt Goliath prit l'habitude de
passer toutes les nuits sur son *claim*, où il se
trouvait probablement plus à l'aise que dans son
hangar de Massey-Dorp. Il pouvait ainsi se bai-
gner soir et matin à l'heure qui lui convenait, et
même passer les nuits chaudes tout entières dans
l'eau, s'il en avait la fantaisie. Ce régime lui convenait admirablement; sa peau, au lieu de présenter l'aspect grisâtre et terne de celle qui habille
ses congénères captifs, était, à en croire Le Guen,
son admirateur enthousiaste, « lisse comme du
satin ».

Cet éloge était peut-être un peu exagéré; mais
il est hors de doute que, pour les animaux comme

pour les hommes, une extrême propreté est aussi favorable à la beauté qu'à la santé, et que Goliath avait positivement embelli depuis qu'il vivait ainsi dans l'eau. Charmée de la belle mine de son favori, Colette se plaisait à le parer de guirlandes de jasmin du Cap, aux larges étoiles embaumées, elle mettait un bandeau de roses sur son front puissant; quand elle le montait ainsi attifé, il paraissait parfaitement satisfait de lui-même.

Comme Goliath s'ébattait dans l'eau à son ordinaire, Mme Massey, Colette et Lina étaient venues un jour s'installer au kiosque. Il faisait un temps superbe, succédant à un violent orage; une pluie torrentielle avait gonflé la rivière, qui coulait en flots jaunes avec un fracas inaccoutumé. Mme Massey, tout en brodant une guipure, surveillait Lina occupée à sa version anglaise, tandis que Colette, debout devant le chevalet, s'évertuait à reproduire un coin de paysage. On n'entendait au dehors que le bruit des eaux, le chant des oiseaux ragaillardis après l'orage, et le bourdonnement des mille insectes de la prairie; tous les travailleurs étaient descendus plus bas sur le filon, et les dames se trouvaient seules dans le kiosque. Absorbées par leur tâche, elles gardaient ce silence amical qui dénote l'intimité complète, lorsque des cris déchirants vinrent tout à coup les arracher à leurs paisibles occupations. S'élançant au dehors, elles regardèrent de tous côtés et ne tardèrent pas à apercevoir un homme se débattant dans la rivière, emporté par le courant. Comme il passait devant elles, criant toujours, elles reconnurent Davis. Les yeux hagards, la bouche grande ouverte, il tournoyait sur lui-même, évidemment incapable de nager, ou les membres momentanément paralysés par une crampe; les mouvements spasmodiques ajoutaient au péril de sa situation. Frappées d'épouvante, Mme Massey et les jeunes filles se mirent, elles aussi, à appeler au secours, mais personne ne parut entendre leurs voix. En cherchant autour d'elle, Colette aperçut tout à coup une longue perche; elle la saisit et prit sa course pour tâcher de dépasser le malheureux et de lui porter secours, elle le voyait avec terreur approcher d'un endroit couvert de plantes aquatiques dont les longues racines flottantes allaient s'enrouler autour de lui et achever de paralyser ses efforts. Passant un bras autour d'un tronc d'arbre et se penchant sur les eaux écumantes, la courageuse jeune fille tendit la perche au pauvre homme en lui criant d'essayer de la saisir au passage. Il parut l'entendre et tourna les yeux vers elle. Mais la perche était trop courte!... En vain il allongea les bras de ce côté : faisant un brusque demi-tour sur lui-même, il disparut sous l'eau comme si une main invisible l'avait tiré au fond. Les yeux dilatés par l'épouvante, Colette demeurait penchée sur le courant, attendant la réapparition du malheureux... Sa tête ne tarda pas à surgir au-dessus des eaux, mais cette fois un remous l'avait emporté tout à fait hors d'atteinte vers l'autre rive... il n'existait aucun moyen de traverser la rivière pour lui porter secours.

Soudain la jeune fille désolée reprit son espoir. A peu de distance on distinguait une masse noirâtre se mouvant dans l'eau; elle reconnut son éléphant et se mit à l'appeler d'une voix vibrante :

« Goliath !... Au secours !... Sauve-le !... là !... là !... »

Elle désignait la tête du malheureux émergeant comme un point au-dessus des eaux troubles. Il avait cessé de crier; peut-être était-il mort déjà... Mais Goliath avait entendu la voix de sa chère maîtresse, compris son appel : élevant sa trompe, il parut flairer l'air aux alentours, puis il poussa son petit cri de ralliement, et, plongeant, se dirigea rapidement vers le noyé; bientôt il perdit pied et on le vit nager, sa forme puissante entourée d'un fort remous. Sans hésiter, il alla droit au malheureux déjà emporté au loin par le courant. Les trois spectatrices, palpitantes, le virent l'atteindre, nager quelques instants auprès de lui, puis élever tout à coup hors de l'eau son corps aux vêtements ruisselants. D'un air de triomphe l'intelligent animal se retourna et se remit à nager vers l'endroit où on l'attendait. Le courant était contre lui et Davis se laissait aller, complètement inerte, les bras pendants, la tête abandonnée, semblable à un cadavre; mais Goliath fendit l'eau fièrement et ne tarda pas à venir déposer sur la berge son fardeau inanimé.

« Oh! le pauvre homme !... Il est mort, n'est-ce pas? s'écria Lina les yeux pleins de larmes.

— Non, je l'espère !... il a passé peu de temps sous l'eau. Mais il est en grand danger... Courez chercher le docteur, mes enfants; pendant ce temps j'essayerai de ranimer ce malheureux.

— Maman, si nous envoyions Goliath le chercher!... s'écria Colette. Il le ramènera plus vite que nous. »

Arrachant une page du cahier de Lina, Mme Massey traça une ligne à la hâte :

« *Prière au docteur de vouloir bien revenir immédiatement avec Goliath. Un noyé au kiosque.* »

Sans perdre une minute, Colette confia le billet à l'éléphant en lui expliquant ce qu'on attendait de lui ; après avoir paru réfléchir un instant, absolument comme une personne raisonnable, l'animal partit au trot du côté de Massey-Dorp.

« Voyez son intelligence ! s'écria Colette émerveillée. Je lui ai dit que je ne savais où se trouvait le docteur, si c'était à la maison ou au chantier, et après s'être orienté il est parti pour Massey-Dorp! Cher Goliath !... il est vraiment étonnant !... S'il ne rencontre pas M. Lhomond, je suis sûre qu'il ramènera Martine ou Le Guen !... »

Tout en parlant, et selon les instructions de Mme Massey, Colette avait baigné les tempes de Davis avec du rhum, dont il se trouvait par bonheur un flacon sur le plateau préparé pour le thé; faisant pénétrer de force une petite cuiller entre les dents serrées du noyé, Mme Massey s'efforça de lui en faire avaler quelques gouttes ; ensuite, pesant légèrement du bout des doigts sur la poitrine de l'infortuné « John Bull », elle essaya de lui imprimer un mouvement de va-et-vient pour ramener la respiration, tandis que Lina maintenait

sous ses narines un flacon de sels volatils. Cependant leurs efforts restaient sans résultat et elles
commençaient à désespérer lorsqu'on entendit un
grand bruit de branches et d'herbes foulées, et le
cri bien connu de Goliath retentit dans l'air calme.

C'était lui, portant sur son dos le docteur, Le
Guen et Martine chargés de tous les médicaments,
cordiaux et couvertures de laine nécessaires.

Abandonnant Davis à leurs soins, les jeunes
filles se retirèrent, emmenant Goliath dont le premier mouvement avait été de flairer le corps privé
de sentiment comme si, lui aussi, désirait le revoir sur pied. L'animal parut recevoir avec complaisance les éloges, caresses et friandises qu'on
lui prodigua, et goba, sans se faire prier, toute
une assiette de « petits fours », chef-d'œuvre de
Martine, qu'il avait bien gagnés, il faut en convenir.

Après un quart d'heure de travail, le docteur
Lhomond et Le Guen, soufflant alternativement
dans la bouche du noyé, réussirent à ramener
la respiration, tandis que Mme Massey et Martine,
le frictionnant avec énergie, ravivaient la chaleur
dans ses membres glacés. Bientôt Davis put se
redresser, éternuer, tourner la tête à droite et à
gauche, et promener autour de lui un regard hé-
bété. Avisant à proximité le flacon de rhum, d'un
mouvement instinctif il le saisit, le déboucha et, le
portant à sa bouche sans autre forme de procès, il
avala une formidable lampée de liquide. Après
quoi, promenant sur les assistants un regard plus
lucide, il parut assez interdit en se trouvant face
à face avec Le Guen. Il voulut se relever, mais

celui-ci le recoucha de force et sans y mettre de façon. Davis se laissa retomber en arrière avec un sourire béat.

« Avalez-moi cette tasse de thé, et dormez, mon brave, dit le docteur avec autorité. Ne bougez pas de sous ces couvertures avant que je vous en donne la permission, et demain vous ne vous rappellerez même plus votre accident.

— Bien merci, monsieur, mesdames et la compagnie... » murmura Davis d'une voix indistincte. Ayant dépêché son thé fumant, il se laissa emmailloter comme une momie et s'endormit paisiblement.

Le lendemain matin le docteur le trouva complètement remis et lui permit de retourner à son *claim*, ce qu'il fit en grommelant quelques vagues expressions de gratitude.

A partir de ce jour Le Guen et le « John Bull » échangèrent des regards moins hostiles, sans pourtant arriver à nouer des relations suivies.

Colette déclara que Goliath méritait une médaille de sauvetage et tout le monde en tomba d'accord avec elle. Le brave éléphant l'aurait attendue longtemps peut-être si, au bout de quelques jours, M. Hardouin n'avait apporté à son intention une plaque de métal, verdâtre, oxydée, de forme triangulaire, aux deux faces gravées d'hiéroglyphes, qu'il avait déterrée dans la cour de la forteresse. Percée d'un trou, l'amulette antique était faite évidemment pour être portée, et Colette accepta avec joie de la suspendre au cou de son éléphant en souvenir de son acte de courage.

CHAPITRE XIV

AGRIPPA MAUVILAIN

Les faits se chargèrent bientôt de prouver que les colons n'avaient pas procédé une minute trop tôt au lotissement des terrains.

Un beau matin, on vit paraître sur le haut de la colline un groupe de deux ou trois personnages de nationalité indécise, en loques, la mine patibulaire ; on supposa d'abord que c'étaient des camarades de Bray ou de Davis. Mais les deux compères donnèrent, à la vue des intrus, tous les signes du mécontentement le plus vif, Davis alla même jusqu'à montrer le poing à un des nouveaux venus qui s'avançait pour lui demander un renseignement, et qui se retira fort surpris de cette attitude. D'un pas traînant, ces individus longèrent les terrains jalonnés; ils finirent par s'installer non loin du « claim » du docteur, où ils allumèrent un feu de branches sèches.

L'indignation de Gérard avait été grande à l'apparition de ces visiteurs. Mais elle devait se changer bientôt en exaspération : à partir de ce jour, ce fut un arrivage continuel ; à pied, à cheval, en charrette, en wagon à bœufs, isolés ou à plusieurs, femmes, enfants, vieillards : Français, Anglais, Italiens, Allemands, Américains, Chinois, Japonais, nègres de races diverses, le flot des immigrants s'établit et continua à couler avec une régularité parfaite. D'abord par cinq, par dix, par vingt, ils ne tardèrent pas à se compter par centaines et bientôt par milliers. On eût dit l'invasion des sauterelles lorsqu'elles arrivent en un nuage compact précédé de quelques éclaireurs, et que leur venue importune assombrit l'horizon entier.

Les sauterelles humaines avaient fait irruption dans le paisible voisinage de Massey-Dorp, et tout le charme de cette solitude semblait disparu à jamais.

En trouvant jalonnés sur une grande étendue les bords de la rivière, les premiers arrivants avaient paru déconcertés ; mais, prenant bien vite leur parti, ils s'étaient fixés, les uns après les autres, le long des claims français, s'allouant chacun une partie de terrain. Ce fut ainsi qu'ils procédèrent tous ; six semaines plus tard, les Massey Claims étaient entourés d'un vaste camp s'étendant tout autour du domaine.

Au premier moment on se demanda si on s'opposerait à un établissement quelconque si près des travaux ; mais devant l'affluence extraordinaire des immigrants il fallut s'incliner.

Tous, ils racontaient la même chose : ils ac-

couraient de la côte orientale, où était venue les
trouver la renommée des nouvelles mines d'or,
des *Mammoth Gérard Massey Fields*, ainsi qu'on
les avait baptisées. Le terrain était d'une richesse
prodigieuse ; jamais, depuis les temps déjà lointains où l'univers se rua sur la Californie, la terre
n'avait avec une telle générosité livré ses trésors.
L'âge d'or allait revenir sur la terre. Bientôt plus
de misères, plus de désespoir, plus de luttes ; tous
vivraient heureux ! Il y aurait non seulement du
pain, mais l'opulence pour tous, grands et petits.
Quand le bruit de la découverte les avait galva-
nisés dans la misère noire où ils végétaient, ils
n'avaient pas hésité ! Vendant tout, faisant argent
de leurs moindres possessions, ils étaient partis
en masse pour tenter de ramasser, eux aussi,
quelques bribes du festin splendide que le sort
offrait aux audacieux ! On savait qu'une société
puissante était en voie de formation ; les capitaux
s'offraient d'eux-mêmes, car l'affaire s'annonçait
la plus belle qui fût jamais. M. Massey n'avait
qu'à lever le doigt ou plutôt à donner un con-
sentement tacite, pour enrichir la foule qui venait
applaudir à sa découverte... Et les premiers arrivés ne manquaient pas d'attirer l'attention sur ce
fait, qu'ils étaient bien *les premiers ;* sans attendre
que la mode s'en fût mêlée, ils avaient eu le
courage, eux, de tout quitter, pour apporter aux
colons le concours de leurs forces et de leur
exemple... Sans doute, M. Massey n'oublierait
pas cela... Les amis de la veille, les soutiens du
début, un cœur bien né ne leur doit-il pas recon-

naissance éternelle ? Ils ne doutaient pas que
celle que leur avait vouée M. Massey ne fût à la
hauteur de leurs espérances.

Une inquiétude grandissante s'emparait de
Mᵐᵉ Massey, à mesure que les envahisseurs se
pressaient plus nombreux aux limites du camp.
Tout le charme de l'Éden créé par l'industrie des
siens au fond de ce verdoyant désert lui paraissait évanoui depuis que cette horde d'aventuriers
le cernait de toutes parts. Dans une ville, proté-
gée par la civilisation, les lois établies, l'autorité reconnue, peu nous chaut de quels malandrins nous pouvons être entourés. Encore qu'on
tienne à habiter une demeure soignée, partagée
entre des familles honorables, fort de la sécurité
générale, on s'inquiète assez peu des voisins. Mais
là ! Dans cette solitude !... A la pensée que demain, peut-être, il faudra se défendre à coups de
fusil contre une masse de barbares sur lesquels
on n'a ni moyens d'action, ni contrôle possible,
la pauvre mère ressentait des angoisses incessantes, et, malgré tout son courage, ne pouvait
s'empêcher de les laisser entrevoir à son mari.

Optimiste par nature, M. Massey ne voulait
voir dans cette invasion qu'un désagrément pas-
sager. « Ces gens-là étaient des nomades, sans aucun doute... ils se lasseraient bientôt de camper
là pour d'assez piètres résultats et s'en iraient
se faire pendre ailleurs... A les entendre, ils
avaient tous quitté des positions excellentes,
pour venir mettre leurs bras au service des pion-
niers, — qui s'en seraient bien passés. — Mais

c'était là une pure illusion. Évidemment ils avaient vécu ainsi toute leur vie, courant du Nord au Midi, de l'Est à l'Ouest, accusant la fortune de la misère où ils végétaient, alors qu'ils auraient dû en accuser bien souvent leur incurie et leur inconstance. « Ne nous inquiétons pas, ils partiront comme ils sont arrivés ! répétait M. Massey. A chaque jour suffit sa peine... Bientôt nous n'aurons d'eux qu'un désagréable souvenir... »

Mᵐᵉ Massey soupirait et appelait ce moment de tous ses vœux.

En attendant, ils arrivaient sans interruption ; chaque jour de nouvelles figures se montraient, plus équivoques, moins rassurantes les unes que les autres.

Passées, désormais, les longues promenades aux alentours !... Finies, les parties d'aviron sur la rivière, les délicieuses flâneries sur le dos de Goliath...

Mᵐᵉ Massey ne permettait plus même que Colette et Lina se rendissent seules à la ferme Mauvilain. Les jeunes filles ne sortaient plus qu'escortées d'un de leurs frères, de leur père ou du docteur Lhomond.

Combien on regrettait maintenant le temps heureux où on n'avait à déplorer que la présence de Bray et de Davis ! Ceux-ci semblaient de vieux amis, comparés à la tourbe cosmopolite dont ils saluaient l'invasion avec presque autant de déplaisir que la famille Massey.

Depuis qu'on l'avait sauvé de la noyade, au

surplus, Davis paraissait s'être humanisé quelque
peu. On remarqua que lorsque les jeunes filles
sortaient, il se joignait spontanément à leur escorte, armé d'un fort gourdin, et grommelant
dans sa barbe hirsute quelques paroles ininelli-
gibles... Sans qu'il proposât jamais son aide, on
voyait cependant qu'il pensait faire partie de leur
garde du corps.

Colette ne voulait pas qu'on le renvoyât ; depuis qu'elle avait contribué à le sauver, elle ressentait une certaine affection pour le pauvre
homme. Goliath, lui aussi, était plein d'intérêt
pour son noyé, et, quand il le rencontrait, pro-
menait sa trompe sur la tête du « John Bull »
d'un air approbateur, auquel celui-ci répondait
par une tape amicale sur l'épaule. Ils semblaient
s'entendre à merveille, dans un langage à eux,
et, selon Colette, puisque Goliath avait pris Davis
sous sa protection, c'est que sa rude écorce devait cacher un noyau précieux... Car Goliath
était infaillible, tout le monde savait cela...

Cependant, dès l'arrivée des nouveaux chercheurs d'or, M. Mauvilain avait levé les mains
au ciel. L'excellent homme n'était pas de ceux
qui se font scrupule de proférer cette phrase désagréable entre toutes : « Je vous l'avais bien dit ! »
Il prenait, au contraire, un plaisir évident à rappeler les prédictions dont il avait salué le projet
d'installation de la famille auprès du filon.

« Ne vous l'avais-je pas dit ! s'écriait-il, en re-
tirant de ses lèvres sa longue pipe de porcelaine,
et en désignant le territoire envahi, grouillant,

jusqu'aux portes de Massey-Dorp, d'une population disparate. Ne vous l'avais-je pas dit!... Ah! si vous m'aviez écouté!... Vous voyez maintenant!... Vous voyez!... L'or!... La recherche de l'or!... Chimère malsaine!... But maudit!... qui attirera sur vous toutes les plaies de l'Égypte, en y ajoutant toutes celles des civilisations dernières, ainsi que tous les vices appris dans les Babylones modernes... Grâce à ces malheureux, notre pays si beau va devenir inhabitable!... Déjà votre demeure est transformée; votre intimité familiale est violée, bientôt l'existence ici vous deviendra odieuse!... Moi-même je sens que je ne pourrai longtemps endurer cet air, souillé par la présence de tous ces gens sans foi ni loi!... Il me faut l'espace, la liberté, la sécurité du foyer!... Je ne veux pas que mes enfants grandissent au milieu d'une population infestée de tous les vices!... Il me faudra repartir, en quête de nouveaux cieux, où j'aie la liberté de respirer à l'aise et d'élever ma famille à mon gré! Si vous m'en croyiez, compatriote, vous abandonneriez, vous aussi, un lieu déshonoré par l'invasion de ces Amalécites, et vous viendriez plus loin, chercher un sol libre et une atmosphère non viciée!... Emmenez, croyez-moi, vos enfants hors d'ici! La terre est grande, elle s'ouvre tout entière devant nous, sachons profiter des richesses qu'elle nous offre, et nous éloigner, tandis qu'il est temps!... Bientôt il sera trop tard! »

Ainsi prophétisait le digne Boer, nouveau Jérémie, et volontiers Mme Massey eût joint sa voix à la sienne. Mais elle avait trop d'abnégation pour donner un libre cours aux sentiments qui l'oppressaient. Elle voyait son mari, son fils, plus sûrs que jamais du succès, décidés à arracher ses secrets à la terre, à enrichir non seulement eux-mêmes et leurs amis, mais tous ceux qui viendraient encore, arrivassent-ils par millions. Henri avait toujours prêché l'émigration, préconisé l'effort personnel ; pour rudes et grossiers que fussent les immigrants, sans doute ils étaient guidés par les mêmes principes : le vieux monde était trop étroit pour eux, ils étaient logiques en venant demander asile et soutien à une terre neuve...

M. Mauvilain eût peut-être supporté quelques mois de plus le bouleversement de toutes ses habitudes et l'envahissement de la contrée, si Cadet, son second fils, ne lui avait tout à coup inspiré les inquiétudes les plus sérieuses. Venant un beau jour se placer devant le fauteuil de bois, poli et noirci par les ans, où trônait son père, la pipe de porcelaine en sa dextre, à la sénestre un grand pot de grès rempli d'une bière mousseuse, Cadet ouvrit lentement la bouche :

« Mon père... j'ai pensé... dit-il au bout d'un instant.

— Bien, mon fils. Et à quoi ?

— J'ai pensé... que, puisque des hommes instruits... des hommes de talent, des hommes enfin... tels que notre compatriote M. Massey, tels que son·fils Henri... tels que le savant docteur Lhomond... tels que l'ingénieur Weber... enfin, tels que nos voisins de Massey-Dorp...

— Bien... bien... au fait, mon fils, au fait!

— Enfin... qu'une entreprise dirigée par eux... ne pouvait être... chimérique... Et je viens, mon père, solliciter votre assentiment pour me joindre à eux... » M. Mauvilain eût bondi, si sa corpulence et son tempérament flegmatique le lui eussent permis. Il se contenta d'écarquiller les yeux.

« Te joindre à eux! répéta-t-il. Te joindre à eux?

— Oui, mon père. Avoir, moi aussi, un claim... Et le fouiller... »

Un grand silence tomba sur la famille assemblée. Dame Gudule tournait des yeux effrayés de son mari à son fils. Agrippa, armé d'une pipe et d'un pot à bière, en tout semblables aux ustensiles paternels, les avait déposés pour mieux écouter, tandis que Nicole, serrant le bras de Lucinde, se penchait épouvantée, s'attendant à être témoin de quelque catastrophe : le père maudissant Cadet, l'imprudent maintenant son audacieuse proposition et chassé du foyer. Car tous à la ferme connaissaient bien les sentiments du chef de la famille. Une bombe tombant au milieu d'eux n'aurait pas produit un effet plus stupéfiant que le discours de Cadet.

La lourde et belle figure du Boer se couvrit lentement de rougeur; le flot monta jusqu'à son front et ses grands yeux gris étincelèrent. Sans pouvoir articuler une parole, il leva le bras et ouvrit la bouche. Cadet, son cœur placide battant un peu plus vite, fit un pas en arrière; par un suprême effort, le fermier réussit à se mettre debout et, la respiration haletante, il allait parler, mais dame Gudule se précipita vers lui :

« Pas encore... Agrippa ? supplia-t-elle. Réfléchissez avant de prononcer les mots irrévocables!... Je vous en conjure!...

— Oh! oui, père... réfléchissez! supplièrent Nicole et Lucinde.

— Réfléchissez, père, il est jeune et ne sait ce qu'il dit », appuya gravement le frère aîné.

M. Mauvilain, acquiesçant, inclina la tête et se recueillit quelques instants.

Dame Gudule, joignant les mains, attendit en silence, tandis que les petites sœurs venaient saisir les mains de leur frère comme pour le soutenir.

Cadet sentait ses jambes se dérober sous lui en voyant sa famille ainsi bouleversée par sa fantaisie soudaine; si un Boer eût été capable de se porter à de telles extrémités, sans doute il se fût frappé la tête contre les murs en signe de regret. Mais après un long silence le père de famille releva la tête; son front s'était rasséréné, son teint avait perdu la nuance pourpre qui avait un moment alarmé les siens. Posant sur le délinquant un regard grave, mais sans sévérité :

« Viens ici, Cadet, dit-il doucement. Viens près de ton père. Ceci me prouve une chose, c'est que j'ai déjà trop tardé à prendre une décision nécessaire. Agrippa a bien parlé; tu es jeune et ne sais ce que tu dis. Mais je ne t'exposerai pas plus longtemps à la tentation. Dame Gudule, procédez dès aujourd'hui à l'emballage de tous nos effets, de tous ces vieux meubles que nous tenons de nos ancêtres et qui nous ont constitué un foyer, depuis de longues années que le malheur des temps nous force à errer sur la face de la terre, ainsi que fit jadis Caïn... Il n'y a point de notre faute. C'est la corruption du siècle que nous fuyons. Agrippa, Cadet, à l'œuvre! Avant huit jours je veux être sorti de ce lieu!... »

Sans répliquer un mot, Cadet courba la tête et suivit son frère, qui se mettait sur-le-champ en devoir d'obéir aux instructions paternelles. Tout honteux de sa passagère velléité d'indépendance, le jeune Boer commença de démonter presses à bières, herses et instruments aratoires; il se mit à clouer, à emballer; il aida sa mère et ses sœurs à décrocher les rideaux, à démonter les lits, à plier le linge, à ranger et à charger toutes choses sur les lourds chariots; on tira des combles de la maison les grands coffres, les immenses paniers qui avaient apporté si loin toutes les richesses de la famille; de nouveau elles y furent proprement rangées, avec méthode, sans hâte et sans confusion. Le huitième jour arrivé, selon la volonté du père, on procéda au démontage de la maison de bois. Les morceaux en furent chargés sur le dernier chariot, les grands bœufs furent attelés, et les lourds camions se mirent pesamment en route.

Comme la caravane passait devant Massey-Dorp, les habitants de la villa accoururent pour échanger un adieu définitif avec les amis qu'ils allaient perdre et qu'ils avaient, pendant ces quelques mois de relations cordiales, appris à aimer et à respecter.

C'est avec un vif chagrin surtout que Colette, Nicole et Lina se séparaient. Mais la décision du fermier était irrévocable. Il avait parlé, et nul dans sa famille n'eût songé à discuter son *ultimatum*.

Bientôt les lourds chariots, roulant lentement, s'éloignèrent, disparurent dans le lointain, remontant vers le Nord, et on ne vit plus le mouchoir blanc que Nicole agitait en signe d'adieu.

CHAPITRE XV

Tout d'un coup l'immigration était devenue formidable. Pareils aux riverains de quelque fleuve paisible la veille, subitement grossi par la fonte des neiges, les Massey se voyaient inondés, submergés, débordés de tous côtés par ce flot montant. Un matin, Gérard, qui avait le goût de la statistique, revint d'une longue tournée, affirmant que le chiffre des immigrants ne pouvait être inférieur à douze ou treize mille.

Cette population grouillante, bruyante, envahissante, campait en aval et en amont de la rivière ; la moindre petite place sur le rivage avait été chèrement disputée entre les premiers arrivés et les nouveaux venus ; le désordre, l'anarchie, la confusion régnaient au milieu de cette ville improvisée, formée d'aventuriers de tous les mondes. Il y avait eu, évidemment, quelque mot d'ordre, quelque étincelle partie on ne sait d'où, allumant les imaginations avides ; comme une traînée

de poudre, la nouvelle de la mine d'or découverte s'était répandue, et la grande armée des
besogneux s'était mise en marche.

Cette armée, digne sans aucun doute de la
compassion et de l'appui des forts, mais invariablement recrutée par l'infirmité morale ou physique, n'était rien moins qu'attrayante. *Déclassé,
failli, taré, raté, disqualifié, dégradé, dégénéré,* il
n'en était guère, dans le nombre, sur qui on n'eût
pu attacher quelqu'une de ces étiquettes fatales.
Cette tourbe confuse, sortie de tous les bas-fonds
des deux mondes, de race, de langue et de couleur disparates, avait un trait commun : la soif des
richesses promptement acquises, sans le secours
de l'industrie patiente, courageuse, économe.
Jaunes, noirs, blancs, tous voulaient faire figure
dans le monde, éblouir ces contemporains qui
jusqu'ici avaient méconnu leurs mérites, et cela
sans se donner aucun mal ; ce pays de cocagne,
où il n'y avait qu'à se baisser, disait la renommée,
pour ramasser l'or à poignée, était tout justement
leur affaire.

L'avidité, l'incapacité et un certain besoin
d'amusement, de fêtes, de récréations bruyantes,
étaient à peu près les seuls points de ressemblance qu'eussent entre eux tous ces gens inconnus, étrangers, hostiles les uns aux autres ;
mais ce dernier trait devait suffire en peu de
temps à former des groupes, des sociétés, des
clubs divers. Car on ne peut donner de fêtes dans
la solitude, et si l'on veut des concerts, du théâtre
ou des danses, il faut de toute nécessité mettre

au moins le masque de la bonne camaraderie
pendant quelques heures, sauf à le déposer au
matin pour reprendre la tête féroce du chercheur
d'or, défendre son claim comme un loup enragé
défend la proie qu'il vient de déchirer, et, au besoin, échanger avec le gai compagnon de la veille
quelque coup de couteau ou de revolver.

Les Massey, retranchés dans leur camp, bien
isolés derrière de hautes palissades, et défendus
par le bataillon des noirs qu'attachait fortement
à leurs maîtres le triple lien de la discipline, de
l'intérêt et de l'affection, n'avaient pas de craintes
sérieuses à concevoir pour leur sécurité. Ils étaient
les premiers occupants, la chose ne se pouvait
discuter; et même parmi des gens sans foi ni loi,
cet article devait être instinctivement respecté;
sans cela n'aurait-il pas fallu renoncer soi-même
à toute garantie personnelle de propriété ou de
fortune ? La masse sentait, sans qu'il fût nécessaire de lui en faire la théorie, la nécessité de
maintenir le droit de possession; et bien qu'il ne
manquât pas de tard venus pour manifester isolé-
ment la prétention de s'emparer d'une bonne
place déjà prise, ces velléités étaient rudement
étouffées du premier coup; les rivaux savaient
suspendre un instant leur hostilité pour apprendre à vivre à l'intrus; et quand, à son tour,
celui-ci voyait son claim menacé, il découvrait
soudain la beauté d'une convention tacite qui
lui avait semblé tout d'abord injuste et intolérable dans un pays où ne fonctionnait pas l'instrument régulier de la loi.

Il n'y avait donc pas lieu de se préoccuper beaucoup, pour le moment, d'une attaque violente, d'une usurpation formelle ; mais quant à se défendre de l'envahissement progressif qui pénétrait par toutes les fissures de l'enclos, c'était une autre affaire. Déjà les rixes, les querelles, les rumeurs de toutes sortes arrivaient jusqu'aux points les plus reculés de la propriété. Si les bords de la rivière étaient clôturés et gardés de part et d'autre sur une longue étendue, il n'en était pas de même du fil de l'eau. Ici la route était libre, le passage à tout le monde, et, du matin au soir, les embarcations, les pirogues, les barques petites ou grandes sillonnaient le fleuve, jadis si tranquille, chargées de passagers de toutes couleurs, de toutes races, et, le plus souvent, de mine patibulaire, qui laissaient derrière eux l'écho de leurs altercations, de leur rire brutal, de leurs jurons en langues variées. Ces gens ne manquaient guère, au passage, d'arrêter un regard curieux le long de la pelouse ; quelquefois les robes blanches de Colette et de Lina se détachaient sur le gazon ; près d'elles, leur gigantesque cerbère allait et venait, faisant bonne garde, relevant ses défenses d'un air agressif à l'approche des étrangers ; et tous ces yeux, l'œil pâle de l'homme du Nord, l'œil de charbon du Méridional, l'œil triangulaire du Chinois, emportaient une enviable vision de paix, d'ordre et de grâce. Peut-être la vague ambition s'ébauchait dans les têtes d'introduire au retour un peu de beauté dans son claim, de tâcher d'imiter cette petite Arcadie,

15

puisqu'on avait sous la main tous les éléments nécessaires et que, — chacun se le répétait, — la famille Massey avait commencé tout aussi modestement que les plus modestes. Mais ces projets duraient peu et n'avaient guère de résultat sinon un supplément de coups et de mauvaises paroles, lorsque, rentré chez soi, on comparait son taudis sordide et malpropre avec le paradis entrevu, et que l'on reprochait injustement à la ménagère un état de choses dont elle n'était qu'en partie responsable. La persévérance n'existait à aucun degré parmi cette armée que la mobilité, l'inconstance, le manque d'application et de suite dans les idées avaient poussée et agglomérée autour du filon de Gérard ; et une fois le souhait énoncé d'avoir une demeure pareille à celle des Massey, on s'en tenait à ce vœu stérile; puis on allait chercher le soir, au cabaret, dans la bouteille de gin, l'oubli des laideurs insoutenables du logis.

Car, à peine quelques chercheurs d'or avaient-ils planté leur tente en ce lieu, que la taverne surgit. Ce fut le premier établissement public de l'endroit ; un débit de tabac suivit, puis un café-concert. Quel gin, quel tabac, quel café et surtout quels concerts on servait aux consommateurs, il est facile d'imaginer qu'ils n'étaient pas des plus recherchés.

Gérard, qui eut bientôt la curiosité d'entendre les virtuoses venus au cœur de l'Afrique faire montre de leur art, et qui entraîna son cher docteur Lhomond à l'une de ces fêtes, était revenu au logis, plein de récits pittoresques : « La mu-

sique, disait-il, est extraordinaire; un véritable
concert de chats sur les toits ; mais comme personne ne l'écoute, la chose n'a, au fond, qu'une
importance secondaire. Pendant que le concert
suit son cours, les tables de jeu vont leur train, lut-
tant de bruit avec les exécutants, rappelant ces
chiens ennemis de la musique qui se croient
tenus de japper jusqu'à ce qu'ils aient vaincu
l'harmonie abhorrée. A ces clameurs assourdis-
santes se joignent le tumulte et l'orchestre rival
de la salle de danse voisine. Ici le coup d'œil
mérite qu'on s'y arrête. Tout autour de la salle,
les beautés de la nouvelle cité sont rangées en
cercle, faisant des grâces, et jamais, ni chez les
Grosses-Têtes, ni chez Ryata, de sinistre mémoire,
ni au village du regretté M'reko, il n'avait vu
une pareille collection de guenons endimanchées.
Et certes, remarquait Gérard, nous pouvons
nous vanter d'avoir vu en notre temps une jolie
variété de macaques, n'est-ce pas? Mais au moins,
dans leur pays natal, ces pauvres moricaudes
avaient pour elles la communauté du type et
l'avantage de leur cadre naturel, tandis qu'ici la
diversité des races, le choc des couleurs, la trans-
plantation violente, l'inattendu des parures, le
fantastique caprice des ajustements, forment un
ensemble qui passe toute description ; une caco-
phonie cent fois plus étrange que celle de l'orchestre.

« Tout est hors de prix; le temps n'est plus
où il suffisait d'allonger la main pour avoir une
table abondante et délicieuse. Pareils à une armée

de sauterelles, les douze mille Vandales ont commencé par dévorer, ravager, détruire tout ce qui leur tombait sous la main, comme s'ils eussent voulu réparer d'un coup les longs jeûnes passés ou pourvoir à des famines futures. Ce régime n'a pas amené les désordres qu'il produirait infailliblement sur des estomacs habitués dès l'enfance à la modération; car, — chacun peut l'avoir remarqué, — les misères du monde entier ont, en commun avec les Arabes, la faculté de consommer sans accident, en une seule séance, la nourriture de quinze jours, sauf à ne rien mettre sous la dent pendant la même période et avec le même succès. A cet ordinaire plantureux, les joues hâves se sont remplies, les maigreurs pitoyables se sont remplumées, tous les enfants sont gras et rebondis à plaisir ; mais l'abondance de la bonne mère nourricière, qui avait paru inépuisable au début, a sensiblement décru devant ces assauts répétés. Les arbres sont dépouillés, le gibier décimé, le poisson disparu. Les gens avisés savent faire provision du peu qui reste, ou aller chercher au loin ce qui manque et le vendre à chers deniers. Deux ou trois figures chafouines, au nez crochu, à l'œil furtif, au crin noir, s'annoncent déjà comme des industriels de première force dans l'art d'attirer à soi tout l'argent qui circule aux alentours. On les abhorre, on les méprise, mais, peu à peu, les quatre sous qu'on a apportés, les pépites qu'on a trouvées, la poussière d'or qu'on a tamisée, prennent le chemin de la boutique. Et déjà l'inévitable bazar se dessine. Le sieur

Malfi vient de faire un déballage de « nouveautés », rebut composé de déconfitures lointaines, mais qui ne font pas moins rêver toutes ces cervelles, les cervelles masculines aussi bien que les autres; car l'amour de la toilette est commun à toute l'humanité, et les nègres y ont laissé leur peu de raison et la totalité de leur épargne. Mme Massey, Martine, qui s'efforcent de tout leur pouvoir de faire entrer dans les têtes laineuses de la domesticité des notions d'ordre, de prévoyance, d'économie, luttent en vain contre le nouveau courant. Mais aussi qui pourrait résister aux tentations de cet étalage? Et pourquoi demanderions-nous à Mia-Mia, à Bou-Bou et à leurs pareilles, une force d'âme que nous ne pratiquons pas toujours, nous fils d'une race et d'une civilisation supérieures? Il n'est pas de jour maintenant qu'une des petites négresses n'implore de « Mame le Gué » la permission de faire une promenade « en ville »; il faut bien la leur accorder, de peur qu'elles ne la prennent en contrebande; dans un coin de leur chambrette, où elles l'ont enfoui comme des pies voleuses, elles vont chercher leur pécule, le cachent avec un geste simiesque sous quelque pan de leur *lamba* et partent à toutes jambes vers le paradis de leurs rêves. Il semble que les pauvres mouches ont peur de ne pas arriver assez vite pour être dévorées par l'araignée qui tend sa toile, là-bas. M., Mme et Mlle Malfi n'en font qu'une bouchée. Mais aussi on a de belles toilettes à montrer! Mia-Mia a fait l'acquisition d'une jupe de gaze lamée d'argent, qui, associée à

une paire de solides bottes à l'écuyère, lui compose une toilette de bal incontestablement originale. Il est vrai que ses gages des derniers six mois
y ont passé ; mais qu'importe! elle aura, — du
moins elle s'en flatte, — le plaisir d'éclipser cette
parvenue de Bou-Bou, qui s'imagine valoir plus
que les autres maintenant. Bou-Bou, autrement
dit Mme Brandevin, dirigée par les conseils de son
mari, montre un goût plus sobre; un sévère costume « tailleur » est venu enrichir sa garde-robe.
Sous ce costume, que le ci-devant cuisinier a payé
un prix fou, la pauvre Bou-Bou a un peu l'air
d'une guenon de fête foraine. Mais quoi? Il faut
suivre la mode ! Bon pour une « négresse » comme
Mia-Mia de n'obéir qu'à sa fantaisie en matière
d'ajustement ; Mme Brandevin, elle, est mieux
instruite. Car c'est une curiosité digne de méditation, ce mépris qu'un enfant de la race africaine sait mettre dans l'épithète de *nègre* appli-
quée à ses pareils.

« Tous les autres suivent le courant, Zumbo a
pour tout vêtement un faux-col, comme un caniche
noir son collier d'argent. Bobeau, qui nourrit avec
tous les noirs la vaine ambition de voir changer
la couleur de sa peau, porte à demeure une paire
de gants blancs qui lui donnent l'illusion d'avoir
quitté sa sombre livrée, — au moins quant aux
mains. — M'Bololo a acheté un chapeau « trom-
blon », qui est l'orgueil de sa vie. Ce couvre-chef
a vu jadis des jours meilleurs ; au fond de la coiffe
de satin on distingue la griffe de Pinaud et Amour;
il a eu son jour de splendeur où il présentait la

fraîcheur intacte, les « huit reflets » d'ordonnance. Le premier qui l'a posé sur sa tête a sans doute salué son image d'un regard d'intime approbation, et, après tout, ce petit mouvement de vanité ne différait pas beaucoup de la joie ingénue qui inonde le cœur de ce dernier propriétaire. Quoi qu'il en soit, M'Bololo ne le quitte pas plus que son ombre ; il le porte au travail, à table, il dort avec cette coiffure incommode ; il ne l'abandonne pas davantage pour la danse, car lui et toute la bande des noirs sont devenus depuis peu des danseurs enragés.

« Dans les cercles plus relevés, chez Benoni le Levantin et autres lieux *select*, on faisait froide mine aux pauvres enfants de l'Afrique, et Malfi, habile à empoigner l'occasion par sa mèche solitaire, n'a pas laissé échapper cette nouvelle source de profits. Une salle de danse et de jeu, dédiée poliment aux « personnes de couleur », est venue s'adjoindre à sa baraque. Enfin, à la salle de danse s'est annexé un théâtre, où les gens de bonne volonté sont invités à monter tour à tour pour faire exhibition de leurs divers talents : idée géniale ! Tout nègre contient un cabotin. Gambader et cabrioler devant un auditoire, jouer un rôle, acquérir une notoriété, faire rire, ô gloire ! c'était ce qui pouvait le mieux plaire à ces pauvres diables qu'une féroce destinée condamne à végéter dans une abjection voisine de la bête, tandis que dans leur obscure cervelle survit le germe de toutes les ambitions. »

C'était donc, sur ces tréteaux rudimentaires,

une suite de scènes grotesques, de chants baroques, de pantalonnades sans tête ni queue, et Malfi encaissait toujours. Non que l'entrée coûtât gros : deux sous, tout modestement, — un penny. Mais cet économiste savait qu'à force d'entasser les gros sous crasseux du pauvre, on forme les louis d'or tout brillants des heureux.

Déjà cette fureur de toilette, de dépense, de divertissements menaçait de porter un coup décisif à la discipline des serviteurs et employés ; mais lorsque à ces causes de désordre vinrent s'ajouter fatalement les séductions de la bouteille, M. Massey et les siens commencèrent à s'alarmer tout de bon.

Déjà les Matabélés avaient fait connaissance avec ce poison abominable, plus funeste à l'homme, plus dégradant, fauteur de plus de misères et de crimes que tous les autres vices ensemble. Ils avaient goûté cette *eau de feu* qui a décimé les Indiens d'Amérique bien plus sûrement que les balles de leurs vainqueurs ; qui ne fait que trop de ravages chez les civilisés ; qu'il est impardonnable d'introduire chez ces peuplades ignorantes, avides de stimulants, déjà assez enlizées dans la barbarie et que la manie de la boisson conduit bien vite au dernier degré d'abrutissement.

Chez les Massey, les spiritueux étaient habituellement proscrits, aussi bien de la table des maîtres que de celle des aides. Depuis qu'ils avaient quitté leur village pour venir travailler à l'exploitation de la mine, les Matabélés n'avaient bu que de l'eau ou des laitages, et avec la mo-

bilité de leur race, pareille à celle des tout petits
enfants, ils s'étaient pliés du premier coup à ce
changement de régime, ne paraissant pas même
se souvenir qu'il y eût au monde une chose qui
s'appelait l'*eau de feu*. Mais à peine eut-elle re-
paru sur le comptoir de Malfi que le souvenir se
réveilla rapidement. Des scènes indescriptibles se
produisirent tous les jours. Les cris, les pleurs,
les querelles, les rixes, non contents de venir
se briser à la palissade de l'enclos, éclataient maintenant à l'intérieur. De nouveau, l'excellent
M'Bololo, si doux, si honnête garçon lorsqu'il était
dans son bon sens, recommença à battre Mia-Mia;
et Mia-Mia, à son tour, ne craignit pas d'admi-
nistrer quelques taloches au vénérable Tchè-
Tchè, qui les avait suivis dans leur exode. L'ouvrage allait de travers; les serviteurs n'étaient
plus réguliers à la tâche; ils y apportaient des
airs indolents, dissipés, distraits, qui indignaient
le brave Le Guen et le faisaient jurer ferme.
Quant à Martine, elle ne décolérait pas. Sa cuisine, son sanctuaire, miracle d'ordre et de propreté, où la digne femme pouvait à toute heure
mirer sa ronde figure dans les plaques du four-
neau, les tables et les casseroles, sa cuisine présentait aujourd'hui le spectacle affligeant du chaos
et de l'anarchie. Voici ce qui était arrivé :

Un jour Colette et Lina, occupées à travailler sur
la pelouse, s'étaient vu aborder par une pauvre
femme, figure lamentable, avec deux marmots
accrochés à sa jupe et un troisième dans les
bras. Comment elle avait franchi la palissade,

c'est ce qu'on ne comprit guère, attendu qu'elle ne savait s'expliquer en aucune langue connue des jeunes filles ; mais ce qu'elles comprirent sans explication, c'est que la malheureuse était exténuée et les petits affamés.

Saisies de pitié, elles se hâtèrent de mener les pauvres pèlerins à Martine, malgré les protestations et les reniflements dédaigneux de Goliath, à qui ces visiteurs ne disaient rien de bon. Là, ils furent réconfortés, rassasiés et même débarbouillés en partie ; puis on les conduisit à la porte de service avec de bonnes paroles, des provisions et quelques secours. Mais, tout en les assistant de son mieux, l'honnête servante gardait, ni plus ni moins que Goliath, ses suspicions et ses dédains. Pour elle, comme en général pour le campagnard probe, travailleur, courageux et sobre, se contentant, d'un bout de la semaine à l'autre, de manger une croûte de pain afin de garder son indépendance et sa dignité, le mendiant, le loqueteux, celui qu'elle appelait en son pittoresque langage un « patarin », était l'être antipathique par excellence. Trop généreuse pour leur refuser son secours, elle l'accordait, mais en grondant ; et jamais, au temps où elle régnait en sa cuisine de Passy, elle ne permettait qu'aucun d'eux en franchît la porte, ayant trop de raisons d'appréhender les traces de leur passage. Et, sitôt que la pauvresse fut dehors, elle se hâta de prendre à grand fracas des mesures purificatrices, tout en proférant des objurgations indignées et de vagues prophéties de futurs désordres.

Elle ne savait pas si bien dire :

A partir de ce jour, la procession des miséreux commença. Du matin au soir, la petite porte était assiégée de solliciteurs, gens de toute sorte, de tout âge, de tout pays ; tous nécessiteux, sans aucun doute, et qu'on eût été trop heureux d'assister si on en avait eu les moyens. Mais comment satisfaire les vœux de cette horde ? N'eussent-ils demandé que du pain, on n'en eût pu fournir à chacun ; et là étaient bien loin de se borner leurs requêtes. Ils voulaient tout ce qui leur manquait, tout ce que l'activité et l'industrie avaient mis dans cette demeure prospère. Autour de l'habitation naguère si paisible, on entendait maintenant un vacarme non interrompu de gémissements, de réclamations, de pleurs, de paroles grossières... le propre cercle infernal du poète :

> *Diverse lingue, orribili favelle,*
> *Parole di dolore, accenti d'ira...*

La position devenait intenable.

CHAPITRE XVI

ÉMIGRATION NÉCESSAIRE

Ces ennuis avaient atteint en peu de temps un tel degré d'acuité, que M. Massey songeait sérieusement à envoyer Mme Massey et les jeunes filles chercher un refuge, au moins provisoire, à Bazakouto, lorsque Martial Hardouin, qu'on n'avait pas vu depuis une quinzaine de jours, arriva un matin pour prendre congé de ses amis.

Ce fut un concert d'exclamations :

« Comment, vous partez !... Est-ce pour long-temps ?... Est-ce définitif ?... Vous rentrez en France ?... lui demandait-on.

— Mon départ n'a rien de définitif, répliqua le jeune archéologue, c'est tout simplement une expédition dans l'intérieur, où des indigènes m'assurent qu'on trouve des ruines très curieuses ; d'après leurs dires, je serais assez porté à croire qu'elles datent d'une époque antérieure à celle de la Tour, et, désirant les étudier pour mon ouvrage sur les antiquités phéniciennes, je pars avec Achmed et Phanor.

— Serez-vous longtemps absent? demanda
M. Massey.

— Un mois ou six semaines, je présume.

— M. Hardouin ne nous a pas vus, je crois,
reprit Mme Massey, depuis que nous nous sommes
trouvés entourés de tant de voisins... encombrants...

— Dites de cette horde de bandits! s'écria
énergiquement Henri. Ils ne méritent pas d'autre
nom.

— Ce n'est pas qu'ils aient rien tenté contre
nous jusqu'ici, continua Mme Massey; les pauvres
gens, au contraire, semblent, à leur manière,
nous témoigner un certain respect... mais, je
le confesse, leur voisinage m'est odieux à cause
de mes filles... »

Sans s'en apercevoir, Mme Massey avait peu à
peu contracté l'habitude de nommer Lina sa fille
aussi bien que Colette.

« Au point, interrompit M. Massey, que nous
envisageons sérieusement l'éventualité d'une
émigration pour ces dames... en attendant que
les choses se tassent un peu.

— Mais ce projet nous désole!... s'écria
Mme Massey, les larmes aux yeux. Vous quitter!...
Aller seules si loin... Ne pas savoir ce que vous
devenez au milieu de cette tourbe humaine!...
Non, non, restons ensemble, je vous en conjure!
Ne pensez pas à nous déporter loin de vous. Je
le répète, une telle idée nous est intolérable.
Partons tous ou restons tous, voilà mon seul
désir...

— Partir, ma chère maman, s'écria Henri. Est-il possible que vous nous croyiez capables de consentir à une pareille désertion, — car ce ne serait pas autre chose ! Comment abandonner nos travaux, renoncer au fruit de nos efforts parce que quelques malandrins se sont abattus sur le pays ?... Jamais. Nos droits sont établis, et, soyez tranquille, nous saurons les faire respecter !

— Je ne doute pas de votre énergie, mon cher enfant... Mais hier encore il y a eu une rixe dans le camp, paraît-il ; des coups de revolver ont été échangés... ces gens-là mettent le couteau ou le pistolet à la main pour un mot, pour un geste... J'ai beau faire, je ne puis m'empêcher de trouver la situation inquiétante. Je n'ose plus permettre aux enfants de sortir : à peine suis-je rassurée lorsqu'elles sont sur la pelouse, en dépit de nos clôtures...

— Aussi le parti le plus sage serait-il de consentir à une courte absence, ma chère maman. C'est la conclusion qui s'impose, à ce qu'il me paraît.

— Henri ! s'écria vivement Mme Massey, je te supplie de ne plus me parler de ce projet ! Je refuse une fois pour toutes de partir pour Bazakouto. Inutile de revenir sur ce sujet. »

M. Massey et son fils aîné semblaient sur le point d'insister encore, lorsque Martial Hardouin intervint.

« Il y aurait un moyen de tout concilier, je crois, dit-il. Pourquoi ces dames ne prendraient-elles pas possession de la Tour pendant mon

absence?... Elle est assez large, certes, pour
vous abriter tous et toutes, et on rendrait facilement quelques pièces tout à fait habitables. Pas
un de ces importuns n'a paru près de chez moi,
et j'aurais pu rester dans mon coin sans même
me douter de leur invasion, si je n'étais venu
vous voir; les environs sont évidemment totalement dépourvus d'intérêt à leurs yeux, la mine
seule les attire. Ces dames seraient tout à fait en
sûreté dans la forteresse, — bien entendu on
leur constituerait une garde, — et tout en étant
hors d'atteinte des ennuis innombrables que leur
cause le voisinage de ces bons chercheurs d'or,
elles resteraient en contact avec vous, puisque
les uns ou les autres pourraient leur rendre
visite tous les jours...

— Excellente idée! dit le docteur Lhomond.

— La solution rêvée! s'écria M. Massey. Mon
cher Hardouin, votre projet est admirable, et
Mme Massey ne peut y trouver aucune objection...
La sécurité, le calme, la proximité... Parfait,
parfait!... Ah! vous m'ôtez une fameuse épine
du pied!... car vraiment je commençais à être
inquiet...

— J'espère, madame, que ce projet ne vous
déplaît pas? interrogea M. Hardouin.

— Non... répondit Mme Massey après quelques
instants de réflexion. Non; en vérité, cette solution me paraît bonne, car l'arrivée de ces gens a
complètement gâté notre retraite... et si nous ne
devons pas être indiscrètes en envahissant votre
domaine...

— Indiscrètes! s'écria Martial en riant. Mais, madame, outre que je serai trop honoré que vous daigniez embellir ma vieille ruine de votre présence, rappelez-vous qu'elle est assez vaste pour donner asile à vingt familles; que, par-dessus le marché, je ne serai pas là, et enfin que je ne m'arroge aucune espèce de droits sur ces vieux murs... Les quelques pieds carrés que j'occupe sont, bien entendu, à votre entière disposition; mais, à part ceux-là, nous trouverons dix salles faciles à aménager... Vous verrez! laissez-nous faire, et vous serez satisfaites de vos fourriers... »

Sans hésiter davantage, on convint de mettre ce projet à exécution, et le docteur Lhomond, Henri et M. Hardouin partirent pour aller choisir dans la Tour l'emplacement que ces dames pourraient habiter.

Ce ne fut pas long. On trouva dans un étage supérieur de la vieille forteresse une suite de belles salles dont les parois cyclopéennes n'avaient subi aucun dommage, depuis des siècles qu'elles étaient debout; par les ouvertures percées dans la muraille, on avait une vue admirable sur la campagne environnante, loin de tout bruit, de tout tumulte extérieur; un passage en zigzag reliait les salles au mur d'enceinte sur lequel on pouvait aisément installer Le Guen et les quelques hommes de choix qui formeraient la garde d'honneur. On eut tôt fait d'apporter (sur le dos de Goliath, afin d'éviter les allées et venues de wagons qui auraient pu éveiller l'attention des

L'ANTIQUE FORTERESSE S'ÉLEVAIT PLUS SOMBRE
ET PLUS MYSTÉRIEUSE (P. 243).

16

chercheurs d'or) quelques ballots de tapis, des tentures, des hamacs, des coussins, des sièges pliants, une petite batterie de cuisine pour Martine; avec leurs livres et leurs pinceaux, les recluses passeraient là le plus agréablement du monde le temps d'exil jugé nécessaire. Le Guen, après avoir promené sur la place le coup d'œil du stratège, se fit fort de barricader les salles en dedans, de façon à les isoler complètement du reste de la Tour, et de fabriquer, pour le passage extérieur, une porte solide, capable de défier toutes les attaques. Une fois cette porte fermée, on serait chez soi, et nul intrus ne pourrait plus pénétrer que par sa volonté.

Les chercheurs d'or ne parurent s'inquiéter en rien des allées et venues de Massey-Dorp à la forteresse. Absorbés par leurs querelles et leurs intérêts, ils ne levaient pas les yeux de leur étroit horizon, et assurément, parmi ces milliers d'hommes, il ne s'en trouvait pas un seul qui se doutât du voisinage de la Tour.

L'installation terminée, les trois dames et Martine montèrent à la nuit tombante sur le dos de Goliath, pour lequel une vaste salle voûtée avait été réservée au rez-de-chaussée, et, escortées de leurs amis, elles se mirent en route.

L'antique forteresse s'élevait plus sombre et plus mystérieuse que jamais sous les blancs rayons de la lune; son ombre gigantesque se projetait sur l'herbe immobile revêtant le flanc de la montagne, avec la netteté d'un dessin à l'encre de Chine; quelques hiboux voletaient lourdement aux alentours en poussant leur cri monotone et lugubre.

Mme Massey ne put s'empêcher de frissonner, car elle ne connaissait pas encore sa demeure future, et la tour se présentait à ses yeux sous un aspect vraiment rébarbatif; mais elle allait y être près des siens; à l'abri de ces vieux murs, ses chères enfants seraient en sûreté, elle réprima donc le sentiment d'alarme qui l'avait envahie malgré elle en face du sombre monument; d'autant plus que Martine et les jeunes filles ne pouvant dissimuler, elles non plus, une certaine émotion, le besoin de les réconforter ranima son propre courage.

« *Chès!*... que c'est grand!... *Chès!* que c'est noir!... répétait Martine.

— Oh! monsieur Hardouin! s'écria Lina, comment osez-vous vivre tout seul là dedans!... Moi, j'y mourrais de peur, il me semble...

— Mourir de peur! fit en riant le jeune archéologue. Et de quoi voulez-vous que j'aie peur, ma petite amie?... Les murs sont assez épais, assez solides, je crois... à moins qu'ils ne me tombent sur la tête...

— Oh! je n'aurais pas peur qu'ils tombent... au contraire...

— Comment, au contraire?...

— Je ne sais pas bien expliquer ce que je veux dire... mais leur épaisseur même m'épouvante...

— Les pauvres murs!... Eux qui vont vous protéger contre le froid de la nuit, la chaleur du jour, les attaques des bêtes fauves?... Ce n'est pas bien, mademoiselle Lina, de leur en vouloir de ce qu'ils sont vieux et décrépits... Moi, au contraire, je me suis attaché à eux; oui, je me suis pris d'affection pour toutes ces vieilles pierres et il me semble que je ne pourrais plus les quitter...

— Il est certain que, par un beau soleil, la Tour doit présenter un aspect tout autre, dit Mme Massey. Ce soir, avouons-le, elle est un peu sinistre...

— C'est vrai, dit Colette; au premier abord cette ruine fait peur... Te rappelles-tu, Gérard, comme nous avons été saisis en la voyant... mais je suis sûre que nous nous y habituerons.

— Et nous sommes très reconnaissantes à notre cher M. Martial de nous avoir offert cet abri, dit en souriant Mme Massey. Mieux vaut ceci que la côte portugaise, n'est-ce pas?

— Oh! bien mieux!... J'espère qu'il n'y a pas de serpents?... ajouta Colette, s'arrêtant sur le seuil.

— Soyez tranquille, mademoiselle. Nous avons fait des recherches sérieuses à votre intention... pas un recoin de votre futur appartement qui n'ait été exploré à fond par Phanor; pas plus de najà, de vipère, de chouette ou de chauve-souris que sur ma main... Fiez-vous-en à nous... »

Colette conservait bien quelques doutes, mais elle n'insista pas, se promettant à part soi de faire, soir et matin, des rondes minutieuses avant de se croire tout à fait en sûreté.

Toute la famille campa la première nuit dans les vastes salles; au point du jour, M. Hardouin partit avec le petit Achmed, son chien et deux guides indigènes, tandis que M. Massey et ses fils reprenaient le chemin du filon. Le départ des dames avait passé complètement inaperçu.

Les premiers jours parurent étranges aux exilées, au fond de l'antique monument dont chaque pierre portait un caractère si profondément différent de tout ce qu'elles avaient jamais connu. Lina osait à peine quitter Colette, et, s'il faut l'avouer, tenait en général un bout de la jupe de sa grande amie serré dans sa main, en longeant les couloirs sombres. La fillette, Mᵐᵉ Massey et Martine ne sortaient guère des pièces préparées pour elles ; mais Colette et Gérard étudiaient avec ardeur le plan que leur avait laissé M. Hardouin et ils furent bientôt en état de se retrouver, les yeux fermés, dans la partie connue du labyrinthe. L'ambition de Gérard allait plus loin ; il eût désiré relever avant le retour du jeune archéologue le plan d'une nouvelle série de salles ou de passages, et surtout découvrir l'entrée des fameuses caves, demeurée cachée jusque-là. Quelquefois, en s'engageant dans un couloir, il avait un cri de joie ; celui-ci, par exemple : On n'y était jamais entré !... Mais bientôt un numéro peint en rouge par M. Hardouin venait le détromper et il devait, l'oreille basse, s'avouer second dans la carrière. Ceci irritait fort maître Gérard, qui n'aimait pas à être battu, et retrouver cette entrée, devint le rêve de ses nuits et l'occupation de ses journées.

Il y avait trois semaines que les dames habitaient la Tour, et la situation n'avait pas changé autour du filon ; l'immigration continuait de plus belle, lorsqu'on vit arriver un cabriolet à deux roues, attelé de trois mulets en arbalète, qui amenait lord Fairfield, escorté d'un guide et d'un domestique. Grande fut la surprise de M. Massey, qui ne s'attendait pas à le voir revenir, plus grande encore fut celle de lord Fairfield en revoyant changé en foire tumultueuse le paisible ermitage dont il avait, si peu de temps auparavant, apprécié le calme et la tranquillité.

Les premières salutations échangées, il s'informa de la provenance de toute cette population. On lui expliqua qu'elle arrivait de tous les points de la rose des vents. Sur quoi il ne put réprimer un soupir :

« C'est moi, hélas! s'écria-t-il, qui vous ai amené ce tas de sacripants!

— Comment cela? demanda M. Massey.

— Par mes annonces dans la presse, évidemment. Étant donné que nous voulons constituer une compagnie, j'ai dû recourir au seul moyen connu pour arriver à ce résultat, la publicité. Tous les pays en ont eu leur part, et sans doute j'ai déployé dans mon prospectus une éloquence que je ne m'étais pas soupçonnée jusqu'ici, car en voici le premier effet. L'univers s'est mis en route pour les nouveaux champs d'or.

— En effet, les choses ont dû se passer ainsi, dit Henri.

— C'est certain... Eh bien, il faut en convenir, je n'ai pas eu la main heureuse!... Quel ramassis de faces patibulaires... Le gibier de potence de tous les pays paraît s'être donné rendez-vous ici... Quel voisinage pour ces dames!... Expliquez-moi comment elles le supportent?

— En le fuyant; je les ai déportées bon gré mal gré à la tour phénicienne, dit M. Massey. Elles ne pouvaient rester ici.

— Ah! tant mieux!... Vous m'ôtez un remords. Et là-bas sont-elles tranquilles, au moins?

— Parfaitement, pas un seul de ces intéressants personnages n'a eu l'idée de tourner ses pas vers la Tour. Elles y sont tout à fait chez elles, et nous irons tout à l'heure leur demander une tasse de thé.

— Je serai charmé de leur présenter mes hommages dès que nous aurons réglé nos affaires », répondit lord Fairfield.

Le docteur Lhomond et M. Weber ayant été convoqués dans le cabinet de M. Massey, lord Fairfield exposa la situation. Elle était plus brillante qu'on n'aurait osé l'espérer. Une compagnie puissante s'était déjà formée à Londres sur ses indications télégraphiques, sous le nom de *Mammoth Gold Fields Company, Limited* (le nom de *Gérard-Massey-Rand* était réservé au territoire particulièremen alloué à M. Massey), au capital de quatre millions sterling, par actions de deux shillings et demi. Un apport d'un demi-million sterling était réservé à la famille Massey. Déjà les directeurs expédiaient par grande vitesse le matériel nécessaire, et, loin de regretter la formidable poussée d'immigration qui s'était produite, il fallait se féliciter de ce qu'on aurait sous la main le nombre de travailleurs qui ne tarderait pas à devenir indispensable. Le retour de lord Fairfield à Massey-Dorp avait été motivé par les excellentes nouvelles reçues d'Europe et qu'il tenait à communiquer au plus tôt à ses associés. Dès les premiers jours, non seulement la souscription avait été dix ou quinze fois couverte, et on s'était arraché les actions, montées d'un bond à trente shillings ; mais l'agitation, partie d'Angleterre, avait bientôt pénétré la place de Paris. On s'était ému, chacun avait voulu connaître cet eldorado nouveau qui promettait de réparer les ruines semées par les entreprises néfastes des dernières années. Ceux-là mêmes qui avaient mis en péril le pain de leurs vieux jours dans des spéculations lointaines, qui avaient cru s'enrichir par le percement de continents et avaient vu sombrer dans le désastre le fruit de quarante années d'épargne rêvaient d'engager ce qui leur restait dans cette entreprise des Mammoth Fields, qui présentait tant de garanties : sol vierge, pays neuf, capitaux immenses, directeurs d'une honorabilité au-dessus de tout soupçon. Chacun voulait posséder quelques actions d'une compagnie d'un si magnifique avenir, lord Fairfield apportait un monceau de lettres, requêtes de participation et offres de capitaux.

Ayant reçu avec une vive satisfaction le rapport de lord Fairfield, on le conduisit à la Tour, où Mme Massey et ses filles furent fort surprises de le voir. On leur répéta les bonnes nouvelles, et

Gérard manifesta, en les recevant, une joie qui se décela par diverses gambades.

Lord Fairfield s'installa à Massey-Dorp pour quelque temps; à partir de ce moment, le flot des lettres d'Europe commença à arriver, apportant par chaque courrier les nouvelles les plus favorables.

Ce n'étaient pas seulement les gens de Bourse et de finance, mais la petite épargne, les travailleurs, les sages, les économes qui se prenaient à s'émouvoir. Une fois de plus « les bas de laine » se montraient disposés à s'ouvrir et à se vider.

M. Massey n'avait rien de caché pour sa femme, et lorsqu'il lui montrait quelqu'une de ces humbles missives, venue d'un coin ignoré de France, par laquelle un vieillard, une veuve, exprimaient en termes naïfs l'espérance qu'ils avaient conçue, Mme Massey sentait ses yeux se mouiller de larmes. Oh! les pauvres gens! puissent-ils ne pas être déçus! se répétait-elle, et, malgré elle, une telle crainte lui venait que l'affaire ne fût pas à la hauteur de tant d'espoirs qu'elle regrettait encore que son mari et son fils s'y fussent lancés... La fortune pour Mme Massey n'était rien : de goûts modestes, toujours satisfaite, pourvu que l'ordre et la paix régnassent dans la famille, volontiers elle eût sacrifié les perspectives les plus brillantes à la sécurité absolue, et surtout à l'absence de responsabilité. Des exemples récents et tragiques lui avaient trop clairement démontré les dangers que courent les petites bourses dans ces entreprises lointaines où les gros capitalistes trouvent moyen de toucher des millions, — quitte à perdre l'honneur, — tandis que les pauvres et les petits, trompés par de fallacieuses promesses, y perdent le pain de leurs vieux jours, la modeste épargne amassée au prix de tant de privations et de volonté. Martine elle-même n'avait-elle pas perdu les économies de vingt ans de service dans le krach colossal d'une entreprise fameuse? Ses lamentations retentissaient encore aux oreilles de sa maîtresse :

« Té !... disait volontiers la brave femme, moi j'y ai laissé mes *povres* six mille francs (que je crois les voir encore !...) et on m'a montré *sur* les Champs-Élysées un monsieur qui en a tiré un million et qui roulait carrosse..., et si je suis obligée de lui demander un morceau de pain pour ne pas mourir de faim, vous croyez qu'il me le donnera?... Oui, va-t'en voir s'ils viennent !... Mendie, ma fille, travaille, tu n'es bonne qu'à cela! Vous croyez que ça ne vous fait pas faire du mauvais sang, des choses pareilles?...

— C'est d'une noire injustice, ma pauvre Martine; mais rappelle-toi que ceux qui veulent s'enrichir par la spéculation savent bien ce qu'ils risquent, après tout, disait Colette.

— Eh! mon *povre Chou!*... bien sûr, on sait ce qu'on risque! Mais ce n'est pas tant mes six mille francs perdus qui me font gros cœur que de voir rouler voiture à ceux qui ne m'ont laissé que les yeux pour pleurer!... S'ils nous avaient dit : « Voilà! tout est perdu, mais nous restons aussi pauvres que vous... » Eh bien! ma foi, je m'en serais consolée!... Mais les voir avec des milliards pendant que ceux qu'ils ont trompés meurent de faim... Non, c'est ça qui vous fait bisquer!...

— Mourir de faim!... Crois-tu vraiment?...

— Je ne crois pas, ma mignonne, je *sais*. J'en ai connu un, qu'*il* venait du côté de chez moi... il y avait tout placé; on lui devait quatre-vingt mille francs... Eh bien, quand le *krach* fut arrivé, il se mit à courir Paris pour trouver une place, — pendant vingt jours il chercha, ne mangeant chaque matin que deux sous de pain sec, — on lui voyait les côtes tant il était maigre, et avant il pesait plus de cent kilos; c'était un bel homme... Un jour, il n'eut plus rien du tout à manger, mais là, *rien!*... Voilà qu'il rencontre un de ces messieurs, de ceux qui ont pris plus d'un million, tout le monde le sait,... alors, ma foi, la colère le gagne, n'est-ce pas!... Il saute sur le marche-pied de la voiture et il montre le poing au gros monsieur et il lui crie des injures : « Vendu! canaille!... rends-moi les quatre-vingt mille francs que tu m'as pris?... Rends-les, voleur!... Il me les faut pour enterrer ma pauvre femme, que tu as tuée!... » (car sa pauvre femme était morte d'une *attaque*, à la mauvaise nouvelle). Alors, vous pensez, on l'arrête, on le mène en prison, lui qui était un honnête homme, pourtant! Et, ma foi, quand il en est sorti, il est allé tout droit se jeter dans la Seine avec une lettre ouverte pour le monsieur, dans sa poche, *sur* laquelle il avait écrit : « Avoir eu quatre-vingt mille francs à soi et ne plus avoir seulement une croûte de pain à se mettre sous la dent, c'est trop ou plutôt pas assez! Bonsoir!... » Vous croyez que l'autre a eu le moindre remords?... Ah! bien, oui!... Je suis sûre qu'il n'en a pas mangé une bouchée de moins à son dîner...

— Eh! ma bonne Martine, qu'en savons-nous? disait Colette. Nous ne sommes pas dans le secret de sa conscience... Le malheureux! soyons certains, au contraire, qu'il a dû cruellement souffrir et plaignons-le plus encore que l'autre!

— Oui, oui, tout cela est fort joli! Mais, moi, je dis : s'ils ont du remords, qu'ils le prouvent en rendant aux pauvres ce qu'ils leur ont pris... Autrement, je m'en moque, de leur remords!... »

Et, dans sa simplicité, Martine avait cent fois raison, — trop de fois raison, — au train dont va le monde.

CHAPITRE XVII

L'ASSAUT

Parmi les chercheurs d'or, il en était un du nom de Bernier, personnage silencieux, renfermé, ne contant jamais rien de son origine, de ses projets, de son histoire, de sa famille; « sournois », disaient avec colère ceux qui avaient essayé vainement de pénétrer dans son intimité ; mais qui, en réalité, n'avait jamais fait de tort à quiconque, n'entrant point en querelle, ne cherchant noise à personne, ne demandant, selon toute évidence, qu'à travailler ferme, à faire au plus vite une petite fortune et à décamper prestement.

Or, c'était là, au fond, la cause de l'animosité générale. Pendant que les autres faisaient ripaille, jouaient follement le soir le gain de la journée, n'épargnaient rien, et se trouvaient aussi avancés qu'au premier jour, Bernier, lui, ne se montrait pas au cabaret, se nourrissait sobrement, ne dépensait rien, ne régalait jamais personne, et n'acceptait aucune invitation à boire ou à banqueter.

Cette attitude était hautement réprouvée dans tous les cercles de la cité. Ceux qui se flattaient de connaître les bonnes manières accusaient Bernier de ne savoir pas vivre. Les natures moins compliquées l'enviaient tout simplement. Nombreuses étaient les invectives qui saluaient son nom ou son passage :

« Gueux, va!

— Cachottier!

— Égoïste!

— Accapareur!

— Sournois!

— Quand on est si boutonné, c'est qu'on a quelque chose de mal à cacher.

— En doit-il avoir amassé un magot, hein?

— Moi, je dis que ce n'est pas juste!

— Quand on a bon cœur, d'abord, on partage avec les camarades... »

Malheureusement, il n'y avait pas que des mécontents et des envieux, parmi cette tourbe mêlée, il s'y trouvait aussi des hommes au cœur noir, au passé sombre, pour qui convoiter et saisir est tout un, et qui, si la victime résiste ou fait mine de vouloir crier, n'hésitent pas à lui fermer la bouche pour toujours.

Un soir, environ une semaine après l'émigration des dames de la Tour, le docteur Lhomond rentrait de sa tournée, — car il était devenu, cela va sans dire, le médecin de la nouvelle cité, médecin sans honoraires, mais appelé avec la plus entière désinvolture à toute heure du jour et de la nuit, — lorsqu'il vit surgir de l'ombre une femme

au visage pâle, l'air effaré, qui lui fit signe mysté-
rieusement d'entrer dans la case de Bernier.

« Ne dites pas que c'est moi qui vous ai averti,
monsieur... Je crois qu'on a besoin de vous là
dedans!... »

Puis elle s'éclipsa, comme effrayée de ce qu'elle
avait dit.

Dans la case, spectacle affreux : Bernier, baigné
dans son sang, percé de dix coups de couteau,
râlant, respirant à peine. Le docteur le pansa, le
soigna : au bout d'une demi-heure de traitement
actif, le malheureux revenait au sentiment; mais,
en retrouvant la parole et le souvenir, il éclata
en larmes, en sanglots désespérés. Les coups, les
blessures, qu'était cela ?... Il en supporterait cent
fois plus; il en avait vu bien d'autres! Mais les
assassins lui avaient pris son trésor, l'épargne
qu'il amassait grain à grain pour réhabiliter son
nom, reconstituer son foyer.

« On avait un petit commerce, monsieur,
balbutiait le pauvre homme; on a eu du malheur.
On a fait faillite; la mère, les filles se sont mises
en service; le père attend là-bas pour mourir en
paix que j'aie rapporté de quoi désintéresser ceux
qui ont eu confiance en nous, que nous avons lésés
sans le vouloir... J'ai travaillé comme un forçat;
pas un grain de la poussière d'or que j'ai amassée
n'avait été distrait de la masse; on m'accuse de
n'avoir jamais donné un petit verre... Je n'en avais
pas le droit!... Et eux, quel droit avaient-ils de
connaître nos malheurs ? Maintenant tout est fini.
Je ne reverrai plus les miens... Le pauvre père

mourra déshonoré!... Et si vous saviez quel brave homme, quel honnête homme... Il ne reposera pas en paix dans la tombe, avec le nom de failli... »

Touché jusqu'à l'âme par cette infortune, le généreux docteur résolut sur l'heure de tout faire pour rendre à son malade le courage et l'espoir.

Avec mille bonnes paroles, il lui promit de le guérir de ses blessures, le fit transporter à l'infirmerie, où, de toute la nuit, il ne le quitta pas; enfin, lui interdisant de s'agiter ou de s'inquiéter davantage, il s'engagea formellement à prendre en main son affaire, à lui reconquérir l'honorabilité et le bien perdus, dût-il y mettre ses propres deniers! Sa parole amie, le magnétisme contagieux de son courage avaient agi sur le blessé; en quelques heures, Bernier s'était senti comme soulevé hors de l'abîme; puis un sommeil bienfaisant s'empara de lui, et le docteur, qui ne lui avait pas promis à l'aventure la guérison, le quitta, avec la ferme confiance de la voir marcher à grands pas, pour aller consulter ses amis sur les mesures à prendre en si grave occurrence.

M. Massey et Henry étaient déjà sortis, selon leur habitude, pour se rendre aux travaux lorsqu'il entra à la villa; mais Gérard y était encore; et il lui dit les faits. Comme le docteur, plus encore peut-être, le jeune garçon fut ému par la navrante histoire; bouillant d'indignation, il ne parlait de rien moins que de sortir le revolver en main et, après avoir sommé les colons de dénoncer le coupable, de lui faire rendre gorge et de lui brûler la cervelle. M. Lhomond n'eut pas de peine à lui

démontrer la vanité d'une telle entreprise, et,
guidé par ses indications, Gérard se contenta
pour cet après-midi de mener une enquête sans
tapage, afin d'obtenir quelques indices sur l'au-
teur ou les auteurs de l'attentat, tandis que lui-
même irait en conférer avec M. Massey. Le soir
venu, et lorsque le dîner réunit tout le monde à
la villa, le jeune garçon rendit compte de sa mission.

« J'ai été tout droit à la case de Bernier ; là
rien qui pût m'instruire ; la chambre bouleversée,
à terre une grande flaque de sang ; peut-être un
juge d'instruction plus expert y aurait su ramasser quelque renseignement ; pour moi ce n'était
qu'une page brouillée. Je me suis adressé à la
femme de la case voisine, celle qui a appelé le
docteur ; pauvre malheureuse ! Son visage, à elle,
était une page trop lisiblement écrite. Pâle,
effarée et dans les yeux la terreur évidente de
trahir. Pour moi, j'ai été certain, dès le premier
mot, que le meurtrier, c'est son mari ; et, sans lui
adresser une question de plus, j'ai tourné les
talons ; autour d'elle, dans ses bras, pendus à sa
robe, il y avait toute une nichée de mioches,
pauvres petits diables !... J'aurais eu horreur de
leur extorquer la vérité. Il n'était besoin d'ailleurs
ni d'eux ni d'elle pour me l'apprendre. Tout le
monde la sait dans le camp, mais personne n'est
d'humeur à la dire franchement : le sieur Matabos
est craint au dehors autant qu'à la maison, et
comme il n'y a pas de justice pour défendre ceux
qui bavarderaient trop, dame ! on refuse de se

compromettre. Cependant, ce qu'on n'ose dire, on l'insinue, et en trois endroits différents j'ai recueilli ces détails significatifs : hier matin, Matabos n'avait pas un sou ; il essayait vainement de négocier un emprunt de cinquante francs, en engageant les derniers meubles du logis, que le prêteur déclarait ne pas valoir cinq francs en tout. Et, toute la nuit suivante, il jouait un jeu d'enfer, faisant montre insolemment de riches pépites et de poussière d'or ; après quoi il banquetait bruyamment avec ses compères, — les plus parfaits sacripants de l'endroit, — régalant largement son monde, chantant à tue-tête, buvant à tire-larigot, célébrant sa fortune, et défiant le monde entier de venir la lui prendre.

— Bref, conclut M. Massey justement indigné, c'est un misérable qui se croit sûr de l'impunité, et s'imagine nous terroriser à l'aise en l'absence de pouvoirs publics régulièrement établis. Nous ne pouvons, en effet, reculer devant le devoir qui s'impose à nous. Il faut instituer ces pouvoirs de défense et de gouvernement qui nous manquent, et cela sans délai. Mais commençons avant tout par faire justice ; nous nous organiserons plus tard. Les accusations détournées, les insinuations timides que Gérard a recueillies, mille plaintes que j'ai moi-même reçues, vos informations à tous témoignent surabondamment que la majorité des colons sont loin de la guerre et du chaos, désirent l'ordre, la sécurité, la paix, sans oser ou savoir s'y prendre pour l'obtenir. Le lâche attentat de la nuit, l'impudent étalage du vol doivent avoir ouvert les yeux aux plus aveugles. Dès ce soir, nous allons parcourir le camp, faire appel aux bonnes volontés, nous assurer l'approbation des braves gens, le concours des courageux et la soumission des timides. De ceux que nous aurons reconnus comme dignes de nous seconder nous formerons, avec nos fidèles Matabélés, un bataillon assez imposant pour faire respecter notre volonté, même si le meurtrier parvenait à se composer un parti nombreux; nos hommes sont bien exercés; grâce à Weber, les fusils ni les cartouches ne manquent, et nous avons pour nous le bon droit. »

Personne ne dormit cette nuit-là à la villa Massey. Au matin, un millier d'hommes se trouvaient sous les armes; les adhésions étaient plus nombreuses encore qu'on n'avait osé l'espérer. Dans cette garde improvisée, presque tous connaissaient le maniement du revolver et du fusil, et les paroles enflammées de M. Massey avaient mis au cœur des plus indifférents la résolution implacable de réduire à la raison Matabos et sa bande.

Sûrs d'être soutenus maintenant, les plus lâches parlaient. Oui, c'était lui le meurtrier, il ne s'en cachait même pas ; il avait prémédité, annoncé audacieusement l'attentat, et, chose triste à dire, nul ne s'était senti de taille à se mettre en travers de son chemin.

« Ma foi, chacun pour soi ici, répondaient les pauvres sires aux reproches indignés qui accueillaient ces révélations. Qu'est-ce qu'on aurait gagné

à leur faire opposition? il n'y avait pas de justice...
et puis on n'aimait pas Bernier... »

Bref, si les Massey et leurs amis avaient pu
concevoir quelques doutes sur la légitimité de
leur entreprise, l'état d'esprit de cette misérable
population, les faits monstrueux qui leur étaient
révélés auraient suffi pour les dissiper radicale-
ment.

Il était six heures du matin lorsqu'on se mit en
marche.

A chaque carrefour la troupe s'arrêtait et, d'une
voix forte et vibrante, M. Massey lisait une courte
allocution :

« Travailleurs, mères de famille, honnêtes gens,
qui que vous soyez !

« Un de vos frères a été lâchement frappé, un
vol infâme a été commis ; le meurtrier jouit impu-
demment du fruit de son crime. Un tel état de
choses est une insulte intolérable, un défi aux
gens de bien, un danger pour tous. En l'absence
de pouvoirs établis, nous avons pris sur nous le
droit d'enquête, nous sommes armés pour faire
justice, et aucune résistance ne nous arrêtera dans
cette voie. Que tous ceux qui sont las de bruta-
lités, de rapines, de violences, que tous ceux qui
désirent jouir du fruit de leur labeur, que ceux qui
ne veulent pas être regardés et *au besoin poursuivis*
comme complices des meurtriers marchent avec
nous ! »

Chaque fois l'orateur était acclamé et béni
comme un sauveur, et, lorsqu'il se remettait en
marche, une foule, toujours grossissante, s'ajou-

tait à la troupe des hommes armés. Lorsqu'on arriva devant le cabaret de l'*Espérance*, cette suite était de plusieurs milliers de personnes, foule bigarrée, sans armes, comptant une forte proportion de femmes et d'enfants, armée peu redoutable sans doute, mais imposante par le nombre, et par le cri unanime : *Justice! Justice!* qui sortait sans répit de toutes les poitrines.

On savait que Matabos et sa bande avaient passé la nuit à cartonner et à festiner comme la veille; à vrai dire, ils n'avaient interrompu ni de jour ni de nuit ces agréables occupations, sauf pour s'allonger entre temps sur les tables de l'estaminet, et prendre au hasard quelques moments de sommeil; aucun d'eux n'était rentré au logis, nul n'avait pu songer à regagner son claim ou à reprendre son travail; sans doute ils comptaient mener cette vie de Cocagne jusqu'à épuisement de leurs ressources mal acquises. Après quoi on verrait à plumer quelque autre proie.

Mais voici que le propriétaire du lieu, un certain Benoni, Levantin à l'œil louche, à la face blafarde, qui trouvait son profit à héberger les pires coquins de l'endroit, Benoni, sorti pour un tour matinal aux provisions, rentrait hors d'haleine avec des nouvelles alarmantes :

« Une troupe armée s'avançait; ces messieurs étaient, paraît-il, accusés hautement du meurtre de Bernier. Il fallait fuir et sans perdre de temps...

— Fuir! dit le chef avec mépris. Pour qui nous prends-tu ? Il n'est pas un de ces maroufles qui ne détale à la seule vue de mon bon couteau maltais !

— Je me charge d'en tenir cinquante en respect, au bout de mon revolver, dit un autre. Une troupe de poules mouillées !...

— Et moi donc ! J'en mange cent d'une bouchée !

— Tout cela est bel et bon, dit le cabaretier irrité, mais je n'ai pas envie de voir mettre mon matériel en pièces ; or donc, qu'on vide le plancher, et plus vite que ça ! Je suis chez moi ici !...

— Ouais ! fit le Maltais, lâchant ses cartes dans l'excès de sa surprise ; je crois que tu te permets de faire le méchant. Répète un peu voir ce que tu viens de dire ?

— Je dis, brailla l'autre, rendu intrépide par le sentiment du pouvoir protecteur tout proche, je dis et je répète que je veux qu'on déguerpisse. Je n'ai pas envie d'être compromis avec vous, là !

— Tu ne veux pas être compromis, receleur ? Tu le seras, que tu le veuilles ou non ! Moi, je ne bouge pas d'ici. J'y suis, j'y reste !

— Savez-vous, mes maîtres ! Il ne s'agit pas de rire ! fit un des complices qui arrivait du dehors en courant. Ils s'avancent vraiment en force, armés et commandés par ces Massey, que le diable confonde ! Les cœurs de lièvre ont pris du courage à se voir les plus nombreux ; ils nous dénoncent tous. Écoutez : il faut aviser, ou nous allons être lynchés !

— Vous voyez ! Que disais-je ? Sauvez-vous au

plus vite ! Mon établissement va être ruiné, criait le cabaretier en s'arrachant les cheveux.

— Toi, d'abord, tais ton bec, fit le chef, ou je te coupe le sifflet pour longtemps ! »

Et comme l'autre ne cessait de brailler, Matabos, un homme grand et fort, à l'œil farouche, se lève d'un bond, saisit sous son bras de fer le Levantin qui gigote et pousse des cris désespérés, le bâillonne avec une serviette, arrache une corde qui soutenait quelque draperie, en garrotte solidement l'infortuné Benoni, et l'envoie d'un coup de pied rouler sous une table.

« Et d'un ! Aux autres, maintenant ! Barricadons-nous, et sans perdre de temps.

— Ne serait-il pas plus prudent de se rendre sans tapage ? insinua celui qui avait apporté les nouvelles.

— Imbécile ! C'est bien à nous de leur faciliter la besogne ! Sois tranquille, s'ils nous prennent, de gré ou de force, ils nous feront notre affaire. J'ai vu plus d'une fois ce Massey du diable : il n'a pas froid aux yeux ! Ah ! tu veux attaquer Matabos ? Matabos te donnera du fil à retordre ! »

Ce disant, le Maltais plaçait rapidement les vantaux de la façade, poussait les verrous, amoncelait, contre chacune des issues, tables, chaises, bancs, coffres, buffets, tout le matériel du café. Il était alors près de sept heures.

Ce fut en ce moment que la petite troupe déboucha sur la place. A cette heure-là, de tous côtés, la vie et le mouvement se montraient d'habitude, et la maison silencieuse, fermée, exprimait élo-

quemment des projets de résistance. Un homme
se détacha et, s'approchant de la porte, frappa
trois coups d'une main ferme.

Personne ne répondit,

« Je désire parler à Mathieu Benoni, prononça
M. Massey, d'un ton de maître. Qu'il ouvre sans
retard ! »

Une lucarne s'entr'ouvrit à l'étage supérieur.

« M. Benoni est indisponible pour le moment,
dit une voix railleuse. Il souffre d'une extinction
de voix aggravée d'une paralysie de tous ses membres ; mais nous sommes bons amis et je me ferai
un plaisir de lui communiquer vos ordres.

— Les voici ! articula nettement M. Massey. Je
le somme derechef d'ouvrir les portes toutes
grandes ; je le somme de rendre le pécule de
Bernier, bassement dérobé par d'autres, et que je
l'accuse de recéler. Je le somme enfin de livrer
la personne du sieur Matabos, prévenu du double
crime de meurtre et de vol, et présentement caché
dans la maison !

— Rien que ça ? dit la voix goguenarde. Peut-
on savoir au nom de quel pouvoir vous voulez
mettre la main sur Matabos et ce que vous préten-
dez faire de lui ?

— Nous venons le saisir au nom de la justice !

— Viens-y donc voir ! rugit l'homme, quittant
soudain le ton narquois. Et, en attendant, reçois
ceci ! »

Un coup de carabine partit de la lucarne, visant
au cœur le hardi parlementaire. Mais, plus
prompt que la pensée, Gérard s'était élancé et,

couvrant son père de sa personne, recevait dans le bras gauche la balle destinée à M. Massey.

« Ce n'est rien! ce n'est rien! criait le courageux enfant; ne vous occupez pas de moi. On me soignera plus tard. A l'assaut! Ne laissons pas à ce misérable le temps de commettre de nouveaux crimes!... A l'assaut! »

Commandés par M. Massey, une poignée d'hommes résolus s'étaient jetés sur une porte de côté que ne défendait pas l'artillerie de la lucarne, tandis que le gros de la troupe restait posté à distance respectueuse, de façon à surveiller toutes les issues et à prêter main-forte au premier appel, mais en cas extrême; car, d'après renseignements pris, le chef savait que les assiégés seraient au plus une vingtaine, et il répugnait à cette nature chevaleresque de réduire même de pareils sacripants par l'argument du plus grand nombre. Il avait donc décidé qu'une vingtaine des siens seulement, mais des meilleurs, tenteraient l'assaut avec lui.

Bientôt la porte, mal agencée et pauvrement charpentée, céda sous l'effort; les matériaux qui la bloquaient à l'intérieur ayant été vivement bousculés, on pénétra dans un étroit couloir, et de là dans la salle basse ordinairement ouverte au public, mais qui, pour le moment, était sombre et parut complètement vide. Cependant M. Weber, qui se montrait au rang des plus intrépides, et qui, toujours, produisait à point nommé la chose dont on avait besoin, ayant tiré de ses vastes poches un briquet, fit jaillir la lumière; un chandelier sordide, couvert de stalactites lamentables, était posé sur une encoignure ; on l'alluma, et sa lueur révéla dans un coin un paquet informe et râlant. Le petit homme, ayant été délivré, sortit écumant de ses liens.

« Ils sont là-haut, les traîtres, les voleurs, les assassins ! Ne les épargnez pas ! La mort pour eux ! La mort pour l'infâme Matabos ! Les supplices, les tortures pour ce misérable, ce bourreau, cet écorcheur, ce lâche !... »

CHAPITRE XVIII

LE RÈGNE DE LA LOI

« Assez ! dit avec autorité M. Massey. Taisez-vous, Benoni, et n'essayez pas de quitter la maison : tous les abords en sont gardés. Nous aurons aussi des comptes à régler avec vous ! »

Ce disant, il sortit de la salle, et, ayant rapidement examiné le plan peu compliqué des lieux, il s'engagea résolument avec ses compagnons sur le raide et sombre escalier qui lui parut être le seul chemin conduisant au repaire où les brigands s'étaient fortifiés. Matabos, qui, selon toute évidence, n'en était pas à son premier démêlé avec la justice, qu'il avait narguée en plus d'une partie du globe, était à peu près sans inquiétude sur l'issue de cette rencontre. Que pouvaient contre lui ces hommes sans mandat ? Lui qui avait résisté victorieusement à la force régulière, éludé maintes fois les rigueurs de la loi, il ne savait pas l'ascendant irrésistible que peuvent prêter, à une poignée d'hommes même faiblement armés, le sentiment du devoir et la soif de la justice.

Les assaillants arrivaient munis de haches et de cognées, résolus à enfoncer la porte de la chambre, comme ils avaient forcé celle du dehors ; mais à peine étaient-ils parvenus à la moitié de l'escalier qu'une balle, partie d'une meurtrière pratiquée en hâte dans le bois vermoulu de la porte, venait frapper à la tête un des premiers qui montaient à l'assaut, et, cette fois, c'était Henri qui essuyait le feu.

Pendant quelques secondes, la consternation fut grande ; M'Bololo, Zumbo et le parti de Matabélés qui venaient derrière eux étaient des gens de courage, des guerriers résolus, qui avaient affronté la mort plus d'une fois, et lui avaient fait bonne figure, car les incessantes incursions des « Rhinocéros » apprenaient aux « Grosses-Têtes » à batailler dès l'enfance ; et Gérard, Henri et Le Guen les avaient rompus à la manœuvre régulière. Mais il y a loin entre une rencontre en rase campagne, ou du moins en plein air, et une souricière comme cet escalier où il fallait attendre les coups sans possibilité de les rendre ! Une tendance visible à rebrousser chemin se dessina parmi la troupe noire qui gravissait les degrés sur les pas des Européens. Mais déjà Henri revenait du léger étourdissement que lui avait causé le choc. La balle, rasant la tempe et traversant les cheveux, était allée se loger dans le mur sans laisser d'autre dégât qu'une légère éraflure accompagnée d'une commotion assez forte, dont le brave jeune homme cherchait courageusement à triompher.

« Eh quoi ! M'Bololo, s'écria le docteur Lhomond, saisissant d'un coup d'œil rapide les dispositions de la noire cohorte ; est-ce toi qui recules ? Toi, le brave des braves ! tu montrerais les talons à l'ennemi ? Mes yeux me trompent, sans doute ; on n'y voit pas clair dans cet escalier... Dix hommes me le jureraient que je ne le croirais pas !...

— Non, non !... protesta le jeune Matabélé, touché au cœur par ce reproche. M'Bololo pas reculer !... Pas montrer les talons, jamais !... Pas quitter bon massa Lhomo !... M'Bololo croyait que massa... massa... Henri pas blessé ?...

— Bah ! dit le jeune homme, secouant d'un mouvement résolu de la tête les derniers effets de la secousse reçue, je n'ai rien du tout ! Les armes de ces sacripants ne valent pas le diable, vous pouvez m'en croire, mes amis ! Ne perdons pas de temps ! Hardi, braves garçons ! Qui m'aime me suive !... »

Et, franchissant d'un bond le reste des marches de l'escalier, il s'élança crânement contre la porte, commença à l'assaillir de coups retentissants, insoucieux des nouvelles balles que l'assiégé envoyait par la meurtrière. D'ailleurs, maintenant qu'on était averti, il était relativement facile de se garer de projectiles qui, circonscrits dans une étroite sphère, ne pouvaient atteindre ceux qui savaient ramper ou se ranger de côté pour gagner le palier. Électrisés par l'exemple du jeune Massey, tous l'avaient suivi, tous le secondaient avec ardeur, et si, dans l'élan de l'assaut, quelque peau

noire ou blanche fut effleurée par le feu inces-
sant qui venait de l'intérieur, aucune blessure
grave ne se produisit, et personne ne s'occupa
de ces égratignures. Au premier rang des combattants se remarquait Davis, marmonnant dans
sa barbe rousse; dès le début, il avait, comme
chose toute naturelle, emboîté le pas derrière
M. Massey.

Bientôt, sous les efforts redoublés, la porte
fléchissait. Un craquement sec, significatif, succédant au bruit sourd des premiers coups, annonçait que la brèche allait s'ouvrir. Le feu s'était
éteint subitement, et les jurons, les grossiers
défis, qui n'avaient pas cessé un instant de l'accompagner, résonnaient plus indistincts, comme
retirés à distance ou étouffés derrière quelques
nouveaux contreforts.

En effet, dès que la porte, fléchissant avec bruit,
permit de jeter un coup d'œil à l'intérieur, on
s'aperçut qu'il faudrait prendre cette fois une
véritable barricade, plus redoutable que la porte;
car ici tous les assiégés, retranchés à l'abri des
meubles amoncelés, pouvaient tirer ensemble et
faire, au moins pour un temps, beaucoup plus
de mal qu'ils n'en recevraient. Mais, d'autre part,
l'élan de courage, le sentiment de justice, la certitude du bon droit qui animaient les assaillants
devaient leur prêter des forces capables de vaincre
tous les obstacles.

Cependant les brigands se défendaient avec
furie; malgré des pertes et des ravages terribles,
ils résistaient, soutenus par la voix et l'exemple

de leur chef, qu'on trouvait de tous côtés à la fois, qui semblait presque invulnérable.

Déjà plusieurs étaient blessés dans la petite troupe de M. Massey. Zumbo, n'écoutant que son courage, s'était aventuré un peu trop loin en dépit des rappels du capitaine, essayant d'arracher un matelas, cuirasse impénétrable où venaient se perdre les balles, et le jeune noir, visé par Matabos en personne, était tombé, selon toute apparence, mortellement atteint. On l'emportait. Avec un cri simultané de rage et d'exécration, Henri et Gérard s'élancèrent pour le venger, et le chef, armant délibérément son revolver, s'apprêtait, bien retranché derrière le bouclier de crin et de laine, à les recevoir comme le jeune Matabélé.

« Ha! mes blancs-becs! on veut en découdre avec Matabos?... Trop coriace pour vos dents! Attrape. »

Mais la voix brutale est coupée tout à coup. Le revolver échappe de la main criminelle; le colosse, chancelant soudain, s'effondre, et tombe tout de son long, avec un fracas épouvantable de cris, de jurons et de meubles écroulés.

« Traître! Pendard! Chien! Gibier de potence! Frappé par derrière! Lâche, tu ne mourras que de ma main!... »

Pendant qu'avec une ardeur redoublée on se précipite à l'assaut final, on entend ainsi le misérable qui tempête, fulmine et se démène, derrière la barricade, contre quelque mystérieux ennemi. La victoire, dès ce moment, ne peut plus faire doute. Démoralisés par la chute de leur chef, les brigands sont réduits, se rendent un à un, puis sont livrés aux troupes de renfort pour être conduits à la villa Massey. Lorsqu'on arrive enfin à la personne de Matabos, on le découvre sous un tas de décombres, furieux, écumant, se roulant à terre avec un ennemi qu'il tient étroitement serré, tous deux égratignant et jurant à qui mieux mieux, mais sans parvenir, en somme, à se faire grand mal mutuellement, l'un parce qu'il est le plus faible, l'autre parce qu'il vient d'avoir les jarrets coupés d'un coup de lame effilée. Ce n'est pas sans peine, toutefois, qu'on parvient à maîtriser ce furieux; tout blessé qu'il est, il fait une résistance acharnée. Enfin il faut bien qu'il se rende à l'inévitable. Solidement garrotté, il est transporté en bas de la maison et dirigé avec ses complices vers le lieu où ils vont être jugés.

Dans le personnage qu'on est parvenu à arracher de ses griffes, on reconnaît le sieur Benoni, fortement bousculé et malmené, mais triomphant, le feu de la vengeance satisfaite brûlant dans l'œil de charbon qui éclaire sa face pâle et malsaine.

« Ha! ha! Tu bâillonnes Benoni! Tu lui donnes des coups de pied! Tu te moques de lui! Tu le garrottes! Tu occupes de force la demeure d'un honnête commerçant! Tu sais maintenant ce qu'il en cuit! Te voici garrotté à ton tour, suppôt de Satan! voleur! assassin!... Puisses-tu aller bientôt rejoindre ton compère!... »

Et tandis qu'on emporte Matabos, crevant de rage impuissante, le Levantin montre en exultant le passage dérobé par lequel il s'est faufilé derrière son brutal ennemi et la lame recourbée et tranchante, sorte de cimeterre oriental, qui lui a fauché les jambes...

Ordonnant au cabaretier de mettre un terme à ses effusions, M. Massey lui enjoint d'aller prendre dans sa caisse, ou dans la cachette où il lui a plu de l'enfouir, l'or à lui confié, criminellement recelé par lui qui en connaissait la sanglante provenance, et de le suivre sans retard pour rendre ses comptes.

En vain Benoni proteste, hurle, pleure, se démène, invoque le service signalé qu'il vient de rendre, M. Massey est inflexible : il faut se soumettre. Benoni est vaguement musulman. De même que sa personne hybride est l'expression de plus d'une race, il traîne dans son âme bourbeuse des lambeaux de religions diverses. Aussitôt qu'il a constaté du fond de son œil rusé l'inutilité de ses larmes, il en arrête le cours :

« *C'était écrit!* »

Et, sans autre forme de procès, on lui voit détacher la haute coiffure, moitié fez, moitié bonnet arménien, solidement fixée sur son chef par une mentonnière, et, déroulant ses longs cheveux, en tirer les belles pépites tant pleurées par le pauvre Bernier. M. Lhomond tressaille de joie. Voilà qui remettra sur pied son malade plus vite que tous les remèdes! Volontiers il serrerait la vilaine patte de Benoni; et, dès ce moment, l'excellent docteur se jure d'intercéder pour lui.

On prend en bon ordre le chemin de la villa. Les prisonniers sont alignés sous forte garde dans

la grande salle basse où l'on prend les repas aux
jours de pluie, et on se réunit en cour de justice
pour délibérer sur l'heure. Les portes sont ou-
vertes; tous ceux qui peuvent trouver place sont
admis à entendre ou à témoigner; au dehors, le
reste de la foule impatiente stationne. Tous attendent la sentence qui leur apportera la libération,
la fin d'un règne de terreur et d'exactions. Seuls,
ceux qui entourent immédiatement M. Massey,
qu'il vient de constituer en jury, sur qui pose
la responsabilité: M. Lhomond, M. Weber, Brandevin, Gérard (Henri a été désigné comme avocat),
sentent des velléités de clémence, des arguments
de pitié leur monter aux lèvres.

D'une voix ferme et nette, M. Massey expose
clairement l'affaire, appelle un à un les témoins,
adresse, soit à eux, soit au prévenu, les questions
directes, inexorables qu'on ne peut éluder ni tra-
vestir. Sous sa direction lumineuse et simple, le
crime se déroule, se confesse lui-même : la pré-
méditation, la froide cruauté, l'absence totale
d'hésitation ou de remords le caractérisent.

D'une voix émue par l'horreur des dépositions
qu'il vient d'entendre, plus encore que par la
pitié que lui inspire son client, Henri essaye de
faire valoir quelques arguments en sa faveur, de
parler à la clémence des juges : nul n'est convaincu
par son plaidoyer, ni le tribunal, ni le public, ni
le prévenu, ni lui-même.

Alors M. Massey résume brièvement les faits,
démolit en trois mots les excuses cherchées par
son fils, et demande au jury de dire simplement

si l'accusé est coupable. Huit des colons, choisis parmi les plus estimés, — ou les moins méprisables, — se retirent pour délibérer avec les quatre déjà nommés. Au bout d'un court instant ils rentrent dans la salle, et M. Weber prononce le verdict :

« A l'unanimité, l'accusé est coupable. »

Gravement, M. Massey prononce la peine capitale. Immédiatement le meurtrier est emmené hors du camp ; et, au bout de quelques minutes, un crépitement de balles annonce que justice est faite à ceux qui n'ont pas eu la détestable curiosité de suivre l'exécution.

Puis vient le tour de Benoni.

Usurier, receleur, accapareur, ami des plu mauvais de l'endroit, pactisant avec tous les crimes, le Levantin est, certes, un personnage plus que louche et qui, selon M. Massey, mérite au moins une sévère correction. Mais ici le docteur intervient. Fidèle à la parole qu'il s'est donnée à lui-même, il plaide éloquemment pour le triste sire qui, en somme, a rendu à la République un service signalé et, de plus, a restitué tout l'or dont il était injustement détenteur. Le président se rend à ces raisons : Benoni ne subira aucune peine corporelle, mais il sera banni du territoire. Sur ce point, il demeure inflexible. Et prenant texte de cet exemple, il s'adresse à la foule :

« Que tous se tiennent pour avertis ou rassurés. Désormais le crime a vu finir son règne ici. Aux violents est réservé le sort de celui qui vient de tomber là-bas. Aux malhonnêtes, l'expulsion.

Point de quartier, point de grâce, point d'appel pour eux. Nous voulons, dans le camp, la sécurité, l'honnêteté, la liberté du travail, et nous saurons l'obtenir !... »

Pour les autres prisonniers, sur lesquels des charges confuses, contradictoires étaient apportées, — et dont on se trouvait assez embarrassé, — on s'arrêta à une détention provisoire, sauf à décider après enquête qui méritait l'expulsion, qui une peine plus sévère encore.

Alors Gérard consentit à laisser examiner et soigner son bras, d'ailleurs assez légèrement atteint ; puis, ayant pris un peu de repos et une légère réfection, nos amis se remirent à l'œuvre, car il n'y avait pas de temps à perdre ; il fallait, pendant que les bonnes volontés étaient chaudes et l'acte de rigueur encore palpitant, élaborer une constitution et mettre sur pied un gouvernement exécutif.

De même qu'on avait dû s'occuper de faire justice avant de songer à prendre des mesures d'ordre ou de gouvernement, on dut penser tout d'abord à établir un corps de police chargé d'assurer le fonctionnement de ces mesures et une maison de force pour y loger les ennemis présents ou futurs de la paix publique.

La case de Matabos fut choisie comme lieu de détention, et on décréta d'office une réquisition générale de tous les maçons ou charpentiers de la colonie, sommés de venir sans délai donner à cette maisonnette les proportions et la solidité voulues pour ses nouvelles attributions ; la case voisine, celle de Bernier, devint le poste de police ; quant à la malheureuse veuve, que le témoignage unanime désignait comme une victime, en aucune façon comme une complice, la République se chargeait de lui procurer soit l'abri, le travail, soit les secours qui seraient nécessaires à elle et à ses enfants

Après la prison, la mairie. Les morts, les naissances, les mariages, les ventes, achats, trocs ou échanges de tous genres seraient désormais enregistrés, accompagnés de la sanction publique ; tout contrat, tout engagement seraient des actes signés au grand jour, devant témoins et sous l'œil de la loi : non plus des transactions louches ou douteuses, laissant prétexte à la fraude, à la mauvaise foi, au parjure, à la violence. A ce département important, le docteur Lhomond fut commis. Il devint maire, avec Henri et Gérard pour adjoints, sans préjudice, pour le premier, des immenses tracas que lui valait sa clientèle gratuite ; pour les deux autres, des responsabilités de l'instruction militaire, qui continuait à demeurer dans leurs mains.

Aux jours qui suivirent, on décida de créer une délégation du commerce et de l'industrie. Il y avait dans cette colonie, comme dans toute agglomération d'hommes, si inférieure soit-elle, des aptitudes et des talents naturels qui, utilisés, développés, canalisés, pouvaient contribuer au bonheur individuel et à la prospérité générale. M. Massey, le docteur, ceux qui avaient plus particulièrement l'oreille de la foule, furent

chargés de découvrir, de faire sortir, par la per-
suasion, les conférences, les encouragements, ces
aptitudes latentes ou paresseuses; une fois la
vocation du sujet déterminée, on l'envoyait à
l'infatigable Weber, qui toujours savait trouver
moyen de l'employer.

Comme jadis au village Matabélé, on vit naître
autour de l'inventeur les forges, les ateliers, les
métiers de tous genres : essais encore rudimentaires et informes, ouvriers capricieux, trop souvent désemparés par de longues années de
paresse, d'existence nomade, décousue, sans
boussole et sans gouvernail, mais discipline
salutaire pour ceux chez qui il restait de l'étoffe
et qui, soutenus par les encouragements de leur
excellent guide, heureux de gagner un salaire
régulier, se prenaient peu à peu d'ambition et de
l'honorable orgueil que ressent l'artisan à une
tâche bien faite.

Bref, ici comme ailleurs, l'influence du modeste
savant se montrait bienfaisante entre toutes.

M. Massey, investi de la plus haute magistra-
ture, demeurait le président naturel, le conseiller
suprême à qui on revenait en toute affaire épi-
neuse, comme l'homme dont le jugement sûr, le
coup d'œil clair verrait toujours la solution la
plus simple, la plus droite et dont l'autorité
morale suffisait presque toujours à mettre d'accord les dissidents.

L'ordre s'organisait dans la nouvelle république
avec une rapidité surprenante. On n'entendait
plus aujourd'hui ces rixes, ces cris, ces chants

d'ivrogne, ces coups de revolver; on ne voyait plus ces bandes de loqueteux qui avaient fait, trop longtemps, de ce séjour une sorte de cour des Miracles. Cependant M. Massey ne se hâtait pas de rappeler à la villa les habitantes de la Tour. Heureux qu'elles eussent échappé aux angoisses et aux horreurs de la répression, il trouvait bon de les voir demeurer provisoirement à l'abri de cette forteresse. Gérard lui-même, qui, malgré son grand courage, n'avait pu éviter un peu de fièvre suivie de prostration à la suite des blessures et des fatigues de la grande journée, avait été consigné à la Tour jusqu'à nouvel ordre, avec défense expresse de s'occuper des affaires publiques d'ici là. C'était donc simplement en flâneur qu'il venait tous les jours au village, admis à écouter le récit des réformes et du progrès accompli, mais non encore à y prendre part; car le docteur aussi bien que sa tendre mère s'étaient effrayés de la fougue, du mépris absolu du danger déployés par le cher enfant, et ils s'inquiétaient avec raison de lui voir endurer des fatigues trop au-dessus de son âge.

Gérard s'était plié de bonne grâce aux affectueuses prescriptions de ceux qui l'aimaient. Aussi doux, aussi obéissant qu'un petit enfant auprès de sa mère, il avait suffi d'un mot de Mme Massey pour obtenir de lui le sacrifice du rôle brillant et bien mérité qu'il aurait pu jouer dans le nouveau gouvernement.

« C'est dit, petite mère, je suis votre prisonnier! Voilà mon revolver. Vous avez peur, n'est-ce pas, que je ne prenne goût à m'en servir ?... N'ayez pas de crainte. Avec une maman comme la mienne on ne peut pas devenir féroce !...

— Cher enfant, que dis-tu là ?... Tout ce que je crains, c'est de te voir te surmener. Ton bras n'est pas encore tout à fait solide.

— Ne vous inquiétez pas, maman chérie : je ne prendrai pas même mon poste d'adjoint au maire avant que vous ne m'en ayez octroyé la permission ; et pourtant ces fonctions ne pouraient pas fatiguer beaucoup mon bras gauche, voyons !... C'est promis, maman, jusqu'à nouvel ordre je ne vais à Massey-Dorp que comme critique !... »

Et il revenait chaque jour chargé de bonnes nouvelles. Papa faisait des merveilles ; M. Weber, des chefs-d'œuvre ; le docteur Lhomond, des miracles.

« Mais le croiriez-vous, disait le jeune reporter, le plus étonnant de tous, c'est encore Brandevin !... Vous savez qu'on l'a nommé juge de paix, et, ma foi, il les enfonce tous ! Je vous assure que c'est aussi amusant de l'entendre que d'aller à la comédie. Vous rappelez-vous, maman, un jour, à bord, quand il nous donnait ses impressions sur les mœurs anglaises? Tenez, nous venions de rencontrer le *Lily*. Vous disiez que, dans sa rude écorce, cet homme montrait un grand bon sens ; rien n'est plus juste ! Il vous faudrait le voir, aujourd'hui, sur son siège de magistrat : il est à peindre ; Sancho Pança dans son île !

— Il a toujours en bouche une collection de

proverbes qui, je gagerais, lui servent de Code,
dit Colette.

— Tu as touché juste, petite sœur. Il n'y a rien
comme un proverbe pour clore la bouche aux
mécontents, et il en a un pour toutes les situations
possibles.

— D'autant plus, ajouta Mᵐᵉ Massey, que la
« sagesse des nations » en fournit impartialement
pour sanctionner les opinions les plus opposées,
et qu'on trouve dans ce trésor de quoi satisfaire
— ou mécontenter — tout le monde.

— Enfin, ses administrés s'en contentent, c'est
l'important. Ils voient en lui un autre Salomon,
il n'y a pas à en douter. Ah! papa a un fameux
flair, allez!... Ni lui, ni le docteur, ni M. Weber
n'auraient pu faire aussi bien à sa place; ils sont
trop élevés pour comprendre ce qui se passe dans
l'esprit fuligineux de ces disputants, qui ne
savent pas souvent eux-mêmes pourquoi ils se sont
pris de querelle. Lui, Brandevin, voit ça tout de
suite, ou du moins il tranche sans broncher; il
leur sert d'un air magistral un de ses fameux proverbes, une phrase rebattue, sans tête ni queue
le plus souvent :

Qui va à la chasse perd sa place.

Charité bien ordonnée commence par soi-même.

*Mariez-vous, vous ferez bien; ne vous mariez
pas, vous ferez mieux!*

Une fois n'est pas coutume.

Aide-toi, le Ciel t'aidera.

L'homme propose et Dieu dispose.

Qui aime bien châtie bien.

C'est sur celui-là qu'il s'appuie pour infliger ses arrêts les plus sévères!

— Le Guen pourrait lui rendre des points là-dessus, disait Colette en riant.

— Aussi papa a-t-il l'intention de le lui donner pour assesseur dès que vous reviendrez à la maison et que ses devoirs de garde en chef de Leurs Majestés auront pris fin. Oh! à eux deux ils feront la paire... Aucune platitude ne le fait reculer; quand il a épuisé le français, mon Brandevin passe au latin, qu'il place à tort et à travers et dont ni lui ni ses auditeurs ne comprennent un traître mot; mais cela ne fait que meilleur effet. »

CHAPITRE XIX

LE LABYRINTHE

Pendant son séjour à la forteresse, la question du plan n'avait cessé de tourmenter Gérard, et chaque jour il recommençait de minutieuses recherches pour découvrir l'entrée des caves. En vain ; elles demeuraient introuvables, et le retour de M. Hardouin allait s'effectuer sans que le jeune explorateur fût arrivé à rien. Colette l'aidait, infatigable, à étudier le tracé que leur avait laissé leur ami en partant, ils ne désespéraient pas de reconstituer par analogie la partie inconnue sur celle qu'on connaissait déjà ; mais ils avaient beau pencher assidûment leurs têtes blondes sur le plan, ils n'obtenaient aucun résultat.

Le hasard, un jour, servit mieux Gérard que toutes ses recherches.

Errant selon son habitude autour du vieux monument, il l'étudiait d'un regard curieux, attentif, de tout l'effort de ses jeunes yeux si vifs et si clairvoyants, et tout à coup un animal, gros à peu près comme un renard, se leva brusquement d'un buisson à ses pieds, se précipita, se rasa contre le mur... et disparut sous un rideau de plantes grimpantes. S'élancer sur ses traces, écarter les longues lianes et chercher fiévreusement fut pour Gérard l'affaire d'un instant. Et là, il découvrit, bâillant au ras de terre, un soupirail, à moitié obstrué par l'*humus* accumulé pendant des siècles, mais assez large encore pour lui livrer passage sans trop de difficulté.

Aussitôt, Gérard se jeta sur ses genoux et réussit en rampant à se glisser dans l'étroite ouverture. Le rideau de vigne vierge et de « fleurs de la passion » retomba gracieusement derrière lui, cachant de nouveau l'entrée mystérieuse. Se laissant aller à la force du poignet, Gérard tomba sur ses pieds dans une sorte de caveau obscur. La faible lueur du soupirail lui fit entrevoir un mur en face de lui, et quand ses yeux furent accoutumés à l'obscurité ambiante, il se dirigea vers une ouverture qui se dessinait vaguement dans cette muraille. Il parcourut à tâtons trois ou quatre salles obscures, et arriva tout à coup dans une sorte de rotonde beaucoup plus vaste, à moitié obstruée par les décombres de la toiture écroulée, qui laissait entrer les rayons du soleil. Par l'orifice béant les graines avaient été semées depuis des siècles peut-être par les oiseaux du ciel, et une végétation luxuriante faisait de cette salle circulaire une sorte de jardin intérieur, inextricable et verdoyant. Gérard s'arrêta et regarda autour de lui avec une joie profonde.

Son cœur battait de triomphe : personne avant lui, il en était sûr, n'avait pénétré dans ce coin de la forteresse!... Il connaissait trop bien le plan de M. Hardouin pour douter. Il avait accompli son rêve, et en touchait du doigt la réalisation.

Tout heureux, gai comme un pinson, Gérard s'assit sur une grosse pierre sculptée qui gisait parmi les feuillages, et, sifflant haut et clair la *Marche lorraine*, il contempla fièrement son domaine. On était joliment bien là dedans!... Quelle tranquillité, quelle solitude! Pas d'intrusion à craindre... Aucun pied humain n'y avait pénétré depuis des centaines d'années, sans doute : le fourré des plantes et des broussailles en témoignait... Qui sait quel être vivant l'avait visité le dernier, homme ou bête?... Comme pour répondre à sa question, un bruissement se produisit à ses côtés, et une couleuvre à la peau chatoyante disparut sous les herbes et les feuilles sèches... Gérard ne put s'empêcher de tressaillir; mais il se remit bien vite. « Hein, ma pauvre Colette, si tu avais été là!... s'écria-t-il tout haut. Bon, voilà que je parle seul à présent, continua-t-il mentalement. Allons, en route, voyons le reste de mon royaume. »

La salle où il se trouvait avait évidemment formé jadis la base d'une tour intérieure, invisible du dehors depuis que les étages supérieurs s'étaient effondrés. Que trouverait-on au delà? Peut-être un passage conduisant à la partie connue de la forteresse ; c'est ce qu'il fallait voir.

Son bras ne lui faisant plus de mal, et grâce au

bon couteau qui ne le quittait jamais, il réussit à trancher les lianes, à écarter les buissons odorants qui défendaient l'approche des parois, et à se frayer un étroit passage ; il ne tarda pas à découvrir une ouverture carrée menant dans une autre salle, et s'asseyant, le front baigné de sueur, car il avait dû se donner beaucoup de mal pour se dépêtrer des broussailles, il commença par tracer, sur une page de son carnet, le plan du terrain nouvellement découvert. Il s'aperçut avec plaisir qu'il avait dans la poche de son veston une boîte d'allumettes, et une de ces cordes de cire dénommées *rat de cave*, — la plupart des salles de la partie habitée étant complètement obscures, chacun avait pris l'habitude de se munir de moyens d'éclairage. Ceci était une circonstance favorable, car il allait se trouver plongé dans des ténèbres qui auraient rendu vaines toutes tentatives de reconnaissance, s'il n'avait pu s'éclairer. Enfin, reposé, il pénétra dans la salle entrevue tout à l'heure et qui ne présentait rien d'extraordinaire. Grâce à la lumière qui descendait par la rotonde, il apercevait des sculptures en assez bon état, les têtes de hiboux, de chacals, d'ibis habituelles, le cercle et la boule, tous les attributs phéniciens qu'il connaissait déjà ; une particularité seulement frappa Gérard : pour pénétrer dans la salle suivante il dut descendre trois marches, et celle-ci donnait accès dans une autre également par quelques marches. Cette nouvelle salle aboutissait à un couloir en pente si rapide que Gérard se trouva bientôt obligé de courir pour le descendre. Il butta au fond contre une muraille qu'il n'avait pas distinguée dans l'obscurité et, frottant une allumette, il vit s'enfoncer droit devant lui un escalier tournant noir, étroit, et raide comme s'il conduisait aux entrailles mêmes de la terre.

Gérard avait manqué d'y tomber la tête la première. Mais le hasard, qui protège souvent les imprudents, le sauva et le fit dévier contre la muraille; malgré une forte bosse au front, il se félicita chaudement de n'avoir pas fait la culbute, et s'engagea sans plus délibérer dans l'étroite échelle, car l'escalier ne méritait guère d'autre nom.

S'appuyant de la main à la paroi froide et gluante, Gérard commença à descendre; l'air était lourd, étouffant; l'escalier tournait de façon si abrupte qu'une sorte de vertige s'empara bientôt de lui; les marches se suivaient interminables, et il lui semblait descendre depuis plusieurs heures lorsque le terrain manqua tout à coup sous ses pieds; sa main lâcha la muraille et, sans pouvoir se retenir, il tomba violemment dans le vide, d'une hauteur de près de quatre mètres.

Par bonheur le sol sur lequel il s'abattit était recouvert d'une couche de poussière si épaisse, si fine et si moelleuse que la violence de sa chute en fut atténuée! elle fut assez rude cependant pour l'étourdir durant quelques secondes.

Lorsqu'il revint à lui, et qu'il se trouva étendu dans une obscurité complète, au fond d'un souterrain, il eut quelque peine, d'abord, à rassem-

GÉRARD S'ASSIT SUR UNE GROSSE PIERRE SCULPTÉE
(P. 286).

bler ses idées ; mais, sa lucidité lui revenant, il se tâta, reconnut qu'il ne s'était pas blessé et, frottant une allumette d'un geste encore vague, il alluma avec quelque peine son rat de cave et regarda autour de lui.

Il se trouvait dans une sorte de réduit voûté, aux murailles noires, dégouttantes d'humidité. Le sol était recouvert d'une poussière épaisse et douce comme du velours ; quelques objets blanchâtres, mal définis, en émergeaient çà et là ; en approchant son lumignon, Gérard recula d'horreur malgré lui, il reconnaissait un tibia... ; plus loin, un crâne humain, aux orbites creuses, aux mâchoires ricanantes... Se relevant soudain, il vint butter sur un trépied qui occupait le centre de la pièce ; un amas blanchâtre était jeté en travers de ce trépied de bronze, recouvert d'une couche de vert-de-gris. Les cheveux de Gérard se hérissèrent, et il sentit une sueur froide le mouiller de la nuque aux talons en reconnaissant un squelette humain, enchaîné par le milieu du corps au trépied.. Épouvanté de ce spectacle le jeune garçon recula et éleva sa lumière pour tâcher de retrouver l'escalier et s'enfuir au plus vite... Mais de nouveau son sang se glaça dans ses veines lorsqu'il entrevit l'orifice béant s'ouvrant, dans la muraille, à plus de trois fois sa hauteur... Il était matériellement impossible d'y atteindre, la cave ne présentait aucun objet qui pût servir à s'élever, le trépied étant scellé dans le sol, et d'ailleurs à peine haut d'un mètre.

Un tourbillon de pensées tumultueuses s'entre-

choqua dans la tête de Gérard à cette terrible
constatation... Fallait-il se résoudre à mourir au
fond de ce souterrain immonde, comme un rat
dans son trou!... Que penseraient-ils là-haut en
ne le voyant pas reparaître?... Et personne ne
connaissait l'entrée, il en était sûr!... C'était
fini... Il était perdu...

Cependant le brave enfant était doué d'un courage au-dessus de son âge ; bien des hommes, à
sa place, se fussent abandonnés au désespoir, car
la situation paraissait sans issue... Mais il n'en
fut point ainsi de lui. Soufflant délibérément son
lumignon, autant pour ne plus voir les misérables
restes d'humanité gisant à ses côtés que pour
ménager sa lumière, il prit sa tête dans ses mains
et se mit à réfléchir.

Que faire? Par quel moyen sortir de là! Il ne
devait compter que sur lui-même, personne ne
pouvant se douter qu'il était ici. Il y était entré
seul, il devait en sortir seul, s'il ne voulait mêler
ses ossements à ceux des malheureux qui semblaient garder le trépied de leurs bras dé-
charnés...

L'escalier?... Impossible d'y atteindre puisque
le souterrain ne contenait rien qui pût y aider...
Chercher une autre issue... Peut-être une salle
voisine lui fournirait-elle une échelle, des pierres
roulantes, quelque chose enfin d'utilisable ; allumant de nouveau son lumignon, il eut le courage
de jeter un coup d'œil moins rapide sur le trépied ; au fond, brillant d'un éclat pâle et doux, se
trouvait un lingot d'or, gros à peu près comme le

poing; souriant malgré lui, Gérard le prit et le
mit dans sa poche... « Pour montrer à Martine
que je n'ai pas tout à fait perdu mon temps... »,
murmura-t-il; puis, sans jeter un second regard
sur le squelette, car il voulait garder tout son
sang-froid, il promena sa lumière tout autour du
caveau avec l'espoir de découvrir une seconde
issue.

Son espoir ne fut point trompé : un trou noir
s'élevait à quelques pas de lui, en face de l'escalier.
Après en avoir exploré soigneusement les abords,
de crainte de tomber une fois de plus dans un
abîme, Gérard s'engagea dans une salle obscure,
mais, autant qu'en témoignait la faible lueur de
sa bougie, de proportions belles et vastes, d'ornementation riche et singulière. Des peintures symboliques, creusées dans la pierre, recouvraient les
murs. La corniche du plafond était ornée d'une
rangée de têtes d'animaux colossales, sculptées en
haut relief et dont les grands yeux vides semblaient contempler avec étonnement le pygmée
qui venait troubler leur solitude. Un silence
pesant régnait : ici, nulle trace d'animal d'aucune
sorte; ni reptile, ni chauve-souris, ni rat impur
ne se cachaient au fond de ce souterrain sans issue
extérieure. De salle en salle, Gérard marchait,
oppressé d'une crainte mystérieuse; son cœur
battait à grands coups sourds dans sa poitrine;
de temps à autre il jetait un regard par-dessus
son épaule; il avait comme la sensation de pas
de velours marchant sur les siens. Mais il était
bien seul au fond de la crypte, et rien que les

ossements du caveau la partageaient avec lui.

Enfin, après une marche interminable, voyant son lumignon sur le point de s'éteindre et ne trouvant aucune issue, il songea à revenir sur ses pas afin d'essayer par un moyen quelconque de se hisser jusqu'à l'escalier...

Il voulut retourner en arrière, refaire le chemin accompli.

De nouveau, il sentit une sueur froide se glacer sur son front quand, après quelques essais infructueux, la terrible conviction éclata à son entendement qu'il était entré dans un labyrinthe, plus compliqué encore que ce qu'il connaissait de la tour... Des mois suffiraient à peine à lui en révéler le plan, dans les circonstances les plus favorables, avec de la lumière, de l'air, de la nourriture, dont le besoin commençait à se manifester.

Alors le pauvre enfant s'arrêta, et, malgré tout son courage, des larmes brûlantes montèrent à ses yeux. Oubliant le danger mortel dans lequel il se trouvait, son imagination lui retraça, avec une netteté terrible, l'inquiétude et le désespoir des siens en ne le voyant pas reparaître...

D'une nature vive et affectueuse, Gérard avait une adoration toute particulière pour sa mère et pour sa sœur ; et à la pensée de l'affreuse douleur que son imprudence et sa légèreté allaient leur causer, son cœur se brisa...Qu'allait-il devenir ?.. Découvrirait-on jamais le sort affreux qui allait être le sien ?.. Oh ! comme elles le pleureraient, leur petit Gérard, là-haut !... Et il était si près d'elles, sans doute !... Peut-être, à quelques pieds au-dessus de sa tête, on causait, on riait, encore sans inquiétudes. D'après l'espace parcouru il jugeait que le labyrinthe souterrain devait tenir toute la superficie du vieux monument. Il était possible qu'en ce moment même il fût au-dessous de la partie habitée.

S'il pouvait se faire entendre !...

Repris d'un espoir soudain, il se mit à appeler à pleine voix, de toute la force de ses poumons, avec des cris déchirants...

Le silence morne du tombeau lui répondit seul. A peine sa voix éveillait-elle quelques échos au fond des vastes salles où elle se perdait en un faible murmure, roulant au loin dans les méandres des couloirs pour mourir en un soupir.

Alors il se prit à courir sans but dans les salles obscures... Peut-être un hasard lui ferait-il découvrir l'issue de la tombe où il se trouvait enseveli vivant !

Sa tête commençait à se perdre maintenant. Le choc de sa chute, la vue du squelette, le jeûne inaccoutumé, la fatigue, sa blessure récente, le sentiment de son horrible situation avaient déterminé chez lui un fort accès de fièvre, et il ne savait plus au juste où il était.

Frottant de temps à autre une allumette, car il voulait garder aussi longtemps que possible le fragment de bougie qui lui restait, il se retrouvait toujours au milieu de ces salles mystérieuses, aux images immobiles figées dans leur obscurité séculaire... Il se savait seul et, pourtant, il se

surprit parlant tout haut à sa sœur, tendant la
main pour l'aider à franchir un obstacle... puis
il se voyait de nouveau emporté par Goliath,
fuyant la poursuite des sauvages, moins cruels
que la vieille tour. Autour de lui, il crut voir
les savanes mouvantes, le soleil implacable, le
grand ciel libre et pur... Un éblouissement passa
devant ses yeux et, tombant tout de son long avec
le cri instinctif de sa petite enfance: « Maman !...
Maman !... » il perdit connaissance.

Cependant la journée s'avançait; au repas de
midi on avait éprouvé une certaine surprise en
ne voyant pas paraître Gérard, mais on supposa
qu'il était allé déjeuner au filon; bien qu'il ne
s'absentât pas d'habitude sans prévenir sa mère
ou sa sœur, surtout depuis qu'il avait été malade,
elles pensèrent qu'il était parti pour se promener
et s'était trouvé, sans y faire attention, trop loin
pour rentrer déjeuner; mais vers le soir le docteur Lhomond parut.

« Vous ne ramenez pas Gérard? demanda
Mᵐᵉ Massey, dès qu'elle l'eut accueilli.

— Gérard?... Je ne l'ai pas vu aujourd'hui.

— Comment !... Il n'a pas déjeuné au filon?

— Pas que je sache...

— A la villa, alors?

— Pas davantage, j'y ai déjeuné moi-même avec
M. Massey et Henri, et il n'y était certainement
pas.

— Mais alors où est-il? s'écria Mᵐᵉ Massey
prise d'inquiétude.

— Nous ne l'avons pas vu de la journée, expliqua Colette, elle aussi saisie d'un inexplicable pressentiment de malheur. Pourvu qu'il ne lui soit rien arrivé !

— Que pourrait-il lui être arrivé?... Les environs sont sûrs, le camp tranquille, grâce à M. Massey... Il ne peut être bien loin. Sans doute, tandis qu'il était d'un côté du filon ou de la villa, j'étais de l'autre... Je retourne de ce pas m'informer, et, soyez tranquilles, mesdames, je vais le rencontrer en chemin !

— Cette absence est inexplicable ! dit Mⁿᵉ Massey ; que ni vous ni nous ne l'ayons vu de la journée, ce n'est pas naturel... Peut-être est-il tombé dans quelque fondrière... s'est-il blessé... Peut-être a-t-il voulu nager, et son bras... »

La pauvre mère s'arrêta, la gorge serrée par une horrible angoisse.

« Voyons, voyons, calmons-nous, dit le docteur, plus inquiet lui-même qu'il ne voulait le paraître, car Gérard était d'humeur si sociable qu'il n'y avait pas d'exemple d'une journée entière passée par lui dans la solitude. Le Guen va se charger d'explorer les alentours, en cas qu'il se soit, en effet, donné soit une entorse, soit une foulure qui l'empêche de rentrer au bercail, pendant ce temps, je cours à Massey-Dorp... Appelez-le, cherchez de votre côté : il ne peut être loin ! »

Et le docteur, ayant donné de rapides instructions à Le Guen, repartit en toute hâte pour la villa.

CHAPITRE XX

PERDU

Les premières étoiles paraissaient une à une dans le ciel pâle, lorsque les recherches commencèrent. Le Guen, M'Bololo, à la tête de la garde armée de torches, fouillaient minutieusement chaque buisson, chaque anfractuosité des rochers autour de la vieille forteresse. A tout instant on faisait halte et Le Guen appelait longuement :

« Ohé !... monsieur Gérard !... ohé !... » les mains en porte-voix sur la bouche... L'écho seul répétait son cri.

Deux heures plus tard, le docteur Lhomond revenait à cheval, accompagné cette fois de M. Massey et de Henri, tous deux dévorés d'inquiétude, car, bien entendu, ils n'avaient vu Gérard ni l'un ni l'autre de toute la journée. M. Weber était resté au camp pour en fouiller chaque détour : des projections électriques qu'il avait installées depuis peu entre la tour et la villa, devaient signaler au plus tôt le retour de l'absent.

Dès la première minute, une conviction s'était emparée de l'esprit de Colette : son frère s'était égaré soit dans le labyrinthe déjà connu, soit dans une partie nouvelle. Heureusement cette pensée n'était pas venue à M⁰⁰ Massey, et la jeune fille s'était gardée de lui communiquer ses craintes, afin de ne pas augmenter sa dévorante inquiétude. Mais à peine vit-elle arriver son père et son frère que, volant à leur rencontre, elle leur confia la terreur dont elle était hantée.

Ses paroles furent accueillies avec stupeur.

« Égaré dans la tour ! répéta M. Massey, pâlissant jusqu'aux lèvres. Y penses-tu, mon enfant ?... Est-ce possible ?...

— Ce n'est que trop possible, papa. Même en suivant le plan, il n'est pas facile de se retrouver dans le labyrinthe central... Si le malheur veut qu'il ait découvert un nouveau passage... »

Colette s'interrompit et cacha son visage dans ses mains.

« Cette idée le possédait donc toujours ?... demanda Henri d'une voix brève.

— Toujours !... Hier encore il m'en parlait !... oh ! si seulement je ne l'avais pas quitté !... si j'avais mieux veillé sur lui... »

Ses sanglots lui coupèrent de nouveau la parole.

« Nous en aurions deux à chercher au lieu d'un !...

— Non !... non !... J'aurais été plus prudente... Je ne lui aurais pas permis de s'engager à la légère... Avec moi, il aurait fait attention...

— Perdu là dedans ! s'écria M. Massey en se frappant le front. Ah ! c'est impossible !... Ce serait affreux !... Nous démolirons plutôt cette misérable tour pierre à pierre... »

Henri serra les lèvres en silence. Du premier coup d'œil il avait compris le danger. Un être humain perdu sous cet amas monstrueux de granit, aux détours d'une ingéniosité diabolique ! Arrivât-on à le détruire comme le proposait son père, qu'on ne retrouverait sans doute qu'un cadavre sous ses décombres... Le docteur Lhomond, lui aussi, était atterré.

« Mme Massey se doute-t-elle ?... commença-t-il.

— Non ! Je n'ai pas voulu le lui dire... Elle n'a pas l'air de le craindre, grâce au ciel...

— Ma brave enfant !... dit M. Massey en pressant sa fille sur son cœur. Ma Colette, ma petite héroïne !...

— Oh ! papa !... papa !... Nous le retrouverons ?... Oh ! mon Gérard !... Reviens, reviens, mon petit frère !... » s'écria la pauvre enfant ne pouvant résister plus longtemps à l'effroyable chagrin qui broyait son jeune cœur.

Pendant quelques instants tous mêlèrent leurs larmes en silence.

« Colette, dit enfin le docteur avec fermeté, bien que ses yeux fussent humides, vous avez su montrer à l'occasion un courage admirable, appelez-le à vous, mon enfant, pour soutenir votre mère !... Pensez à son état si elle partageait nos craintes... Elle pourrait en perdre la raison... murmura-t-il, frissonnant.

— Oui, c'est vrai, c'est vrai !... s'écria Colette en repoussant ses cheveux, en essuyant fiévreusement ses yeux. Il ne faut pas qu'elle sache.... Il ne faut pas qu'elle se doute... oh ! comment deviner?... comment arriver jusqu'à lui... Se dire qu'il est là !... car il y est, je le sens, j'en suis sûre... et qu'il ne peut nous entendre !... Et, se redressant, elle se mit à appeler à pleine voix :

— Gérard !... Gérard !... réponds... Entends-moi !... »

Sa voix vibrante et pure résonnait dans la campagne déserte avec une sonorité de cristal... mais rien ne lui répondit...

A quelques pas d'elle, sous terre, son frère venait de s'abattre inanimé, sans que la voix de sa sœur bien-aimée pût percer les lourdes murailles sous lesquelles il gisait.

« Mais enfin il doit y avoir un chemin ! s'écria M. Massey avec désespoir. Cherchons-le !... trouvons-le !... Puisque mon pauvre enfant l'a suivi, selon vous, c'est qu'il existe... Allons, ne perdons plus de temps, fouillons ce labyrinthe de malheur jusqu'à ce qu'il nous rende celui qu'il nous a pris!...

— Laissez-moi me charger de ce soin avec Colette, qui connaît à fond le plan, interrompit Henri. Moi, hélas ! je ne l'ai visité qu'une fois avec Hardouin et je n'en ai qu'une idée vague... Vous autres, fouillez dehors, cherchez partout une entrée secrète, un passage sur lequel ce malheureux enfant ait pu tomber par hasard, un indice quelconque qui nous dévoile la direction qu'il a prise... »

En ce moment, Mᵐᵉ Massey arrivait, accompagnée de Martine et de Lina noyées de larmes.

La malheureuse mère, elle, ne pleurait pas : rigide, les yeux secs et brûlants, le visage d'une pâleur de mort, elle semblait marcher dans un rêve.

« Il n'était pas là-bas !... articula-t-elle avec difficulté... La rivière !... a-t-on sondé ?... »

Une contraction terrible lui serra la gorge et lui coupa la parole.

« M. Weber y veille, dit précipitamment le docteur Lhomond. Si vous vouliez, madame, je vous accompagnerais à la villa afin que nous fussions immédiatement sur les lieux en cas de besoin... »

M. Massey et Henri comprirent son intention et le remercièrent d'un regard.

« Oui, c'est cela, chère maman, appuya Henri ; nous restons ici, nous, pour fouiller les environs, et nous attendons les nouvelles ; Goliath va vous porter là-bas en peu de temps... »

L'éléphant, tout sellé, attendait en effet ; on eût dit qu'il comprenait ce qui se passait, car, aspirant l'air avec inquiétude, il faisait entendre son cri strident de colère et de douleur. D'abord il refusa de partir, mais lorsque Colette le lui eut demandé avec des paroles affectueuses, il se décida à se mettre en route, emportant le docteur, Mᵐᵉ Massey, Lina et Martine, qui ne cessait d'appeler son *pitchoun* au milieu de ses larmes.

Henri et Colette se munirent de lampes et pénétrèrent tristement dans le labyrinthe. Colette n'avait aucun espoir d'y trouver son frère; à moins qu'il n'eût fait quelque chute grave qui l'eût privé de sentiment, elle savait qu'il ne pourrait s'y perdre, puisque, les yeux fermés, il aurait retrouvé un trajet accompli mille fois. Elle-même se guidait à travers les méandres de la vieille tour avec une assurance qui étonnait Henri. Le monument antique l'intéressait assez peu, et il ne l'avait, en effet, visité qu'une fois. Leurs recherches minutieuses restèrent inutiles; en vain ils fouillèrent chaque détour, chaque chambrette, chaque couloir; Gérard n'était nulle part.

Minuit sonnait lorsque le frère et la sœur achevèrent de fouiller le labyrinthe. Depuis quatorze heures Gérard avait disparu, car Colette se rappela avoir regardé l'horloge lorsqu'il était sorti et avoir constaté qu'elle marquait dix heures.

Rejoignant M. Massey au dehors, ils se remirent à fouiller avec lui les buissons et les rochers. Grâce aux soins de Le Guen, depuis qu'il habitait la tour, l'enceinte intérieure avait été à peu près débarrassée de son surplus de végétation et on pouvait circuler plus librement autour de la vieille forteresse. Combien de fois, dans leurs recherches vaines, passèrent-ils devant le rideau de « fleurs de la passion » qui cachait l'entrée découverte par Gérard !... Il était retombé derrière le malheureux enfant comme une draperie somptueuse et rien ne décelait le passage de celui-ci... Accablée de douleur et de fatigue, Colette s'était laissée tomber sur un tronc d'arbre renversé, juste auprès de la porte souterraine sans que rien pût lui apprendre que là était l'entrée du gouffre qui avait dévoré son frère chéri.

Henri et Colette se regardaient à la lueur rougeoyante des torches; chacun lisait le désespoir dans les yeux mornes de l'autre...

« ... C'est possible, après tout! dit enfin Henri répondant à la pensée de sa sœur, peut-être est-il tombé dans la rivière... Cela vaudrait mieux...

— ... Que la mort lente, affreuse, de faim et de soif... murmura Colette dont un frisson violent secoua les membres... Henri, il faut le retrouver! dussions-nous démolir cette tour pierre à pierre...

— Pourquoi es-tu si sûre qu'il est là? demanda le jeune homme en contemplant la ruine d'un regard sombre.

— J'en suis certaine! Il ne rêvait que de cela... Un nouveau passage... Il voulait le d'couvrir avant le retour de M. Hardouin...

— Maudites soient l'archéologie et les ruines! murmura Henri en frappant du pied avec violence. Si vous étiez restées à Massey-Dorp, cette chose affreuse ne serait pas arrivée...

— Nous avons cru faire pour le mieux, mon cher Henri, dit doucement Colette. Rappelle-toi combien maman était tourmentée du voisinage du camp...

— Encore un danger où je vous ai mis! reprit Henri en serrant les dents. Pourquoi ne suis-je pas parti seul!... Ah! si tu savais, petite sœur, les reproches que je m'adresse... »

Il se détourna pour cacher les larmes de rage et de douleur qui brillaient dans ses yeux.

« Ne pense jamais à cela, mon frère chéri, s'écria Colette avec ferveur. Tu sais que toujours, dans toutes nos terribles épreuves, nous nous sommes réjouis d'être partis avec vous!... Vivre et mourir ensemble, voilà notre seul désir...

— Sommes-nous donc ensemble! s'écria Henri avec amertume. Où est-il, le dernier-né de notre mère... notre Benjamin à tous!... Comment ai-je veillé sur lui?... Une agonie épouvantable, une mort horrible... Voilà l'avenir que je lui ai fait!... »

Colette se releva et jeta ses bras autour du cou de son frère.

« Henri, s'écria-t-elle en larmes, tu te trompes, il n'y a pas de ta faute, tu as fait pour le mieux!... Jamais frère aîné ne fut plus tendre et meilleur pour ses cadets!... Gérard te chérit... S'il avait fallu se séparer de toi, il n'aurait pu le supporter, tu le sais!... Nous savons tous que tu donnerais ta vie pour la sienne!... Chasse donc ces idées affreuses, reprends courage, mon frère bien-aimé...

— Colette, je ne puis songer, sans devenir fou, au désespoir de notre mère, dit Henri avec accablement... Comment lui apprendre?... Comment lui révéler?...

— Il vaudrait mieux, je crois, tâcher de lui cacher la vérité, murmura Colette en faisant un effort surhumain pour réprimer le tremblement de ses lèvres pâlies. Faisons-lui croire au besoin que notre bien-aimé a été emporté par le courant... Elle ne pourrait supporter la pensée de cette agonie... Elle en mourrait. »

20

Et la pauvre enfant, laissant tomber sa tête dans ses mains, se remit à pleurer amèrement.

La nuit s'acheva avec lenteur. Les recherches n'avaient pas cessé un seul instant. Mais nul indice n'était venu révéler le secret si bien gardé par les formidables murs. En vain, cherchant à espérer encore, ceux qui restaient à la tour avaient interrogé l'horizon pour découvrir un rayon libérateur, venant leur annoncer que l'enfant perdu était retrouvé. La voûte étoilée resta muette et sombre, piquée seulement de myriades d'étoiles d'or, indifférentes aux douleurs humaines s'agitant si bas, si loin. L'aube pointa. Le miracle quotidien du lever du soleil s'accomplit, salué par l'hymen triomphal des libres oiseaux. La nature reparut, éternellement belle, jeune et sereine sous le regard désespéré des yeux brûlés de larmes.

Il y avait maintenant vingt heures que Gérard avait disparu.

Sur les ordres de son père, Colette se força à prendre quelque nourriture; il eût vivement souhaité qu'elle essayât d'obtenir quelque repos, mais ç'eût été trop lui demander.

« Je ne pourrais pas! murmura-t-elle en joignant les mains. Cher papa, ne m'ordonnez pas de vous quitter, je vous en supplie!... s'il me fallait rentrer seule dans ma chambre, il me semble que je perdrais la raison...

— Reste donc, ma pauvre enfant, dit tristement le malheureux père. Mais si tu sens ta raison chanceler, que craindre pour cette pauvre mère, qui attend là-bas vainement le retour de son enfant!... »

Colette cacha sa tête dans ses mains sans répondre. Hélas! hélas!... Était-ce possible!... Son Gérard, son frère aimé, le compagnon inséparable de son enfance, l'ami qu'elle n'avait jamais quitté, celui avec lequel elle avait partagé tant de souffrances et de dangers!... Ne plus le revoir!...

L'avoir à jamais perdu!... Se représenter, avec une vivacité terrifiante, son agonie au fond de la sauvage forteresse; sentir peser sur lui le poids effroyable de ces pierres sinistres... Être certaine qu'il se mourait à quelques pas d'elle et ne connaître aucun moyen de le secourir!...

Et les souvenirs se pressaient en foule dans sa mémoire; elle revoyait son jeune frère enfant, adolescent, presque homme aujourd'hui. Elle entendait sa voix franche, son joyeux rire; elle se remémorait la gaieté communicative et charmante qui cachait tant de si nobles, de si hautes qualités... Fallait-il se résigner à ne plus jamais le voir, plus jamais l'entendre!... Ses pieds légers, ses membres toujours en mouvement, seraient-ils éternellement immobiles?... Cette vivacité, ce courage, cette hardiesse, tous ces dons radieux étaient-ils éteints pour toujours?...

Absorbée dans sa douloureuse rêverie, Colette était inconsciemment revenue se placer sur le vieux tronc d'arbre, devant le soupirail caché qui avait livré passage à Gérard. On eût dit qu'une force inconnue la ramenait là.

Incapable de trouver un instant de repos, M. Massey errait autour de la forteresse comme une âme en peine. Le cœur déchiré d'appréhensions affreuses, ce malheureux père semblait vieilli de vingt ans depuis la veille.

« Henri, dit-il enfin en s'appuyant lourdement sur l'épaule de son fils, n'y a-t-il aucun moyen ?... la dynamite ?...

— Hélas ! si nous essayons de faire sauter ces murailles maudites, à quel résultat arriverons-nous, autre que d'ensevelir plus sûrement notre pauvre enfant sous les décombres ?... J'y ai songé déjà... mais comment espérer déblayer cet amas monstrueux ?... Il faudrait des mois, des années peut-être. »

M. Massey laissa avec accablement retomber sa tête sur sa poitrine.

« Sa mère !... sa pauvre mère !... » murmura-t-il.

Cependant la matinée s'avançait ; de nouveau, infatigablement, on avait fouillé tous les recoins connus du vieux monument. Midi sonna sans qu'on eût découvert un seul indice.

La journée s'écoula. Les ombres s'allongèrent au pied des collines.

La seconde nuit allait tomber.

De plus en plus la conviction s'imposait que Gérard était perdu.

Colette était venue s'asseoir sur le tronc d'arbre mort, et Henri, assis auprès d'elle, soutenait sa tête sur son épaule. La pauvre enfant n'avait plus de larmes ; blanche comme un lis, anéantie, il ne lui restait de force que pour souffrir.

Tout à coup, loin dans la campagne, on entendit retentir un sifflement joyeux : les notes claires et entraînantes de la *Marche lorraine* s'égrenèrent

dans l'air limpide... Colette avait sauté sur ses
pieds, les mains convulsivement pressées sur son
cœur!... Ce cauchemar affreux n'était-il qu'un
rêve?...

Une silhouette svelte et agile se dessina bientôt
sur le sentier.

Saisis de joie et d'espoir, Henri et Colette s'élan-
çaient à sa rencontre, lorsqu'un aboiement triomphant se fit entendre et le beau colley, Phanor,
arrivant avec des bonds fous, vint pousser affectueusement son nez humide dans la main de Colette...

Ce n'était pas Gérard, mais Martial Hardouin
revenant de son excursion.

La jeune fille retomba à demi morte; la décep-
tion fut si atroce qu'elle ne put retenir un gémis-
sement de douleur...

Henri, accablé, repoussait l'animal qui sautait
autour d'eux avec des aboiements sonores.

« Bas, Phanor, bas ! Qu'est-ce à dire?... » prononça alors la voix grave de M. Hardouin.

Accourant auprès d'eux, il poussa un cri en
apercevant le frère et la sœur :

« Qu'y a-t-il ?... Un malheur serait-il arrivé?...
s'écria-t-il avec effroi.

— Un malheur affreux, répondit Henri d'une
voix mal assurée, Gérard a disparu et nous n'avons
que trop de raisons de craindre qu'il ne se soit
perdu dans un labyrinthe de la tour...

— Perdu dans un labyrinthe ! » répéta M. Hardouin en pâlissant.

Henri essayait de le mettre au fait, mais un
grand cri de Colette l'interrompit tout à coup.

S'arrachant au bras de son frère qui la soutenait encore, la jeune fille s'était affaissée sur la terre
humide, et sans pouvoir prononcer un mot, déli-
rant presque, elle désignait du doigt le chien, qui,
après avoir quêté aux alentours avec inquiétude,
s'était mis à gratter furieusement au pied du vieux
mur ; ses efforts avaient dérangé le rideau de feuillage et on entrevoyait l'ouverture sombre du
soupirail.

« Là... Par là... peut-être... » murmura Colette
défaillante.

D'un coup d'œil, Martial Hardouin comprit.

« Phanor !... C'est le salut !... Il le retrouvera !
s'écria-t-il. Un vêtement... un chapeau... quelque
chose à lui !... Vite !... »

Rapide comme l'éclair, Henri courut à la chambre
de Gérard et en rapporta une cravate qu'il donna
à flairer au colley.

« Cherche, mon brave chien, cherche ! lui dit-il
passionnément.

— Trouve-le, mon Phanor, cria Colette retrouvant sa voix ; et, pressant dans ses bras la belle
tête de l'animal, elle couvrit son large front de
baisers et de larmes. Nous n'avons d'espoir qu'en
toi. Trouve-le, je t'en conjure !... »

Comme s'il l'eût comprise, le chien poussa un
aboiement joyeux, agita vivement la queue, fixa
sur elle un regard humain, lumineux d'intelligence. Collant son nez à terre, il se mit à quêter
avec ardeur, donnant la voix d'une façon nouvelle : une note courte, brève, différant en tout de
son aboiement habituel.

Les assistants, auxquels s'étaient joints M. Massey, Le Guen, M'Bololo, la masse de la garde noire, armés de torches, d'échelles de cordes et de pieux, suivaient haletants les moindres mouvements de l'animal.

Bientôt il revint au soupirail, et s'aplatissant soudain au ras de terre, il se glissa en rampant dans l'ouverture. D'un coup de pioche, Le Guen élargit la baie, et tous sautèrent sans hésiter dans la salle basse.

Le chien alla droit devant lui; le nez sur le sol, pénétra jusqu'à la tour effondrée. Bientôt, donnant un court aboiement, il prit dans sa gueule et rapporta à Colette un morceau de papier froissé... Une page déchirée de l'album de Gérard... A cette preuve de son passage, le cœur de la jeune fille se fondit et elle éclata en larmes de joie et d'impatience :

« Dépêchons-nous, marchons !... répétait-elle. Oh! pourvu qu'il ne soit pas trop tard !... »

Mais le chien quêtait avec méthode, doublant, revenant sur ses pas, s'arrêtant longuement au fût de colonne où Gérard s'était assis... Enfin, il s'engagea dans les salles suivantes et ne tarda pas à arriver au couloir descendant.

L'escalier l'arrêta un instant; flairant l'air avec inquiétude, un grondement sourd résonnait au fond de sa vaste poitrine, il semblait hésiter à s'y engager...

M. Hardouin et Henri, simultanément saisis de la même terreur, — les restes mutilés de Gérard se trouvant soudainement devant eux, — voulurent persuader à Colette de rester en arrière...

Mais secouant la tête, elle les repoussa et continua de suivre Phanor.

Le Guen fut le premier à voir le gouffre qui s'ouvrait au bas de l'escalier tournant ; une échelle de corde, solidement cramponnée au vieux mur, lui permit d'y descendre sans peine ; Phanor, après quelques petits cris plaintifs, se décida, lui aussi, encouragé par Colette qui contemplait en frémissant le trou béant au fond duquel elle croyait trouver le corps de son malheureux frère...

Bientôt tous furent réunis dans le caveau et la lueur rougeâtre des torches leur montra l'étrange et lugubre spectacle : le trépied antique et son sinistre gardien, enchaîné pour l'éternité au dépôt dont il avait la garde... Depuis combien de temps ces ossements blanchis gisaient-ils là?... Quel drame ignoré s'était passé au fond de cette voûte?... Un frisson d'horreur agitait tous les spectateurs, mais Phanor, quêtant toujours, rapportait soudain le béret de Gérard tombé dans sa chute. Colette le reçut avec un cri de joie : son frère avait passé là, il avait échappé par miracle à une chute qui aurait pu lui briser les os...

Plus escorté, plus joyeux, le chien continuait sa quête, courant, fouillant, s'arrêtant, faisant mille tours, revenant sur ses pas, il s'engagea dans les salles majestueuses qui s'ouvraient au delà de la crypte.

Comme en rêve, la petite troupe le suivait, sans même essayer de se rendre compte du plan inextricable dans lequel un architecte des âges dispa-

rus avait déployé la complication de son génie.
Sûrs de retrouver le chemin du dehors, grâce au
merveilleux instinct de l'animal, ils marchaient en
silence à sa suite, promenant la fulgurante lueur
de leurs torches sur ces murailles que nul œil
humain n'avait contemplées depuis des siècles,
avant que l'imprudent enfant s'y fût hasardé.

Et tout à coup un cri perçant de la jeune fille,
un aboiement sonore de l'animal, firent précipiter
leurs pas à tous.

Colette était à genoux près du corps inanimé
de Gérard. Elle le serrait dans ses bras, elle l'appelait, elle le couvrait de baisers. Et même, avant
qu'un cordial eût passé sur ses lèvres, le brave
enfant entendit cette voix, du fond de sa mort
apparente.

« Colette!... c'est toi... Ah! je savais bien que
tu viendrais... » balbutia-t-il.

Il serait retombé en faiblesse, mais des soins
énergiques le ramenèrent à la vie.

Bientôt il put se soulever, promener autour de
lui un regard encore incertain ; et apercevant Martial Hardouin au milieu de ceux qui l'entouraient,
un éclair de malice passa sur son visage, déjà pâli
et creusé.

« Ah! monsieur Hardouin!... cette fameuse entrée!... C'est moi qui l'ai trouvée, après tout!... »
murmura-t-il. Puis il laissa de nouveau tomber
sa tête sur l'épaule de son père, et, dans la joie
trop profonde pour être exprimée qui le comblait,
M. Massey ne trouva pas la force de reprocher
son imprudence à l'enfant perdu.

Une heure plus tard, tous étaient réunis.

La joie ne tue pas, Mme Massey en donna la preuve, et, bien que les inquiétudes subies et l'horreur rétrospective qu'elle éprouva en apprenant la vérité fissent craindre un moment une fièvre nerveuse, les soins éclairés du docteur Lhomond la rappelèrent à la santé. Pour Colette elle s'était relevée comme une fleur sous une rosée bienfaisante à partir de la minute bienheureuse où elle avait aperçu son frère; et Gérard lui-même, après un sommeil de quinze heures et l'absorption de nombreuses tasses du merveilleux consommé de Martine, parut se porter comme un charme et se déclara, au milieu du *tolle* général, « tout prêt à recommencer »!

Mais Martine ne pardonnera jamais à la vieille tour. « Tout ça, c'est des diableries bonnes pour les païens », dit-elle.

Et, comme toujours, Le Guen est de son avis.

CHAPITRE XXI

« WILD CAT »

A la suite de la tragique aventure de Gérard Mᵐᵉ Massey, Colette, Martine et Lina elle-même avaient conçu une telle horreur pour la vieille tour que M. Massey leur permit de venir se réinstaller à la villa. D'ailleurs, depuis qu'il s'était chargé de gouverner la colonie, un ordre parfait n'avait cessé d'y régner. Les moindres infractions aux lois établies étaient punies avec une sévérité si grande que le sacripant le plus endurci avait bien vite reconnu la nécessité de s'incliner. L'ordre, et la paix régnaient donc là où naguère ne se voyaient que rixes et scandales, et bien que cette agglomération autour de leur demeure lui enlevât beaucoup de son charme d'antan, Mᵐᵉ Massey et ses filles se retrouvèrent avec une vraie joie en famille et chez elles.

Quant à Martine, elle ne fut pas peu émerveillée la première fois qu'elle vit son mari siéger comme assesseur à la droite du juge de paix, et rendre ses arrêts dans les petits conflits qui s'élevaient parfois entre deux membres de la colonie.

« *Chès!*... répétait-elle alors, on dira ce qu'on voudra, c'est une belle chose que les voyages!... Hein! voir « mon homme » assis comme un *monsieur* et savoir qu'il faut que ces gens lui obéissent, bon gré mal gré..., ça fait plaisir tout de même!... Et M. Brandevin, donc? On riait de lui sur le bateau, on avait l'air de le prendre pour un nigaud. Eh bien, on voit maintenant qu'il n'était pas si bête... Il n'a peut-être pas étudié dans les livres, mais il en vaut un autre, on ne peut pas le nier!...

— Dommage qu'il ait pour femme une négresse, hein! Martine?... suggérait Gérard.

— *Boun Dis!*... Comment il a pu s'y décider, je n'en sais rien!... criait Martine en levant les mains au ciel. Une femme noire!... *Chès!*... Qu'est-ce qu'on pensera chez lui quand il y reviendra?...

— Sois tranquille, s'il rapporte beaucoup de pépites, personne ne trouvera à redire à Mᵐᵉ Bou-Bou.

— C'est pourtant vrai, ce que vous dites là, monsieur Gérard!... Et, sans mentir, ce n'est pas beau!... pardonner à un riche ce qu'on blâmerait chez un pauvre, c'est bien vilain... mais quoi!... ainsi va le monde...

— Le vieux monde, oui! Ici, on ne connaîtra ni préjugés, ni injustice. Étudie un peu le code de papa et du docteur et tu m'en diras des nouvelles... Il n'y a pas à dire, il est crânement fait!...

— Oui, oui, tout cela est très beau, — moyennant que cela dure !... Mais, voyez-vous, monsieur Gérard, moi j'ai toujours peur que les choses ne tournent mal !...

— Qu'est-ce qui peut mal tourner, oiseau de mauvais augure?

— Eh ! comment le saurais-je !... Tenez, madame ne dit rien, mais je vois bien qu'elle pense comme moi... Enfin, tous ces gens-là sont des garnements partis de chez eux on ne sait pour quelles raisons, n'est-ce pas ?... Vous voulez qu'ils soient tout d'un coup devenus des petits saints?... Allons donc, ce n'est pas possible !... il faudra bien qu'ils montrent le bout de l'oreille un jour ou l'autre...

— Bah !... même en admettant qu'ils ne se soient amendés qu'à la surface, leurs enfants apprendront à se plier aux règles établies, et tu verras !... A la prochaine génération ce pays sera un vrai paradis !... »

Mais Martine secouait la tête, rebelle à ces brillantes visions d'avenir.

Cependant, depuis quelques semaines déjà, Henri avait paru à sa mère inquiet, sombre et tourmenté. De retour à la villa, elle eut l'occasion de l'étudier de plus près, et cette impression s'accentua chaque jour. Bientôt, ne pouvant plus supporter l'incertitude où elle se trouvait à l'égard de ces préoccupations cachées, elle se décida à l'interroger.

Réunis dans la grande salle avec leurs amis, tous causaient gaiement un soir. Seul Henri, assis à l'écart, la tête appuyée sur sa main et crayonnant machinalement des lignes et des chiffres sur un bout de papier, ne prenait aucune part à la conversation et semblait étranger à ce qui se passait autour de lui. Mme Massey vint s'asseoir à ses côtés, et prenant affectueusement sa main :

« Qu'as-tu, mon cher enfant? lui demanda-t-elle doucement. Colette t. remarqué comme moi que tu parais être sous le poids de quelque lourde inquiétude. Le soir où notre cher Gérard était perdu, tu t'es exprimé avec une amertume qui l'a peinée... dis-nous ce qui te préoccupe, mon Henri. Si ce sont des inquiétudes d'argent, le côté matériel de ton entreprise, si tu crains que l'affaire ne soit moins belle que tu ne l'avais supposé d'abord, rappelle-toi que, pour nous, le désappointement sera facile à supporter, car jamais nous n'avons désiré une fortune colossale... Parle, mon cher fils. Aurais-tu reçu de mauvaises nouvelles de France ou d'Angleterre?... Te sentirais-tu malade?... Je te conjure de me dire franchement ce qui te tourmente, car je ne peux te voir souffrir sans souffrir cruellement moi-même... »

Henri fit un mouvement brusque; mais il garda quelques instants le silence :

« A quoi bon?... dit-il enfin. Il est inutile que je vous tienne au courant par le menu...

— Inutile! Ah! ne dis pas cela!... tu creuses quelque idée désolante, cela se voit sur ta figure!... Si je ne puis t'être d'aucun secours, moi, pourquoi ne pas consulter ton père, le docteur, Martial Hardouin même?... Quoique bien jeune, il possède une raison si ferme, un jugement si éclairé...

« — Martial!... En effet, il pourrait peut-être m'aider à trouver la solution de ce problème!... » s'écria Henri. Soudain, sorti de sa torpeur, il courut vers la table où, penchés sur une planche à lavis, le jeune archéologue et Gérard dressaient le plan des caves où le soupirail avait donné accès. Car sa terrible aventure n'avait nullement guéri Gérard de son goût pour les explorations, et il prenait un intérêt paternel dans le souterrain qu'il avait découvert en des circonstances si tragiques.

« Hardouin, s'écria Henri, venez à mon aide. Voilà cinq semaines que le plus irritant et le plus inattendu des obstacles se présente devant moi... Si les choses devaient continuer de la sorte, je dirais presque... »

Il s'arrêta court.

« Quoi donc? que dirais-tu?... » demanda M. Massey, saisi d'une soudaine inquiétude.

Henri garda quelques instants le silence. Puis, au milieu de l'attention de tous :

« Procédons par ordre, reprit-il. Vous savez que, depuis cinq semaines, la plus grande partie de la ligne ferrée ayant été posée entre la côte et notre district, une bonne partie du matériel d'exploitation nous arrive journellement. En possession des *perforatrices* à pointe de diamant que la compagnie nous a envoyées d'Europe, nous avons pu ouvrir sur divers points d'élection des travaux réguliers de sondage. Cette opération est la plus importante que nous ayons encore pu tenter, puisque nous ne connaissons jusqu'à ce jour que les parties superficielles du filon de Gérard. Il s'agit de savoir d'abord dans quelle direction et jusqu'à quelle profondeur le filon se prolonge; il s'agit de le suivre dans ses ramifications possibles; il s'agit enfin de vérifier, par des sondages réitérés dans tous les alentours, la constitution géologique du pays et la teneur de ses roches en métal précieux... Eh bien, je ne saurais vous le dissimuler plus longtemps, les premiers résultats de nos recherches sont positivement inquiétants... Et d'abord, en ce qui touche le filon même, nous sommes déjà venus à la certitude qu'il est très court et presque limité à la partie apparente au flanc de la colline... Il ne se prolonge ni en longueur, ni en profondeur et paraît être une exception, une sorte d'excroissance isolée... Au delà des quatre-vingts mètres déjà connus, il se perd sans prolongement déterminé dans une roche crayeuse et sans traces de quartz...

— Est-ce que le cas n'est pas fréquent pour ces sortes de filons?

— Il n'est pas précisément fréquent, mais n'a rien d'exceptionnel. On connaît, en minéralogie, plusieurs exemples de filons aurifères ainsi détachés de la masse du sol et comme projetés, au cours des révolutions géologiques, en dehors du système général de la région... mais ceci n'est rien!... Nous devions naturellement procéder à des sondages semblables non seulement au flanc de la colline, mais dans tout le pays. C'est ce que nous avons fait sans relâche... Et les résultats de nos travaux sont lamentables.

— En quoi?

— D'abord, en ce qu'ils ne nous ont sur aucun point, — je dis absolument sur aucun point voisin de la surface, — amenés à des roches aurifères possédant une analogie quelconque avec le filon!... à diverses reprises, il est vrai, nous avons rencontré des bancs de terre friable, présentant une faible teneur d'or; mais ces bancs ressemblent plutôt à des amas de boues desséchées, provenant d'une exploitation ancienne et ayant gardé des traces de métal précieux, par suite d'un traitement imparfait, qu'à des minerais susceptibles d'une épuration normale... Mais ceci n'est rien encore! à tout instant, nos sondages nous font tomber sur des galeries, sur de véritables galeries de mine, — les unes soutenues par des charpentes de bois de fer, les autres par des voûtes en pierre, — les unes éboulées, les autres béantes encore, mais toutes, visiblement, évidemment faites de main d'homme...

— Des galeries de mine?

— Des galeries de mine prodigieuses, démesurées, s'allongeant sur des kilomètres, parfois percées de puits qui donnent accès à des galeries inférieures, en descendant par étages à deux et trois cents mètres de fond... Et cela partout, dans tout le pays!... Et je ne dis pas seulement des galeries, mais des couloirs, des embranchements secondaires, des puits d'aération, des puits d'épuisement de l'eau, avec tuyaux en briques, citernes échelonnées, débris de pompes, — tout l'appareil d'une exploitation régulière et savante... Bref, il n'y a plus le moindre doute à conserver et l'évidence éclate. Nous ne sommes pas sur un sol vierge, sur un district aurifère tout neuf, mais sur une *ancienne mine* déjà travaillée par des mineurs très experts en leur art... Et notez que ceci n'est pas l'histoire d'un point particulier dans la région! C'est l'histoire du district tout entier, à vingt lieues à la ronde!... J'ai douté, d'abord, j'ai voulu conserver quelque espoir... J'ai transporté nos perforatrices de plus en plus loin du filon. Partout où les caractères géologiques du sol autorisaient l'espoir de tomber sur la roche aurifère, j'ai trouvé le même phénomène : des galeries, des puits, des amas de scories et de boues desséchées, des signes manifestes d'exploitation ancienne... le pays est une véritable ruche, creusée, — travaillée, — vidée, à des profondeurs invraisemblables, par des générations de termites humains...

— Et quelle est l'orientation générale de ces galeries? demanda M. Hardouin.

— L'orientation ?... Mais, en y pensant, oui, c'est bien cela !... Les galeries se dirigent uniformément vers l'ouest, vers votre vieille tour...

— Plus de doute !... Elles ont été creusées par eux ! s'écria Martial.

— Par qui ?

— Par les Phéniciens !... Et si vous suivez les galeries jusqu'au bout, j'en mettrais ma tête à couper, vous arriverez aux souterrains de Gérard!... Le luxe de précautions du labyrinthe s'explique. L'entrée des travaux ne devait être connue que d'un nombre restreint d'initiés, et c'est dans les caveaux qu'on entassait les trésors arrachés aux entrailles du sol...

— C'est bien cela, dit Henri. Et votre conclusion confirme mes pires inquiétudes.

— Que veux-tu dire, cher enfant ? demanda M. Massey dans le plus grand trouble.

— Que notre mine a déjà été exploitée. Que le filon n'en est que la queue isolée, — ce qu'on appelle en termes techniques un *wild cat!*[1]... »

Tous étaient debout.

« Mais ce serait la ruine! » s'écria M. Massey d'une voix étouffée.

Henri inclina fortement la tête.

« Ce serait la ruine.

— Voyons, vous n'avez pas perdu tout espoir! s'écria le docteur Lhomond. Vous craignez un malheur, vous n'avez pas la certitude qu'il est inévitable !...

— Jusqu'ici je ne faisais que le craindre, en effet. Mais ce que suggère Hardouin confirme toutes mes appréhensions. Si ce sont les Phéniciens qui ont creusé cette mine, ils n'auront rien laissé derrière eux, soyez-en certains.

— Avez-vous observé quelques vestiges vous permettant de vous former une opinion sur la race des travailleurs qui nous ont précédés?

— ... Oui... oui!... des instruments de forme syriaque... une lampe d'argile... d'autres en cuivre... telles qu'on n'en a plus fabriqué depuis deux ou trois mille ans.

1. Chat sauvage.

— Alors la chose est certaine : vous avez retrouvé une mine creusée par les premiers colons de ce pays, qui furent les Phéniciens.

— Si cela était, demanda M. Massey très pâle, quelles raisons aurions-nous de supposer que la mine a été exploitée à fond ?

— Nous ne saurions malheureusement en douter. Les Phéniciens n'ignoraient aucun des secrets de l'extraction de l'or, et chez eux la patience ou la minutie suppléaient à la science théorique. Ils n'avaient pas coutume de jeter l'orange avant d'en avoir exprimé le suc jusqu'à la dernière goutte. L'écorce seule doit rester ici... Ah ! si ceci n'était pas une calamité pour vous, quelle belle découverte ! quel inépuisable champ d'observations !... Une mine antique !... On n'a jamais rien vu de semblable...

— Henri, interrompit soudain Mᵐᵉ Massey pâle et tremblante, tu parlais de ruine, tout à l'heure. La ruine... pour qui ?

— Pour nous d'abord, sans aucun doute.

— Pour nous, bien. Mais pour les autres ?... »
Et comme Henri se taisait :

« Les autres ? les actionnaires de la compagnie ?... les pauvres gens qui lui ont confié leur argent ?... répéta Mᵐᵉ Massey, serrant convulsivement les mains l'une contre l'autre.

— Les autres ?.. Eh bien, peut-être devront-ils se résigner à tout perdre comme nous !

— Ah ! ce n'est pas possible !... nous ne permettrons pas cela !... Henri, Alexandre, monsieur Lhomond, vous ne permettrez pas cela !... Vous ne voudrez pas que des malheureux aient le droit de maudire en vous les fauteurs de leur ruine !... Il doit y avoir moyen de réparer, de rembourser...

— Ma mère, dit gravement Henri, nous ne vous avons jamais donné, je l'espère, de raisons de douter de nous...

— Pardonne-moi, mon cher enfant, s'écria Mme Massey les yeux baignés de larmes, mais ce que tu viens de nous dire me bouleverse... C'est la confirmation de mes pires craintes. Ah ! pourquoi cette fatale compagnie a-t-elle été constituée ?... Pourquoi lord Fairfield est-il venu nous proposer des capitaux ? pourquoi faut-il que l'exploitation n'ait pas été poursuivie en famille, comme il était convenu au début !... Alors cette honte et ce chagrin nous auraient été épargnés !... »

Et, vaincue par la terrible menace du déshonneur suspendu sur ces têtes si chères, Mme Massey se laissa tomber en sanglotant sur un fauteuil.

Colette et Lina se pressaient auprès d'elle ; un vent de désastre et de deuil semblait avoir passé sur la paisible demeure.

« Voyons, voyons, ne nous abandonnons pas !... reprit M. Massey, essayant de réagir contre la crainte qui l'étreignait lui aussi. Tu es bien convaincu de la réalité de tes conclusions ? ajouta-t-il en se tournant vers son fils.

— Hélas ! trop convaincu ! Je n'avais pas pensé aux Phéniciens comme exploiteurs de la mine, mais la conviction s'est faite pour moi qu'elle a été exploitée, hier ou il y a cinq mille ans, peu importe. Nous ne trouvons plus de quartz aurifère ou plutôt il n'en existe que sur la mince bande de roche qui forme le filon et dont quelque accident géologique aura d'abord dissimulé l'existence, révélée plus tard par un éboulement de terrain. Ce que nous avons pris pour un indice de grands gisements inconnus n'est, en réalité, qu'une *queue de mine*... C'est en vain que nous poursuivrons nos recherches et nos travaux!... Nous sommes condamnés d'avance à n'en rien tirer de sérieux!...

— Mais tout n'est pas perdu!... tout ne peut pas être perdu!... s'écria M. Massey, s'efforçant de reprendre courage. Il est impossible que nous ayons absolument fait fausse route. Ce sol regorge d'or, — la tradition, les faits, tout le prouve... Ne nous laissons pas abattre par un contretemps imprévu, et si ce filon est épuisé, cherchons-en un autre!...

— C'est ce que je fais depuis plus de trois semaines, car vous pensez bien que je ne suis pas homme à jeter sans raison le manche après la cognée, répondit Henri. Mes recherches sont demeurées vaines. Il n'y a pas d'autre mine que celle-ci dans tous les environs, et, par malheur, nous venons après des gens si industrieux que nous ne trouverons rien à glaner derrière eux.

— Rien!... s'écria Mme Massey avec angoisse.

— Rien qui vaille la peine d'en parler, répondit amèrement Henri. Je ne dis pas qu'à force de travail, de persévérance, nous n'arrivions à extraire péniblement des résidus anciens quelques parcelles d'or... Mais que sera ceci auprès des résultats mirifiques que nous avions espérés et escomptés?.. L'affaire est nulle; il ne nous reste plus qu'à envisager bravement la situation et à nous en tirer les mains nettes!

— Oh! ce résultat, au moins l'atteindrons-nous?... demanda Mme Massey en tremblant.

— Nous y ferons notre possible, répondit fière-ment Henri. Soyez tranquille, maman, nous ne sortirons pas riches d'une affaire qui ruinerait les actionnaires de la compagnie!... »

La ruine!... Les familles désolées, les foyers détruits par le naufrage de l'entreprise... vision affreuse, qui causait à tous les plus cruelles an-goisses et que tous auraient voulu pouvoir écarter au prix des plus durs sacrifices.

Avertis de ce qui se passait, lord Fairfield et M. Higgins eurent à cœur de visiter les travaux avec leurs associés. Ainsi que l'avait dit Henri, la mince bande de quartz hyalin s'élevait seule au flanc de la colline, à deux cents mètres du filon; on arrivait de chaque côté sur des galeries an-ciennes, abandonnées parce qu'elles ne donnaient plus une parcelle d'or... La ruche était vide, et le miel avait disparu, emporté par les abeilles de jadis. Rien n'en restait pour ceux qui venaient après elles.

M. Massey et le docteur, avec lui, étaient d'avis que les Phéniciens n'avaient pas dû pousser leurs travaux aussi profondément que le font les ingé-nieurs modernes et qu'on pouvait espérer trouver, au-dessous de la région du sol travaillé par eux, d'autres couches aurifères encore exploitables, mais Henri dissipa bientôt cet espoir, en leur montrant des puits si profonds qu'une pierre, jetée dans la gueule béante, ne donnait pas avant plusieurs secondes le bruit sourd et caractéristique de son arrivée au terme de sa course. Un de ces puits, où il était descendu en personne, n'avait pas moins de cent dix mètres de hauteur verticale; il débouchait sur une galerie parallèle aux galeries supérieures, et de ce premier étage partait un second puits pareil... De véritables armées d'esclaves courbés sous le bâton, des peuples entiers d'hommes bruns, aux yeux d'agate, à la patience inépuisable, avaient pu seuls, en se succédant pendant des siècles, accomplir de pareils travaux sans le secours des machines modernes, de la vapeur et de l'électricité. Mais la vue même de ces travaux était éloquente : on ne les avait pas exécutés pour les laisser stériles; on ne les avait pas abandonnés sans avoir tiré du sol tout ce qu'il pouvait donner...

Revenus de leur excursion avec des notions désormais trop claires sur la réalité, et rassemblés en conseil dans le cabinet de M. Massey, les associés durent s'avouer qu'il n'y avait plus d'illusions à conserver sur l'avenir des *Mammoth fields*. La malencontreuse affaire allait grossir la liste funèbre des catastrophes financières. Presque tout le capital n'était-il pas absorbé déjà par d'immenses achats de matériel, par l'établissement de la voie ferrée, par les approvisionnements de combustible et les commandes de maisons en fer et en bois, de machines, d'outils, de dynamite, que des navires innombrables, nolisés à grand prix, apportaient

UN DE CES PUITS N'AVAIT PAS MOINS
DE CENT DIX MÈTRES (P. 328).

d'Europe à toute vapeur et allaient débarquer à Basakouto !... On avait compté, pour les frais courants d'exploitation, sur une émission spéciale d'obligations à court terme, privilégiée sur les premiers produits; par bonheur, cette émission n'était pas faite encore, et les titres attendaient dans les caisses de la compagnie le signal du départ que devait leur donner lord Fairfield. Mais lesdites caisses ne devaient plus guère renfermer, à cette heure, que ce papier désormais sans valeur.

Par une ironie suprême du sort, au moment même où il venait de donner ce renseignement à l'assemblée, un exprès, envoyé de la côte par M. Higgins, apportait les derniers cours de Londres et de Paris sur les actions des *Mammoth Massey fields*. Elles montaient, elles montaient toujours !... Elles étaient, du prix d'origine, — deux shillings et six pence, — arrivées à quatre-vingt-trois shillings, plus de cent six ou sept francs !... C'est-à-dire que le capital initial s'était multiplié par trente-trois et représentait maintenant *trois milliards* et un tiers — sur le papier, hélas !...

L'absurdité même et l'incohérence de ce résultat, mis en regard de la triste réalité, acheva de dessiller tous les yeux. Soudain, chacun vit clair dans ce qui n'était jusqu'à cet instant qu'une vision confuse de désastre et d'erreur... C'était bien fini !... Il n'y avait plus d'espoir à conserver. Il fallait au plus tôt crier la vérité à l'Europe, empêcher de nouveaux excès de spéculation se traduisant par de nouvelles ruines. Il fallait s'avouer vaincus sans même avoir livré bataille... Tout ce qu'on pourrait tenter, on l'essayerait. Livrer tout l'actif à la liquidation, mettre en œuvre la science la plus raffinée pour tirer des scories phéniciennes ce qui y était resté d'or, certes on n'y manquerait pas. Peut-être, à force de travail et d'économie, serait-il possible d'arriver à payer un mince dividende d'un quart ou d'un demi pour cent aux souscripteurs... C'était le maximum des espérances!... Quel revers d'un rêve éblouissant, et quelle chute!...

Chose étrange, la vérité, à peine établie, filtra subitement au dehors par des canaux invisibles et se répandit dans la colonie avec une rapidité foudroyante.

Ill news travel fast, les mauvaises nouvelles voyagent vite, dit le proverbe anglais; on en eut bientôt la preuve.

La veille encore, la petite ville, gaie et animée comme à l'ordinaire, offrait le spectacle coutumier d'activité, de prospérité, de travail, qui régnait depuis que l'ordre avait été établi par M. Massey. On causait politique tout en piochant; les fortes têtes ergotaient sur les dépêches reçues par les derniers journaux d'Europe; le monde entier avait les yeux fixés sur eux, paraît-il. Les puissances se disputaient déjà la possession de ce petit coin de terre, inconnu hier, aujourd'hui célèbre; chacun, selon son origine, adjugeait la plus belle part à sa nation. Eh! eh! il pourrait bien sortir une guerre de tout cela!... On a vu des choses plus surprenantes... et le partage des *Mammoth gold fields* pourrait bien rivaliser d'importance avec le partage de la Chine...

Le lendemain matin, quelques rumeurs inquiétantes commencèrent à circuler. Après tout, le partage du territoire pourrait bien être d'une importance moindre qu'on ne l'avait cru tout d'abord... Ces affaires de mines n'étaient jamais sûres... qui croit venir tondre s'en revient souvent tondu... bien fou qui met ses capitaux dans de pareilles spéculations... En somme, quels avaient été les résultats jusqu'ici?... A peu près nuls. — Qui avait vu ces millions qu'on devait récolter à la pelle?... Personne. — Les chefs de l'entreprise eux-mêmes s'étaient-ils enrichis?... Pas le moins du monde; ils semblaient juste au même point qu'au début. Un travail acharné de plusieurs mois ne leur avait nullement procuré l'opulence... Oh! oh!... On ne sait jamais à qui ni à quoi se fier ici-bas... Cette fameuse mine ne vaudrait pas mieux que les autres...

D'ailleurs l'Afrique était usée, sucée jusqu'aux moelles... C'est vers l'Amérique désormais, vers le Klondyke que les gens avisés tournaient les yeux... A bon entendeur salut! Que ceux qui avaient des capitaux à risquer les ôtent bien vite d'une entreprise douteuse et les portent en lieu sûr... Si on possédait les fonds nécessaires, on agirait sagement de prendre le premier navire en partance sur la côte la plus voisine, et de secouer la poussière de ses souliers sur un pays qui menaçait de tourner en *moonshine*, en clair de lune.

En fait de capitaux, il n'est pas besoin de dire

que pas un des orateurs n'avait mis un sou dans l'affaire... leurs bras, leur travail, amplement rémunéré, leur encombrante présence et celle de leur famille, voilà tout ce qu'ils y avaient apporté ! Mais à les entendre, on eût dit que la compagnie s'était rendue coupable envers eux tout au moins d'abus de confiance, et qu'ils avaient des droits assurés sur chaque centime risqué dans l'entreprise.

Quand on reprit le travail, après le repos de midi, les conversations continuèrent, montant à chaque instant de ton ; à quatre heures la cause était entendue : les *Massey Fields* ne valaient rien, ceux qui y avaient été attirés avaient été « trompés... ». Quelques-uns pensaient déjà à des revendications possibles, et des regards sombres, des gestes de menace s'ébauchaient, dirigés vers les chefs : M. Massey, son fils ou lord Fairfield, lorsqu'on les voyait traverser le village...

Le lendemain, un grand bruit de roues, de ruades de mules, de claquements de fouet attira l'attention des badauds ; un des plus remuants parmi les membres de la colonie, tenancier du « bar » le plus achalandé, pliait bagages et allait chercher fortune ailleurs... Ce fut le signal d'un exode général. De tous côtés on voyait des gens entasser leurs meubles dans des carrioles, sur des mulets, des bœufs, des ânes, sur leur dos même ; les gens sans moyen de locomotion suppliaient les heureux, qui possédaient une bête de trait, de leur permettre de se joindre à eux ; les travaux étaient abandonnés ; des groupes, bavardant comme autant de vols de corneilles, se tenaient à tous les carrefours, discutant la grande question : la mine était-elle ou non une gigantesque fraude?... Fallait-il continuer à s'esquinter sur un sol improductif peut-être, ou, comme les rats, fuir le navire menaçant de sombrer?

Une nouvelle, venue on ne sait d'où, se répandit tout à coup comme l'éclair et trancha la question pour les irrésolus : un énorme banc d'or, disait-on, venait d'être découvert sur la rive droite du Limpopo...

Alors ce fut de la furie, du délire : encore plus vite qu'ils n'étaient venus, les settlers détalèrent en masse, en bandes, en régiments, par centaines et bientôt par milliers... Comme une nuée de sauterelles, ils s'étaient abattus autour de la vieille tour phénicienne; pareils à un vol de corbeaux, ils se levèrent et partirent en croassant pour aller porter ailleurs leurs insatiables appétits, leur paresse incurable et leurs vices.

Huit jours plus tard, Massey-Dorp était veuf de son inquiétante et grouillante population. Il n'en restait plus que les huttes vides, dépouillées de leurs portes, de leurs volets et de leurs ferrures; et ce vide soulignait, en quelque sorte, l'impression de désastre soudain, d'irrémédiable catastrophe qui pesait sur la région tout entière.

Dans le grand silence qui s'était fait, les infortunés directeurs de l'entreprise n'entendaient plus que les battements de cœur navré par les lugubres nouvelles transmises chaque jour des Bourses de Paris et de Londres... Un cri universel de colère et de réprobation!... Le doute, d'abord, puis la rage impuissante... Les actions des *Mammoth Massey fields* baissant de quarante et cinquante francs par jour, rebondissant par l'effet de quelque fausse nouvelle mise en circulation par les naufrageurs du marché, puis tombant au-dessous du pair, tombant à un shilling, tombant à deux sous, vainement offertes à ce prix...

Le *krach* dans toute son horreur ; la ruine complète et sans fond.

CHAPITRE XXII

CONCLUSION. — LA VRAIE MINE D'OR

Dans ces douloureuses épreuves, Mme Massey donnait l'exemple du courage. Toujours vaillante, se forçant à paraître gaie, voulant espérer en dépit de tout, elle était soutenue par une ambition chimérique peut-être, mais qu'elle ne pouvait se résoudre à abandonner : assurer un revenu, si faible fût-il, aux souscripteurs de la compagnie et prouver qu'en tout cas les Massey n'avaient nullement profité du désastre.

En cela elle était secondée par l'esprit pratique de son fils Henri et de lord Fairfield.

Celui-ci, en apprenant à quel taux dérisoire tombaient les actions des *Mammoth fields*, avait eu une idée toute naturelle : c'est qu'une telle dépréciation étant véritablement excessive, puisqu'il restait un actif important, ne fût-ce qu'en matériel réalisable, sans parler de la voie ferrée, — déjà établie; — il fallait d'abord faire servir l'excès même de la crise à améliorer la situation.

Il avait donc télégraphié en Europe l'ordre d'acheter pour son compte personnel tous les titres offerts au-dessous de quinze centimes. Et telle était la panique, que même ces achats en grand furent impuissants à l'enrayer. Pour quelques milliers de livres sterling, les agents de lord Fairfield ramassèrent d'énormes paquets d'actions, — plus des trois quarts de l'émission.

Cette opération réalisée à son entière satisfaction, il annonça à Henri ce qu'il avait fait, en ajoutant qu'il ne plaignait pas du tout les niais qui se hâtaient de vendre au-dessous du pair le papier des *Massey fields* sur les mauvaises nouvelles reçues d'Afrique. Est-ce que la terre ne restait pas, et la ligne ferrée et l'outillage non déballé, qu'il suffisait de renvoyer en Europe pour en tirer bon parti?

Son opinion à lui était qu'à un demi-shilling les actions pouvaient fort bien redevenir une excellente affaire.

« C'est très possible, répondit Henri. Nous commencerons toujours, ma famille et moi, avec nos amis Lhomond et Weber, sans parler de Le Guen, par abandonner à la liquidation ce qui nous a été attribué comme apport.

— Vraiment?... Vous feriez cela? s'écria lord Fairfield sincèrement étonné. Pourquoi?

— Parce que nous ne voulons pas gagner un centime à la ruine générale de nos souscripteurs.

— Mais vous leur avez apporté une valeur positive, qui est votre filon!... A combien l'estimez-vous, en bloc?

— D'après le cube reconnu, à cinq ou six cent mille francs d'or, au maximum.

— Eh bien, trouvez-vous juste d'abandonner votre part de ce qui était primitivement à vous en entier?

— Oui, puisque ce filon même a été l'origine d'une erreur funeste à d'autres que nous.

—C'est un roman, de pur don quichottisme!... Mais, au surplus, ma théorie s'en trouve fortifiée et l'actif sera augmenté d'autant... Savez-vous bien que, dans ces conditions nouvelles et au taux actuel des titres, l'affaire peut devenir excellente?...

— Je m'en féliciterais hautement et je travaillerais de grand cœur à justifier vos pronostics.

— Eh bien, dites-moi, quel est votre plan?

— Il est très simple. Tout d'abord achever l'exploitation du filon. En moins d'un an, avec les moyens dont nous disposons présentement, nous pouvons arriver au terme de ce travail. Ci, cinq à six cent mille francs de produit net, en chiffres ronds. D'autre part, nous traiterons les résidus phéniciens par mes procédés d'épuration J'estime à quatre ou cinq grammes d'or à la tonne ce qui peut être resté soit dans les gangues mal broyées, soit dans les boues. Il y en a tout autour de nous des quantités prodigieuses et qu'il n'est même pas possible d'évaluer approximativement. Le traitement par les cyanures nous donnera environ quatre-vingt-dix pour cent de ce qui reste de métal précieux en ces résidus. Il n'exige pas des appareils bien coûteux. Tout se réduit à des cuves en bois ou en maçonnerie pour les filtrages et les lessivages... La principale difficulté sera celle de la main-d'œuvre. Mais avec les facilités de transport que nous fournit la voie ferrée, elle sera bientôt résolue : tout se réduira à l'offre de salaires véritablement rémunérateurs.

— Vous êtes vraiment sûr d'obtenir trois ou quatre grammes d'or à la tonne ?

— C'est une évaluation très modérée. Peut-être le rendement sera-t-il double ou triple.

— Si vos calculs sont exacts, ces résidus donneront plus d'or que certains minerais exploités au Transvaal !

— Sans compter que les frais d'extraction seront minimes, puisque ces résidus se trouvent à la surface même, à peine recouverts d'une légère couche d'humus.

— C'est une fortune, alors ?

— Non pas précisément une fortune, mais au moins une source de revenu assuré et proportionnel aux ressources dont nous disposerons.

— Admettez que vous ayez carte blanche pour les frais d'exploitation.

— En ce cas, je puis répondre d'un bénéfice net de quinze à vingt pour cent par an.

— La ligne ferrée est un facteur indispensable de votre plan ?

— Sans doute.

— Il faut donc alimenter le trafic de cette ligne, pour qu'elle se suffise à elle-même ?

— Évidemment. Et c'est bien là ce qui m'inquiète. Comment faire vivre une ligne qui ne traverse que des déserts ?

— Il n'y a qu'un moyen connu. Transformer

ces déserts, ou tout au moins partie de ces déserts, en cultures régulières.

— Cela exigerait non seulement des capitaux, mais une population qui nous manquent.

— Les capitaux, on les aura ! La population, on peut l'attirer ici par des avantages positifs.

— Alors, tout va de soi ! En peu d'années, avec une exploitation agricole parallèle à l'industrie minière, nous pouvons arriver à transformer ce pays et à faire de la déplorable affaire du début une affaire *payante*.

— Ce qui est possible doit s'effectuer », dit sentencieusement lord Fairfield.

Les deux jeunes hommes échangèrent une poignée de main, et Henri se hâta d'apporter à sa famille l'heureuse nouvelle de cet accord.

Tout d'abord, on se refusait à admettre qu'une telle résurrection fût possible. Et pourtant, il fallut bien se rendre à l'évidence. Lord Fairfield, dans son ardeur à ne pas s'avouer vaincu par le désastre des *Goldfields;* Henri, dans son désir de se mettre à la hauteur des circonstances, multipliaient leurs efforts avec tant d'intelligence et de courage, ils étaient si bien servis par le dévouement de leurs collaborateurs, qu'en quelques semaines la face des choses avait changé

L'usine installée au pied du filon reprenait son activité; des cuves en maçonnerie pour le traitement des résidus phéniciens s'élevaient au bord de la rivière; les travailleurs nègres, attirés par l'annonce d'un salaire élevé, commençaient à reprendre le chemin de Massey-Dorp. Bientôt des coolies indiens et chinois, appelés des îles anglaises et des côtes d'Asie par les avis télégraphiques de lord Fairfield, arrivèrent en rangs pressés. Il fut possible d'organiser l'extraction et le transport des *tailings* ou résidus antiques, qu'on vit s'élever en pyramides imposantes au voisinage des cuves. En même temps, sur le sol dépouillé de ses herbes et profondément labouré, s'alignaient peu à peu, par les soins de M. Massey et du docteur, secondés par Gérard, des plantations de café, de thé et de coton; d'autres champs étaient destinés à la culture des citrons, des oranges, des figues, des pêches et des bananes; d'autres encore, au flanc du coteau dominé par la tour phénicienne, à des essais de viticulture. Car le climat semi-tropical de Massey-Dorp était si égal et si doux qu'il permettait toutes les tentatives agricoles. Dans les vallées arrosées par les petits affluents de la rivière du Rhinocéros croissait une herbe fine et drue : elles furent réservées à l'élevage des bœufs et des moutons. Le docteur ne désespérait pas d'y acclimater le cheval, qu'une peste spéciale à l'Afrique du Sud empêche presque toujours d'employer dans ces régions; sur les indications de Colette et de Gérard, il avait retrouvé un arbuste que les pachydermes africains broutent instinctivement quand ils sont malades, comme font les chats et les chiens d'Europe quand ils sont libres aux champs, et tout le portait à penser que cet arbuste pouvait être pour les solipèdes la panacée tant souhaitée des agriculteurs du Transvaal.

Au milieu de ces travaux variés et de cette activité incessante, il n'y avait plus de place pour le chagrin ni pour les soucis. Seule Mme Massey paraissait obsédée par la préoccupation qui, dès la première heure, s'était emparée de son esprit : la crainte et la douleur d'avoir pu être et de rester une cause de ruine pour d'honnêtes familles européennes qu'elle ne connaissait pas, dont elle ne savait rien, sinon qu'elles avaient placé leur épargne dans une entreprise désormais condamnée. Mais, à cet égard même, Henri put bientôt la rassurer.

« En supposant, lui disait-il un jour, que le pays se fût trouvé tel que nous l'attendions, une immense mine d'or, l'exploitation aurait été lente à mettre en train et les premières années se seraient principalement marquées par des sacrifices. Il aurait fallu d'abord faire appel à des obligations, et payer l'intérêt de ces obligations avant de servir des dividendes aux actionnaires. Tout ce qu'ils pouvaient attendre, dans les premiers temps, était donc une plus-value durable de leurs titres et la transformation graduelle de leur modeste souscription en une part relativement importante dans une grosse affaire. Eh bien, chère maman, ceux d'entre eux qui n'ont pas cédé à la panique et qui ont gardé leurs titres arriveront au même résultat par une voie qui ne sera pas beaucoup plus lente. Au lieu d'avoir une part, comme nous l'espérions, dans la plus riche mine du globe, ils auront une part à peu près équivalente dans ce qui va devenir un des plus beaux domaines agricoles de l'univers.

— Tu en es sûr, tu en es bien sûr, mon Henri? demandait Mme Massey. Oh! si cela pouvait être vrai!... Si je pouvais voir de mes yeux ce domaine en plein rapport, si je pouvais lire un bilan qui donne à tous les souscripteurs, au moins à tous les humbles, à tous les fidèles, le revenu qu'ils attendaient légitimement de leur apport, oh! quel fardeau j'aurais de moins sur les épaules, et combien dès lors la pauvreté me serait légère.

— Vous le verrez, maman, et nous le verrons tous! Cette terre est d'une fécondité merveilleuse. Elle travaille à panser nos plaies et dès maintenant, d'après les résultats acquis, nous pouvons l'affirmer, personne ne perdra rien de ceux qui auront su attendre, — excepté nous, qui avons tout sacrifié d'avance... Mais, du moins, l'honneur est sauf!... Et c'est l'essentiel, n'est-il pas vrai?

— La seule chose au monde qui m'importe! articula lentement Mme Massey. Et pour nous, pour nous tous, la véritable source du bonheur... »

Et c'était vrai...Pour ces âmes d'élite, la fortune eût été odieuse, achetée au prix de l'honneur. Au surplus c'était une pauvreté toute virtuelle que l'existence large et tranquille assurée à la famille Massey et à son entourage, dans le coin de terre verdoyant et fertile où le sort l'avait jetée. Tout ce que les industries premières et essentielles peuvent donner à l'homme, elle l'avait en abondance : les céréales, la laine, le coton, les fruits, les fleurs, — sans parler de l'air pur de la montagne, de l'eau limpide du fleuve et même des parcelles d'or oubliées par le mineur phénicien dans ce sol privilégié.

Chaque mois, presque chaque semaine apportait, avec une récolte nouvelle, une cause supplémentaire d'espoir et de confiance. Bientôt les plantations entrèrent en plein rapport, les troupeaux donnèrent leur laine et leur viande ; bientôt la vigne elle-même se chargea de grappes dorées et ces grappes s'écrasèrent en moût parfumé que M. Brandevin se chargea de traiter en homme du métier et de conduire à maturité parfaite. Bientôt le docteur Lhomond put se flatter d'avoir conjuré la peste et doté le pays de cet auxiliaire inestimable qu'est un bon cheval. Enfin le moment vint où les produits de Massey-Dorp, exportés par pleins wagons à la côte portugaise et transformés en belle monnaie sonnante, purent alors s'entasser dans les caisses de la Compagnie pour retomber en manne bienfaisante sur les souscripteurs restés fidèles à sa fortune.

Le bon renom du pays lui assurait peu à peu une population laborieuse, bien différente de celle qui l'avait si brusquement envahi et délaissé naguère. Et les cultures s'étendant, le trafic s'accroissant sans cesse, la ligne ferrée, presque sans frais généraux, car elle n'avait guère que deux ou trois trains par semaine, devint par elle-même une source notable de revenus.

Lord Fairfield était rentré en Europe, mais revenait souvent en compagnie de lady Theodora, car ils avaient tous deux, comme ils le disaient gaiement, « le déplacement facile » et sautaient de Nice à Zanzibar et Basakouto aussi aisément qu'un touriste ordinaire de Piccadilly-circus à la rue de la Paix.

Il était, à chaque visite nouvelle, plus émerveillé des progrès de la colonie, — progrès qui se traduisaient au surplus par des recettes toujours croissantes. Le moment vint où les produits agricoles de toute nature prirent si bien le pas sur ceux de l'exploitation minière que, d'un commun accord, une fois le filon épuisé, le traitement des résidus phéniciens fut abandonné. Pourquoi se donner la peine d'extraire de ces boues l'or natif en parcelles, quand on pouvait, par le simple jeu des forces naturelles, obtenir avec un moindre effort des produits agricoles vingt fois plus rémunérateurs?

C'est ainsi que finit le filon de Gérard. Il n'y en a plus aujourd'hui que le souvenir, et l'histoire de Massey-Dorp marche si vite, que ce souvenir, à peine vieux de six ans, semble déjà presque fabuleux. La colonie grandit à vue d'œil et redevient un gros bourg africain, mais un bourg agricole et paisible, tout différent de ce qu'il fut dans le coup de fièvre du début.

M. Brandevin prend tous les jours une prestance plus majestueuse; mais Gérard le soupçonne de regretter toujours sa gloire éphémère et prétend qu'il commence toutes ses phrases par ces mots : « Du temps que j'étais juge de paix... » « Mame Ban'vin » se fait servir en grande dame et paraît parfaitement satisfaite de son sort.

Gérard est parti depuis quelques mois pour

faire son service militaire en France. Henri va venir le rejoindre, car il sent le besoin de se retremper un peu sur le sol natal.

A leur retour seulement sera célébré le mariage de Colette et de Martial Hardouin. Le jeune archéologue a trouvé la famille qu'il n'avait jamais eue et semblera un fils de plus à M. et Mme Massey. Le premier volume de son grand ouvrage sur les antiquités phéniciennes a fait sensation dans les sociétés savantes. Il est déjà traduit en plusieurs langues; la description de la mine antique aussi bien que des merveilleux labyrinthes qui y conduisent lui a valu l'admiration de tous ses éminents confrères. C'est un nom déjà illustre que va porter Colette.

Martine pleure d'attendrissement à la pensée de marier sa « petite », et Le Guen a daigné donner son auguste approbation à l'union projetée; comme il le dit souvent à M. Massey : « M. Martial a une tête sur les épaules, on ne peut le nier !... »

Quant à Lina, elle danse de joie à l'idée d'arborer pour la première fois « une robe longue » au mariage, en sa qualité de fille d'honneur. Elle ne sera pas seule à remplir ces aimables fonctions, car Nicole Mauvilain doit accompagner aussi son amie. Dans une excursion à l'intérieur, Henri a retrouvé l'excellente famille boer. Le père a manifesté une joie calme en apprenant qu'on avait abandonné la recherche maudite de l'or pour revenir aux saines traditions des patriarches; Nicole, accompagnée de ses deux frères aînés, est venue, à la prière instante de Mme Massey et de ses filles, passer quelques mois à Massey-Dorp, les visites étant forcément de longue durée dans ces pays lointains. On l'a trouvée affinée, embellie, le type boer semble en train de s'effacer chez elle pour laisser reparaître quelque frêle et blonde petite aïeule tourangelle; de plus, ayant étudié le français avec ardeur pour l'amour de ses amies, Nicole le parle aujourd'hui parfaitement; et son charme modeste fait souhaiter tout bas à Mme Massey de pouvoir un jour la nommer sa fille... Ce rêve se réalisera-t-il ?... On verra bien au retour de Henri; pour Nicole, elle ne dirait pas non, sans doute, et accepterait joyeusement de redevenir française non seulement de nom et d'origine, mais d'habitude et de nationalité.

M'Bololo et Mia-Mia sont aujourd'hui les chefs d'une nombreuse famille, et Bobéau, qui grandit à vue d'œil, ne les a pas quittés. Zumbo a fait le brillant mariage qu'il rêvait, mais se désole d'avoir déjà trois fils et pas une fille !

Phanor, le bon chien, porte toujours le collier que Colette lui a décerné et qui a été fait du lingot d'or trouvé par Gérard dans le souterrain; ce fastueux ornement rehausse encore sa beauté.

Autour de la villa, toutes traces du camp des chercheurs d'or sont effacées désormais; sur les pelouses veloutées, à l'ombre des grands arbres, on voit se promener gravement Goliath, idole de tous les enfants, grands ou petits, blancs ou noirs de la colonie.

FIN

Paris. — Typ. Chamerot et Renouard, 19, rue des Saints-Pères. — 28878

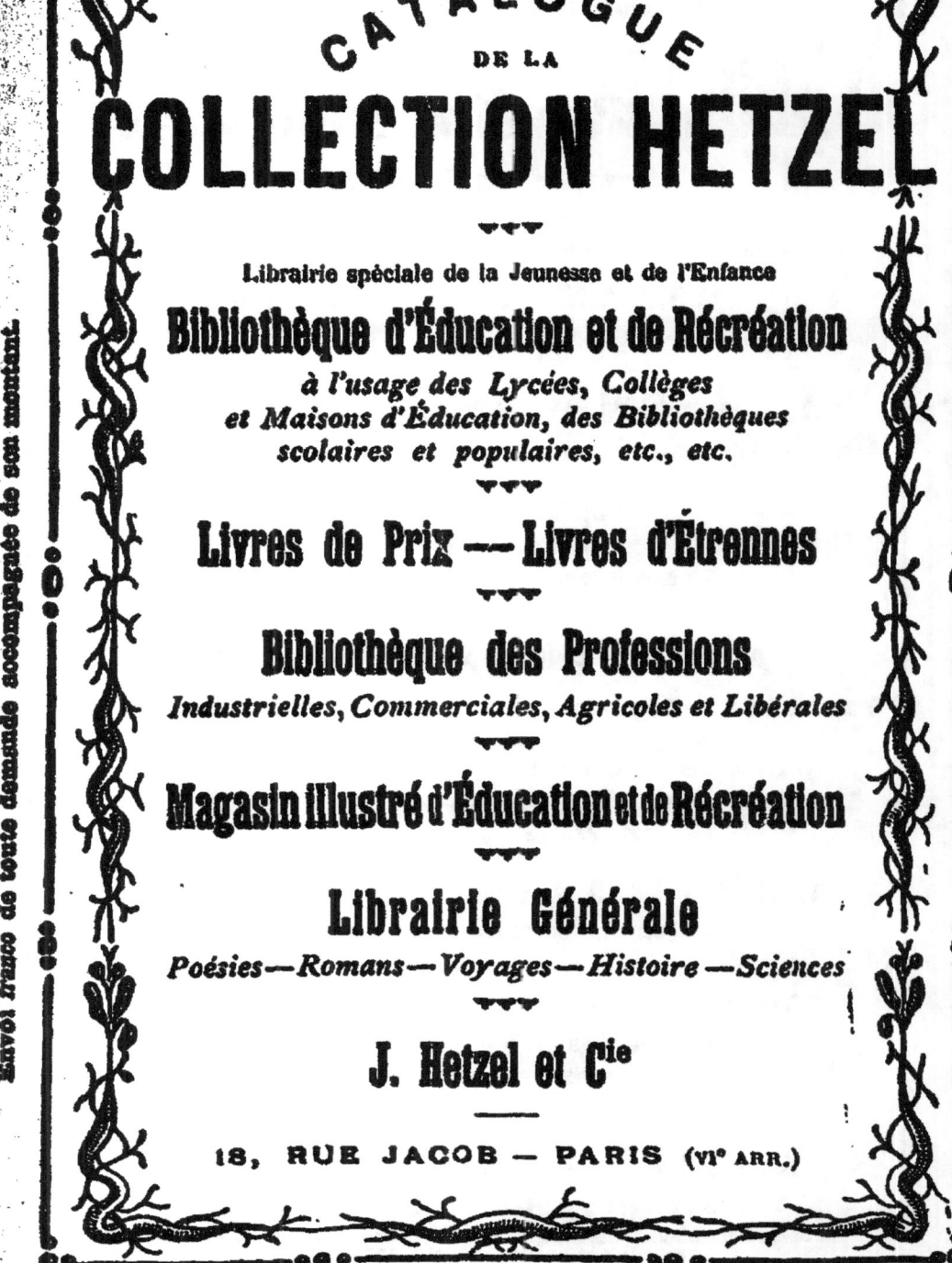

CATALOGUE
DE LA
COLLECTION HETZEL

Librairie spéciale de la Jeunesse et de l'Enfance

Bibliothèque d'Éducation et de Récréation

*à l'usage des Lycées, Collèges
et Maisons d'Éducation, des Bibliothèques
scolaires et populaires, etc., etc.*

Livres de Prix — Livres d'Étrennes

Bibliothèque des Professions

Industrielles, Commerciales, Agricoles et Libérales

Magasin illustré d'Éducation et de Récréation

Librairie Générale

Poésies — Romans — Voyages — Histoire — Sciences

J. Hetzel et Cie

18, RUE JACOB — PARIS (VIᵉ ARR.)

XI^eMAGASIN ILLUSTRÉ

d'Éducation et de Récréation

Journal de toute la Famille

Fondé par **P.-J. STAHL** en 1864

et SEMAINE DES ENFANTS réunis

DIRIGÉS PAR

J. VERNE et J. HETZEL

Avec la collaboration de nos plus célèbres Écrivains, Savants et Artistes

Seul Recueil collectif à l'usage de la Jeunesse
Couronné par
L'ACADÉMIE FRANÇAISE

⁓

ABONNEMENT ANNUEL

Paris : 14 fr.; Départements : 16 fr.; Union postale : 17 fr.

Les abonnements partent du 1er janvier ou du 1er juillet
Il paraît une livraison de 32 pages le 1er et le 15 de chaque mois

⁓

Collection complète

ANNÉES 1895 à 1900 — TOMES I à XII

CHAQUE VOLUME GRAND IN-8°, BROCHÉ, **7 FR.**

Les deux tomes de chaque année réunis en 1 volume :

Cartonné toile, fers spéciaux, tranches dorées, **18** francs.

Relié, demi-chagrin, tranches dorées, **20** francs.

Ancienne Série

ANNÉES 1864 à 1894 — 60 VOLUMES

Prix : Brochée, **420** fr.; Cartonnée toile, **600** fr.

En dehors des collections complètes il reste encore quelques exemplaires
de certaines années de cette ancienne série.

PRINCIPALES ŒUVRES
contenues dans le
Magasin Illustré d'Éducation et de Récréation

Collection complète des années 1895 à 1900
TOMES I A XII

Jules VERNE : L'Ile à Hélice, Face au Drapeau, Clovis Dardentor, Le Sphinx des Glaces, Le superbe Orénoque, Le Testament d'un Excentrique, Seconde Patrie. — **A. LAURIE :** Atlantis, L'Écolier d'Athènes, L'Oncle de Chicago, Gérard et Colette, Le Filon de Gérard, Le Tour du globe d'un Bachelier. — **GENNEVRAYE :** Les Petits Robinsons de Roc-Fermé. — **Aimé GIRON :** La Famille de la Marjolaine, Le Vieux ramasseur de Pierres. — **MALIN Henri) :** Un Collégien de Paris en 1870. — **NEUKOMM :** Les Normands en Amérique en l'an mille. — **P. PERRAULT :** Ma sœur Thérèse, L'Héritage de Jean. — **Th. BENTZON :** En temps de Guerre (La Rose blanche). — **DUPIN DE SAINT-ANDRÉ :** Double Conquête. — **H DE NOUSSANNE :** Le Château des Merveilles. — **E. BRETON :** Cousine Alice. — **MOUANS :** Frisonne l'Engourdie, La Maison blanche. — **LOUDEMER :** Pêche et Chasse sur les côtes de France. — **M. DE BEAUCHÊNE :** Les Nièces de M. Burke. — Contes, Nouvelles et Articles divers par **BENTZON, BRUNETIÈRE,** *de l'Académie française,* **DUPIN DE SAINT-ANDRÉ, A. FERMÉ, GRIMARD, E. LEGOUVÉ,** *de l'Académie française,* **J. DE COULOMB, MOUANS, NICOLE, SEVIN, VADIER VICARINO,** etc., etc. — Scènes enfantines diverses, par **FRŒLICH, FROMENT, LALAUZE,** etc.

Ancienne Série — Tomes I à LX, années 1864 à 1894

Jules VERNE : Les Voyages extraordinaires (24 ouvrages). — **P.-J. STAHL :** La Morale familière, La Famille Chester, Histoire d'un Ane et de deux jeunes Filles, Maroussia, Les Quatre filles du docteur Marsch, Jack et Jane, La Petite Rose, etc., etc. — **André LAURIE :** La Vie de collège dans tous les temps et tous les pays (6 ouvrages), L'Héritier de Robinson, De New-York à Brest, Le Secret du Mage, Le Rubis du grand Lama. — **Jules SANDEAU :** La Roche aux Mouettes. — **STAHL et MULLER :** Le Nouveau Robinson suisse. — **Hector MALOT :** Romain Kalbris. — **VIOLLET-LE-DUC :** Histoire d'une Maison. — **Jean MACÉ :** Les Serviteurs de l'Estomac, Les Soirées de Tante Rosy, etc. — **E. LEGOUVÉ :** Contes et Nouvelles divers. — **V. DE LAPRADE :** Le Livre d'un Père. — **MULLER :** La Jeunesse des Hommes célèbres. — **Lucien HIART :** Aventures d'un jeune Naturaliste, Les Voyages involontaires. — **Alfred RAMBAUD :** L'Anneau de César. — **Maurice BLOCK :** Causeries d'Économie pratique. — **Dr CANDÈZE :** Les Aventures d'un Grillon, La Gileppe, Périnette. — **LACOME :** La Musique au foyer. — **S. BLANDY :** Le Petit Roi, Les Pupilles de l'Oncle Philibert. — **Ch. DICKENS :** L'Embranchement de Mugby. — **BENTZON :** Geneviève Delmas. — **GENNEVRAYE :** Le Théâtre de famille, La petite Louisette, Marchand d'Allumettes. — **J. LERMONT :** Les jeunes Filles de Quinnebasset, L'Aînée, Kitty et Bo. — **RIDER-HAGGARD :** Les Mines de Salomon. — **PERRAULT :** Les Lunettes de grand'maman, Pas pressé, Les Exploits de Marie. — **E. DIÉNY :** La Patrie avant tout. — **H. DE NOUSSANNE :** Jasmin Robba.

Nombreuses séries de scènes enfantines dessinées par **FRŒLICH, FROMENT, DETAILLE, CHAM, GEOFFROY,** etc., etc., avec textes de **P.-J. STAHL, UN PAPA,** etc.

Il est donné toutes facilités désirables aux Bibliothèques scolaires, populaires, de quartiers, etc., et aux Établissements d'enseignement pour l'acquisition de la collection de la première série.

JULES VERNE

Œuvres complètes parues, 39 volumes :

Brochés.. **348 fr.** — Cartonnés toile.. **465 fr.** — Reliés.. **540 fr.**

Voyages Extraordinaires

Couronnés par l'Académie française

TRÈS BELLE ÉDITION GRAND IN-8° ILLUSTRÉE

	Broché	Cartonné toile	Relié
Les Aventures du capitaine Hatteras, 261 dessins, dont 6 planches en chromotypographie par Riou. 1 vol. *※	9 »	12 »	14 »
Voyage au Centre de la Terre, 56 dessins, dont 4 planches en chromotypographie par Riou. 1 volume *※	4 50	6 »	» »
Cinq Semaines en Ballon, 80 dessins, dont 4 pl. en chromotypo. par Riou. 1 v *※	4 50	6 »	» »
Ces deux ouvrages réunis en un seul volume	9 »	12 »	14 »
Les Enfants du capitaine Grant (VOYAGE AUTOUR DU MONDE), 177 dessins par Riou. 1 volume *※	10 »	13 »	15 »
De la Terre à la Lune, 43 dessins, dont 4 planches en chromotypographie par DE MONTAUT. 1 volume *※	4 50	6 »	» »
Autour de la Lune (suite de DE LA TERRE A LA LUNE), 45 dessins, dont 4 planches en chromotypographie par Emile BAYARD et DE NEUVILLE. 1 vol. *.	4 50	6 »	» »
Ces deux ouvrages réunis en un seul volume	9 »	12 »	14 »
Vingt mille lieues sous les Mers, 111 dessins, dont 6 planches en chromotypographie par DE NEUVILLE. 1 vol. *※	9 »	12 »	14 »
Une Ville flottante, suivie des FORCEURS DE BLOCUS 44 dessins, dont 3 pl. en chromotypographie par FÉRAT. 1 vol. *※	4 50	6 »	» »
Aventures de 3 Russes et de 3 Anglais, 52 dessins, dont 3 planches en chromotypographie par FÉRAT. 1 vol. *※	4 50	6 »	» »
Ces deux ouvrages réunis en un seul volume	9 »	12 »	14 »
Le Tour du Monde en 80 jours, 80 dessins, dont 3 pl. en chromotypo. par DE NEUVILLE et L. BENETT. 1 volume *※	4 50	6 »	» »
Le Docteur Ox, 58 dessins, dont 4 planches en chromotypographie par SCHULER, BAYARD, FRŒLICH, MARIE. 1 vol. ※	4 50	6 »	» »
Ces deux ouvrages réunis en un seul volume	9 »	12 »	14 »
Le Pays des Fourrures, 105 dessins dont 6 planches en chromotypographie par FÉRAT et DE BEAUREPAIRE. 1 vol. *※	9 »	12 »	14 »

※ Ouvrages honorés de souscriptions du *Ministère de l'Instruction publique*, ou choisis pour faire partie des catalogues des bibliothèques scolaires ou populaires.

JULES VERNE (suite)

	Broché	Cartonné toile	Relié
Le Chancellor, 58 dessins par Riou et Férat. 1 volume*※	4 50	6 »	» »
Les Indes-Noires, 45 dessins par Férat. 1 volume*※	4 50	6 »	» »
Ces deux ouvrages réunis en un seul volume	9 »	12 »	14 »
L'Ile mystérieuse, 154 dessins par Férat. 1 volume*※	10 »	13 »	15 »
Michel Strogoff, 95 dessins, dont 8 pl. en chromotypo. par Férat. 1 volume*※	9 »	12 »	14 »
Hector Servadac, 100 dessins, dont 6 planches en chromotypographie par Philippoteaux. 1 volume *	9 »	12 »	14 »
Un Capitaine de 15 ans, 93 dessins, dont 6 planches en chromotypographie par Meyer. 1 volume*※	9 »	12 »	14 »
Les Cinq cents millions de la Bégum, 48 dessins par Benett. 1 volume*	4 50	6 »	» »
Les Tribulations d'un Chinois en Chine, 52 dessins par Benett. 1 vol.*※	4 50	6 »	» »
Ces deux ouvrages réunis en un seul volume.	9 »	12 »	14 »
La Maison à vapeur, 101 dessins dont 6 pl. en chromotypo. par Benett. 1 vol*※	9 »	12 »	14 »
La Jangada (800 lieues sur l'Amazone), 95 dessins dont 6 planches en chromotypographie par Benett. 1 volume*	9 »	12 »	14 »
Le Rayon vert, 44 dessins par Benett. 1 volume*	4 50	6 »	» »
L'École des Robinsons, 51 dessins par Benett. 1 volume	4 50	6 »	» »
Ces deux ouvrages réunis en un seul volume	9 »	12 »	14 »
Kéraban le Têtu, 101 dessins dont 6 pl en chromotypo. par Benett. 1 volume*	9 »	12 »	14 »
L'Étoile du Sud, 63 dessins par Benett. 1 volume*	4 50	6 »	» »
L'Archipel en feu, 51 dessins par Benett 1 volume*	4 50	6 »	» »
Ces deux ouvrages réunis en un seul volume.	9 »	12 »	14 »
Mathias Sandorf, 113 dessins par Benett. 1 volume*	10 »	13 »	15 »
Robur le Conquérant, 45 dessins par Benett. 1 volume	4 50	6 »	» »
Un Billet de Loterie, 42 dessins par Roux. 1 volume*	4 50	6 »	» »
Ces deux ouvrages réunis en un seul volume.	9 »	12 »	14 »
Nord contre Sud, 86 dessins, dont 12 planches en couleurs par Benett. 1 vol.*※	9 »	12 »	14 »
Deux ans de Vacances, 90 dessins, dont 8 pl. en chromotypo. de Benett. 1 vol*	9 »	12 »	14 »
Le Chemin de France, 42 dessins, dont 6 planches en couleurs par Roux. 1 vol.	4 50	6 »	» »
Sans dessus dessous, 36 dessins, dont 7 planches en couleurs par Roux. 1 vol.*	4 50	6 »	» »
Ces deux ouvrages réunis en un seul volume	9 »	12 »	14 »

* Ouvrages honorés de souscriptions ou choisis par la *Ville de Paris* pour ses distributions de prix ou ses bibliothèques municipales.

JULES VERNE (suite)

	Broché	Cartonné toile	Relié
	—	—	—
Famille sans Nom, 82 dessins, dont 12 planches en couleurs par TIRET-BOGNET. 1 volume*	9 »	12 »	14 »
César Cascabel, 85 dessins, dont 12 pl. en chromotypo. par G. Roux. 1 vol*✳. . .	9 »	12 »	14 »
Mistress Branican, 83 dessins, dont 12 planches en chromotypographie par BENETT. 1 volume✳.	9 »	12 »	14 »
Le Château des Carpathes, 40 dessins, dont 6 planches en chromotypographie par L. BENETT. 1 volume ✳ . .	4 50	6 »	» »
Claudius Bombarnac, 55 dessins, dont 6 planches en chromotypographie par L. BENETT. 1 volume*✳.	4 50	6 »	» »
Ces deux ouvrages réunis en un seul volume.	9 »	12 »	14 »
P'tit Bonhomme, 85 dessins, dont 12 planches en chromotypographie par L. BENETT. 1 volume✳	9 »	12 »	14 »
Mirifiques Aventures de Maître Antifer. 77 dessins, dont 12 planches en chromotypographie par G. ROUX. 1 v.*	9 »	12 »	14 »
L'Ile à Hélice, 81 dessins, dont 12 pl. en chromotypo. par G. ROUX. 1 vol. *✳	9 »	12 »	14 »
Face au Drapeau, 42 dessins, dont 6 pl. en chromotypo. par BENETT. 1 vol. *✳.	4 50	6 »	» »
Clovis Dardentor, 47 dessins, dont 6 planches en chromotypographie par BENETT. 1 volume.	4 50	6 »	» »
Ces deux ouvrages réunis en un seul volume. . . .	9 »	12 »	14 »
Le Sphinx des Glaces, 68 dessins, dont 20 planches en chromotypographie par G. Roux et 1 carte. 1 volume* ✳. . . .	9 »	12 »	14 »
Le Superbe Orénoque, 72 dessins, dont 20 planches en chromotypographie par G. ROUX. 1 volume*.	9 »	12 »	14 »
Le Testament d'un Excentrique, 61 gravures dont 20 pl. en chromotypo. par G. ROUX, 35 Vues et 1 carte. 1 vol.	9 »	12 »	14 »
†**Seconde Patrie**, 68 gravures, dont 12 pl. en chromotypo. par G. ROUX, 2 cartes.	9 »	12 »	14 »

LA DÉCOUVERTE DE LA TERRE :

	Broché	Cartonné toile	Relié
Les premiers Explorateurs, 117 dessins et cartes par PHILIPPOTEAUX, BENETT. 1 volume *✳	7 »	10 »	11 »
Les grands Navigateurs du XVIIIᵉ siècle, 116 dessins et cartes par P. PHILIPPOTEAUX et MATTHIS. 1 vol. *✳. .	7 »	10 »	11 »
Les Voyageurs du XIXᵉ siècle, 108 dessins et cartes par BENETT. 1 vol.*✳	7 »	10 »	11 »
Ces trois ouvrages réunis en un seul volume . . .	» »	25 »	30 »

† Nouveautés de l'année.

COLLECTION HETZEL

VOLUMES GRAND IN-8° ILLUSTRÉS

(Formats Jésus et Colombier)

CHAQUE OUVRAGE FORME UN VOLUME

Brochés, **10** *fr.* — *Cartonnés toile, tranches dorées,* **13** *fr.*
Reliés 1/2 chagrin, tranches dorées, **15** *fr.*

BIART (LUCIEN).... **Don Quichotte,** édition spéciale à la jeunesse, illustré de 316 dessins par TONY JOHANNOT.

CLÉMENT (CH.).... *※**Michel-Ange, Raphaël, Léonard de Vinci,** illustré de 167 dessins d'après les grands maîtres.

ERCKMANN-CHATRIAN... *※**Romans nationaux.** — *※**Contes et Romans populaires.** — *※**Romans alsaciens.**
(Voir détail page 20).

LA FONTAINE...... **Fables,** illustré de 115 grandes compositions d'EUGÈNE LAMBERT.

LAURIE (ANDRÉ)... ***Les Exilés de la Terre** (*Selene Company Ld*), illustré de 79 dessins par G. ROUX.

MALOT (HECTOR)... ⟨⟩***Sans Famille,** 102 dessins par E. BAYARD.

MAYNE-REID, *Œuvres choisies pour la Jeunesse :*
  *※**Aventures de Terre et de Mer,** 200 illustrations.
  *※**Aventures de Chasses et de Voyages,** 200 illustrations.
(Les deux ouvrages ci-dessus réunis en un volume, cartonné toile, **25 fr.**;
relié demi-chagrin, **30 fr.**)

Brochés, **9** *fr.* — *Cartonnés toile, tranches dorées,* **12** *fr.*
Reliés, **14** *fr.*

BIART (LUCIEN)... **Les Voyages involontaires** (*Monsieur Pinson.* — *Le Secret de José.* — *La Frontière indienne.* — *Lucia Avila*), 104 illustrations par MEYER.

RAMBAUD (ALFR.) ⟨⟩*※**L'Anneau de César,** illustré de 80 dessins par G. ROUX. Nouvelle édition augmentée d'une *Étude sur la Gaule ancienne,* par P. FONCIN. (9 cartes).

Les Contes de Perrault

PRÉFACE DE P.-J. STAHL

40 grandes compositions hors texte
de Gustave DORÉ

1 vol. in-4°, cart. riche, **25 fr.** — Reliure d'amateur, **30 fr.**

COLLECTION HETZEL

VOLUMES IN-8° ILLUSTRÉS

CHAQUE OUVRAGE FORME UN VOLUME

Brochés, **7** *fr.*

1° SÉRIE A. — Volumes in-8° raisin

Cartonnés toile, tranches dorées, **9** *fr.* **40**
Reliés 1/2 chagrin, tranches dorées, **11** *fr.*

BARBIER (Mme M.), **Les Contes blancs**, illustrés par Geoffroy, G. Roux et Destez, et accompagnés de 10 mélodies inédites par C. Gounod, E. Guiraud, H. Maréchal, J. Massenet, G. Nadaud, E. Reyer, Rubinstein, Saint-Saens, H. Salomon, A. Thomas.

— **Bempt** (Nouveaux Contes blancs), illustré par Destez et Tiret-Bognet et accompagné de 3 mélodies inédites par E. Boulanger, Th. Dubois, V. Joncières.

BENTZON (TH.), *✳Geneviève Delmas, illustré par G. Roux.

BOISSONNAS (Mme B.), ✿ *✳Une Famille pendant la guerre 1870-71, illustré par P. Philippoteaux.

BRUNETIÈRE, *Chefs-d'œuvre de Corneille (*Le Cid* — *Horace* — *Cinna* — *Polyeucte*) — avec préface et notes de F. Brunetière, *de l'Académie française,* illustré par J. Dubouchet.

DESNOYERS (LOUIS), *Aventures de Jean-Paul Choppart, illustré par Giacomelli et Cham.

DUBOIS (FÉLIX), *✳La Vie au Continent noir, illustré par Riou, d'après les dessins et croquis d'Adrien Marie et les photographies de M. G. Warenhorst.

HUGO (VICTOR) *✳Le Livre des Mères (*les Enfants*), poésies de Victor Hugo ayant trait à l'enfance, illustré de nombreuses gravures et vignettes par Froment.

LAPRADE (VICTOR DE), de l'Académie française :
✳Le Livre d'un Père, illustré par Froment.

LAURIE (ANDRÉ), *La Vie de Collège dans tous les Temps et dans tous les Pays :*
*✳Mémoires d'un Collégien, illustré par Geoffroy.
*✳La Vie de collège en Angleterre, ill. Philippoteaux.
*✳Une Année de collège à Paris, illustré par Geoffroy.
*✳Histoire d'un Écolier hanovrien, illustré par Maillard.
*✳Le Bachelier de Séville, illustré par Atalaya.
*✳Axel Ebersen (*Le Gradué d'Upsala*), illustré par G. Roux.
*✳L'Écolier d'Athènes, illustrations en couleurs par G. Roux.

✳ Ouvrages honorés de souscriptions du *Ministère de l'Instruction publique*, ou choisis pour faire partie des catalogues des bibliothèques scolaires ou populaires.

COLLECTION HETZEL

LAURIE (ANDRÉ), *Les Romans d'Aventures* (Voir aussi page 10):
Atlantis, illustrations en couleurs, par G. Roux.
*De New-York à Brest en 7 heures, illustré par Riou.
Le Secret du Mage, illustré par Benett.
*Le Rubis du Grand Lama, illustré par Riou.

LEGOUVÉ (ERNEST), de l'Académie française :
*✳Nos Filles et nos Fils, *Scènes et études de famille*, illustré par Philippoteaux.
✳Une Élève de seize ans, illustré par A. Marie, Roux, Jankowski, etc.
*Épis et Bleuets, *Souvenirs biographiques, études littéraires et dramatiques, scènes de famille*, illustré par P. Destez, Desvallières, Geoffroy, Montégut, etc., etc.

MACÉ (J.), *✳Histoire d'une Bouchée de pain, il. par Froelich

NEUKOMM (EDMOND), *Les Dompteurs de la Mer, *Les Normands en Amérique, depuis le xe jusqu'au xve siècle*, illustrations en couleurs par G. Roux et Benett.

PERRAULT (PIERRE), *Ma sœur Thérèse, illustrations en couleurs par J. Geoffroy et L. Gsell.

RATISBONNE (L.), ✳La Comédie enfantine, illustré par Froment et de Gobert.

SANDEAU (JULES), de l'Académie française :
✳Mademoiselle de la Seiglière, illustré par Bayard.
La Petite Fée du Village (*édition de* Catherine *spéciale à la jeunesse*), illustré par G. Roux.

ULBACH (L.), Le Parrain de Cendrillon, illustré par É. Bayard.

VADIER (B.), Théâtre à la Maison et à la Pension, illustré par Geoffroy.

VALDÈS (ANDRÉ), Le Roi des Pampas, illustré par Achet et Félix Régamey.

J. VERNE ET A. LAURIE, L'Épave du Cynthia, illustré par Roux.

VIOLLET-LE-DUC (texte et dessins), *✳Histoire d'une Forteresse

2° SÉRIE B. — Volumes grand in-8°
Cartonnés toile, tranches dorées, 10 *francs.*
Reliés demi-chagrin, tranches dorées, 11 *francs.*

BIART (LUCIEN) : ✳Aventures d'un jeune Naturaliste au Mexique, illustré par Benett.

DAUDET (ALPHONSE) :
✳Histoire d'un Enfant, *le Petit Chose* (*édition spéciale à l'usage de la jeunesse*), illustré par P. Philippoteaux.
Contes choisis: *Édition spéciale à l'usage de la jeunesse*, illustrés par Émile Bayard et A. Marie.

COLLECTION HETZEL

DUPIN DE ST-ANDRÉ, *Double Conquête, illustré par P. Destez.

ERCKMANN-CHATRIAN, Histoire d'un Paysan. Illustrations de Théophile Schuler.

LAURIE (ANDRÉ), *La Vie de Collège dans tous les Temps et dans tous les Pays* (Voir aussi page 8) :

*✻Autour d'un Lycée japonais, illustré par F. Régamey.
*✻Mémoires d'un Collégien russe, illustré par G. Roux.
L'Oncle de Chicago, illustré par Benett.
*✻Tito le Florentin, illustré par G. Roux.
✝ Le Tour du globe d'un Bachelier (*A travers les Universités de l'Orient*), illustré par L. Benett.

LAURIE (ANDRÉ). *Les Romans d'Aventures* (Voir aussi page 9) :

*✻L'Héritier de Robinson, illustré par Benett.
*Gérard et Colette (*Les Chercheurs d'or de l'Afrique australe*), illustré par Benett.
*Le Filon de Gérard (*Les Chercheurs d'or de l'Afrique australe*), illustré par Benett.

LEGOUVÉ (ERNEST), de l'Académie française:
La Lecture en famill , illustré par Benett, Geoffroy.

MALIN (HENRI), *Les premiers combats de la vie :*
*Un Collégien de Paris en 1870, illustré par Benett.

NOUSSANNE (H. DE). * Le Château des Merveilles, illustré par Destez.

PERRAULT (PIERRE), ✝ L'Héritage de Jean, illustré par G. Roux.

SANDEAU (JULES), de l'Académie française:
*✻ La Roche aux Mouettes, ill. par Bayard et Férat.
❶✻Madeleine (*éd. spéciale à la jeunesse*), ill. par Bayard.

STAHL (P.-J.), ❶*✻ Les Patins d'argent (*Histoire d'une famille hollandaise et d'une bande d'écoliers*), d'après Mⁿᵉ Mary Mapes Dodge, illustré par Th. Schuler.
❶*✻Maroussia, d'après une légende de Markowovzok, illustré par Th. Schuler.

STAHL ET MULLER, *✻Le Nouveau Robinson suisse, nouvelle édition revue, corrigée et mise au courant de la science, illustrée de 150 dessins par Yan'Dargent.

VIOLLET-LE-DUC (texte et dessins) :
*✻Histoire de l'Habitation humaine, depuis les temps préhistoriques jusqu'à nos jours.
*✻Histoire d'un Hôtel de ville et d'une Cathédrale. (Illustrations en couleurs.)

COLLECTION HETZEL

VOLUMES IN-8° CAVALIER ILLUSTRÉS

CHAQUE OUVRAGE FORME UN VOLUME

Broché, **4 fr. 50.** — *Cartonné toile, tranches dorées,* **6 fr.**

BEAUCHÊNE (M. DE). † Les Nièces de M. Burke.

BENTZON (TH.) ..... ✳ Pierre Casse-Cou — La Rose blanche, d'après M⁰ˢ Mary Davis.

BERR DE TURIQUE. La petite Chanteuse.

BIART (LUCIEN) .... ✳✳ Voyages et Aventures de deux enfants dans un parc.

BRETON (E.) ...... Cousine Alice.

BUSNACH (W.) ..... ◔ Le Petit Gosse.

CAUVAIN (H.) ...... Le grand Vaincu.

CHAZEL (PROSPER) .. ✳ Le Chalet des Sapins.

CRETIN-LEMAIRE ... Les Expériences de la petite Madeleine.

DEQUET (A.) .... ✳ Histoire de mon Oncle et de ma Tante.

DUMAS (ALEXANDRE) Histoire d'un Casse-noisette.

GENNEVRAYE ...... Un château où l'on s'amuse. — ✳✳ La petite Louisette. — ◔✳ Marchand d'Allumettes. — Les Petits Robinsons de Roc-Fermé.

GIRON .... Le Vieux Ramasseur de Pierres, *suivi de* : La Famille de la Marjolaine.

LERMONT (J.) .....✳✳ Les jeunes Filles de Quinnebasset.

— ...... Siribeddi (*Mémoires d'un éléphant*).

— ...... Un Honnête petit Homme.

MACÉ (JEAN) ......✳✳ Le Théâtre du Petit Château.

— ......✳✳ Les Serviteurs de l'Estomac.

MALOT (HECTOR) ...✳✳ Romain Kalbris.

PERRAULT (P.) ..... Pas-Pressé.

RECLUS (ELISÉE) ...✳✳ Histoire d'une Montagne.

— ....✳✳ Histoire d'un Ruisseau.

SAINTINE .... ✳ Picciola.

SILVA (DE) .... Le Livre de Maurice.

STAHL (P.-J.) .....✳✳ Les quatre Filles du docteur Marsch.

— .... ✳ Histoire d'un Ane et de deux jeunes Filles, dessins de Schuler.

STAHL ET LERMONT. ✳ La Petite Rose, ses six tantes et ses sept cousins, d'après Alcott.

STAHL ET DE WAILLY. ✳ Les Vacances de Riquet et Madeleine.

STEVENSON (R.-L.) ..✳✳ L'Ile au Trésor, adaptation par A. Laurie.

VIOLLET-LE-DUC ....✳✳ Histoire d'une Maison. — ✳✳ Histoire d'un Dessinateur. (*Comment on apprend à dessiner.*)

† Nouveautés de l'année.

Petite Bibliothèque Blanche

VOLUMES ILLUSTRÉS GRAND IN-16

Brochés, 1 fr. 50. *Cartonnés toile rouge, tranches dorées,* 2 fr.

ALDRICH (TH.-B.). *✳Un Écolier américain. — AUSTIN (S.). Boulotte. — BEAULIEU (DE), Mémoires d'un Passereau. — BENTZON (TH.). *Yette. † Contes de tous les Pays. — BERTIN (M.), Les deux côtés du mur. *Voyage au pays des défauts. Les Douze. — BIGNON. Un singulier petit homme. — BRÉHAT (A. DE), Aventures de Charlot et de ses sœurs. — CHATEAU-VERDUN (DE), *M. Roro. — CHERVILLE *✳Histoire d'un trop bon Chien. — CRETIN-LEMAIRE. Le Livre de Trotty. — DIENY, *La Patrie avant tout. — DUMAS (AL.), La Bouillie de la Comtesse Berthe. — DUPIN DE SAINT-ANDRÉ, Petit Jean. — FEUILLET (O.). *La Vie de Polichinelle. — GÉNIN (M.). *Un petit Héros. — LA BÉDOLLIÈRE (DE). *La Mère Michel et son Chat. — LEMONNIER (C.). *Huit Bêtes et une Poupée. Les Joujoux parlants. — LERMONT (J.). Mes Frères et Moi. — LE ROY (O.). *La Pupille de Polichinelle. † L" Bande Arlequin. — MARSHALLS. *Le Petit Jack — MAYNE-REID. *Les Exploits des Jeunes Boërs. *✳ Les Chasseurs de Girafes. *✳La Sœur perdue. — MOUANS, Frisonne l'Engourdie. La Maison blanche. — MULLER (EUG.). Récits enfantins. — MUSSET (P. DE), M. le Vent et M"" la Pluie. — NODIER (CHARLES), Trésor des fèves et fleur des pois. — OURLIAC (E.). Le Prince Coqueluche. — PERRAULT. *Les Lunettes de grand'maman. Les Exploits de Mario. — SAND (G.). Histoire du véritable Gribouille. — STAHL (P.-J.). *Les Aventures de Tom Pouce. *Contes de Tante Judith. *Le Sultan de Tanguik. *Le Chemin glissant. — VERNE (J.). *✳Un Hivernage dans les glaces.

BIBLIOTHÈQUE DES JEUNES FRANÇAIS

Volumes gr. in-16 à 1 fr. 50. *Cart. toile tr. dorées,* 2 fr.

BLOCK (Maurice) ... *✳Petit Manuel d'Économie pratique (*ouvrage couronné par l'Académie française*).
  *✳Entretiens familiers sur l'administration de notre pays :
  La France, 1 vol. — Le Département, 1 vol. — La Commune, 1 vol. (Ouvrages adoptés par les conférences cantonales d'instituteurs et les commissions départementales, et compris dans la circulaire ministérielle du 17 novembre 1883.)
  Paris, Organisation municipale, 1 vol. — Paris, Institution administrative, 1 vol. — Le Budget, 1 vol. — L'Impôt, 1 vol. — L'Industrie, 1 vol. — L'Agriculture, 1 vol. — Le Commerce, 1 vol.
ERCKMANN-CHATRIAN. ✳Avant 89 (illustré).
MACÉ (Jean). . . . . . *La France avant les Francs (illustré).
PONTIS. . . . . ✳Petite Grammaire de la prononciation.
TRIGANT-GENESTE . . ✳Le Budget communal.

✳ Ouvrages honorés de souscriptions du *Ministère de l'Instruction publique*, ou choisis pour faire partie des catalogues des bibliothèques scolaires ou populaires.

Albums Stahl

Bibliothèque de Mlle Lili et de son cousin Lucien

Albums in-4° en couleurs : Prix : cartonnés bradel, 1 fr.

BECKER. Une drôle d'École.
CASELLA. Les Chagrins de Dick. — Le Déjeuner sur l'herbe.
COURBE. Du matin au soir.
FRŒLICH. Chansons et Rondes de l'Enfance (chaque Chanson forme un Album). — Au Clair de la Lune. — La Boulangère a des écus. — Le Roi Dagobert. — Cadet-Roussel. — Il était une Bergère. — Girofié-Girofia. — La Mère Michel. — Malbrough. — La Marmotte en vie. — M. de La Palisse. — Nous n'irons plus au bois. — La Tour, prends garde. — Compère Guilleri. Le Pont d'Avignon.

† Alexandre le Grand. — Les Frères de Mlle Lili. — Le Pommier de Robert.

FROMENT. Le Plat mystérieux.
GEOFFROY. Don Quichotte. — Gulliver. — L'Âne gris.
KURNER. Une Maison inhabitable.
LUCKY (OE). La Pêche au Tigre. — Les trois Montures de John Gabriole. — L'Homme à la Flûte. — Robinson Crusoé.
MÉRY. La Guerre autour d'un Cerisier.
TINANT. Les Pêcheurs ennemis. — La Revanche de Cassandre. — Un Voyage dans la neige. — De haut en bas. — Le Berger ramoneur. — Un Colin-Maillard accidenté. — Un Premier Jour de Vacances. — Drames en trois actes.
TROJELLI. Alphabet musical de Mlle Lili.

En noir : cartonnés bradel, 2 fr. ; reliés toile, à biseaux, 4 fr.

FATH (G.). † Pierrot à l'École et chez son ami Paillasse.
FRŒLICH. Alphabet de Mlle Lili. — Arithmétique de Mlle Lili. — L'A perdu de Mlle Babet. — Journée de Mlle Lili. — Mlle Lili à Paris. — Les petits Bergers. — La 1re Chasse de Jujules. — Une grande journée de Mlle Lili. — La Mère Bontemps. — Papa en voyage. — La Vocation de Jujules. — Maman en voyage. — Les 3 Chiens de Mlle Lili. — Les Sept ans de

Mlle Lili. — Mlle Lili au Jardin des Plantes. — † Mlle Lili, maîtresse de maison.
FROMENT. Exploits de Fanchette et de Marcel. — Scènes familières (au Château). — Scènes familières (à la Ferme). — Nouvelles Tragédies enfantines. — Michel et Suzon.
GEOFFROY. Proverbes en action.
HUMBERT. Le Roi des Pingouins.
LALAUZE. Le Rosier du petit frère. — Suzanne et Suzette.
LAMBERT. Chiens et Chats.

TH. SCHULER. Premier Livre des petits enfants. (Cartonné bradel, 3 fr.; relié toile, à biseaux, 5 fr.)

BIBLIOTHÈQUE
d'Éducation et de Récréation

VOLUMES IN-18 ILLUSTRÉS
Brochés, 3 fr.
Cartonnés toile, tranches dorées, 4 fr.

❋ Ouvrages honorés de souscriptions du *Ministère de l'Instruction publique*, ou choisis pour faire partie des catalogues des bibliothèques scolaires ou populaires.

BIBLIOTHÈQUE D'ÉDUCATION ET DE RÉCRÉATION

CANDÈZE (Dr)............   *Contes et Romans de l'Histoire naturelle :*
—   * Aventures d'un Grillon................ 1 v.
—   * La Gileppe.................... 1 v.
—   * Périnette.................... 1 v.
CLÉMENT (Ch.)....... ⚹※Michel-Ange, Raphaël, Léonard de Vinci. 1 v.
DESNOYERS (Louis)..   * Mésaventures de Jean-Paul Choppart. ... 1 v.
DUBOIS (Félix)...... ⚹※La Vie au Continent noir............ 1 v.
DUFIN DE SAINT-ANDRÉ.* Ce qu'on dit à la maison............ 1 v.
ERCKMANN-CHATRIAN..⚹※Le fou Yégof ou l'Invasion........... 1 v.
—   *※Madame Thérèse............... 1 v.
—   *※Les États généraux (1789)...... 1 v.
—   *Histoire* ⧹*※La Patrie en danger (1792).... 1 v.
—   *d'un* ⧸*※L'An I de la République (1793).. 1 v.
—   *Paysan :* ⧹*※Le Citoyen Bonaparte (1794-1815). 1 v.
FONT-RÉAULX (de)... ※Les Canaux.................. 1 v.
GENNEVRAYE......... *※La Petite Louisette............ 1 v.
—   ※Marchand d'Allumettes (*couronné par l'Académie française*)................ 1 v.
—   Un Château où l'on s'amuse........... 1 v.
GRATIOLET (P.)..... ※De la Physionomie.............. 1 v.
GRIMARD.......... * Histoire d'une Goutte de sève........ 1 v.
—   * Le Jardin d'Acclimatation.......... 1 v.
HUGO (Victor) ...*※Les Enfants (Le Livre des Mères)..... 1 v.
LAPRADE (V. de) ... ※Le Livre d'un Père............. 1 v.

LAURIE (André).   *La Vie de Collège dans tous les Temps et tous les Pays :*

※La Vie de collège en Angleterre...........	1 v.	*※Autour d'un Lycée japonais.	1 v.
*※Mémoires d'un Collégien..	1 v.	*※Le Bachelier de Séville...	1 v.
*※Une année de collège à Paris	1 v.	*※Mémoires d'un Collégien russe...........	1 v.
*※Un Écolier hanovrien....	1 v.	*※Axel Ebersen (Le gradué d'Upsala).........	1 v.
*※Tito le Florentin.....	1 v.	*※L'Écolier d'Athènes.....	1 v.

LAURIE (André).   *Les Romans d'Aventures :*

*※L'Héritier de Robinson...	1 v.	*Selene Company limited*	
*※Le Capitaine Trafalgar...	1 v.	*Le Nain de Rhadamèh...	1 v.
* De New-York à Brest en 7 heures..........	1 v.	*Les Naufragés de l'espace..	1 v.
Le Secret du Mage.....	1 v.	*Le Rubis du Grand Lama.	1 v.
Atlantis	1 v.	*Gérard et Colette......	1 v.
		† Le Filon de Gérard	1 v.

LAVALLÉE (Th.).....* Les Frontières de la France (*couronné par l'Académie française*) .... 1 v.
LEGOUVÉ (Ernest)....*※Les Pères et les Enfants au XIXe siècle :
de l'Académie française   *Enfance et Adolescence.* 1 v. *La Jeunesse.* 1 v.
—   ※Une Élève de seize ans............. 1 v.
—   *※Nos Filles et nos Fils............ 1 v.
—   *※L'Art de la lecture.............. 1 v.
—   *※La Lecture en action............. 1 v.
—   * Épis et Bleuets................ 1 v.

* Ouvrages honorés de souscriptions ou choisis par la *Ville de Paris* pour ses distributions de prix ou ses bibliothèques municipales.

J. HETZEL ET Cⁱᵉ, 18, RUE JACOB

LERMONT	※Les Jeunes Filles de Quinnebasset	1 v.
—	※Un heureux Malheur	1 v.
MACÉ (Jean)	※Arithmétique du Grand-Papa	1 v.
—	※Contes du Petit Château	1 v.
—	※Histoire d'une Bouchée de Pain	1 v.
—	※Les Serviteurs de l'estomac	1 v.
—	※Les Soirées de ma tante Rosy	1 v.

MAYNE-REID. *Œuvres choisies pour la Jeunesse :*

※William le Mousse	1 v.	※Les deux Filles du Squatter	1 v.
● Les Jeunes Esclaves	1 v.	※Les Robinsons de Terre	
※Les Chasseurs de Girafes	1 v.	ferme	1 v.
● Les Naufragés de Bornéo	1 v.	● Les Chasseurs de Chevelures	1 v.
※Les Planteurs de la Jamaïque	1 v.		

MULLER (Eugène)	※Jeunesse des Hommes célèbres	1 v.
NEUKOMM (Edmond)	●Les Dompteurs de la Mer	1 v.
NOUSSANNE (H. de)	※Jasmin Robba	1 v.
PERRAULT (P.)	●Ma Sœur Thérèse	1 v.
RAMBAUD (Alfred)	※L'Anneau de César (*ouvrage couronné par l'Académie française*)	2 v.
RATISBONNE (Louis)	※La Comédie enfantine (*ouvrage couronné par l'Académie française*)	1 v.
RECLUS (Élisée)	※Histoire d'un Ruisseau	1 v.
—	※Histoire d'une Montagne	1 v.
RIDER-HAGGARD	※Découverte des Mines du Roi Salomon	1 v.
SANDEAU (Jules) de l'Académie française	※La Roche aux Mouettes	1 v.
SIEBECKER (Édouard)	※Histoire de l'Alsace	1 v.
STAHL (P.-J.)	●※Contes et Récits de Morale familière	1 v.
	(*Ouvrage couronné par l'Académie française, adopté par les conférences cantonales d'instituteur et les commissions départementales, et compris dans la circulaire ministérielle du 17 novembre 1883.*)	
—	※Les Patins d'argent (*ouvrage couronné par l'Académie française*)	1 v.
—	※Histoire d'un Âne et de deux jeunes Filles (*ouvrage couronné par l'Académie.*)	1 v.
—	※Maroussia (*ouvrage couronné par l'Académie française*)	1 v.
—	● Les quatre Peurs de notre général (*ouvrage couronné par l'Académie française*)	1 v.
—	※Les quatre Filles du Dr Marsch	1 v.
—	※Mon premier Voyage en Mer, *adaptation.*	1 v.
STAHL et LERMONT	● La petite Rose, ses six Tantes et ses sept Cousins	1 v.
—	※Jack et Jane	1 v.
STAHL et MULLER	※Le Nouveau Robinson suisse	1 v.
STEVENSON	※L'Île au Trésor	1 v.
TOLSTOÏ (le comte L.)	●※Enfance et Adolescence	1 v.
VADIER (B.)	Blanchette	1 v.
VALLERY-RADOT (R.)	●※Journal d'un Volontaire d'un an (*ouvrage couronné par l'Académie française*)	1 v.
J. VERNE et A. LAURIE	● L'Épave du Cynthia	1 v.

※ Ouvrages honorés de souscriptions du *Ministère de l'Instruction publique*, ou choisis pour faire partie des catalogues des bibliothèques scolaires ou populaires.

VERNE (Jules). VOYAGES EXTRAORDINAIRES
(couronnés par l'Académie française)

Aventures du capitaine Hatteras :
* ※Les Anglais au pôle Nord. 1 v.
* ※Le Désert de Glace. . . . . 1 v.

* ※Voyage au centre de la
 Terre (*couronné*). . . . . 1 v.
* ※Cinq semaines en ballon
 (*couronné*). . . . . 1 v.

Les Enfants du capitaine Grant :
* ※L'Amérique du Sud. . . . . 1 v.
* ※L'Australie . . . . 1 v.
* ※L'Océan Pacifique. . . . . . 1 v.

* ※De la Terre à la Lune
 (*couronné*). . . . . 1 v.
* Autour de la Lune (*cou-
 ronné*) . . . . 1 v.
* ※Vingt mille lieues sous les
 Mers (*couronné*). . . . . 2 v.
* ※Une Ville flottante. . . . . 1 v.
* ※Aventures de trois Russes et
 de trois Anglais. . . . . 1 v.
* ※Le Tour du Monde en 80
 jours. . . . . 1 v.
* ※Le Pays des Fourrures. . . 2 v.

L'Ile Mystérieuse :
* ※Les Naufragés de l'air. . . 1 v.
* ※L'Abandonné. . . . . 1 v.
* ※Le Secret de l'île. . . . . . 1 v.

* ※Le docteur Ox. . . . . . . 1 v.
* ※Le Chancellor . . . . 1 v.
* ※Michel Strogoff. . . . . . . 2 v.
* ※Les Indes-Noires. . . . . . 1 v.
* Hector Servadac. . . . . . 2 v.

* ※Un Capitaine de quinze ans. 2 v.
* Les cinq cents Millions de
 la Bégum. . . . . 1 v.
* ※Les Tribulations d'un Chi-
 nois en Chine . . . . . . 1 v.
* ※La Maison à vapeur. . . . . 2 v.
* La Jangada. . . . . 2 v.
* Le Rayon-Vert. . . . . . . 1 v.
 L'École des Robinsons. . . 1 v.
* Kéraban le Têtu. . . . . . . 2 v.
* L'Étoile du Sud. . . . . . . 1 v.
* L'Archipel en feu. . . . . . 1 v.
 Mathias Sandorf. . . . . . 3 v.
 Robur le Conquérant. . . . 1 v.
* Un Billet de Loterie . . . . 1 v.
* ※Nord contre Sud . . . . 2 v.
* Le Chemin de France. . 1 v.
* Deux Ans de Vacances. . . 2 v.
* Famille sans Nom. . . . . . 2 v.
* Sans d-ssus dessous . . . . 1 v.
* ※César Cascabel . . . . . . 2 v.
 ※Mistress Branican. . . . . . 2 v.
 ※Le Château des Carpathes. 1 v.
 ※Claudius Bombarnac. . . . 1 v.
 ※P'tit Bonhomme. . . . . . . 2 v.
* Mirifiques aventures de
 Maître Antifer. . . . . . . 2 v.
* ※L'Ile à hélice. . . . . 2 v.
* ※Face au Drapeau. . . . . . 1 v.
 Clovis Dardentor. . . . . . 1 v.
* ※Le Sphinx des Glaces. . . 2 v.
* Le Superbe Orénoque . . . 2 v.
* Le Testament d'un Excen-
 trique. . . . . 2 v.

† Seconde Patrie . . . . 2 vol.

VERNE (Jules). *Histoire des Grands Voyages et des Grands Voyageurs.*

*La découverte
de la
Terre*
{ ※Les premiers Explorateurs . . . . 2 v.
{ ※Les Navigateurs du XVIIIe siècle. . . . . . 2 v.
{ ※Les Voyageurs du XIXe siècle. . . . . 2 v.

VOLUMES IN-18
Brochés, 3 fr. — Cartonnés toile, tranches dorées, 4 fr.

FRANKLIN (J.). . . . . . ※Vie des Animaux . . . . 6 v.
SUSANE (général). . . . Histoire de la Cavalerie . . . . 3 v.
— Histoire de l'Artillerie. . . . . 1 v.
ZIDLER. . . . . *※La Légende des Écoliers de France . . . . 1 v.

J. HETZEL ET Cie, 18, RUE JACOB

VICTOR HUGO

❋ ŒUVRES COMPLÈTES *ne varietur* IN-8°
ÉDITION DÉFINITIVE SUR LES MANUSCRITS ORIGINAUX
48 VOLUMES IN-8° CAVALIER
Prix de chaque volume : 7 fr. 50 broché; 10 fr. relié amateur.

POÉSIE : 10 volumes.

Odes et Ballades (Préface inédite). 1 vol. — *Les Orientales, les Feuilles d'automne.* 1 vol. — *Chants du Crépuscule, Voix intérieures, Rayons et Ombres.* 1 vol. — *Les Châtiments.* 1 vol. — *Les Contemplations.* 2 vol. — *La Légende des siècles.* 4 vol. — *Chansons des Rues et des Bois.* 1 vol. — *L'Année Terrible.* 1 vol. — *L'Art d'être grand-père.* 1 vol. — *Le Pape, La Pitié suprême, Religions et Religion, L'Ane.* 1 vol. — *Les Quatre Vents de l'Esprit.* 2 vol.

PHILOSOPHIE : 2 volumes.

Littérature et Philosophie mêlées. 1 vol. — *William Shakespeare.* 1 vol.

VOYAGE : 2 volumes.

Le Rhin. 2 vol.

DRAME : 5 volumes.

Cromwell. 1 vol. — *Hernani, Marion de Lorme, Le Roi s'amuse.* 1 vol. — *Lucrèce Borgia, Marie Tudor, Angelo* (1 acte inédit). 1 vol. — *Ruy Blas, La Esmeralda, Les Burgraves.* 1 vol. — *Torquemada, Les Jumeaux, Amy Robsart.* 1 vol.

ROMAN : 14 volumes.

Han d'Islande. 1 vol. — *Bug-Jargal, Dernier jour d'un condamné, Claude Gueux.* 1 vol. — *Notre-Dame de Paris.* 2 vol. — *Les Misérables.* 5 vol. — *Les Travailleurs de la Mer* (précédé de *l'Archipel de la Manche*). 2 vol. — *L'Homme qui rit.* 2 vol. — *Quatrevingt-treize.* 1 vol.

HISTOIRE : 3 volumes.

Napoléon le Petit. 1 vol. — *Histoire d'un crime.* 2 vol.

ACTES ET PAROLES : 4 volumes.

Avant l'exil. 1 vol. — *Pendant l'exil.* 1 vol. — *Depuis l'exil.* 2 vol.

VICTOR HUGO raconté. 2 vol.

❋ ŒUVRES INÉDITES POSTHUMES
Prix de chaque volume in-8° : 7 fr. 50 broché.

Le Théâtre en liberté. 1 vol.
La Fin de Satan. 1 vol.
Choses vues. 1 vol.
Toute la Lyre. 2 vol.
Toute la Lyre, dernière série. 1 vol.
Les Jumeaux. — Amy Robsart, 1 vol. . . . . 6 francs.

Dieu. 1 vol.
En Voyage : Les Alpes, Les Pyrénées. 1 vol.
En Voyage : France et Belgique. 1 vol.

Volumes in-8° divers à 7 fr. 50 brochés.

BERTRAND (J.)	*❋Les Fondateurs de l'astronomie moderne, suivi de Arago et sa vie scientifique.	1 vol.
—	*❋L'Académie et les Académiciens. . . .	1 vol.
BOUCHET (Eugène) . .	❋Précis des Littératures étrangères. . .	1 vol.
BLANC et ARTON . . .	Œuvre parlementaire du comte de Cavour	1 vol.
DELAHANTE.	Une famille de finance au XVIIIe siècle .	2 vol.
DIPLOMATE (Un) . . .	L'Affaire du Tonkin..	1 vol.
LEGOUVÉ (Ernest). . .	*❋Soixante ans de souvenirs	2 vol.
TROCHU (Général). . .	L'Empire et la défense de Paris. . . .	1 vol.

❋ Ouvrages honorés de souscriptions du *Ministère de l'Instruction publique*, ou choisis pour faire partie des catalogues des bibliothèques scolaires ou populaires.

VICTOR HUGO

ŒUVRES COMPLÈTES in-18

ÉDITION DÉFINITIVE SUR LES MANUSCRITS ORIGINAUX

70 Volumes in-18. Prix de chaque volume : **2** fr. broché.

POÉSIE : 20 volumes

Odes et Ballades, 1 vol. — Les Orientales. 1 vol. — Les Feuilles d'automne, 1 vol. — Les Chants du crépuscule, 1 vol. — Les Voix intérieures, 1 vol. — Les Rayons et les Ombres, 1 vol. — Les Châtiments, 1 vol. — Les Contemplations, 2 vol. — La Légende des siècles, 4 vol. — Les Chansons des Rues et des Bois, 1 vol. — L'Année terrible, 1 vol. — L'Art d'être grand-père, 1 vol. — Le Pape, La Pitié suprème, 1 vol. — Religions et Religion, L'Ane, 1 vol. — Les Quatre Vents de l'Esprit, 2 vol.

DRAME : 10 volumes

Cromwell, 1 vol. — Hernani, 1 vol. — Marion de Lorme, 1 vol. — Le Roi s'amuse, 1 vol. — Lucrèce Borgia, 1 vol. — Marie Tudor, Esmeralda, 1 vol. — Angelo, 1 vol. — Ruy Blas, 1 vol. — Les Burgraves, 1 vol. — Torquemada, 1 vol.

ROMAN : 20 volumes

Han d'Islande, 1 vol. — Bug-Jargal, 1 vol. — Le Dernier jour d'un condamné, Claude Gueux, 1 vol. — Notre-Dame de Paris, 2 vol. — Les Misérables, 8 vol. — Les Travailleurs de la Mer, 2 vol. — L'Homme qui rit, 3 vol. — Quatrevingt-treize, 2 vol.

PHILOSOPHIE : 2 volumes

Littérature et Philosophie, 1 vol. — William Shakespeare, 1 vol.

HISTOIRE : 4 volumes

Napoléon le Petit, 1 vol. — Histoire d'un crime, 2 vol. — Paris, 1 vol.

VOYAGE : 3 volumes

Le Rhin, 3 vol.

ACTES ET PAROLES : 8 volumes

Avant l'Exil, 2 vol. — Pendant l'Exil, 2 vol. — Depuis l'Exil, 4 vol.

VICTOR HUGO raconté. . . . . 3 volumes.

ŒUVRES INÉDITES POSTHUMES

Prix de chaque volume : **2** fr. broché

Choses vues . . . . 1 vol.	En Voyage : France et Belgique. . . . . 1 vol.
Dieu . . . . 1 vol.	
La Fin de Satan . . . . . . 1 vol.	En Voyage : les Alpes, les Pyrénées. . . . . 1 vol.
Toute la Lyre . . . . 3 vol.	
Le Théâtre en liberté . . . 1 vol.	Les Années funestes . . . . . 1 vol.

L'ŒUVRE DE VICTOR HUGO — EXTRAITS

*Édition du monument. Un volume in-18 de 252 pages . . . 1 franc.
*Édition des écoles . . . . Un volume in-18 de 320 pages . . . 2 francs.
— Cartonné toile . . . . 3 francs.

* Ouvrages honorés de souscriptions ou choisis par la *Ville de Paris* pour ses distributions de prix ou ses bibliothèques municipales.

Éditions populaires grand in-8°, illustrées

ERCKMANN-CHATRIAN

ŒUVRES COMPLÈTES
43 fr. 20
BROCHÉES

ROMANS NATIONAUX

ŒUVRES COMPLÈTES
43 fr. 20
BROCHÉES

*※Le Conscrit de 1813 . .	1 40	* Histoire d'un Homme	
*※Madame Thérèse	1 40	du peuple	1 70
*※L'Invasion	1 60	* La Guerre	1 40
* Waterloo	1 80	*※Le Blocus	1 60

Réunis en un beau volume grand in-8° illustré de 189 dessins
par Th. Schuler, Riou et Fuchs.

Broché, **10** *fr.; toile, tr. dor.,* **13** *fr.; relié, tr. dor.,* **15** *fr.*

CONTES ET ROMANS POPULAIRES

* Maître Daniel Rock.	1 20	Joueur de clarinette. .	1 60
L'illustre Dr Mathéus.	1 40	La Maison forestière .	1 20
Hugues le Loup. . . .	1 40	※L'Ami Fritz	1 50
Les Contes des bords		Le Juif polonais.	1 30
du Rhin	1 30		

Réunis en un beau volume grand in-8° illustré de 171 dessins
par Bayard, Benett, Gluck et Th. Schuler.

Broché, **10** *fr.; toile, tr. dor.,* **13** *fr.; relié, tr. dor.,* **15** *fr.*

**※HISTOIRE D'UN PAYSAN

La Révolution française racontée par un paysan
Illustrations de Théophile Schuler. L'ouvrage complet, en 1 volume,
broché, **7** fr.; toile, tr. dor., **10** fr.; relié, **11** fr.

CONTES ET ROMANS ALSACIENS

*※Histoire du Plébiscite.	2 »	Une Campagne en Ka-	
*※Les deux Frères. . . .	1 50	bylie	1 40
*※Histoire d'un Sous-		*※Maître Gaspard Fix. .	2 »
Maître	1 30	Souvenirs d'un ancien	
*※Le Brigadier Frédéric.	1 20	Chef de chantier . . .	1 10

Réunis en un beau volume grand-in-8° illustré de 189 dessins
par Schuler.

Broché, **10** *francs; toile, tr. dor.,* **13** *francs; relié,* **15** *francs.*

Contes Vosgiens, illustré par Philippoteaux . . . . **1 fr. 30**
Le Grand-Père Lebigre, illustré par Lallemand et Benett . . **1 fr. 30**
* **Les Vieux de la Vieille**, illustré par Lix . . . . **1 fr. 40**
* **Le Banni**, illustré par Lix . . . . **1 fr. 20**
Quelques mots sur l'esprit humain (non illustré) . . . . . **1 fr. »**

Les œuvres d'Erckmann-Chatrian sont publiées aussi en 33 volumes in-18
à 3 fr. chacun et 2 volumes in-18 à 1 fr. 50. — (Voir pages 22 et 23.)

※ Ouvrages honorés de souscriptions du *Ministère de l'Instruction publique*, ou
choisis pour faire partie des catalogues des bibliothèques scolaires ou populaires.

LIBRAIRIE GÉNÉRALE

Histoire — Poésie — Voyages — Romans
Littératures Française et Étrangères

VOLUMES IN-18 A 3 FR.

BARBERET........ La Bohème du travail .... 1 v.

BIBLIOTHÈQUE FRANCO-ÉTRANGÈRE — BENTZON (Th.) :

Le Roman de la femme médecin, suivi de Récits de la Nouvelle-Angleterre, par Sarah Orne-Jewett, préface de Th. Bentzon, 1 v.
Nouvelles Mille et une Nuits, par R.-L. Stevenson, préface de Th. Bentzon, 1 v.
✻ La Sœur de miss Ludington, par

Edward Bellamy, traduction de R. Issant, précédé d'une étude sur la littérature américaine, par Th. Bentzon, 1 v.
La Fille à Lowrie, par F.-H. Burnett, traduction de R. de Cerizy, suivi d'une étude sur F.-H. Burnett, par Th. Bentzon, 1 v.

CERVANTÈS...... Don Quichotte, traduction nouvelle de L. Biart .... 4 v.
CHAMFORT........ Pensées, maximes, anecdotes (précédé de l'histoire de Chamfort par P.-J. Stahl). 1 v.
CRÉMIEUX....... Autographes. (Collection Crémieux.).... 1 v.

DARYL (Philippe). — La Vie partout :

✻ La Vie publique en Angleterre 1 v.
Signe Meltroe........ 1 v.
En Yacht............ 1 v.
✻ Le Monde chinois...... 1 v.
Lettres de Gordon à sa sœur 1 v.

Wassili Samarin........ 1 v.
La petite Lambton..... 1 v.
✻ A Londres.......... 1 v.
✻ Les Anglais en Irlande... 1 v.
✻ Renaissance physique.... 1 v.

DESCHANEL (Paul).. Questions actuelles .... 1 v.
ERCKMANN (Émile). Alsaciens et Vosgiens d'autrefois...... 1 v.

ERCKMANN-CHATRIAN. — Œuvres complètes :

✻ Le Blocus .... 1 v.
✻ Le Brigadier Frédéric... 1 v.
Une Campagne en Kabylie. 1 v.
Joueur de clarinette.... 1 v.
Contes de la montagne. 1 v.
Contes des bords du Rhin. 1 v.
Contes populaires...... 1 v.
Contes vosgiens....... 1 v.
✻ Le Fou Yégof........ 1 v.
✻ La Guerre.......... 1 v.
✻ H^re d'un Conscrit de 1813. 1 v.
✻ H^re d'un Homme du peuple. 1 v.
✻ Histoire d'un Paysan.... 4 v.
✻ Histoire d'un Sous-Maitre. 1 v.
L'illustre docteur Mathéus 1 v.
✻ Madame Thérèse...... 1 v.

✻ Maître Gaspard Fix.... 1 v.
Le Grand-Père Lebigre.. 1 v.
La Maison forestière ... 1 v.
✻ Maître Daniel Rock.... 1 v.
✻ Waterloo........... 1 v.
✻ Histoire du Plébiscite... 1 v.
✻ Les deux Frères ...... 1 v.
Souvenirs d'un Chef de chantier. 1 v.
✻ L'Ami Fritz, pièce ..... 1 v.
✻ Alsace............. 1 v.
✻ Les Vieux de la Vieille .. 1 v.
✻ Le Banni........... 1 v.
L'Art et les G^ds Idéalistes. 1 v.
Quelques mots sur l'esprit humain (n^lle édition)... 1 v.

FONVIELLE (W. de) Le Siège de Paris vu à vol d'oiseau....... 1 v.
G. FRÉDÉRIX.. Trente ans de critique. I. Études littérair s. .... 1 v.
— d° II. Chroniques dramatiques 1 v.
GORDON (Lady). Lettres d'Égypte .. .. 1 v.
JAUBERT ... Souvenirs de Madame Jaubert .... 1 v.

† Nouveautés de l'année.

J. HETZEL ET Cie, LIBRAIRIE GÉNÉRALE

Legouvé (Ernest), de l'Académie française. — ✳️✳️Soixante ans de souvenirs, 4 v. — ✳️Histoire morale des femmes (nouvelle édition), 1 v. — ✳️Dernier travail, derniers souvenirs, 1 v.

Nadira (Ch.). — Contes, 3 vol.

Officier en retraite, — L'Armée française en 1879, 1 v.

Quatrelles. — Les 100! Nuits matrimoniales, 1 v. — Voyage autour du grand monde, 1 v. — La Vie à grand orchestre, 1 v. — Sans Queue ni Tête, 1 v. — L'Arc-en-Ciel, 1 v. — Petit Manuel du parfait Causeur parisien, 1 v. — Casse-Cou, 1 v. — Tout feu tout flamme, 1 v. — Les Amours extravagantes de la princesse Djalavann, 1 v. — Mon petit dernier, 1 v.

Rolland (A.). — Lettres inédites de Mendelssohn, 1 v.

Sourdeval (de). — Le Cheval à côté de l'Homme et dans l'histoire, 1 v.

Stahl. (P.-J.). — LES BONNES FORTUNES PARISIENNES: Les Amours d'un Pierrot, 1 v. — Les Amours d'un Notaire, 1 v. — Histoire d'un homme enrhumé. Voyage d'un Étudiant, 1 v. — Histoire d'un Prince et d'une Princesse. — Voyage où il vous plaira, 1 v. — L'Esprit des femmes et les Femmes d'esprit. Théorie de l'Amour et de la Jalousie, 1 v.

Tourgueneff (Ivan). — *Œuvres principales:*

Dimitri Roudine, 1 v.

• Fumée (préface de Mérimée), 1 v.

Une Nichée de gentilshommes (*traduit par le Cte Sollohoud et A. de Calonne*), 1 v.

Étranges histoires, 1 v.

Les Eaux printanières, 1 v.

Les Reliques vivantes, 1 v.

• Terres vierges, 1 v.

Souvenirs d'Enfance (La Caille. —30 petits poèmes en prose. — Mémoires d'un Nihiliste), 1 v.

Œuvres dernières avec une étude sur Tourgueneff, sa Vie et son Œuvre, par le victe E.-M. de Vogüé, 1 v.

Un Bulgare (*traduit par Halpérine*), 1 v.

Trochu (général). — Pour la vérité et pour la justice, 1 v. La Politique et le Siège de Paris, 1 v.

Vallery-Radot (R.). — L'Étudiant d'aujourd'hui, 1 v.

Wilkie-Collins. — Sans Nom, 2 v.

Wood (Mme H.). — Lady Isabel, 2 v.

THÉATRE

Erckmann-Chatrian. — L'Ami Fritz, 1 vol. in-18, 3 fr. — Le Juif polonais, 1 vol. in-18, 1 50. — Les Rantzau, 1 vol. in-18, 1 50. — Le Fou Chopine, 1 vol. in-8°, 0 50.

Quatrelles. — Une Date fatale, 1 vol. in-18, 1 fr. — **Vadier.** — Théâtre à la Maison et à la Pension, 10 fascicules in-18 illustrés à 0 30.

Verne (Jules). — Un Neveu d'Amérique, 1 vol. in-18, 1 50.

Verne (J.) et d'Ennery. — Le Tour du Monde en 80 jours, 1 vol. in-8°, 0 50. Les Enfants du capitaine Grant, 1 vol. in-8°, 0 50. Michel Strogoff, 1 vol. in-8°, 0 50.

LIVRES DE FORMATS ET PRIX DIVERS EN COMMISSION

VOLUMES IN-18

Badin. Marie Chassaing, 1 v., 3 fr. — **Bastide** (A.). Le Christianisme et l'esprit moderne, 1 v., 3 fr. — **Bixio** (Beppa). Vie du général Nino Bixio, 1 v., 3 fr. — **Boullon** (E.). Chez nous. 1 v., 3 fr. — **Brunetière** (F.), de l'Académie française. L'Idée de Patrie, 1 v., 0 fr. 50. L'Art et la morale, 1 v., 0 fr. 75. Les Ennemis de l'Ame française, 1 v., 0 fr. 75.— **Charras.** Hre de la Guerre de 1815, 2 vol. et 1 atlas, 7 fr.

LIVRES DE FORMATS ET PRIX DIVERS EN COMMISSION

VOLUMES IN-18 (suite)

CHAUFFOUR. Les Réformateurs du xvie siècle, 2 v., 6 fr. — CHANNEVIÈRRE (De). Aventures du Petit Roi saint Louis devant Bellesme, 1 v., 5 fr. — FAVRE (Jules). Conférences et Mélanges, 1 v., 3 50. — FAVIER (F.). L'Héritage d'un Misanthrope, 1 v., 3 fr. — FERRY (Jules). Les Affaires de Tunisie, 1 v., 2 fr. — GRIMARD. ✳ L'Enfant, son passé, son avenir, 1 v., 3 fr. — GUIMER (Emile). L'Orient d'Europe au fusain, 1 v., 2 fr. Esquisses scandinaves, 1 v., 3 fr. Aquarelles africaines, 1 v., 2 50. — IGNORANT (Un). ✳Monsieur Pasteur. — Histoire d'un savant par un ignorant, 1 v. 3 50. KOECHLIN-SCHWARTZ. Un Touriste au Caucase, 1 v., 3 fr. — LADREYT (M.-C.). L'Instruction publique en France et les Écoles Américaines, 1 v., 3 fr. — LAVALLEY (Gaston). Aurélien, 1 v., 3 fr. — LEFÈVRE (André). La Lyre intime, 1 v., 3 fr. Les Bucoliques de Virgile, 1 v., 3 fr. — LEGOUVÉ (Ernest), de l'Académie française. Samson et ses élèves, 1 v., 2 fr. ✳Lamartine, 1 v., 1 50. Maria Malibran, 1 v., 0 75. La Question des femmes, 1 v., 1 fr. ✳Une Éducation de jeune fille, 1 v., 1 fr. — NAGRIEN (X.). Prodigieuse Découverte, 1 v., 3 fr. — RÉAL (Antony). Les Atomes, 1 v., 3 fr. — RIVA (De la). Souvenirs sur M. de Cavour, 1 v., 3 fr. — WORMS DE ROMILLY. Horace (traduction), 1 v., 3 fr.

VOLUMES IN-8°

ANTULLY (A. d'). Fantaisie, 1 v., 2 fr. — LAPOND (Ernest). Les Contemporains de Shakespeare, 5 v. à 6 fr. (Ben Johnson, 2 vol. — Massinger, 1 vol. — Beaumont et Fletcher, 1 vol. — Webster et Ford, 1 vol.). — PAULTRE (E.). Capharnaüm, 1 v., 6 fr. — PIRMEZ. Jours de solitude, 1 v., 6 fr. — RICHELOT. ✳Goethe, ses Mémoires, sa Vie, 4 v. à 6 fr.

VOLUMES IN-32

DECOURCELLE (A.). Les Formules du docteur Grégoire, 1 vol., 2 fr.
MACÉ (Jean). Philosophie de poche, 1 vol., 1 25. Saint-Evremond, 1 vol., 1 25

OUVRAGES ILLUSTRÉS DIVERS

GRANDVILLE. — **Les Animaux peints par eux-mêmes**, scènes de la vie privée et publique des animaux, publié sous la direction de P.-J. STAHL, avec la collaboration de BALZAC, G. DROZ, BENJAMIN FRANKLIN, JULES JANIN, A. DE MUSSET, E. SUE, NODIER, SAND. 1 volume in-8° jésus, contenant 320 dessins. Chef-d'œuvre de Grandville. Relié, tranches dorées, 14 fr.; cartonné toile, tranches dorées, 12 fr.; broché. . . 9 »

TOUSSENEL. — **L'Esprit des Bêtes.** 1 volume illustré par BAYARD. Toile, tranches dorées, 6 fr.; broché. 4 50

LIVRES ET ALBUMS D'AMATEURS

DAPHNIS ET CHLOÉ, de Longus, traduction d'Amyot, complétée par P.-L. Courier. Préface par Amaury Duval. 42 compositions au trait par Burthe, imprimées en bistre, in-folio, cartonnage riche. . . . 50 »

ENSEIGNEMENT PROFESSIONNEL

BIBLIOTHÈQUE DES PROFESSIONS

Industrielles, Commerciales, Agricoles et Libérales

VOLUMES IN-18

La plupart de ces volumes sont accompagnés de planches ou de figures explicatives

Le cartonnage toile de chaque volume se paie 0 fr. 50 centimes en plus des prix indiqués

SAUF INDICATION CONTRAIRE CHAQUE OUVRAGE FORME UN VOLUME

*Assurances (Les). L'art de s'assurer contre l'incendie, par A. Petit. 2 »
*Assurances (Les). L'art de s'assurer sur la vie, par A. Petit. . . 2 »
Assurances (Les). L'art de s'assurer contre les accidents du travail, par A. Petit (Avocat à la Cour d'appel). . . . . 2 »
Beaux-arts (Introduction à l'étude des), par Carteron. . . . . . 4 »
*Bergeries, porcheries, clapiers, par Gayot. . . . . 2 »
*Bijoutier (Guide du), par L. Moreau. . . . . 2 »
Bois (Carbonisation des), par Dromart. . . . . 4 »
*Brasseur (Guide du), par Mulder. . . . . 4 »
Bris et naufrages (Code des), par Tartara . . . . 4 »
*Calculs et comptes faits, par A. Lenoir et J. Vinot. . . . . . . 4 »
*Charouterie pratique (La), par Berthoud. . . . . 4 »
Chauffeur (Manuel du), par Jaunez. . . . . 2 »
Chimie générale élémentaire, par Hetet. 2 volumes à . . . . . . 4 »
Chimiste agriculteur (Manuel du), par Pouriau . . . . 4 »
*Constructeur (Guide pratique du), par Pernot, revu par Tronquoy et Baye. . . . . 4 »
Constructions à la mer, par Bouniceau. 1 vol. de texte, 1 vol. de planches, chacun. . . . . 4 »
Corps gras industriels, par Th. Chateau. . . . . 4 »
*Coupe et confection des vêtements de femmes et d'enfants, par E. Hirtz. . . . . 3 »
Cubage et estimation des bois, par Frochot . . . . 4 »
Cuisine pratique. Les secrets de la cuisine d'amateur, par De Saint-Juan . . . . 4 »
*Culture maraîchère (Manuel pratique de), par Courtois-Gerard. 4 »
Cycles et Automobiles (Guide du constructeur et du conducteur de), par H. De Graffigny. . . . . 4 »
*Dessinateur (Comment on devient un), par Viollet-le-Duc . . . . 4 »
Droit maritime international (Notions de), par Doneaud. . . . . . 2 »
Eaux gazeuses (Fabrication industrielle des), par Michotte . . . . 4 »

* Ouvrages honorés de souscriptions ou choisis par la *Ville de Paris* pour ses distributions de prix ou ses bibliothèques municipales.
c Ouvrages honorés de souscriptions du *Ministère du Commerce.*

BIBLIOTHÈQUE DES PROFESSIONS

※ Ouvrages honorés de souscriptions du *Ministère de l'Instruction publique*, ou choisis pour faire partie des catalogues des bibliothèques scolaires ou populaires.
▲ Ouvrages honorés de souscriptions du *Ministère de l'Agriculture.*

Nouvelle Collection
spéciale pour Distributions de Prix

BIBLIOTHÈQUE
des SUCCÈS SCOLAIRES

PREMIÈRE ET DEUXIÈME SÉRIES (28 × 18 1/2)
ALBUMS STAHL IN-8° JÉSUS
Cartonnés toile, tranches blanches, **1 fr. 80**

DETAILLE. Les Bonnes Idées de M¹¹ᵉ Rose. — FRŒLICH. La Salade de la grande Jeanne. Pierre et Paul. Les Jumeaux La Journée de Monsieur Jujules. La Fête de Papa. M¹¹ᵉ Lili en Suisse. Promenade de M¹¹ᵉ Lili aux Champs-Élysées. — FROMENT. Petites Tragédies enfantines. Le Petit Acrobate. — GRIBET. La Découverte de Londres. — PIRODON. La Pie de Marguerite.

TROISIÈME SÉRIE (18 × 11 1/2)
VOLUMES IN-18
Cartonnés toile, tranches jaspées, **2 fr.**

ALONE. Autour d'un Lapin blanc (illustré). — ANQUEZ. *※Histoire de France (illustré). — AUDOYNAUD *※Entretiens familiers sur la Cosmographie (illustré). — BADIN (Ad.). Jean Castoyras. — BLOCK MAURICE. ※Principes de législation pratique. — BOUCHET. *※Précis des Littératures étrangères. — SAYOUS. ※Principes de Littérature *※Conseils à une mère sur l'éducation littéraire de ses enfants. — SIMONIN. Histoire de la Terre. — DU TEMPLE. *Introduction à l'étude de la Physique (illustré de 146 figures). — VAN BRUYSSEL. Scènes de la Vie des Champs aux États-Unis.

QUATRIÈME SÉRIE (20 × 14 1/2)
VOLUMES GRAND IN-16 ILLUSTRÉS
Reliés. genre demi-reliure, tranches jaspées, **2 fr. 50**

BAUDE. Mythologie de la Jeunesse et LACOME Musique en Famille. — FARADAY. Histoire d'une Chandelle. — GENNEVRAYE. Petit Théâtre de famille. Théâtre des petits Enfants. — MULLER. Les Animaux célèbres (2) illustrations par J. Geoffroy VERNE (JULES). *※ Christophe Colomb, et LECONTE. *※La Vocation d'Albert

CINQUIÈME SÉRIE (28 × 18)
VOLUMES IN-8° JÉSUS ILLUSTRÉS
En feuilles, **2 fr.** ; *Cartonnés toile, tranches jaspées,* **3 fr.**

BIART (LUCIEN). *Les Voyages involontaires :* *※Monsieur Pinson. 26 illustrations. *※Le Secret de José. 26 illustrations. — *Lucia Avila. 26 illustrations.

J. VERNE. Magellan et le Premier voyage autour du monde.

SIXIÈME SÉRIE (29 × 19 1/2)
VOLUMES GRAND IN-8° COLOMBIER ILLUSTRÉS
En feuilles, **2 fr. 40** ; *Cartonnés toile, tranches jaspes* **3 fr. 40**

ERCKMANN-CHATRIAN. *※Le Brigadier Frédéric et *Le Banni. 34 illustrations. — *※Les États Généraux (Extrait de l'*Histoire d'un Paysan*) et *※Histoire d'un Sous-Maître. 49 illustrations.

※ Ouvrages honorés de souscriptions du *Ministère de l'Instruction publique,* ou choisis pour faire partie des catalogues des bibliothèques scolaires ou populaires.

LIVRES POUR DISTRIBUTIONS DE PRIX

Aventures de Terre et de Mer :

MAYNE-REID *⚹ Le petit Loup de mer et *Le Chef au Bracelet d'or. 59 illustrations. *⚹Les deux Filles du Squatter et *⚹ Le Désert d'eau. 50 illustrations. *⚹La Sœur perdue et Les Émigrants du Transvaal. 50 illustrations. *⚹Les Planteurs de la Jamaïque et *La Montagne perdue. 50 illustrations.

Aventures de Chasses et de Voyages :

MAYNE-REID, Les Jeunes Voyageurs. Les Naufragés de Bornéo. 50 illustrations. *⚹Les Robinsons de Terre ferme et *Les Exploits des jeunes Boërs. 50 illustrations. *Les Chasseurs de Chevaliers. *La Terre de feu. 50 illustrations. *⚹William le Mousse. *Les Jeunes Esclaves. 40 illustrations.

SEPTIÈME SÉRIE (23 1/2 × 15)

VOLUMES IN-8° CAVALIER ILLUSTRÉS

En feuilles, 3 fr.; Cartonnés toile, tranches dorées, 4 fr.

ANCEAU. Blanchette et Capitaine. 21 illustrations. — **AUDEVAL.** La Famille de Michel Ragenet. Illustrations par Zier. — **CAHOURS ET RICHE.** ⚹ Chimie des Demoiselles. 78 figures. — **ERCKMANN-CHATRIAN** Pour les Enfants. — **GOUAY.** *⚹Voyage d'une Fillette au Pays des Étoiles. 10 illustrations par Dratz et 42 figures. *⚹Promenade d'une fillette autour d'un Laboratoire. 108 illustrations et figures par Tofani. — **LERMONT.** Histoire de deux Bébés. Illustrations par Geoffroy. — **NICOLE (G.).** Contes et Légendes d'Égypte. — **STAHL (P.-J.).** *⚹Mon premier Voyage en mer. 89 illustrations. Mary Bell, William et Lafaine Illustrations par Froelich. — **VADIER.** Rose et Rosette. 17 illustrations par Geoffroy.

HUITIÈME SÉRIE (28 × 18)

VOLUMES IN-8° JÉSUS ILLUSTRÉS

En feuilles, 3 fr. 20; Cartonnés toile, tranches jaspées, 4 fr. 20

STAHL (P.-J.). ❶*⚹ Les Quatre peurs de notre Général. 28 illustrations par E. Bayard.

Grands Voyages et Grands Voyageurs :

VERNE (JULES). *⚹Les Circumnavigateurs français et étrangers. 90 illustrations. *⚹Les premiers Voyageurs célèbres. 50 illustrations.

NEUVIÈME SÉRIE (29 × 19 1/2)

VOLUMES GRAND IN-8° COLOMBIER ILLUSTRÉS

En feuilles, 3 fr. 40; Cartonnés toile, tranches en couleur, 4 fr. 40

Choix de Romans nationaux :

ÉDITIONS SPÉCIALES SUR PAPIER FORT

ERCKMANN-CHATRIAN *⚹L'Invasion. *⚹Madame Thérèse. 47 illustrations. *⚹Le Conscrit de 1813. *⚹Waterloo. 52 illustrations.

Grands Voyages et Grands Voyageurs :

(in-8° jésus, 28 × 18).

VERNE (JULES). *⚹Les Voyages du Capitaine Cook. 52 illustrations.

---

* Ouvrages honorés de souscriptions ou choisis par la *Ville de Paris* pour ses distributions de prix ou ses bibliothèques municipales.

J. HETZEL ET Cⁱᵉ, 18, RUE JACOB

DIXIÈME SÉRIE (20 × 16)
VOLUMES IN-8° RAISIN ILLUSTRÉS

En feuilles, 3 fr. 80; Cartonnés toile, tranches en couleur, 4 fr. 80

DUPIN DE ST-ANDRÉ. *Ce qu'on dit à la Maison. 40 Illustrations. — FAUCQUEZ (H.). Les Adoptés du Rolavallon. 24 Illustrations. — LAURIE (ANDRÉ). *Le Capitaine Trafalgar. 34 Illustrations. Tito le Florentin. 21 Illustrations. — MÜLLER (E.). Morale en action par l'histoire. 20 Illustrations. — RIDDER-HAGGARD. *Aventures d'Allan Quatremain aux Mines de Salomon. 27 Illustrations. — STAHL (P.-J.). (1°)* Les Histoires de mon Parrain Illustrées par FRŒLICH. Les Contes de l'Oncle Jacques. 54 Illustrations. — TOLSTOI (Cte L.) *Souvenirs d'Enfance et d'Adolescence. 20 Illustrations. — VERNE (JULES). (1)* Voyage au Centre de la terre. 50 Illustrations. (1)* Cinq Semaines en Ballon. 40 Illustrations.

ONZIÈME SÉRIE (20 × 16)
FORTS VOLUMES IN-8° RAISIN ILLUSTRÉS
En feuilles, 4 fr. 30

Reliés, genre demi-reliure, tranches dorées, 5 fr. 30

BLANDY (S.). *Fils de Veuve. 27 Illustrations. — BRÉHAT (A. DE). *Les Aventures d'un petit Parisien. 40 Illustrations. — CANDÈZE (Dʳ). *Périnette (Aventures surprenantes de cinq moineaux). 20 Illustrations. — GRIMARD (ED.), anc. Direct. de l'École normale de Toulouse. *La Plante (Botanique simplifiée). 300 Illustrations. *Le Tour du Monde d'un Naturaliste (Le Jardin d'Acclimatation). 84 dessins par L. BENETT. — MÜLLER (E.). La Jeunesse des Hommes célèbres. 24 Illustrations. — NOUSSANNE (H. DE). Jasmin Robba. Illustrations par George Roux. — STAHL (P.-J.). *Contes et Récits de Morale familière. 42 Illustrations. — TEMPLE (L. DU), Capitaine de frégate. *Communication de la pensée et de la voix. Illustré du 150 figures. — VERNE (JULES). *La Maison à Vapeur. 101 Illustrations. 800 Moues sur l'Amazone (La Jangada). Illustrations par L. BENETT.

DOUZIÈME SÉRIE (29 × 19 1/2)
VOLUMES GRAND IN-8° ILLUSTRÉS
Cartonnage toile, type Bibliothèque des Succès scolaires, tranches couleur, 8 fr. 40

ERCKMANN-CHATRIAN.... *Histoire de la Révolution française racontée par un Paysan (Histoire d'un Paysan). In-8° colombier, illustré de 118 dessins de Th. SCHULER.

TREIZIÈME SÉRIE
COMÉDIES et PROVERBES pour DISTRIBUTIONS de PRIX
BERTHE VADIER, ILLUSTRATIONS PAR J. GEOFFROY
Théâtre à la Maison et à la Pension
(21 Pièces en 10 Fascicules)
Chaque Fascicule in-18 illustré se vend séparément 30 centimes.

(1) Ouvrages couronnés par l'Académie française.

Livres Classiques

VOLUMES IN-18

Adoptés par le Ministère de l'Instruction publique

Brachet (A.) 💠*✖Grammaire historique de la langue française.	3 fr.	»
(Bradel, 3 fr. 25, Cartonné toile, 4 fr.)		
— 💠*✖Dictionnaire étymologique de la langue française.	8 fr.	»
(Bradel, 8 fr. 50. Cartonné toile, 9 fr.)		
Egger. . . . . *✖Histoire du Livre. (Cartonné toile, 4 fr.).	3 fr.	»
Grimard (Ed.). *✖La Botanique à la campagne (Cartonné toile, 5 fr.)	4 fr.	»
Hippeau. . . . *✖Cours d'Économie domestique (Cart. toile, 4 fr.)	3 fr.	»
Hugo (Victor). *✖Les Enfants (Le Livre des Mères) (Bradel,	3 fr.	»
3 fr. 25, Cartonné toile, 4 fr.)		
— . . . *✖Œuvres. Extraits. Édition des Écoles (Broché	2 fr.	»
Cartonné toile, 3 fr.)		
Legouvé (E.). *✖L'Art de la lecture (Cartonné toile, 4 fr.)	3 fr.	»
— ✖Petit Traité de lecture à haute voix (Cartonné	1 fr.	»
bradel, 1 fr. 20)		
Petit (Arsène) *✖La Grammaire de la Lecture à haute voix. . . .	3 fr.	»
— ✖La Grammaire de la Ponctuation	3 fr.	»
— Extrait de la Grammaire de la Ponctuation.	0 fr.	50
Stahl (P. J.) 💠*✖Contes et Récits de Morale familière	3 fr.	»
(Cartonné toile, 4 fr.)		

VOLUMES IN-18

Dubail. . . . . Cours classique de Géographie.	3 fr.	»
Durand . . . . *Les Grands Poètes (Cartonné toile, 3 fr.). . . .	2 fr.	»
— . . *Les Grands Prosateurs (Cartonné toile, 3 fr.). . .	2 fr.	»
Gramont (F. de) 💠Les Vers français et leur prosodie.	3 fr.	»
(Cartonné toile, 4 fr.)		
Macé (Jean). . Arithmétique élémentaire. 1re partie. Cartonné.	0 fr. 75	
— . . Arithmétique élémentaire. 2e partie. Cartonné.	0 fr. 75	
Ordinaire. . . *Rhétorique nouvelle.	3 fr.	»
Petit (Arsène) La Grammaire de l'Art d'écrire	3 fr.	»
Rey. . . . . . Le Monde des Microbes.	4 fr.	»
Souviron . . . *Dictionnaire des termes techniques	6 fr.	»
Vadier (B.). . Théâtre à la maison et à la pension. 21 co-		
médies et proverbes pour jeunes filles et jeunes		
garçons, formant 10 fascicules illustrés à . . .	0 fr. 30	

Cahiers d'une Élève de Saint-Denis

Par deux anciennes Élèves de la Légion d'Honneur

Et LOUIS BAUDE, ancien professeur au Collège Stanislas

La Collection complète : Br·chée. **54** fr. — Cartonnée. **55** fr. **25**

*✖Etudes d'après les Grands Maîtres Dessins et Lithographies

Par A. COLIN, professeur de dessin à l'École polytechnique

Ouvrage adopté par le Ministère de l'Instruction publique à l'usage des Lycées et des Écoles

Album in-folio : 20 planches. Prix : cart. bradel, **20** fr. — Cart. toile, **22** fr.

✖ Ouvrages honorés de souscriptions du *Ministère de l'Instruction publique*, ou choisis pour faire partie des catalogues des bibliothèques scolaires ou populaires.

J. HETZEL ET Cⁱᵉ, 18, RUE JACOB

※ Indique les ouvrages honorés de souscriptions du *Ministère de l'Instruction publique*, ou choisis pour faire partie des catalogues des bibliothèques scolaires ou populaires.

✽ Indique les ouvrages honorés de souscriptions ou choisis par la *Ville de Paris* pour ses distributions de prix ou ses bibliothèques municipales.

Ⓒ Désigne les ouvrages couronnés par l'*Académie française*.

† Désigne les nouveautés de l'année.

L.-Imprimeries réunies, 7, rue Saint-Benoît. — 3124.

TABLE ALPHABÉTIQUE
Par Noms d'auteurs

Original en couleur

NF Z 43-120-8